版 權 聲 明

　　本刊已許可中國知網以數字化方式複製、匯編、發行、信息網絡傳播本刊全文。支付的稿酬已含著作權使用費，所有署名作者向本刊提交文章發表之行爲視爲同意上述聲明。如作者不同意網絡傳播，請在投稿時聲明，本刊將做適當處理。

國際中國文學研究叢刊

第十一集

中國典籍日本古寫本研究

王曉平　主編
郝　嵐　鮑國華　石　祥　副主編

上海古籍出版社

國際中國文學研究叢刊編委會

主　編　王曉平
副主編　郝　嵐　鮑國華　石　祥
編　委（以拼音爲序）
　　　　　曹　旭　陳平原　陳正宏　川本皓嗣
　　　　　伏俊璉　高恒文　河野貴美子　李逸津
　　　　　劉　勇　盧盛江　孫昌武　孫　郁
　　　　　王如青　吴伏生　夏曉虹　閻純德
　　　　　閻國棟　余　江　張　冰　趙　季
　　　　　趙利民　中西進

目　　錄

中國典籍日本古寫本研究

中國典籍日本古寫本研究創刊詞 …………… 高田時雄　撰　劉芳亮　譯　　1

唐代的《瑞應圖》
　　——以尊經閣藏《天地瑞祥志》寫本爲中心（概要） ………… 余　欣　　2

宋版以前的《淮南子》文本
　　——日本古寫本與吐魯番寫本 ………… 藤井律之　撰　劉芳亮　譯　　9

日本天授五至六年（1379—1380）識語本《孟子集注》寫校問題
　　初探 ………………………………………………………… 楊　洋　　13

日本南北朝時代（1336—1392）寫本《論語集解》概略
　　……………………………………… 高橋智　撰　劉芳亮　譯　　19

中國典籍日本古寫本研究第二期卷首語 ………… 高田時雄　撰　勾艷軍　譯　　23

上野本《三國志》殘卷拜觀記
　　——關於白堅 ………………………… 高田時雄　撰　勾艷軍　譯　　24

損毀復原的一篇
　　——《王勃集》卷二十九的祭文與神田家舊藏《祭高祖文》
　　……………………………………… 道坂昭廣　撰　勾艷軍　譯　　29

上野本《文選》殘卷引發的思考
　　——《文選》讀書史斷想 ……………… 永田知之　撰　勾艷軍　譯　　33

宋版以前的《淮南子》文本
　　——和製類書 ………………………… 藤井律之　撰　勾艷軍　譯　　37

東京國立博物館藏古人墨迹手鑑所含漢籍古寫本斷簡二件
　　……………………………………… 田良島哲　撰　占才成　譯　　39

百衲本《陳書》與宮內廳書陵部藏《陳書‧列傳》	辻正博 撰	占才成 譯	42
宮內廳書陵部藏《貞觀政要》卷一親覽調查報告	玄幸子 撰	占才成 譯	46
被剪切的《西域記》	高田時雄 撰	占才成 譯	51
旋風裝是否行於日本？	高田時雄 撰	張士傑 譯	55
愛知縣一宮市某家藏（市立博物館保管）鐮倉末南北朝時期寫本 《論語集解》	高橋智 撰	張士傑 譯	60
《晉書》卷八十一殘卷綴合之處	藤井律之 撰	張士傑 譯	73
京都大學人文科學研究所前身與中國典籍日本古寫本 ——以寫本複製為中心	永田知之 撰	張士傑 譯	76
日僧東陽英朝《新編江湖風月集略注》與《禪林句集》關係考釋		董璐	82
《鄭玄辭典》所引敦煌殘卷唐寫本《論語》鄭注材料來源考	李玉平	劉莉莎	100
黃丕烈、顧廣圻《國語》校勘略析		郭萬青	108

中國文學的流變與傳播

國學與國際漢學的異同
　　——以《詩經》的詮釋方法為中心 ············ 洪濤　121
伯牙鍾子期知音故事的内涵及其文學史價值 ········· 陳鵬程　王騰可　152
西人漢語觀考辨
　　——從《萬國公報》一篇語言小論談起 ············ 李娟　168
才子佳人小說的東亞旅行 ································ 狄霞晨　178
嚴歌苓《扶桑》中的跨國形象書寫 ···················· 曲慧鈺　190
民族文學本土研究著作翻譯對策
　　——以《〈格薩爾〉論》英文版為例 ········ 梁艷君　吳春曉　司國慶　200

國際中國文學研究論壇

後疫情時代數字化衝擊中的辦刊思考
　　——夏康達、王曉平、郝嵐鼎談 ··· 207

夏康達與天津新時期文學

我與天津新時期文學 ……………………………………… 夏康達　213

我所認識的夏康達先生 …………………………………… 宋炳輝　223

論夏康達的"現場批評" …………………………………… 劉衛東　230

批評家夏康達的批評之道 ………………………………… 祝昇慧　241

夏康達評論文章及著作編年 ……………………………… 祝昇慧　257

晚清報刊文獻與中國文學轉型研究

報刊史料與中國近代文學研究脞談 ……………………… 鮑國華　260

晚清革命"英雌"陳擷芬報刊詩歌考論 …………………… 胡全章　266

從《時報》(1886—1892)看近代天津城市文化轉型中的新聲與困惑 …… 李　雲　272

書評

文學的朝聖與視覺的俳句 ………………………………… 楊書睿　280

編後記 …………………………………………………………………… 284

中國典籍日本古寫本研究創刊詞

高田時雄　撰　劉芳亮　譯

20世紀初,敦煌莫高窟藏經洞中發現了大量宋以前的寫本,完全顛覆了學界此前認爲宋元古槧保存着最正確的文本這一常識。唐代及唐前文本的出現,爲中國典籍研究提供了新的指針。然而,這些新發現的材料多非完帙,常常只是一些非常小的片斷。另一方面,日本所傳承的中國古代典籍有許多是比較完整的,從這個意義上看,它們無疑具有很大的價值。在日本,從江户時代起便有人注意到日本古寫本保存了隋唐時期的古老文本,《經籍訪古志》所著錄的書籍中,古寫本就占了很大的比例。不過,日本古寫本大多在博士家和僧侶間相傳,其文本未必保存了從漢土傳來時的原樣,也有可能因爲後世流傳的印本而發生了改變。因此,將日本古寫本用於中國典籍文本研究時,必須充分考慮日本的學術史背景。

近年來,隨着對奈良、平安朝乃至鎌倉時代所抄佛典的積極調查,佛典的古寫本中也保存了古老文本的事實正變得越來越清楚。日本學術振興會的科學基金資助基礎研究項目(A)"中國典籍日本古寫本研究"努力調查包括收藏情況在内的相關典籍全貌,試圖從中國文獻學的立場進行基礎研究。調查的對象是佛典以外的經史子集四部。不過,佛教文獻中屬於《大正新修大藏經》"史傳部"的,我們認爲與隋唐時期的學術有很大的關係,故一併納入。另外,醫藥本草書本來也應當列入調查對象,但考慮到該領域專業性很强,故暫且排除。這祇能歸結於我們力所不及,今後如果能夠繼續該事業,我們當然希望也調查這部分文獻。

至於調查的結果,我們希望最終作成像"全國漢籍數據庫"這樣的日本古寫本數據庫,以便能統一瀏覽。

這份簡訊旨在刊登調查研究的進展情況以及在這一過程中所獲得的新發現,尚祈相關諸賢予以支持!

(作者爲京都大學人文科學研究所教授;譯者爲信息工程大學洛陽校區副教授)

唐代的《瑞應圖》
——以尊經閣藏《天地瑞祥志》寫本爲中心（概要）

余　欣

一、《瑞應圖》的成立：唐前諸種符瑞圖籍的源流

1. 符應説之學術淵源

符應之説，應本自陰陽五行之學，其中鄒衍是一個關鍵人物。鄒衍是戰國晚期整合陰陽五行學説而使之成型的核心思想家，事迹主要見於《史記·孟子荀卿列傳》。傳云鄒衍"深觀陰陽消息而作怪迂之變"、"禨祥度制"，這值得留意，表明祥瑞災異説源於天文、律曆、占候之術的陰陽家理論化。

與上述表述相近的還有《史記·曆書》："是時獨有鄒衍，明於五德之傳，而散消息之分，以顯諸侯。"又《漢書·藝文志》云五行"皆出於律曆之數而分爲一者也"。以上皆表明符應觀出自陰陽五行，而陰陽五行源於時序，是對時空與人事關係的理解。陰陽五行、禎祥變怪的知識—觀念—信仰體系，與早期方士—博物傳統頗有淵源，可視爲博物之學固有體系之一部分。

陳槃認爲符應説源於古代史官，史官實際上是承襲古代巫覡而來的，對於理解古代符應起源亦很有幫助。顧頡剛則提出戰國秦漢之際儒生方士化和方士儒生化的命題。古代的士人大多具有複雜的知識結構，既有士大夫一面，顯示其儒生性格，也有追求知識、技術與興味的一面，甚或希求其神異功能，二者并非不能"和衷共濟"，因爲在他們看來，"小術"中往往藴含著"大道"。

2. 戰國以降現實政治需求對符應説之推動

推動符應之説取得重大發展的是戰國以降現實政治的需求，這在《史記·天官書》中有很明確的表述，"攻取"、"兵革"、"饑饉"、"疾疫"乃推動符應之説大行的重要動因。其實豐歉、戰争、疾病這些内容，自古以來便是占卜中最爲主要的關切，它們共同促成了

符應説的勃興。

3.《瑞應圖》之分合流變

《中興館閣書目》著録："《符瑞圖》二卷,陳顧野王撰。初世傳《瑞應圖》一篇,云周公所製,魏晉間孫氏、熊氏合之爲三篇,所載叢舛。野王去其重複,益採圖緯,起三代,止梁武帝大同中,凡四百八十二目,時有援據,以爲注釋。""周公所製"應是託名,託名周公或孔子的現象在敦煌文書中也十分常見。雖是託名之作,但也可以説明這類著作可能有一個共同的"祖本"。這些書的錯誤重複之處不少,因爲它們編纂的目的并非爲了條分縷析,而是一個速查手册。

4. 小結

第一,鄒書符應之説,爲陰陽五行學説理論化之産物,其造作淵藪或出於古之史官。自古在昔,史官實爲一切"知識"之藏府,神怪之説,亦從此説,故載籍中一切人神變怪之説,大都託之史官氏。古史官符應之説,當考之於:一巫祝,二占候,三史典(陳槃説)。

第二,"中國古代知識—信仰—制度統一場論":史官爲神秘文化、技術之傳承者和執掌者,故禮典、博物、方術、瑞應之學可統合於史。符應當爲史學研究應有之義。

第三,符應之學,本於鄒衍,承其學之徒及後世方士爲博名利於世,顯達於時,不斷增益踵華,遂成詞旨稠疊之書(《漢書·藝文志》著録《禎祥變怪》一種,凡二十卷,可知不僅有專書,而且極盡繁複)。《瑞應圖》爲此"學與術"發展脈絡中之一典例。

二、唐代的《瑞應圖》:知識體系與觀念結構分析

1.《天地瑞祥志》概觀

《天地瑞祥志》二十卷,唐麟德三年(666)太史薩守真撰,是一部以祥瑞、災異、星占、雜占爲中心的專門類書。是書中國國内不存,《舊唐書·經籍志》《新唐書·藝文志》及歷代私家藏書目録均未見著録。但《日本國見在書目録》卅四"天文家"中著録有"天地瑞祥志廿",《通憲入道藏書目録》第一百七十櫃"月令部"也載有此書。現有九卷鈔本殘存,藏於東京前田育德會尊經閣文庫,堪稱珍貴的唐代佚籍。

關於《天地瑞祥志》,現在仍有一些爭議。比如作者薩守真。薩這個姓在唐人中很少見到,也有人認爲薩是薛的訛誤,也有人認爲薩守真是新羅人。另一個可疑之處是唐麟德三年年號的問題,麟德没有三年,可能是信息阻塞,改年號信息未及時送達之故。但是從行文的用例、保留的大量唐代俗字、以及其所反映的觀念來看,這部書應是鈔自

唐寫本無疑。

2.《天地瑞祥志》的版本

尊經閣本雖鈔寫年代較晚，爲江户時代貞享三年(1686)，但應屬皇家陰陽道世家土御門家據唐鈔本過録。此外，還有兩個本子：其一爲京都大學人文科學研究所藏有昭和七年(1932)鈔本。此本實爲尊經閣文庫本之臨本。京大本的字體和行款悉同於尊經閣本，即使是後者有誤之處仍照録，但對部分訛誤則以朱色箋紙加以校正，有一定參考價值。其二爲金澤市立玉川圖書館藏有加越能文庫文化七年(1810)鈔本，但將其與《天文要録》《六關記》并爲一册，僅存15行。所以真正的版本系統其實只有一個，即尊經閣本。

3.《天地瑞祥志》的學術價值

關於《天地瑞祥志》的學術價值，可以從三點來談：

（1）本書彙集了祥瑞、災異方面的許多資料。符命祥瑞，由於被視爲荒誕不經的迷信，長期以來爲國内治史者所忽視。中國古代祥瑞的整體研究工作，并未真正深入而系統地展開。尤其是符瑞之説極爲流行的中古之世，無論是政治文化史還是學術思想史的相關討論，都非常匱乏。除了問題意識之外，另一個重要原因是關於祥瑞的系統的古籍，存世稀少。本書將爲祥瑞以及中古政治史研究的深入拓展，提供新材料和新問題。

（2）從學術史角度來看，唐代興起對知識與禮制進行匯總的潮流，像《唐六典》、《新修本草》、《大唐開元禮》都是問世於這樣的學術背景之下，這是中古學術發展到一定階段的產物，《天地瑞祥志》也應該生發於這樣的學術背景之下。

（3）書中徵引了大量古佚天文、雜占著作，涉及星占分野、術語、天占、地占、月占、日占、五星占、恒星占、流星占、客彗星占、雲氣風雨雷電霜雪等氣象雜占、夢占、物怪占等，其中有不少可以與《史記·天官書》、《晉書·天文志》、《開元占經》等傳世古籍，《天文要録》(同爲尊經閣所藏)等日本殘存唐代佚存書，以及馬王堆帛書《五星占》、銀雀山漢簡星占書、敦煌本《占雲氣書》《瑞應圖》及星占文書等出土文獻互相印證，對於研究中國古代術數史、天文學史具有重要意義。

（4）書中還徵引了與封禪、郊祀有關的唐代祠令。唐令在研究唐代法制史上的價值不言自明，但却散佚殆盡。本書所存唐令佚文與《天聖令》、俄藏唐代令式殘卷的綜合研究，將爲唐代法制史研究注入新的活力。

4.《天地瑞祥志》的知識體系與觀念結構

（1）編輯緣起

薩守真自述編纂緣起講到的"廣集諸家天文，披攬圖讖災異"、"今鈔撰其要"，便反映了其撰述緣起。這類表述在中古同類知識論著中十分常見，尤其是在類書中。

（2）薩守真所述天文符應之觀念結構與學術脈絡，主要體現在《天地瑞祥志》薩守真所上之啓。叙中先引《易》《書》等經典，這樣的體例安排和《漢書·五行志》《五行大義》等相關論著十分相近，目的是爲了通過向神聖性的經典靠攏，從而提高自己的神聖性。從啓文中我們大致可以窺到傳統天文符應觀念的學術脈絡。

（3）《天地瑞祥志》之編纂體例

關於《天地瑞祥志》的編纂體例，薩守真講得很清楚："今拾明珠於龍淵，抽翠羽於鳳穴，以類相從，成爲廿卷。物阻山海，耳目未詳者，皆據《爾雅》、《瑞應圖》等，畫其形包（色），兼注四聲，名爲《天地瑞祥志》也。"

三、圖像與文本：《天地瑞祥志》與敦煌本瑞應、精怪圖的比較研究

有關寫本中的文本與圖像，以往學界關注較少。而對於這一問題的探討有助於我們理解寫本的製作流佈與知識傳習的關係，從而加深對知識成立過程的理解。

1. 早期的瑞應圖書

在漢代正史、文賦中，我們能找到一些早期瑞應圖書的痕迹。《漢書·禮樂志》所云"披圖案諜"即是查證某類瑞應圖書。《後漢書·肅宗孝章帝紀》："郡國所上符瑞，合於圖書者數百千所。"所謂"合於圖書"顯然也是指符瑞與瑞應圖書相合。司馬相如《子虛賦》中有"衆物居之，不可勝圖。"説的是雲夢澤祥瑞之物極多，多得畫不過來，這裏的圖也是指瑞應圖。

《後漢書·班固傳》引班固《典引篇》，李賢等注曰"應圖合牒"，即"應於瑞圖"、"合於史牒"，就是判斷是否爲符瑞的圖牒。同傳又引班固《白雉詩》云"啓靈篇兮披瑞圖"，都是指供人披檢的瑞應圖書。

2. 瑞應圖像的表現形式

瑞應圖像的表現形式主要有以下幾類：

（1）石刻畫像

符瑞圖之淵源當追溯至《河圖》《洛書》，爲石刻靈異動物圖像，至漢代，則以武梁祠爲代表。

(2) 琉璃屏風

晉崔豹《古今注》:"孫亮作流離(琉璃)屏風,鏤作瑞應圖,凡一百二十種。"《古今注》未必是信史,但可以反映出一些信息:《瑞應圖》確實是有圖的,一百二十種應是虛指,此數含有"萬物"之意,且肯定沒有將全部條目進行鏤刻,只是選刻而已。因爲有些瑞應,例如天象瑞異之類,其事瑣碎,而且單調,難以用圖像表現。

(3) 壁畫

後漢王延壽《魯靈光殿賦》云:"圖畫天地,品類群生。雜物奇怪,山神海靈。寫載其狀,託之丹青。千變萬化,事各繆形。隨色象類,曲得其情。"賦文描寫的便是瑞應圖像壁畫。

(4) 絹紙繪畫

張彥遠《歷代名畫記》卷三:"《符瑞圖》十卷,行日月楊廷光,并集孫氏、熊氏圖。"文中"行日月楊廷光"當爲"起日月揚光",此誤可爲寫本時代輾轉鈔寫致誤之典例。此畫卷帙達十卷之多,或作爲繪畫之符瑞圖,與作爲圖書之符瑞圖有所不同。推測畫作當繪畫更爲精細,而畫贊則較爲簡略,或僅榜題而已。

3. 敦煌本《瑞應圖》

法國國家圖書館藏敦煌文獻 P.2683《瑞應圖》,上半幅爲彩繪圖像,下半幅爲畫像解說,即所謂"圖經"或"圖贊"之類。存圖二十二幀,或有目無圖,或有文無圖,不一一對應。主要内容爲龜、龍、鳳凰之部。文中徵引經史諸子典籍及古佚讖緯、符瑞之書甚夥,極富輯佚和校勘價值。和《天地瑞祥志》相比,繪畫水平更高,引書的種類也更多一些。敦煌本《瑞應圖》具有如下特點:

(1) 殘卷所存每一類皆像贊數目頗多,其原書當卷帙繁鉅。

(2) 圖多有前後複出,當係雜採衆説,欲爲匯總,然多依舊書,稍加增飾,加之輾轉傳鈔,久而失實,且未加整飭,以致失之於蕪雜。例如龍之部保存了二幅構圖不同的畫像,但圖下贊文大同小異,之所以重出,推測鈔自不同底本之故。

(3) 有讚無圖現象所在多有。這體現出寫讚文者和畫圖者溝通中出現了誤差。

4. 敦煌本《白澤精怪圖》

敦煌本《白澤精怪圖》爲彩繪物怪圖贊,由 S.6162 和 P.2682 組成,P.2682 由 7 紙裝裱成卷,前 4 紙分兩欄排列,每欄左圖右文,後 3 紙有文無圖。S.6162 與 P.2682 前 7 紙類似。諸家考釋均集中於文本,而對於圖文關係鮮有論及。現在看來,此卷之定名、綴合尚有可商之疑點。圖與文的製作實態,有待今後展開。

5. 小結

目前可以判定的是：這一類帶圖的物怪書，自六朝至唐宋，一直非常流行。敦煌本的繪圖者與鈔寫者并非一人，甚至可能是不同時代的産物，圖像的成型年代有可能較早，或爲六朝時期的作品，文本則可能六朝至唐疊經改編。鈔本的年代爲唐代，其製作流程應該是先寫文字，留出位置，由畫師完成彩繪，因此有三紙會出現有文無圖的現象。鈔本在流傳過程中散葉，晚唐五代的收藏者曾根據己意重新裝裱，因此目前的順序并非原貌。物怪書不是爲了"志怪"，也不完全是先秦"詰咎"巫術的中古衍變，而應理解爲"五行志"的具象化，在性質上與《瑞應圖》其實并無二致。

四、《瑞應圖》的功能：神經瑞牒的實際運用與政治合法性的構建

符應是一種政治性方術，關於符應與政治的關係，可從以下三點論之：

（1）《洛書》云："王者之瑞則圖之。"瑞應圖書之經典性和權威性之獲得，當從此語求之。

（2）符應經由國家祭祀、歷史書寫、天命宣揚等方式，融入制度化構架，其實質可謂一系統政治方術。故符應成爲系統化之學説之過程，實與國家政治合法性構建互爲表裏。在民間則以禎祥變怪之雜學形式流傳。

（3）符應不僅爲政治文化之重要組成，亦爲時代風氣之表徵，一時代之氣息和脈動。在認識并揭示制度與社會變遷之進程與趨向之外，應當更爲活性化地探求中國歷史深層波瀾之源和天數世道潛運默移之故，庶幾可循此途徑而切問而近思。

當下的政治文化史研究，往往將某一類祥瑞災異和某一特定歷史事件進行對應，但這樣做往往是"其言論愈有條理統系，去古人學説之真相愈遠"（陳寅恪《馮友蘭中國哲學史上冊審查報告》）。我們應該探求一種觀念是如何影響了政治生活，未必要做强爲解人的一一對應。

1. 《瑞應圖》作爲官方判定是否爲瑞應依據的傳統

《瑞應圖》最主要的功能是作爲判斷是否爲瑞應的依據。這一功能在《吳禪國山碑》中有非常直接的體現，碑文講到"不在瑞命之篇者，不可稱而數也"，表明瑞命之篇是官方判斷瑞應的依據。

2. 唐代律令體制下的制度化

依《瑞應圖》進行符瑞判斷，在唐帝國律令體制背景下逐漸制度化。由《唐會要》卷

二八《祥瑞上》引《儀制令》,大致可以總結出祥瑞認證的流程及制度規定:地方官上表—告廟—皇帝確認—百官上表賀瑞。令文還特地提到,若"詐爲瑞應",還會依情節輕重受到不同程度的刑罰,這也是制度化的體現。此外,在《全唐文》中,我們看到很多士大夫關於祥瑞的上表,并非單純的諂媚之舉,因爲百官上表是祥瑞認證流程中的重要一環,也是制度化的規定。

通過解讀崔融《爲涇州李刺史賀慶雲見表》、《沙洲都督府圖經》(P.2005)卷三李無虧關於五色鳥瑞應的上表,我們可以得出結論:在祥瑞的實際認定過程中,必須依據《孫氏瑞應圖》等權威性的"瑞牒","案驗非虛",方能奏上。這也就是不論是中央還是地方,奏進祥瑞的表文必引經據典的原因。通常引用的典籍,包括《白虎通》《瑞應圖》《晉中興書》以及《孝經援神契》等各種緯書。在歸義軍之前,沙州亦不例外。武周時期,刺史李無虧所上每一道祥瑞奏表,必稱"謹按《孫氏瑞應圖》"。

3. 制度規定以外的運作

在瑞應認定過程中,常有一些非制度化的做法。若是"瑞牒"不載者,也有變通的辦法,但一般需要通過追加認定的方式,著於典册。例如《中書門下賀興慶池白鸂鶒表》:"瑞牒所無,蒸人何幸?伏望宣付史册,昭示將來。"這裏的"宣付史册"即是制度外的手段之一。

《爲留守奏慶山醴泉表》云"臣謹差户曹參軍孫履直對山中百姓檢問得狀",確認無誤后,繼而"伏請宣付史館,頒示朝廷。無任忭藻之至,謹遣某官繪圖奉進"。這也是一種由非常制進入制度化的設計。

(作者爲浙江大學古籍所教授)

宋版以前的《淮南子》文本
——日本古寫本與吐魯番寫本

藤井律之 撰 劉芳亮 譯

現行《淮南子》文本中,最好的當屬作爲《四部叢刊》本底本的北宋小字本,其次是據認爲繼承自宋本的正統《道藏》本,二者均系宋版以後的文本。不過,《淮南子》還有古寫本存世,雖非完帙,但保留了宋版以前的《淮南子》文本面貌,因此十分珍貴。《淮南子》的古寫本,有以下兩種。

1. 吐魯番寫本。現藏於俄羅斯聖彼得堡俄羅斯科學院東方學研究所,内容爲《時則訓》的片斷。

2. 日本古寫本。現藏於東京國立博物館,内容爲《兵略訓》的前半部分。

本文擬利用這兩種《淮南子》寫本,就宋版以前的《淮南子》文本,特別是正文部分的若干特徵進行探討。

首先來看一下吐魯番寫本。從字體的隸書風格來看,其書寫年代似乎是隋唐以前的南北朝時代。該寫本由多個殘片組成,文字量不多,但含有現在已經散佚的許慎注(現行《時則訓》的注釋是高誘注)。據推測,許慎注最初有單注本通行,後來被插入《淮南子》正文裏,此種痕迹可以在吐魯番寫本中找到。

在吐魯番寫本中,正文"……稱權槩"下有許慎注"尺量尺丈也鈞……斗甬量也端正也權稱□……"(見下圖一)。對應於正文"稱"字的注是"斗甬量也",而王念孫曾經指出"稱"字乃"桶"之訛。①

由此,我們可以清楚以下幾點:第一,許慎依據的文本中,"稱"作"甬",這證明了王

---

① 譯者注:王念孫之説見其《讀書雜誌》:"'角斗稱',高注曰:'斗稱,量器也。'念孫案:'"稱"皆當爲"桶"。"桶""稱"字相近,又涉注内"衡石稱也"而誤。《説文》:"桶,木方受六升。"《廣雅》曰:"方斛謂之桶。"斗、桶爲一類,故高注以桶爲量器,若作"稱",則非量器矣。《月令》作"角斗甬",鄭注曰:"甬,今斛也。"《吕氏春秋》作"角斗桶",高彼注與此注同。《史記·商君傳》"平斗桶",義亦同也。下文"仲秋之月,角斗桶","桶"字亦誤作"稱"。'

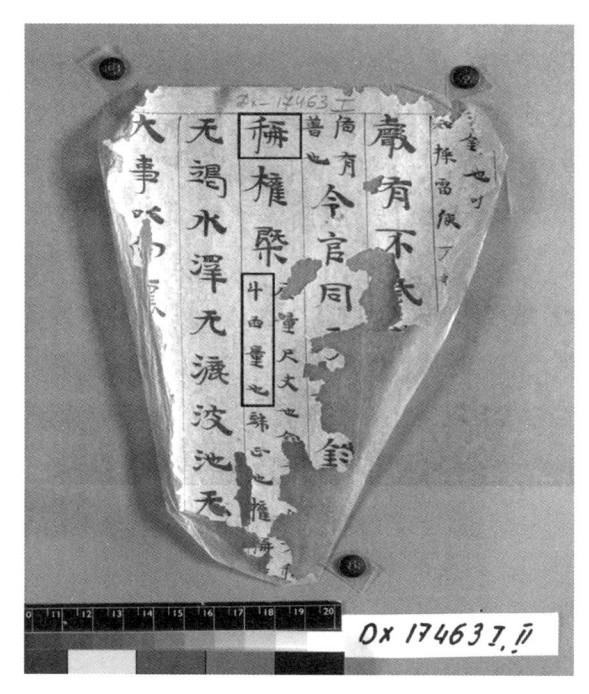

圖一　吐魯番寫本

念孫的意見是正確的。第二，"桶"作"稱"的抄寫錯誤，至遲在南北朝以前就產生了。第三，吐魯番寫本《淮南子》中，正文與注文的内容乖離，也就是説許慎注被盲目地插入非許慎所據文本之中。

順便提一下，高誘注作"斗稱，量器也"，《吕氏春秋》中也有相同的高誘注文①，因此可以認爲高誘注也在流傳過程中産生了訛誤。要言之，由"甬""桶"到"稱"的抄寫錯誤，在漢代并没有出現，但至遲在隋代以前誤作"稱"的文本已經成了主流。可以説，魏晉南北朝時期，《淮南子》文本在傳播過程中産生了混亂。

再來看一下日本古寫本。從字體來看，其書寫年代似乎是隋唐以後（唐初？）。之所以無法確定書寫年代，是因爲寫本中看不到隋唐皇帝的避諱現象。該寫本傳入日本的過程雖然不清楚，但它作爲皇室物品歷經伏見宫家、有栖川宫家、高松宫家的收藏，二戰後成爲東京國立博物館的藏品。

一般認爲，日本古寫本就是唐代通行的文本或者與之十分接近的文本。《淮南子》日本古寫本中有一處寫作：

　　以癈不義而授有德也

而《四部叢刊》本（北宋本）此處則作：

　　以廢不義而復有德也

由此可知日本古寫本中的"授"，《四部叢刊》本作"復"（見圖二）。

---

① 譯者注：《吕氏春秋》"角斗桶"高誘注爲"斗桶，量器也"，"稱"作"桶"。

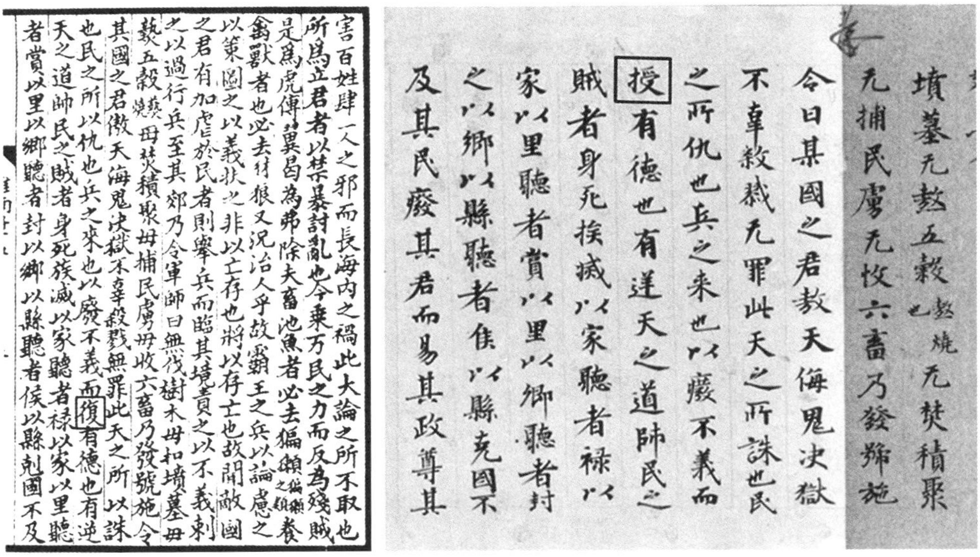

图二 "復"與"授"

趙蕤《長短經》中也引用了這一句:

《淮南子》曰:"以廢不義而授有德者也。"

文字與日本古寫本相近。趙蕤是唐開元年間人,《長短經》其他地方引用的《淮南子》也比《四部叢刊》本更接近《群書治要》裏引用的文本,因此可以認爲與《長短經》有共同之處的日本古寫本,是唐代通行的文本或者與之十分接近的文本,《四部叢刊》本在唐代則是非主流的文本。

此外,日本古寫本與《四部叢刊》本之間還有如下差異(見下圖三):

非有堅甲利兵(日本古寫本)
非有牢甲利兵(《四部叢刊》本)

何寧曾經指出,"堅"作"牢"的原因是避諱隋文帝楊堅①,但《四部叢刊》本的其他地方可以見到很多"堅"字,因此這裏的"牢"字應該是隋朝滅亡後抄寫時,忘記了改回"堅"字。同樣地,《四部叢刊》本中也有疑似忘記將"人"改回"民"之處。總而言之,

---

① 譯者注:何寧說見其《淮南子集釋》:"寧案:'牢'當作'堅',避隋諱改。"

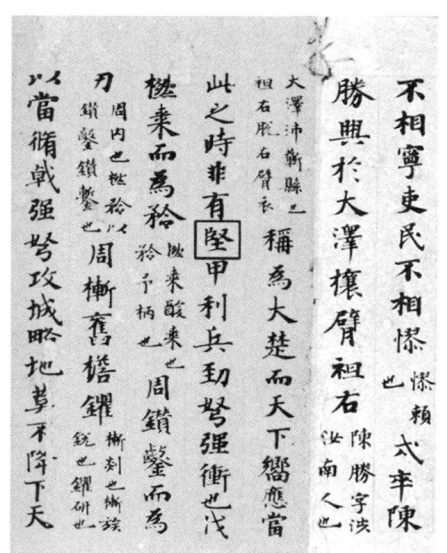

圖三　"牢"與"堅"

《四部叢刊》本不同於日本古寫本,它殘留了因爲隋唐的避諱而更改文本的痕迹;看不到隋唐避諱影響的日本古寫本和受到避諱影響的《四部叢刊》本,至遲在隋文帝時就出現了分歧,而這種分歧大概始於許慎注插入正文以後。

　　最後,如果根據以上考察吐魯番寫本和日本古寫本後得出的看法,就宋版以前《淮南子》文本的流傳情況進行簡單總結的話,可以做如下推想:至遲在曹魏時期就出現了與許慎所見不同的文本(如"桶/甬"誤作"稱"),後來它逐漸成爲主流,原本單行的許慎注被插入正文中。到了隋代,出現了不避諱"堅"字(抑或即使避諱,但唐代又恢復原字)和避諱"堅"(唐代以後沒有將避諱字全部復原)字的分歧。前者是唐代通行的文本,東京國立博物館所藏寫本就屬於該系統,而後者在北宋時期被刊刻,結果成爲流傳至今的主流文本。另外,《四部叢刊》本即北宋本系統的文本從隋代到北宋期間,至少經歷了三次抄寫,每次都因爲避諱問題更改文字。這種行爲當然會增加誤寫的風險,抄寫的文本也不是唐代的主流文本。可以說,這樣的情況是造成日本古寫本和《四部叢刊》本間文本准確性差異的重要原因。

　　補記:圖二、圖三中的日本古寫本圖版是由東京國立博物館提供的。

（作者爲京都大學人文科學研究所助教）

日本天授五至六年(1379—1380)識語本《孟子集注》寫校問題初探①

楊 洋

由成書於891年的《日本國見在書目録》著録"孟子十四。(齊卿孟軻撰,趙岐注) 孟子七卷。(陸善經注)"可知②,趙岐注和陸善經注《孟子》於9世紀末以前都已傳入日本。然而,在13世紀禪僧吸收宋代新儒學思想以前,日本却鮮有人完整地閱讀《孟子》。管見所及,藤原賴長(1120—1156)讀書目録中的記録"孟子十四卷,(首付)永治元年"是唯一可以反映《孟子》被平安時代日本人完整閱讀的例子③。15世紀以前,日本宫廷中世代傳習儒學的博士家亦未將《孟子》作爲必須學習的書物。從《花園天皇宸記》的記載來看,直到14世紀初日本宫廷中的博士家還没有形成《孟子》的家傳訓讀,不能完整地講授此書④。隨著《孟子》在禪僧當中被傳習⑤,朝廷學風也受到影響。據小川剛生研究,14世紀日本北朝⑥朝臣的學問中滲透了《孟子》的相關知識⑦。但同時期日本南朝傳習《孟子》的情況尚缺乏有力研究。

宫内廳書陵部編纂的《圖書寮典籍解題》認爲,日本天授五至六年(1379—1380)識語本《孟子集注》是南朝朝臣在南朝朝廷臨時所在地榮山寺(位於今奈良縣五島市小島

---

① 本文日文原稿《天授五・六年奧書本『孟子集注』の校合について》載《中國典籍日本古寫本の研究 Newsletter》第1号(2014年7月),應原刊主編高田時雄教授要求,翻譯爲中文投稿於《國際中國文學研究叢刊》。原文刊出後筆者的研究有若干進展,故借此機會進行了適當的修訂。爲適應中文讀者需要,本文還補充了一些注釋。
② 藤原佐世:《日本國見在書目録》,東京,名著刊行會影印室生寺本,1986年,頁45—46。
③ 增補史料大成刊行寫編:《台記》卷3,京都,臨川書店,1975年,第1册,頁100。
④ 可參楊洋:《從"文"向"道"——花園天皇與14世紀初日本宫廷對宋學的接受》,《文史哲》2021年第5期。
⑤ 參閱:芳賀幸四郎《中世禅林の學問および文學に関する研究》,京都,思文閣,1981年(初版東京,日本學術振興會,1956年),頁133—138。
⑥ 1336年,大覺寺統(龜山天皇皇嗣)後醍醐天皇(1288—1339)在足利尊氏威逼下讓位於持明院統(後深草天皇皇嗣)光明天皇(1321—1380),後醍醐天皇隨後逃離京都,在奈良南部地區建立小朝廷。1392年後龜山天皇回到京都,皇權統一於持明院統後小松天皇。日本史上將1336—1392年奈良、京都兩皇權並存的時期稱爲南北朝時代,北朝指京都朝廷,南朝指奈良朝廷。本文所論抄本識語涉及的年號天授、弘和均爲南朝長慶天皇(1343—1394)年號。
⑦ 小川剛生《二條良基研究》,東京,笠間書院,2005年,頁439—468。

町)據"唐本"①、仲盛卿自筆本寫校的②。據此,則這部抄本是日本現存最爲古老的《孟子》抄本,也是唯一一部日本南北朝時代的《孟子》抄本。不過,阿部隆一認爲,這部抄本的書寫時間是室町時代後期,但阿部在論文中並説明作此判斷的具體理由③。阿部隆一之後,没有學者對這部抄本進行過專門研究,井上順理、小川剛生在其著作中均認同阿部結論④,但宫内廳書陵部至今仍將其著録作南北朝時代抄本⑤。

本文首先對日本天授五至六年(1379—1380)識語本《孟子集注》的書誌學特徵進行介紹,再以校語爲綫索對其寫校過程作初步考察。筆者主張這部抄本如果不是日本南北朝時代的寫校本,至少也是忠實傳抄南北朝寫校本的謄寫本,因而可以成爲學者研究日本南朝朝廷講讀、接受《孟子》的基礎史料。

一、日本天授五至六年識語本《孟子集注》的書誌學特徵

日本天授五至六年識語本《孟子集注》共十四卷,七册,包背裝,開本約 24 cm×16.8 cm。青藍色外封,紅色題簽,題簽上大字書"朱孟"、小字書卷數(如第一册書"一之二"),各册外封右下角均有墨書"洞芳"二字。第一册扉葉有"昌佐御房可被參/西藕御房被參/洞芳/(花押)"三行題語,第二册—第七册扉葉僅有花押。卷首題"孟子卷第一 朱子集註",正文無界欄,行款爲每半葉六行,每行大字十五字,小字雙行十五字,行高約 18.4 cm。正文全部文字爲同一人以墨筆書寫,全卷經文有朱墨兩種訓點,卷一至卷四集注亦有朱墨兩種訓點,朱筆訓點爲"ヲコト"點,墨筆訓點爲假名點。天頭、地脚時有墨書補注,行間有墨書校語,偶有朱書校語,皆與正文爲同一人書寫。卷末識語較多,兹全部迻録如下:

卷二正文末共兩條,作"本云/依履之坦上人懇命分句讀誌音訓畢/時天授戊午孟穐晦也/芸巢賸人";"弘和元年孟夏上旬移花山院右大將/點了"。正文之後插入四葉插

---

① "唐本"指從中國傳入的書籍,與朝代無關。
② 宫内廳書陵部編《圖書寮典籍解題》(漢籍篇),東京,大藏省印刷局,1960 年,頁 60。
③ 阿部隆一論及此抄本的論著有:《本邦中世における大學中庸の講誦傳流について——學庸の古鈔本並に邦人撰述注釋書より見たる》,載《斯道文庫論集》第 1 輯,1962 年。《室町以前邦人撰述論語孟子注釋書考(下)》,載《斯道文庫論集》第 3 輯,1964 年。另外,關於室町時代的時期劃分,學界有不同意見。阿部隆一未説明採用何種劃分方式,若據一般性理解,室町時代後期大體是指應仁之亂結束的 1477 年至足利義昭被織田信長驅逐出京都的 1573 年。
④ 井上順理《本邦中世までにおける孟子受容史の研究》,東京,風間書房,1972 年,頁 347。小川剛生《南北朝期の『孟子』受容の一樣相——二条良基とその周邊から》,載《國文學研究資料館紀要》第 28 号,2002 年 2 月。
⑤ 見 https://shoryobu.kunaicho.go.jp/Toshoryo/Detail/1000072560000? searchIndex=39。

圖,後有"孟子年譜"等文,文末有識語一條,作"此本雖無之以孫奭疏聊抄出/之考也"。此後一葉有識語二條,作"天授第五曆林鍾十二日於和州/榮山旅宿以唐本書寫之訖";"以同本校合了"。

卷四末有識語四條,作"天授五季無射上旬於榮山之旅/宿書寫之畢";"以唐本一校了";"弘和元年蕤賓中二日移花山院右大將點了";"本云/天授戊午禩季穐上澣分句讀畢/芸巢子"。

卷六末有識語一條,作"一校了"。後一葉有識語二條,作"天授五年無射下旬於榮山舊館/書寫了";"以唐本校了"。

卷八末有識語二條,作"天授五季無射中旬於榮山行宮/書寫之訖";"以仲盛卿自筆本一校了/以唐本校了"。

卷十末有識語一條,作"天授五年應鍾上幹日於榮山行在所/書寫之訖"。

卷十一末有識語一條,作"天授五年十月十八日書寫了"。

卷十二末有識語二條,作"天授六季孟春初五日於榮山旅館/書寫之了";"以同本一校了"。

卷十四末有識語二條,作"天授六年正月十日終一部書寫之/功畢";"以同本一校了"。識語後有另一筆跡以大字題"不可有外見者也"。

儘管識語層次較爲複雜,但按其屬性可分作三類:1.有關天授五年至六年書寫的識語;2.有關校勘的識語;3.有關訓點的識語。據第1類識語,此抄本(或此抄本據以謄錄的底本)書寫於天授五年六月至天授六年正月間。據第2類識語,此抄本利用了"唐本"、"仲盛卿自筆本"進行校勘。據第3類識語,此抄本(或此抄本據以謄錄的底本)的書寫者於弘和元年(1381)謄錄了花山院右大將點本的訓點,而弘和元年識語皆與天授四年(1378)芸巢子識語相連,故花山院右大將點本的訓點極有可能抄錄自芸巢子的訓點。據阿部隆一研究,花山院右大將是歷後村上、長慶、後龜山三朝的南朝重臣花山院長親,仲盛可能是宗良親王《新葉和歌集》所收"雜歌"的作者南朝朝臣"參議仲盛"[①]。又據玉村竹二考證,"芸巢子"、"芸巢賸人"可能是臨濟宗法燈派在庵普在(1298—1376)法嗣、今藏於東京大學史料編纂所的詩文集《雲巢集》的作者,與南朝後村上天皇皇子惟成親王關係密切[②]。

[①] 阿部隆一《本邦中世における大學中庸の講誦傳流について—學庸の古鈔本並に邦人撰述注釋書より見たる》,頁27。

[②] 玉村竹二《榮山寺行宮資料所見の三禪僧》,載《史記名勝天然記念物》第15集第11號,1940年11月。

二、由校勘看日本天授五至六年識語本
《孟子集注》的寫校過程

日本天授五至六年識語本《孟子集注》中有大量校語，據此可在一定程度上判斷寫校時所依校本。筆者對校語進行了分類統計，列表如下（數字表示該類型校語出現的次數）：

卷次	イ有、イ無、イ本作、イ本無、イ	本作	本有イ無	他本作	唐、唐作、唐無、唐本作、唐本無	仲盛本作、仲本作	摺無	点作、点本作、点本	不提示文本來源的異文
序説								一	
卷一	三							七	三
卷二	四	一						六	
卷三	三							一	
卷四	一	一						一	一
卷五		三			一七				三
卷六	四				二		一		四
卷七	五	二			一四	二			
卷八	四	一	一		一八				三
卷九	二			一	二		一		一
卷十						一			
卷十一	二								
卷十二	四								一
卷十三	四								
卷十四	四								一

據上表統計和對校語的具體考察，各卷中的校勘可歸納有如下顯著特徵：

1. 卷一至卷四没有"唐、唐作、唐無、唐本"系校語。

2. "点作、点本作、点本"系校語僅見於卷一至卷四。

3. 不同卷次中有同一字的正文、校語完全相反的情況。如卷二"簞食壺漿，以迎王師"注"食音似"，在"似"字右下書有校語，作"嗣　点乍"；而卷八"一簞食，一瓢飲，人不堪其憂，顔子不改其樂，孔子賢之"注"食音嗣"，在"嗣"右下書有校語，作"似　唐乍"。

卷十三"是捨箪食豆羹之義也"注"食音似","食而弗愛"注"食音嗣",兩者皆無校語。

4. 卷二有擦除正文文字、依據校語重新抄寫的例子。如"以大事小者,樂者也。以小事大者,畏者也。樂天者保天下,畏天者保其國"注"大之字小,小之事大",在"字"右下書有校語,作"事イ"。但仔細觀察會發現,此處正文、校語都有擦除痕迹,原正文寫作"大之事小,小之事大",在上"事"字右下原寫有校語,作"点乍字"(與更改後的正文、校語正好相反)。

5. "仲盛本作、仲本作"系校語僅見於卷七。

基於1、2、3,筆者認爲,卷一至卷四與卷五至卷九採用了不同文本作爲抄寫底本。卷一至卷四的底本是"唐本",以"點本"爲主要校本。卷五至卷九以"唐本"爲主要校本。卷十至卷十四校語數量明顯減少,所據校本不明。基於4,可知此抄本并非選定底本、校本後一以貫之地進行校勘,實際的過程可能是抄寫時邊想邊改。

再對3作進一步分析。筆者對照諸種傳世宋元本,發現無注"食"音爲"似"者。且《附釋文互註禮部韻略》和《增修互註禮部韻略》均以"食"、"嗣"爲去聲祥吏切,以"似"爲上聲詳里切,可見"點本"和卷八底本皆遵循《禮部韻略》注音,而作爲卷二底本和卷八校本的"唐本"則不區分全濁(邪母)上去聲。因此,卷一至卷四的底本和卷五至卷九的主要校本"唐本"應爲同一本,其在注音方面有非常明顯的特徵,與傳世宋元版皆不同,且不依循《禮部韻略》。卷十三的兩處注音,顯示此卷抄寫過程中可能混淆了諸種底本,"唐本"作爲底本中的一種而存在。

由此可見,"唐本"可能并非善本,而卷五至卷九的底本和"點本"的文本較爲接近宋元版。結合卷二、卷四末的識語來看,"點本"當是花山院右大將謄寫芸巢子訓點的抄本或版本,但"點本"在卷四之後沒有被利用的痕迹。卷五至卷九的底本可能是"仲盛卿自筆本"。進行此推測的依據是,識語中雖有"以仲盛卿自筆本一校了",但"仲盛本作、仲本作"系校語全書僅見三處,且每一處都有"唐本作"的校語與之相對照。若仲盛卿本非底本而是校本,書寫者當會更加積極地利用其進行校勘。

三、小　　結

由以上對校語、識語的分析,筆者認爲,日本天授五至六年識語本《孟子集注》并非是在清楚判斷諸種版本或抄本價值基礎上,以某種一以貫之的思路進行寫、校的產物,而是邊抄、邊校、邊改的"形成中"的文本。如果日本天授五至六年識語本《孟子集注》

是傳抄本,那麽一般而言抄手在抄寫時應當能夠發現正文、校語存在嚴重前後不一的情況并進行統一。因而這部抄本即使不是天授五至六年抄本原本,也應是後人完全忠實於原本(包括校語部分)而進行謄寫的文本。

　　基於此,筆者認爲,日本天授五至六年識語本《孟子集注》可以作爲研究日本南北朝時代南朝朝廷講讀、接受《孟子》的基本史料加以利用。日本天授五六年識語本《孟子集注》是日本朝廷分裂時期南朝宫廷中傳承、講習《孟子》實態的標本,而且反映出朱子集注在日本《孟子》接受史上的重要意義,其文獻價值應當被更加深入地加以挖掘。日本天授五至六年識語本《孟子集注》在書寫體式上完全模擬刻本,是中國刻本時代書籍文化向周邊國家擴散的實物證明,但其寫、校過程仍然顯示出日本傳統寫本文化的特點,而理解這種混合體質是對其作進一步研究的關鍵所在。

　　（本文作者是京都大學文學博士、中山大學歷史學系助理教授）

日本南北朝時代(1336—1392)寫本《論語集解》概略

高橋智 撰 劉芳亮 譯

一、日本古鈔本《論語集解》的調查方向

　　日本現存的室町時代以前的漢籍古鈔本有將近1 000件,其中《論語集解》的數量超過了100件,這一現狀意味着對於存世古鈔本研究來說,《論語集解》古鈔本是極其重要的對象。

　　拙著《室町時代古鈔本〈論語集解〉研究》(汲古書院,2008年)設定了一個前提,那就是《論語集解》日本古鈔本在南北朝時代以前和以後即室町時代(14世紀末至16世紀中葉)有着很大的差異。其中還談到,所謂古寫本中的南北朝時代,是指大約14世紀初期至末期的寫本,這樣區分的主要原因可以從時代的發展以及《論語集解》周邊環境的變化中去尋找。這固然是一種理念,但當我整理完室町時代的鈔本,手裏拿着南北朝鈔本時,也的確感到其中有一種難以名狀的古色蒼然之趣。

　　因爲沒有遺存的實物,所以平安時代《論語集解》古寫本的情況無從瞭解。而到了鎌倉時代,由於明經博士、中原家和清原家使用過的古鈔本確定存世,才可以窺知過去對集解本的習讀情況。中原家本現存於醍醐寺、東洋文庫(這兩種原爲一套)、高山寺等處,清原家本現存於宫内廳書陵部(嘉曆二年、三年[1327、1328年]寫)、東洋文庫(正和四年[1315年]寫)、大東急紀念文庫(建武四年[1337年]手校)、杏雨書屋。當然,上述清家本都是鎌倉至南北朝時期的,與南北朝的寫本并沒有很大的差異,但根據書寫者和書寫風格,我將它們區分爲鎌倉時期和南北朝時期兩類。我想《論語集解》古寫本也許是經過了鎌倉時期嚴格的傳授後,才在南北朝時期開始擴散到各家的。

　　武内義雄博士《論語之研究》(岩波書店,1939年)中收入的《本邦舊鈔本論語的兩個系統》(係《正平版論語源流考》[大阪府立圖書館,1933年]的摘録)一文對博士家的

論語研究有詳細的論述。南北朝時代,確切的博士家鈔本反而沒有存世,無法斷定爲博士家所依據的古鈔本則有數件存世,這反映出《論語》習讀傳播之一端。其後,古鈔本只在15世紀左右發現了幾個傳本,到了稍晚的16世紀的室町時代,正遇上清原家的中興,古鈔本突然多了起來。其間的正平十九年(1364),《論語集解》在堺出版,僅僅是能夠確認存世的就有雙跋本二種、單跋本、明應覆刻本這四種版本,此即所謂"正平版論語",它作爲最早的《論語》古刻本而風靡一時,給古寫本的世界帶來了很大的影響。

過去對《論語集解》古鈔本進行搜羅整理的成果有:紀念大正二年第七屆釋奠的《論語書目》(孔子祭典會)、昭和六年大阪府立圖書館《論語善本書影》、昭和十年斯文會《論語秘本影譜》、昭和初期大橋圖書館《論語展覽會目錄》等。

二、南北朝時代寫本《論語集解》的現狀

目前已確知下落的南北朝時期的寫本如下。1、3、7是完整的本子,其他皆有殘缺。

1. 東洋文庫,貞和三年(1347)藤宗重跋,鈔本10冊。
2. 愛知縣一宮市某家,元德三年(1331)虎關師煉寫,4軸,重要文化遺產。
3. 臺北故宮博物院,觀應元年(1350)寫,10冊。

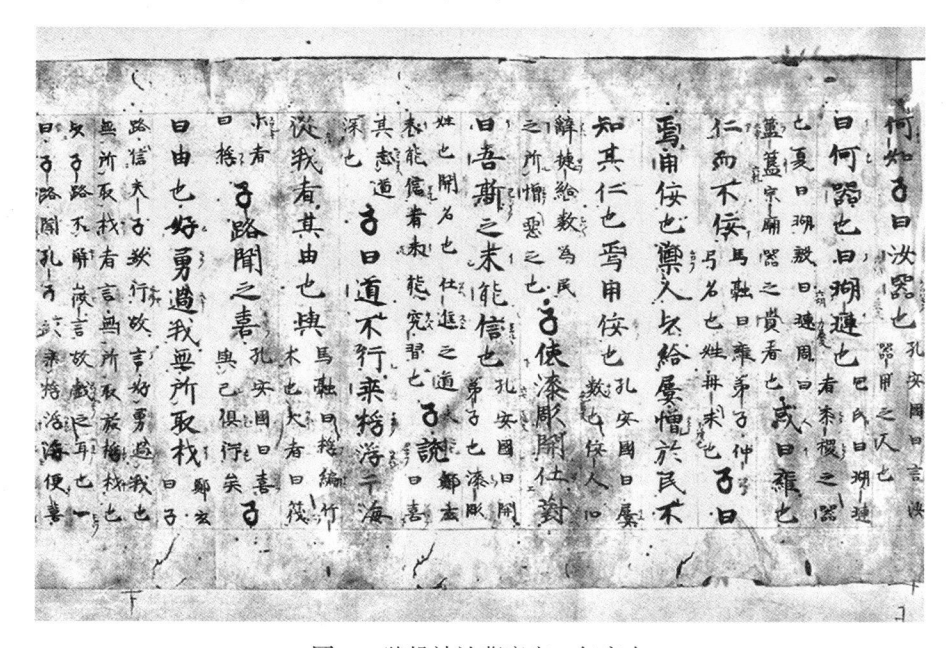

圖一　猿投神社藏康安二年寫本

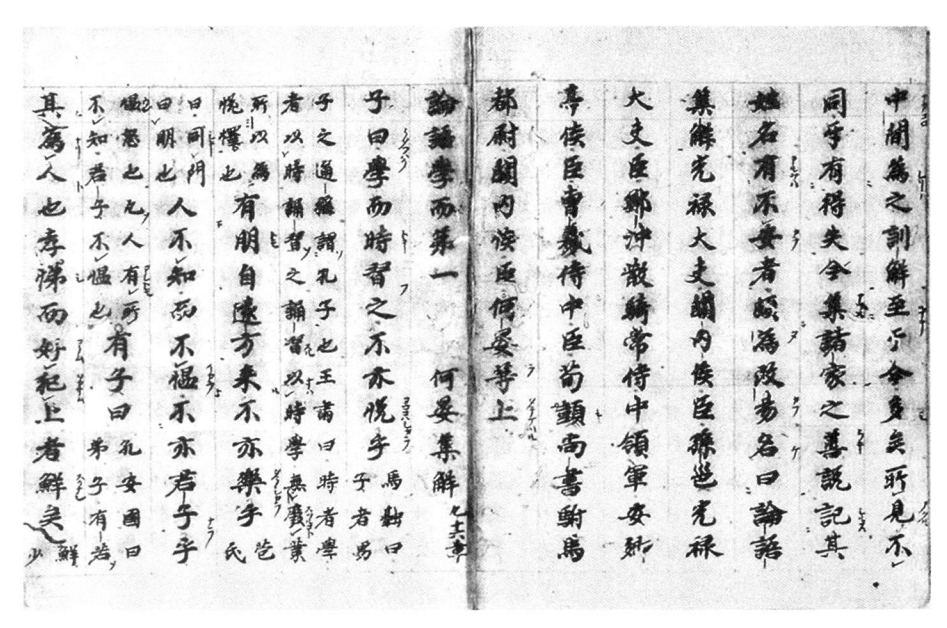

圖二　臺北故宮博物院藏楊守敬觀海堂舊藏觀應元年寫本

圖三　村口書房藏（現在不明）南北朝寫本

4. 猿投神社,康安二年(1362)寫,3軸,重要文化遺產。
5. 猿投神社,南北朝時期寫,1軸,重要文化遺產。
6. 猿投神社,南北朝室町初期寫,1軸,重要文化遺產。

7. 村口書房,南北朝時期寫,10 冊。

如上,南北朝時代抄寫的《論語集解》傳本,僅存寫有貞和三年(1347)識語的東洋文庫所藏本等數部而已,但它們和鐮倉末期的寫本有着緊密的關係。如果説南北朝時代是《論語集解》古鈔本在文本方面達到最高地位的時代,恐怕也不算言過其詞吧。此外,就與室町時代古鈔本的比較而言,南北朝時代的古鈔本保留了正平十九年(1364)出版的正平版《論語》以前的面貌,可以認爲它與深受正平版影響的室町時代的產物截然不同。

愛知縣豐田市猿投神社藏本(三種),包含在 1965 年被指定爲國家重要文化遺產的猿投本漢籍古鈔本系列中(《古文孝經》《春秋經傳集解》《論語集解》《史記集解》《帝範》《臣軌》《文選》《白氏文集》)。1964 年斯道文庫阿部隆一教授進行了調查,大約同時國學院大學村田正志先生編纂了《猿投神社主要寶物目録》,2005 年國文學研究資料館山崎誠先生爲豐田市教育委員會《豐田史料叢書》中的猿投神社《論語集解》古鈔本寫了解題。

猿投神社的三種寫本原來應該各自保存完整,可惜現存的只有十分之一。雖然不清楚它們的由來等詳細情況,但其古老的書寫風格大概是有所依據的。關於其意義,《斯道文庫論集》第 43 輯(2009 年 2 月)業已闡明。從部分校勘情況來看,可以説這三種寫本,尤其是康安本體現了"正平版論語"以前《論語集解》的面貌,又與觀應本等有共通之處。

觀應本原爲卷子本,後改裝成折子本,由五名抄手抄成。近人楊守敬將它從日本帶到了中國。①

一宮市某家本現存 4 軸,缺卷五至卷六的第 3 軸。全卷爲同一筆跡,卷中與"江本"、"家本"等多個異本校對的批注也與正文筆跡相同。該鈔本保留了清原本的訓點和原跋,還保存了元德三年虎關師煉的後跋。

以上筆者就已經着手調查的古鈔本做了概述。目前還在調查過程中,今後的課題是對古鈔本全面地進行數碼拍攝,同時把握它們的意義。

(作者爲慶應義塾大學文學部教授)

---

① 譯者注:楊守敬在《日本訪書志》卷二專門談論了此鈔本。

中國典籍日本古寫本研究第二期卷首語

高田時雄　撰　勾艷軍　譯

繼去年之後，很榮幸又推出簡報第二期。首先想向各研究課題承擔人、合作研究者和以各種形式協助研究活動的人士表示感謝。

本簡報以介紹基礎研究《中國典籍日本古寫本的研究》部分活動爲宗旨，擬將重點放在快速報導每年的調研成果方面。

上一年度主要以東京國立博物館收藏的寫本爲調研對象，第二年度得以調查京都國立博物館的館藏品和同樣寄存於該館的古寫本。同仁赤尾榮慶先生三月末即將退休，我們制定的計劃"只圖自己方便"了，拜托先生在職期間方便的時候參與研究，赤尾先生沒有流露出任何不情願的神色，并先後兩次承擔東道主的工作，對此我們唯有感激。

京都國立博物館的館藏品有國寶古墨迹帖《藻鹽草》、守屋孝藏舊藏《大唐西域記》卷一、《南海寄歸内法傳》卷第四、《大慈恩寺三藏法師傳》卷第六、以及金粟山藏經的内典、隨函、音疏等，另外還包括數年前新加入館藏的福井崇蘭館舊藏原本《玉篇》、明治時期斷裂爲五的《世說新書》卷六中山田永年持有的殘卷等，皆令人大飽眼福。

但這次對我們而言最爲喜悅的，就是得以調查上野家寄存品中幾乎所有的珍品（參照末尾的活動記錄）。上野家的收藏活動始於有竹齋上野理一收集古書畫，到了接下來的上野精一這代人，開始涉足古典籍。據說戰後混亂時期，相當一部分藏書被處理掉了，但我們計劃調查的寫本漢籍，經歷了困難時期依然爲上野家所傳承，并寄存於京都國立博物館，值得欽佩。幾年前，赤尾榮慶策劃的"筆墨精神"展覽會在京博舉辦之際，上野藏品大多已展出，這次承蒙上野家特別的深情厚誼，得以有機會對其進行詳細的調查，感激之情無以言表。今後，我們將努力使調研成果完美地反映到學術研究中。

（譯者爲天津大學外國語言與文學學院副教授）

上野本《三國志》殘卷拜觀記
——關於白堅

高田時雄　撰　勾艷軍　譯

前些日子,在京都國立博物館調查上野家收藏古寫本之際,在考察日本古寫本的同時,我們還得到拜觀《三國志》殘卷的機會。這是王樹枏(1852—1936)當年在吐魯番獲得的殘卷,大約在昭和初年,經白堅之手,轉讓給武居綾藏,其後繼續輾轉,終歸上野家所有。直至今日,人們將其認定爲晉人的寫本。衆所周知,雖然是僅有八十行的殘卷,但與現行本相比較,發現有很多不同的文字,作爲一部保留有古老形態的寫本,備受學界珍視。該寫本前面銜接的十行也是經由白堅之手轉讓給中村不折的,現收藏於書道博物館,此事有識之士想必也很瞭解。武居綾藏在昭和六年九月,將此寫本影印出版,其中附有王樹枏、羅振玉、內藤湖南的跋文。內藤湖南的跋文清晰地記述了這一經過,以下引用部分內容:

> 武居君所藏三國吳志虞翻陸績張溫傳殘卷隸書八十行晉人書,出於吐魯番土中,爲王陶廬樹枏所獲,既歸戈齋白堅,白堅再歸之於吾友武居君。……武居君獲此本後,白堅復獲其殘簡十行,歸諸中村不折,乃虞翻傳文,宜接此本前。

不僅是古寫本,白堅還將很多書畫等一級中國美術品帶到日本,這一點正在逐漸明確。筆者曾寫有《李滂與白堅》一文,確認了李盛鐸舊藏敦煌寫本被帶往日本的背景,同時也對白堅這一人物的活動有所涉及(《敦煌寫本研究年報》創刊號,2007年)。白堅是一個交際範圍極廣的人物,後來在很多意想不到的地方,也屢次發現他的名字。我想如果有機會的話,會公布白堅所有的活動足跡,但在此僅記述由《三國志》殘卷諸家跋文所注意到的一些事項。

此寫本製作爲卷本,內容現在如下。首先是宣統乙丑(1925)鄭孝胥的題字,接下來是寫本正文八十行,其後是乙丑元日王樹枬的長跋(一紙,圖三),進而是乙丑三月羅振玉跋、乙丑三月謝無量跋(圖二)、繼之以昭和五年(1930)八月內藤湖南跋(此三篇跋文寫在同一紙上,圖一)。關於《三國志》寫本,如前所述,昭和六年武居綾藏影印本已面向大眾廣泛公開,但通過這次實際檢查寫本發現,武居綾藏在影印時省略了謝無量的跋文。不過,京都博物館的赤尾榮慶曾經論及謝無量跋文的存在(見拙編《草創期的敦煌學》收錄的《上野收集與羅振玉》,第 75 頁),但沒有涉及跋文的文字內容本身。然而,由於謝無量的跋文與白堅的閱歷相關聯,因此特在此予以探討。

圖一　羅振玉、謝無量、內藤湖南跋文

圖二　乙丑三月謝無量跋　　　圖三　乙丑元日王樹枬跋

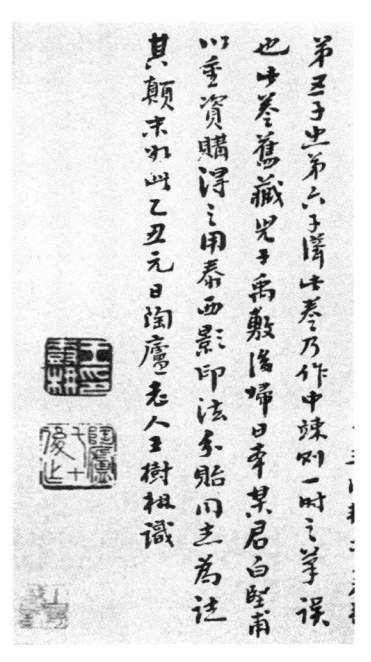

　　已知白堅是四川西充人。年輕時赴日,在早稻田大學學習,娶日本女子爲妻,這些也是已知事實。但白堅留學日本前後的經歷幾乎不爲人所知,幸運的是,通過謝無量跋可以獲知若干訊息。謝無量説:"戈齋先生嗜古能書。十年前余客成都,常與之飲酒,不相見久矣。乙丑春薄游京師,偶過其齋中。"若説乙丑年(1925)的十年前,據考證白堅生於1883年(橋川時雄《中國文化界人物總鑒》),那麽白堅當時已過三十歲。此時的白堅,究竟是結束日本留學已然回國,還是即將去日本留學之前駐留成都,由於白堅留學早稻田的年代不明,所以無法確定。

但從常識來考慮,應該是歸國之後。因《中國大文學史》等著作而聞名的謝無量(1884—1964),是四川樂至人,1909年被招聘爲成都存古學堂的監督,直到革命後該學堂改稱四川國學館的這段時期,他一直都在成都,後來據說離開了此地。這樣説來,白堅與謝無量在成都時常飲酒,最多也應是民國元年之前的事情。謝無量所記載的十年前,只不過是大概的數字,實際上經過了十數年的時間。白堅歸國後大概曾在成都短暫居住,後來前往北京的吧。

順便説一下白堅的"戈齋"這一齋號。白堅在《晉寫本三國志吴志殘卷跋》(刊載於《支那學》第三卷第十一號,大正十四年八月)中署名爲仲山甫戈齋,這是正式的名號,可能是因爲收藏有仲山甫戈這一青銅器,所以才如此取名。晚年他將上海的寓所稱爲與石居,也是因爲收藏有很多漢魏的石經殘石,命名思路如出一轍。

謝無量的跋文姑且探討至此,接下來擬分析王樹枏跋文中引人深思的段落。王樹枏跋文末尾有這樣一段文字(圖三):

> 此卷舊藏兒子禹敷,後歸日本某君,白堅甫以重資購得之,用泰西影印法分貽同志,爲志其顛末如此。

王樹枏講述道,此寫本爲兒子禹敷的舊藏,後歸日本某君,白堅又耗費重金購得,然後通過西洋的影印法分贈給同好,故作此跋文記録其始末。不過,不能立刻相信王樹枏的上述説法。王禹敷是王樹枏次子,生於光緒十四年(1888),同治十年(1871)出生的長子政敷,已於宣統二年(1910)正月去世,所以此寫本被禹敷繼承,也并非不可思議。但寫本由禹敷之手轉讓給日本人,白堅又購回,這是爲何呢?武居綾藏在其影印本的日文解説中只談道:"此本出土後歸王樹枏氏收藏,距今數年前歸於插架。"從未提及離開王氏之手、歸日本人某氏所有之事。不僅是武居氏,内藤湖南也完全沒有提及這一人物的存在。這一奇妙的轉變僅見於王樹枏跋文,此間應當另有隱情,具體情況至今未明。王樹枏可能出於某些理由,想要隱藏此寫卷經自己之手直接賣掉之事。當然也許僅僅是顧及到體面。總而言之,寫本經王樹枏轉由其次子擁有,後來轉讓給日本人,白堅又將其購回,進而賣給日本人武井綾藏,這很可能是編造的故事,或許這一虛構就出自王樹枏和白堅之間。

事實上王樹枏與白堅是師徒關係,這一點知曉的人并不太多。據説白堅由成都移居北京後,拜在王樹枏門下,執弟子之禮。民國三年(1914)八月,北京設立清史館,趙爾巽任館長,王樹枏被聘任爲總纂,時年六十四歲,王樹枏此後長期待在清史館。還不確定白堅在北京何時就學於王氏,但我想是比較早的時期。王樹枏的文集《陶廬文集》二十卷封面裏側寫有"乙卯(1915)冬月刊行",但實際上是推遲到翌年刊行的。《文集》第一册目錄的末尾,附有白堅的識語。白堅講述道,王樹枏文集此前曾兩度刊行,但此後十餘年的續作,僅有傳鈔本,雖説經過先生的删定,但彼此有差異,并不一致。因此,依據先生的底本,同門協商,交付刻印,并請桐城姚叔節先生(姚永概)及其弟子趙湘帆君進行評點。先生的著作還有二十餘種,今後將一一精刻,分享給同好,這是自己微小的志向,末尾署名"丙辰五月受業西充白堅謹識"。丙辰相當於西曆的1916年,所以《文集》的出版應該在此之後。對我們而言更爲重要的是,白堅最遲在此之前已進入王樹枏門下,從王樹枏認可跋文的乙丑年算起,大約是在十年之前。很容易想象,長期就學於王樹枏門下的白堅,盡最大努力將老師的收藏品不失體面地銷售出去。

以上是通過《三國志》殘卷跋文瞭解到的關於白堅的新知識,借此場合順便附加一件白堅的事情。在調研的當口,國際佛教學大學院大學的落合俊典教授在距離我們稍遠的地方,正在熱心地調查另外的經卷,即守屋孝藏舊藏《註楞伽經》第一卷。這是佛典,不屬於我們的調研對象,但筆者偶然在收納經卷的箱子裏發現一張折疊的紙,打開一看,上面寫有如下文字:

註楞伽經卷第一
此寫經最初傳至東京西久保大養寺,明治十五年(清國光緒八年),公使黎庶昌購求得之,持往彼國,自吾國失其蹤迹,然昭和十二年三月,中華民國人白堅自蘇州將其再次攜往吾國,經江藤濤雄之手,歸於架藏,得以在吾學界再放異彩,當熱烈慶祝。此經原爲卷本,不知何時改爲折本,且前後顛倒,經余之手,再次復原爲卷本,糾正其順序。脱落有兩處,或許爲改作折本時脱落,分外可惜。紙下附有朱印,便於知其位置。
註楞伽經卷第一因本經的再現,方才得以觀看,高楠博士大藏經中亦無此經卷。

對學界而言亦彌足珍貴。
　　　昭和十三年被指定爲國寶
　　　昭和十三年十二月念七

　　　　　　　　　　　　　　　　　　　於洞樹書屋　千洲識

　　此經卷竟然是白堅從蘇州帶來的,經江藤濤雄之手歸收藏者所有。那麽,寫下這段文字的千洲究竟是誰呢？赤尾先生從旁告知:"那是守屋孝藏啊！"真不愧是與守屋收藏長期打交道的赤尾先生。因爲是舊藏者的親自記録,因此必然是確切的訊息。筆者再次認識到白堅過手文物的多樣性,同時看到長安莊江藤濤雄的名字也有些驚訝。白堅在銷售其商品時,未必直接與收藏家接觸,銷售給江藤濤雄這樣的日本業者,事例或者還有很多。昭和五年,白堅將蘇東坡《潁州禱雨詩話》真迹的照片郵寄給江藤濤雄。那時的信件筆者在某處見過,當時白堅收藏此蘇東坡真迹,看起來是在積極尋找買主,可能也有宣傳的意味,但白堅自身也在進行考證,并出版了《景真本東坡潁州禱雨詩話坿考證》,其手迹後來如何不得而知。總而言之,在昭和十二年,《註楞伽經》經由白堅到江藤濤雄這一途徑,歸於守屋孝藏,可以推測,在那之前白堅和江藤之間已經進行了相當多的交易。

損毀復原的一篇

——《王勃集》卷二十九的祭文與神田家舊藏《祭高祖文》

道坂昭廣　撰　勾艷軍　譯

　　東京國立博物館收藏有《王勃集》卷二十九、卷三十,本以爲是各自獨立的一卷,但其實是卷二十九末端被裁下、接合卷三十製作而成的一卷。從格式來看,卷三十的卷端曾有目録,所以卷三十也可能是被裁切爲幾部分之後、重新接合而成的。

　　由卷端目録可知,卷二十九由行狀一篇和祭文六篇構成,祭文分別爲《祭石提山神文》《祭石提女郎神文》《祭白鹿山神文》《爲虔霍王諸官祭故長史》(文中題目爲《爲虔州諸官祭故長史文》,從祭文内容來看,當是正確的)《爲霍王祭徐王文》《祭高祖文》(圖一)。《祭高祖文》被剪裁下來,由神田家收藏,現在名爲《王勃集卷二十九殘簡》,收藏於東京國立博物館。

　　我當初想象,《祭高祖文》因爲是卷末的作品,所以被剪裁掉。但本次調研有幸得到參觀卷二十九、卷三十的機會,才意識到之前的推想是錯誤的。

　　仔細觀察卷二十九,會發現在行狀文的末尾、即祭文的開始,第二篇祭文《祭石提女郎神文》的末行與《祭白鹿山神文》最初行之間,有不同於紙縫的裁斷痕迹,《祭白鹿山神文》末行後緊跟着也有裁斷的痕迹。《爲虔州諸官祭故長史文》和《爲霍王祭徐王文》兩篇之間雖然没有裁斷的痕迹,但此後接續卷三十。也就是説,并不是

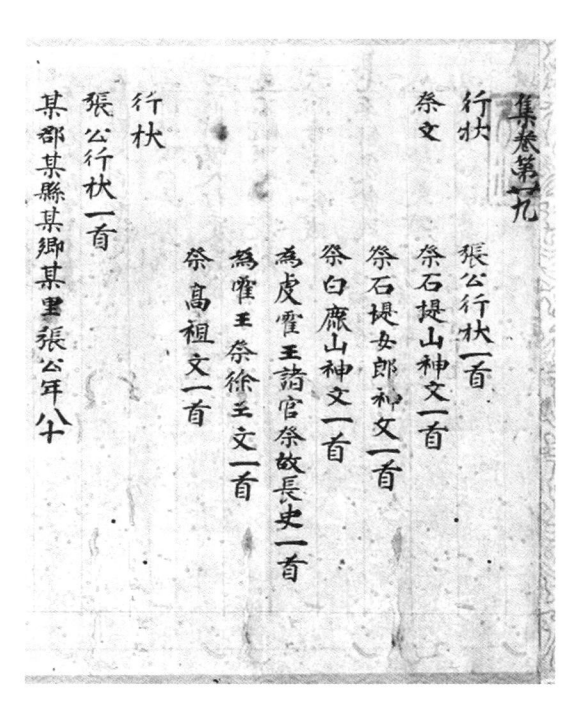

圖一　王勃集卷二十九卷首(部分)

只有《祭高祖文》被剪裁掉。

祭文何時被剪裁？出於何種目的進行剪裁？《祭高祖文》之外的部分，爲何又被粘貼回原來的樣子？我對此一無所知，只好懇請專家的指教，以下報告一些注意到的情況。

首先必須予以確認的是，這些祭文之間的接縫并不是卷二十九原來的紙縫。卷二十九、卷三十以及寄存於京都國立博物館的《王勃集》卷二十八，雖然不是全部，但紙縫處都有"興福傳法"的印章，然而這些祭文的接縫處，沒有印章。例如，《爲虔州諸官祭故長史文》第二行和第三行的接縫處，有此印章，這部分是卷二十九被製成手卷時紙張的接縫。僅在兩行之前可以看到的接合部分，很顯然并不是原來紙張的接縫（圖二）。也就是說，并不是祭文一篇或兩篇作品各寫在一張紙上，然後粘合起來的。

裁切的年代至少在《王勃集》的紙背被加以利用之後。紙的背面書寫有佛教戒律《四分律比丘戒本》。觀察神田本的紙背，會發現剪裁時已經寫完了戒律。另外，與原來的紙縫處相比較，這些再度粘合的祭文顯得很粗糙，在接縫處前後，文字有上下一、二字程度的錯位（圖二）。透露出的紙背邊廓和文字也有位移，可知是紙背寫好文字之後被裁切的。《四分律比丘戒本》的筆記出現在平安末期，所以裁切應該發生在那之後吧！

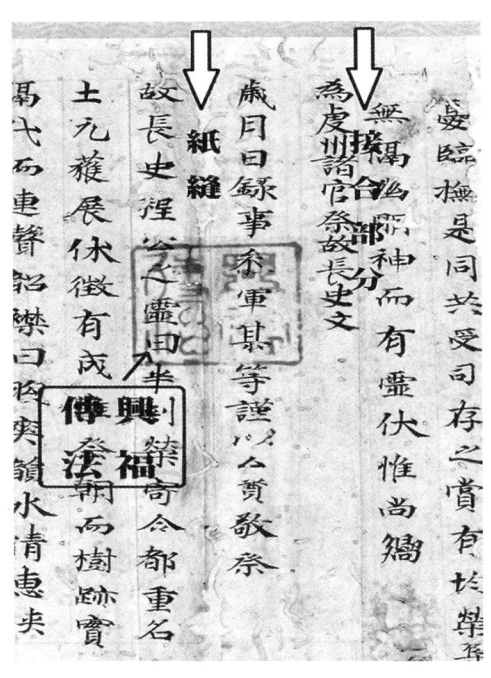

圖二 《爲虔州諸官祭故長史文》（局部）

紙的背面書寫有《四分律比丘戒本》，這意味着人們已然忘記此鈔本爲王勃的文集。儘管如此，對王勃的祭文進行剪裁，從《祭高祖文》得到裝裱這一點可以明確，人們是愛其筆迹的古雅。筆者淺陋，從卷本進行剪裁，我僅僅知道古墨迹斷片的幾個例子，在成爲數行斷簡之前的階段，是不是曾有一個裁開整幅作品加以鑒賞的時期呢？順便提一下，最初的兩篇祭文24行、《白鹿山祭文》19行、第三部分28行、《祭高祖文》22行（但文末有數行的餘白），大小幾乎相同。另外，在古墨迹斷片中，很多來自中國的斷片紙背可見文字，由此可以推想，從卷二十九裁切祭文，這在某些時代并非特別之事。

這些祭文的文字如此受人喜愛，正如內藤湖南所考證的那樣，從王勃的履歷可以明確其創作時期。按照時間順序加以排列的話,對白鹿山神的祭文,是王勃被趕出沛王府、在蜀旅居期間的作品,代替當時有力的庇護者九隴縣令柳明獻而作。根據内藤湖南的考證以及年譜,祭徐王文大約是自蜀歸來後、赴任虢州參軍之前所作。向石提山男女神祈雨的祭文,是代替虢州長史而作,屬於擔任虢州參軍時期的作品。《祭高祖文》是奉已赴任交阯縣令的父親之命而作,所以應在虢州參軍被免職之後。《爲虔州諸官祭故長史文》的虔州,是江西省南部的地名,是王勃在南昌創作了著名的《滕王閣序》後,赴廣州途中所作。

接下來看一下這些祭文的文體。王勃前半生創作的《祭白鹿山神文》和祭徐王之靈的文章,都是工整的駢文,不押韻。後半生的《祭高祖文》和虔州所作祭文,主要由四字句和六字句的對偶(一部分使用四字句和六字句的隔句對)構成,偶數句末押韻,是如同賦一樣的文體(《祭高祖文》中只有"雄圖既溢,武力莫當。生爲帝皇兮,没垂榮光"部分的第二句末"當"與第三句末"皇"、第四句末"光"押韻)。順便説一下,這樣的文體在《文選》中不用於"祭文",而用於"弔文"。在這些祭文中,虢州參軍時期寫於石提山的祭文,四字句每隔八句換韻,最爲平凡,也許這透露出王勃身居虢州時的心情,如此解釋有些過於牽強附會其人生了。總而言之,雖然僅是六篇祭文,但這些駢文、四字句的韻文和賦體,能夠讓人感受到王勃文學意識的深化。尤其是創作於淮陰的《祭高祖文》(圖三),也是前往交阯的啟程宣言,在内容和形式上都屬於最優秀的作品。只是,王勃在寫作祭文時,是與父親在一起,還是父親先行或已在交阯上任、只留王勃一人,對此觀點還存在分歧,似乎尚未進行充分的探討。羅振玉、杉村邦彦、陳尚君等先生釋讀過這篇祭文,從韻文的觀點出發,諸位先生所推斷的文字能夠顯示證據,在此筆者擬指出其中的兩點。

這篇文章如果依據《廣韻》,那麼只有前面提到的"皇"與"光",使用了允許通用的唐韻,其他則以陽韻押韻。這樣一來,第八行的文字"電朔",既然是韻字,就如諸位學者所指出的,應當判定爲"翔"字的誤寫。另外第十六行的"懼口",殘留着左下一部分和右邊的"央",陳尚君認爲是"快",羅振玉認爲是"殃"。這裏也是押韻字,很可能當時寫作殃的古字"怏"。

《祭高祖文》可以説是損毀復原的一篇,同其他祭文一樣,作爲古墨迹,曾被各自單獨裁開,甚至可能每隔數行就被裁斷。幸運的是,祭文能夠免於危機,重新恢復到原來手卷本的形態。是出於何種原因、何時被恢復原狀的呢?這樣的情況在其他手卷本中也發生過嗎?對此筆者一無所知。總之,度過裁斷危機并被復原的這組作品,實際上也能够復原出王勃的一生以及他的學術力量，進而也成爲考察初唐文體多樣性的重要資料。

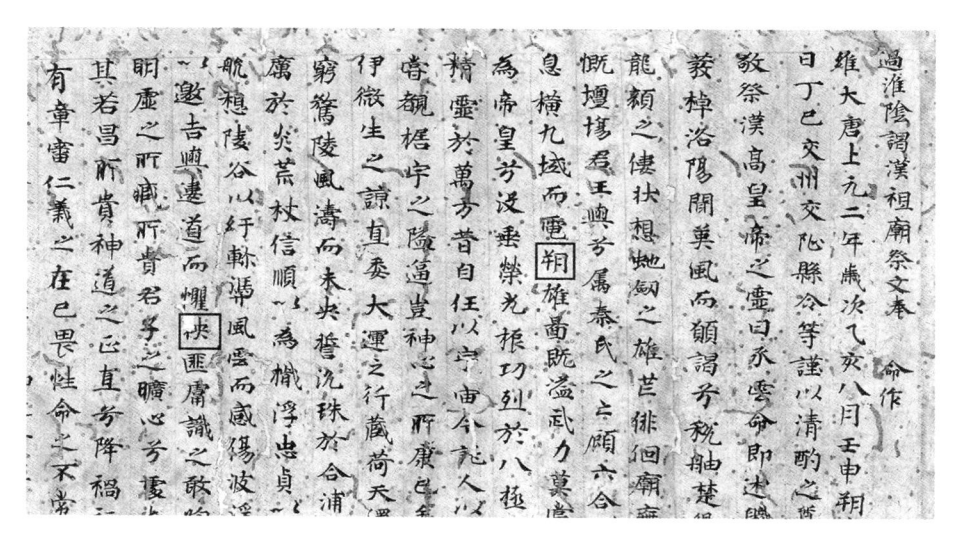

圖三　《祭高祖文》（神田本）

本文中圖片均得到刊載許可。東京國立博物館所藏 Image：TNM Image Archives.

（作者爲京都大學人間環境學研究所教授）

上野本《文選》殘卷引發的思考
——《文選》讀書史斷想

永田知之 撰 勾艷軍 譯

　　上野本《文選》殘卷被指定爲重要文化遺産,作爲收録有三十卷本卷首和卷一的古寫本而廣爲人知。昭和十三年(1938),當時的東方文化研究所製作完成了上野精一氏收藏《文選》殘卷的影印本。該研究所的經學文學研究室在同一時期還對九條本《文選》進行了攝影(《東方學報》京都第 9 册,1938 年,頁 398)。文選學大家斯波六郎得以對上野本中的記述進行考察(後述),可能就是通過影印本吧。因爲京都大學人文科學研究所、大阪府立中之島圖書館,以及其舊藏書(廣島大學斯波文庫)中,都收藏有同樣的影印本,這一點可以佐證。斯波六郎與經學文學研究室的主任吉川幸次郎是在京都帝國大學學習中國文學的同學,這一人脈也使他更容易獲得該影印本。平成二十七年(2015)三月,承蒙上野家的盛情,筆者等人有幸拜閲了寄存於京都國立博物館的包括《文選》殘卷在内的上野家藏舊鈔本。

　　上野本《文選》殘卷原是無注本,現在則寫入了諸家的注釋與訓點。注釋中除去李善注和五臣注之外,還可見散逸的唐代陸善經注、《文選音决》《文選鈔》的逸文。尽管通過影印本也能略知一二,但真正見到實物之後,從朱墨的批註中,我們更加深切地感受到《文選》被閲讀的情形。縱 28.6 cm、横 2 246.3 cm 的寫本,開頭以及其他位置可見"森氏開萬册府之記"、"楊星吾東瀛所得秘笈"等數枚藏印,這些均表明此殘卷曾經森立之與楊守敬(字星吾)之手。

　　也就是説,森立之最終總結的日本傳存漢籍目録《經籍訪古志》卷六中,稱此《文選》殘卷爲温故堂(公稱"和學講談所")舊藏書。另外,旅居日本期間得到該寫本的楊守敬,其《日本訪書志》卷十二也有該書的相關考證。楊守敬從森立之處購得該殘卷,後來又轉手,最終歸上野家收藏。附帶説一下,臺北故宫博物院收藏的楊氏觀海堂舊藏書中,現存該寫本的影印本(阿部隆一《增訂中國訪書志》,汲古書院,1983 年,頁 147—148)。

森立之在《經籍訪古志》中斷定,此《文選》殘卷"考字體墨光,當是五百許年前鈔本"。《日本訪書志》也引用了該說法,并似乎要予以暫時的認可,但這裏有問題出現。上野本《文選》自身之前附有楊氏跋文,末尾處包含《訪書志》刊載幾乎相同文章中沒有的一節(童嶺《隋唐時代"中層學問世界"研究序説——以京都大學影印舊鈔本〈文選集注〉爲中心》,南京大學古典文獻研究所編《古典文獻研究》第 14 輯,2011 年,頁 94—96)。因此,楊守敬説:"余所見日本古鈔佛經在唐代則用黃麻紙,至宋時則用白麻紙,皆堅韌光滑,至元明間則質松而理弱。此卷白麻堅結,當在八九百年間。"并考慮到批註處所見文獻早已消亡這一點,因此嘗試將鈔寫時期提到森立之觀點之前。從當時(跋文最後顯示"光緒辛巳八月,楊守敬記於日本使館"。"光緒辛巳"即光緒七年的 1881 年)回溯"八九百年",則爲平安時代後期。楊氏見過很多舊鈔本,其觀點值得一聽。但是在本次調查中,關於《文選》殘本的用紙,并沒有發現支撐楊守敬觀點的特徵。

另外,如果加入批註的資料也屬於對先行文獻的間接引用,那麼即使比 12 世紀再推後,大概也不會有問題。將其視作鐮倉時代的寫本,是否更穩妥呢。近年來根據字形等進行驗證(京都國立博物館編集《特別展覽會　上野收藏捐贈 50 周年紀念　筆墨精神　中國書畫的世界》朝日新聞社,2011 年,40 頁有卷首、卷末的插圖,183 頁有赤尾榮慶執筆的簡介),得出的結論是鈔寫於十三世紀。

在上野本《文選》批註的文字中,在梁昭明太子(蕭統)"文選序"標題的上部欄外,可見斯波六郎留下的"太子令劉孝綽作之云云"(圖一)一句,引人注目。

斯波六郎將"之"視作此序,并懷疑蕭統別集的序言(根據《梁書》卷三十三《劉孝綽傳》,爲劉孝綽執筆)與《文選序》被混同了,以下兩份資料表明,蕭統身邊的文人劉孝綽可能參與了《文選》的編纂。"或曰,晚代銓文者多矣。至如梁昭明太子蕭統與劉孝綽等,撰集文選,自謂畢乎天地,懸諸日月。然於取捨,非無舛謬"(《文鏡秘府論》南卷《論文意》),"(蕭統)與何遜,劉孝綽選集"(《玉海》卷五十四《總集文章》)。前者根據六地藏寺本《文鏡秘府論》註記,現在判明是元競(七世紀)的《古今詩人秀句後序》。後者引用了《中興館閣書目》(成於 1178 年),見於講述《文選》書志位置的行間小註。這是對《館閣書目》的引用,還是十三世紀末編集《玉海》的王應麟的註記,目前尚不明確(《對六朝文學的思索》,創文社,2004 年,頁 6—9,初版參照 1948 年)。

日本人空海對唐代以前詩論的摘錄《文鏡秘府論》以及中國傳世的《玉海》,這兩部著作只是來歷有所不同,但無疑均紮根於唐土典籍,兩書均能看到劉孝綽等人參與《文選》編集的記述。這一事實是否意味着,上野本《文選》欄外的上述註記依據的是本國

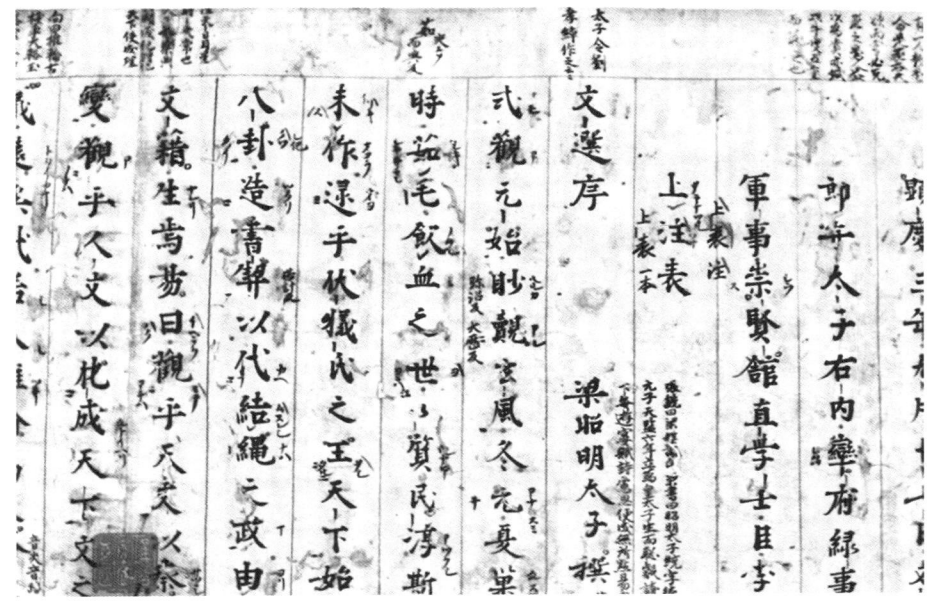

圖一　上野本《文選》卷一　文選序

的傳承呢？另外，何遜與劉孝綽一樣負有文學家的盛名，唐代竇常（？—825）編著（逸書）的序言中記載，《文選》中之所以没有發現何遜的詩文，是因爲編撰時他尚健在。"梁昭明太子撰文選，以何水部在世不録，鍾參軍著詩評，稱其人既往，斯文克定"（《類要》卷三十一《詩》所引《南薰集序》）。其他書籍（《郡齋讀書志》二十《李善注文選》、《記纂淵海》卷三十四《視近易忽》）也可見同樣的逸文，但《類要》的引用更爲完備。《類要》是北宋晏殊十一世紀前半葉編輯的類書，直到清鈔本影印（《四庫全書存目叢書》子部第166、167册，1995年，依據臺北故宫博物院所藏鈔本影印）面世之前，幾乎無人提及。該書包含的有關《文選》成立的記述，其實還不止這些。

"文選，梁昭明太子與文儒何遜、劉孝綽選集風雅以降文章善者，體格精逸，文自簡舉，古今莫儔，故世傳貴之"（《類要》卷二十一"總叙文"所引《百葉書抄》卷四）。此處的《百葉書抄》是唐代元寬（？—786）所著文獻，早已散逸。元寬最小的兒子是著名的中唐詩人元稹（779—831），由此可知劉孝綽、何遜與蕭統共同編撰《文選》的説法，八世紀中期已經存在，遠遠早於剛才引用的《玉海》的記載（關於《類要》，詳見唐雯《晏殊〈類要〉研究》，上海古籍出版社，2012年）。

以上不厭其煩地列舉了《文選》編纂的相關記述。事實上，除去《類要》引用的《百葉書抄》逸文之外，運用這些材料探討《文選》成立過程的研究已然存在。將皇太子蕭統列爲撰者,但實際是其幕下劉孝綽編纂,另外,何遜在《文選》編纂時期早已去世,應該沒有參與編撰,這些觀點已公開發表(清水凱夫《新文選學——〈文選〉的新研究》,研文出版,1999年,頁111—169,初版1976、1983年)。課題有待更進一步的分析,但筆者關注的焦點却在此之外,即這些記述爲何出現在唐代?

從《文選》後世的盛名很難想象,南北朝末期并未發現人們閱讀《文選》的形迹。主要原因可能是文學時尚和其他著名詞華集的存在吧。到了隋唐時期,《文選》的聲價由於諸種原因而就急劇上升(岡村繁《文選的研究》,岩波書店,1999年,頁103—128,初版1988年)。上野本中散見的爲數衆多的注釋的出現,就表明這一點。

"文選(梁照①明太子召天下才子相共撰,謂之文選)"(《雜抄》)。這一典籍的寫本在敦煌也有若干發現,在此從P.2721連同雙行注(圓括弧内)引用了一部分。既然看起來很像童蒙之書,那麽可以想見,《文選》的書名和來歷在唐代已成爲廣泛共識。儘管如此,在初學者使用的啓蒙書中,僅有"天下才子"就已足夠,但在面向知識人的記述中,就需要有具體的人名。信息的出處姑且不論,劉孝綽和何遜開始被列舉爲實際的編纂者,背景原因就是人們試圖明確《文選》的編纂過程,這在正史等主要文獻中未見記載。附帶説一下,除了前面列舉的王應麟的記述之外,由宋代至清末關於《文選》成立的争論,幾乎都未留存。原因可能是與唐代詩文相比較,人們對《文選》的評價相對較低吧。

作爲校勘、訓詁與國語史的相關資料,上野本《文選》殘卷具有很高的價值。該殘卷的批注文字中,"文選序"欄外的注記也佔據著一個很有趣的位置,從中可以瞭解到唐人對《文選》的重視、與之相伴而來的對該書來歷的知識探索,以及流傳到日本的情形。在收集衆多訊息的同時,在保存本國學術傾向這一點上,這些批註文字具有的意義不容小視。

(作者爲京都大學人文科學研究所副教授)

---

① 筆者注:"照"字依據原文。

宋版以前的《淮南子》文本
——和製類書

藤井律之　撰　勾艷軍　譯

在上一期，筆者以吐魯番寫本和東京國立博物館收藏的古寫本爲基礎，對《淮南子》的文本進行了探討。在這一期，擬運用和製類書，考察宋版以前的《淮南子》文本。所謂和製類書，如字義所示，就是日本製的類書，尤其重要的是宋版真正傳入之前製作的文本，由於篇幅的關係，在此無法逐一介紹各類書，因此擬就《秘府略》中引用的部分進行分析。

《秘府略》由滋野貞主於天長八年（831）奉淳和天皇之命編纂而成，共一千卷，但現存僅有卷八六四（成簣堂文庫收藏）和卷八六八（尊經閣文庫收藏），皆爲不晚於平安中期的寫本。通常認爲，該類書并非從各個典籍逐一取材，而是對先行類書的引用，其成書早於《太平御覽》，此外，《修文殿御覽》和《華林遍略》等佚書也是其底本。

僅就筆者淺見，《秘府略》中有十條對《淮南子》的引用，卷八六八有這樣一則引用（插圖13頁①。另外，括號內的是夾註）：

淮南子曰，繡爲**被**則宜，爲冠則**議**。（譏、機）

這則引用出自《說林訓》。現行版本中被視爲最佳版本的北宋小字本（《四部叢刊》本的底本）是這樣記載的：

繡以爲**裳**則宜，以爲冠則**譏**（詩云，袞衣繡裳，故曰宜。譏，人譏非之也）。

---

① 插圖參照了前田育德會尊經閣文庫編《尊經閣善本影印集成》13《秘府略》卷八百六十八附卷八百六十四，東京，八木書店，1997年。

由此可知，正文出現了"被"和"裳"、"議"和"譏"的差別，另外，夾註也完全不同。

其中，關於"議"和"譏"的不同，王念孫主張應將"譏"寫作"議"①，主要論據是，古音的"議"，與前句末的"宜"押韻，此外，《太平御覽》卷八一五《布帛部二•繡》引用的文字如下：

淮南子曰，繡爲被則宜，爲冠則議。

本來原文和注釋均爲"議"，後人改成了"譏"。就本文而言，《秘府論》和《太平御覽》的引用完全相同，可見源自相同的原本。此《秘府略》的引用，看似使王念孫的觀點得到了進一步的強化，但問題出在夾註。

現行版本的注"詩云，袞衣繡裳，故曰宜。譏，人譏之非也"，爲高誘所作，與《秘府論》的"譏、機"有明顯不同。此處的注"譏、機"不是語義的解釋，而是音注②，音注作者參照的《淮南子》文本顯示，并不是王念孫所指出的"爲冠則議"，而是"爲冠則譏"。也就是説，以"爲冠則譏"這一版本爲基礎，製作了音注"譏、機"，單行。本文可能是由於字形相近，將"譏"誤寫成"議"，之後插入音注，後被《秘府略》所採録。

不過，此"譏、機"音注的製作者尚未確定。從現存《淮南子》的注釋來看，如果不是高誘，就是許慎的注釋，但許慎注釋原本音注就少，而且劉文典還曾指出，許慎注釋中"某音某"形式的音注是後人混入的③。不過，李秀華對此存疑④。考慮到這些因素，應該可以判定這是既非許慎也非高誘的第三人的注釋。順便提一下，關於"被"和"裳"的不同，通過注釋中引用的《詩經》可以確認，高誘閱讀的是使用"裳"字的文本。不過，文本中何時出現"被"和"裳"的分歧，是高誘之前還是之後？抑或是類書引用者的誤寫？這些都還不明確。

總之，擁有現存中國類書中所未見的"譏、機"音注的《秘府略》，乃至和製類書所藴藏的可能性，想必已經爲大家所理解了吧。當然，對於和製類書自身的文本批評是必不可少的，通過與《太平御覽》等中國類書以及古寫本進行精心地對照，有可能進一步提升中國古典籍校勘的精度。

---

① 王念孫《讀書雜誌》(九)，《淮南内篇第十七•説林•譏》。
② 例如，在《經典釋文》中，如同"幾至(音祈，或音機)"(卷二《周易音義•井》)這樣，經常可以看到用"機"對"幾"施以音注的事例。
③ 劉文典《三餘劄記》，合肥，黃山書社，1990 年，頁 95。
④ 李秀華《〈淮南子〉許高二注研究》，北京，學苑出版社，2011 年，頁 322。

東京國立博物館藏古人墨迹手鑑
所含漢籍古寫本斷簡二件

田良島哲　撰　占才成　譯

　　貼在古人墨迹①手鑑上的斷簡類，多半是歌集、歌書，其次是物語、説話、佛典類的斷簡。這大概佔到全部的百分之九十五以上。因此，倘若罕見地出現了帶漢籍性質的"切（斷片）"②的話，就極引人注目。在稍前的研究（科研"古人墨迹斷片背後的史料學研究"：課題編號 23500319③）中，我曾多次有機會通覽、拍攝東京國立博物館所藏的手鑑，從那以後我就開始關注這些處於小衆的"切（斷片）"。此次，藉參加本研究的機會再次調查，我的確發現了漢籍的日本古寫本。從內容上來說，這并沒有什麽新意，但還是想介紹下反映漢籍傳到日本的事例。

一、手鑑《毫戰》所含《老子道德經》斷簡（道德經切）

　　東京國立博物館館藏品中，有題名爲《毫戰》（陳列品編號：B－3327）的古人墨迹手鑑。該手鑑 2008 年收歸東京國立博物館館藏，其中包含《老子道德經》的古寫本斷簡。這裏先將斷簡的體裁列如下。

　　紙張爲楮紙。長 26.1 釐米、寬 8.2 釐米。界行：界行高 21.5 釐米、界行寬 2.6 釐

---

　　①　譯者注："古人墨迹"日文原文爲"古筆"，廣義的"古筆"指古人墨迹，狹義的"古筆"指在日本書法（書道）史上，自平安時代至鐮倉時代書寫的日本式的優秀書法名筆，主要以假名書寫的作品爲主，和歌集最多，其次是漢詩文，物語類則極少。後文出現的"古筆切"指古筆的斷片，多爲從平安時代至鐮倉時代的歌集、物語、經卷上剪下數行或一頁的斷片。
　　②　譯者注：原文爲"切"，後文還有"古筆切""道德經切""佐保切""光泉寺切"。"切"是日本人將古代書籍、墨迹、畫卷等部分裁剪下來，粘貼成爲新的掛軸作品或手鑑等，用作鑑賞或判定筆迹的書籍、繪畫等的斷片。"切"或可譯爲"斷片"、"斷片貼"，但本譯文爲保持專有名詞的原貌，不作意譯，僅在幾處必要（不使用恐影響閱讀和理解）的地方用括號於文中簡要説明。
　　③　譯者注：該科研課題名日文原文爲"古筆切紙背の史料學的研究"。

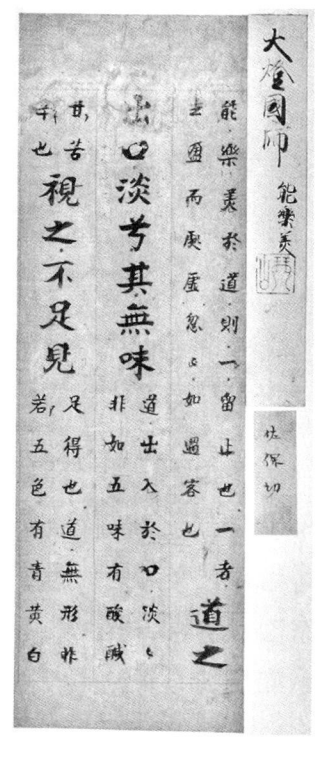

米。一行十四字,雙行夾注。附朱筆點漢文訓點①,墨筆書寫假名。本文部分第三十五章的一部分有"道之出口 淡乎其無味 視之不足見"三句。鑒定箋上寫道"大燈國師 能樂羔《琴山》(黑方印)",其下另紙附上"佐保切"的標籤。

取名爲"佐保切"的一系列漢籍"切(斷片)",據傳其抄寫者爲大燈國師宗峰妙超。佐藤道生曾研究了其殘存的例子,將其分爲"佐保切"(《古文孝經》斷簡)、"道德經切"(《老子道德經 河上公章句》斷簡)、"佐保類切"(《帝範》等其他典籍)三種,并詳細考證了其抄寫者、傳入日本情況的問題②。關於《老子道德經》寫本,佐藤指出除杏雨書屋所藏的零卷1卷外,還存在其他各處分藏的11枚斷簡,但《毫戰》所收錄的斷簡,并不在他的清單之列。若將其與京都國立博物館所藏國寶《藻藍草》中所收的"道德經切"進行比較,可知體裁、筆迹都一致,是鐮倉後期寫本《道德經切》的新出"同伴"。

順便提下,在被視作手鑑共箱的箱體上③,有"妙法院宮堯恕親王外題 毫戰帖"的墨書字樣。這一記載如果真實可信,則可以推斷手鑑的製作時間,上限應該爲堯恕入道親王(1640—1659)成爲妙法院住持的慶安三年(1650)的17世紀後半期④。因爲底紙上沒有被判定爲換貼的痕迹,所以,可以看作從原收藏者手中流出與分割也是在這一時期之前,這一判定應該是穩妥的。

二、手鑑《桃花水》所含《新樂府》斷簡(光泉寺切)

手鑑《桃花水》(陳列品編號:B-3063)包含了白居易《新樂府》中的《母別子》斷簡。其體裁、内容如下所示。

---

① 譯者注:原文爲"ヲコト點",一般指日本人爲了讀解漢文,標註在漢文文字周圍的、表示通讀漢文時該如何進行日文訓讀的輔助符號。
② 佐藤道生《"佐保切"追迹——關於傳其筆者爲大燈國師的筆迹考察》,載《臨濟宗妙心寺派教學研究紀要7》,2009年。
③ 譯者注:"共箱"指古董、字畫、書籍的作者製作完作品後在裝這些作品的箱體上書寫落款、題字等的箱子。因該種箱子與作品同時製作,備受重視,文物價值較高。
④ 譯者注:慶安,日本年號,江户時代1648至1652年。

紙張爲楮紙。長26.5釐米、寬7.7釐米。界行：界行高23.9釐米、界行寬2.6釐米。一行十四字，附墨書假名。内容爲"人迎來舊人棄掌上蓮花眼中荆寵／新棄舊未足悲々在君家留我二兒／一始扶床一初坐々啼行哭牽人衣"三行。鑒定箋上寫道："最明寺時賴人迎來《琴山》（黑方印）"。

《白氏文集》斷簡據傳其抄寫者爲北條時賴，抄寫於鎌倉時代後期，《新撰古人墨迹名葉集》曰"光泉寺切　卷軸白氏文集　白紙　墨卦　行書　附片假名　有朱星　形狀稍小　爲同斷簡"①，被認爲存在兩個種類的寫本。殘存的斷簡例子比較多，小松茂美的《古人墨迹學大成》（以下簡稱《大成》）第二十五卷指出，據推測兩卷本《新樂府》分別由不同的抄寫者擔任，可將其區分爲第一種、第二種，兩種合計刊載了19例插圖②。實際上，前文所述的《毫戰》在收歸東京國立博物館館藏之前，就經小松氏瀏覽過，當時發現的"光泉寺切"一枚就收錄在這19例之中。不過，《桃花水》所收的《新樂府》斷簡却并不包含在《大成》之中。《母別子》置於《新樂府》後半，在《白氏文集》卷四，如果將其體裁、筆記和加註的形式與《大成》刊登的插圖相比，很清楚它屬於第二種，這也是新出的"同伴"。

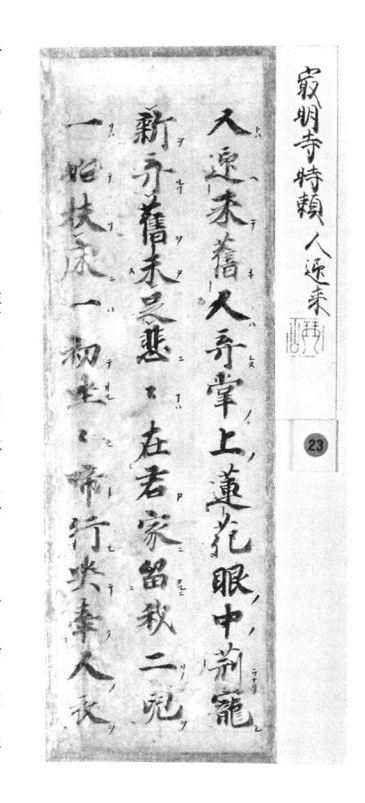

以上介紹的幾例均是江户時代以來就有的古人墨迹的稱呼，其原文也是廣爲人知的著作，以往大部分調查是從日本文學或日本書法史方面來進行的，從這一情況來考慮的話，還未認定典籍、尚沉眠於手鑑中的漢籍寫本并不在少數。就連浩瀚的《大成》，其收錄的漢籍也只有第二十五卷《漢籍、佛典、其他》一册的一部分，并且收集的例子大部分也只是反映著者所關注的《白氏文集》。與和書相比③，漢籍的數量雖説不多，但調查研究的空間仍很大。

（作者爲東京國立博物館工作員；譯者爲華中師範大學外國語學院副教授）

---

① 譯者注：該書日文原文爲《新撰古筆名葉集》。
② 小松茂美《古人墨迹學大成》（按：日文原文爲《古筆學大成》）第25卷，第68—78頁。
③ 譯者注：和書，指日本式裝訂的日文書籍。

百衲本《陳書》與宮内廳書陵部藏《陳書·列傳》

辻正博　撰　占才成　譯

2016年1月,宫内廳書陵部所藏漢籍舊鈔本准予閱覽,《臣軌》《群書治要》《文館詞林》等珍貴的舊鈔本可詳細閱讀。在申請閱覽的舊鈔本中,因《陳書列傳》(書架編號:503·169)原書狀態欠佳,所以我只對複製本做了調查。這是一個令我頗感興趣的鈔本。其後不久,當我有機會看到縮微膠捲和"宫内廳書陵部收藏漢籍集覽——書誌書影·全文圖像數據庫"公開的彩色圖像時,發現這對考慮通行本之一的百衲本《陳書》的底本情況,具有重要的意義。以下,想就避諱這一事例,談談我的感想。

《陳書》三十六卷是記録陳朝5代33年歷史的紀傳體史書。承擔編纂任務的雖是姚思廉(557—637),但實際上,這是他在繼承了父親姚察(533—606)在隋文帝時期就經手的工作的基礎上完成的。對於唐朝來説,編纂南北朝史也是作爲新的統一王朝必須完成的重要事業,所以,姚思廉的陳史編纂是"奉詔撰寫",也就是説,是作爲國家事業進行編纂的。武德五年(622),因下令編纂的"六代史(魏、周、隋、梁、齊、陳)"未獲完稿,貞觀三年(629)又再頒詔令,貞觀十年正月,周、隋、梁、陳、齊"五代史"終於進獻給了太宗皇帝。

姚思廉的父親姚察是出身於江南吴興的名門望族,年輕的時候仕於梁朝。他的人生,因始料未及的侯景之亂以及由此而引發的政治混亂而備受捉弄,這裏對此不贅言。開皇九年(589),陳朝滅亡,肩負修史之任的姚察直接受命於文帝,在長安繼續編纂梁、陳二代的史書。姚思廉自己曾記曰:"察所撰梁、陳史雖未畢功,隋文帝開皇之時,遣内史舍人虞世基索本,且進上,今在内殿。梁、陳二史本多是察之所撰,其中序論及紀、傳有所闕者,臨亡之時,仍以體例誡約子思廉,博訪撰續,思廉泣涕奉行。"(《陳書》卷二十七《姚察傳》)我們可以從百衲本《陳書》處處留下的痕迹中窺知,姚思廉《陳書》是以姚察"陳史"爲基礎構築的。

這裏所謂的"避諱",是指爲了迴避王室的廟諱,而改變文字。拿《陳書》來説,不用説貞觀十年《陳書》被呈獻時,爲迴避而改變了用字,如:

① 唐朝廟諱:太祖——虎;世祖(代祖)——昺、昞;高祖——淵;太宗——世民 等,就是陳朝廟諱也不直接書寫,而記作"諱"來迴避,如:

② 陳朝廟諱:武帝(高祖)——霸先;文帝(世祖)——蒨;宣帝(高宗)——頊① 一般認爲,這是姚思廉《陳書》吸收了姚察"陳史"的記述的緣故。也就是説,《陳書》裏面有依據"姚察的舊文"而來的内容。

時代流轉而下,宋代刊刻《陳書》時,也進行了文字的改變。百衲本二十四史所收《陳書》的刊記裏雖影印了"宋蜀大字本"的字樣,但據尾崎康所言,它其實是南宋中期或元前期將"南宋前期浙刊本"進行遞修的遞修本。② 總之,《陳書》刊刻之際,爲了避諱,也做了文字改變,如:

③ 宋朝廟諱:太祖——匡胤;太宗——光義、炅;真宗——恒,等。

因上述原因,一般認爲百衲本《陳書》的底本歷經以下三層重疊,才流傳至今。

第一層:"姚察舊文"的文字(依據"陳史"記述的部分);

第二層:姚思廉《陳書》的文字(包括姚思廉迴避的唐朝廟諱);

第三層:宋代刊刻時改變的文字。

宮内廳書陵部所藏《陳書列傳》舊鈔本(以下簡稱舊鈔本《陳書》),一般認爲是平安時代唐鈔本的抄寫本,現僅存列傳第十四(卷二十)和列傳第三十(卷三十六)兩卷③。

我們利用上述圖像資料,尤其著眼於避諱字,對百衲本《陳書》進行初步校對,發現以下幾點。

(A) 唐太宗的諱"世"、"民",採用缺筆避諱。不過,列傳十四的"世"字都缺筆,而"民"字却均無缺筆(百衲本《陳書》作"庶"),列傳三十則相反只有"民"全部缺筆,而"世"字都没有缺筆。

(B) 文字中包含以"世"字爲構成要素的"構"(列傳十四)"棄"(列傳三十)字在《陳書》中有出現,這些字也有缺筆。

---

① 張元濟《校史隨筆》(商務印書館,1938年)、陳書、避陳諱及唐諱。亦可參照標點本二十四史《陳書》(中華書局,1972年)頁41、校勘記〔一〕;同書頁42、校勘記〔一三〕;同書頁167、校勘記〔一一〕。

② 尾崎康《正史宋元版研究》,東京,汲古書院,1989年,頁395—396。另,尾崎氏認爲"百衲本當然將此本(南宋前期浙刊本——引用者注)作爲底本的一部,或許因爲缺葉過多,好不容易此本留有原刻葉,有時候會出現用其他的後修本,覆蓋了原修葉",故列舉了該相應處。

③ 詳細情況,請參照前文所引《宮内廳書陵部收藏漢籍集覽》的目録記述。http://db.sido.keio.ac.jp/kanseki/T_bib_body.php? no=045010。

（C）關於太祖的諱"虎"，"虎"字本身雖然沒有出現，但有"號"字缺筆的例子（列傳十四）。而關於世祖的諱"昞（昺）"，《陳書》中沒有出現包含"丙"的文字。

（D）高宗的諱"治"字沒有缺筆，另外也不見用"理"字等替代字來避諱的情況。中宗以下同樣沒有避諱。

筆者先前曾以敦煌寫本爲題材論述了唐代寫本的避諱問題①，也略述了唐朝前期的避諱政策。從這些研究中引用的法制史料，可知以下幾點。

① 關於太宗的諱，太宗生前"世民"二字如不連續使用，則可不用避諱（二名不偏諱），但到了貞觀二十三年（649）高宗即位，"世"、"民"二字各自單獨使用也要避諱（二名偏諱）。

② 高宗顯慶二年（657），包含了以"世""民"爲構成要素的"昏"、"葉"的字形，被下令分別改爲"昏"、"萊"。

③ 依顯慶五年（660）的詔書，不准許在古典鈔寫中使用缺筆、替代字形式的避諱。然而，其後，制度發生了更改，在書籍鈔寫、史書撰述時，實行起了以缺筆方式進行的避諱。（開元二十五年公式令）

基於此，可以説上述（A）的缺筆是在貞觀二十三年以後，（B）的缺筆則在顯慶二年以後。但事實上，①的"二名偏諱"曾被指出太宗在世時已經在使用②，而關於②，類似的事例也可見於貞觀年間的石刻之中③。

綜上可知，舊鈔本《陳書》是一個基本上忠實地再現了《陳書》被獻上後較短時期内避諱情況的鈔本。

需要特別注意的是，百衲本《陳書》寫作"文帝"的地方，舊鈔本《陳書》均寫作"世祖"。百衲本《陳書》對陳朝歷代皇帝的記載中，高祖（武帝）、世祖（文帝）、高宗（宣帝）以廟號表記，唯有世祖，有時會一反原則記作謚號"文帝"。現將相應卷宗裏，出現"世祖""文帝"詞語的次數列示如下。

列傳十一（卷十七）：世祖——0、文帝——4；

列傳十二（卷十八）：世祖——0、文帝——4；

列傳十三（卷十九）：世祖——0、文帝——16；

---

① 拙稿《唐代寫本的避諱與則天文字的使用——關於 P. 5523 recto 的書寫年代問題》，載《敦煌寫本研究年報》10，2016 年。

② 陳垣《史諱舉例》，頁 75。

③ 陳垣《史諱舉例》，頁 6。

列傳十四（卷二十）：世祖——0、文帝——40；

　　列傳二十八（卷三十四）：世祖——18、文帝——2。

另外，高祖、高宗，上述列傳均以廟號記載。

　　根據以上分析，應該可以認爲姚思廉進獻時的《陳書》對世祖也以廟號記錄，這大概沒有問題。目前無法得知將"世祖"改寫爲"文帝"的時間。另外，列傳二十八中"世祖"和"文帝"混雜使用的原因也未詳。不過，考慮現行本《陳書》的底本構成，前文所列的三層應再加一層，而内容方面也有必要多少做些修正。即是説，現行本《陳書》可以説經歷了以下四層重疊（誤寫、誤刻類也包含其中）。

　　第一層："姚察舊文"的文字（依據"陳史"記述的部分）；

　　第二層：姚思廉《陳書》的文字（包括姚思廉迴避的唐朝廟諱）；

　　第三層：《陳書》呈獻之後，爲了避諱而進行的文字改變（"世祖"→"文帝"的表記
　　　　　改變）；

　　第四層：宋代刊刻時改變的文字（將唐朝的避諱字改回原形，又重新將宋朝的避諱
　　　　　字進行相應的文字改變）。

　　此次以避諱字爲中心稍加探討，但作爲舊鈔本《陳書》底本的價值遠不止於此。另外，《陳書》舊鈔本除了宫内廳書陵部的藏本外，還有重要文化財指定的藏本[①]。如有機會能將兩個底本結合起來分析、考察的話，則甚幸。

（作者爲京都大學大學院人間・环境學研究科教授）

[①] 每日新聞社圖書編輯部編、文部省文化廳監修《重要文化財》19 書迹、典籍、古文書Ⅱ，每日新聞社，1976年，頁58。據圖版所附解説，其首尾保存完好、平安中期著手書寫，因爲文中"世""民"字缺筆，並使用則天文字，故一般認爲其祖本是武后以後的唐寫本。

宮内廳書陵部藏《貞觀政要》卷一親覽調查報告

玄幸子 撰　占才成 譯

　　早就爲人所知的是,日本流傳的《貞觀政要》舊鈔本有藤原南家本和菅原家本兩個系統。另外,由原田種成發現的抄寫臺本是進獻給中宗的初獻本,因與後來改編獻給玄宗的其他再獻本有所不同,故被認爲是非常重要的抄本。原田種成曾認識到包括這些舊鈔本在内的日本古抄本的重要性,并對諸抄本及其後的刊本、甚至從朝鮮刊本到和譯的《假名貞觀政要》都全部進行了收集調查,取得了一系列的研究成果,其中關於諸本差異的研究成果匯集在《貞觀政要定本》(財團法人無窮會　東洋文化研究所　紀要第三

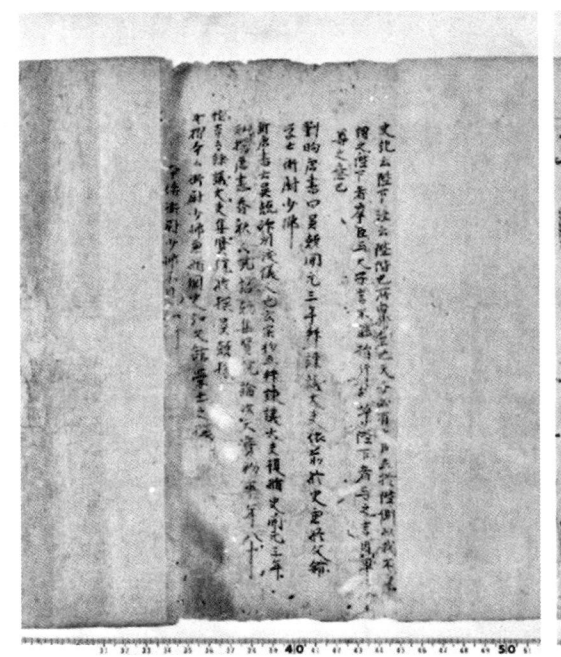

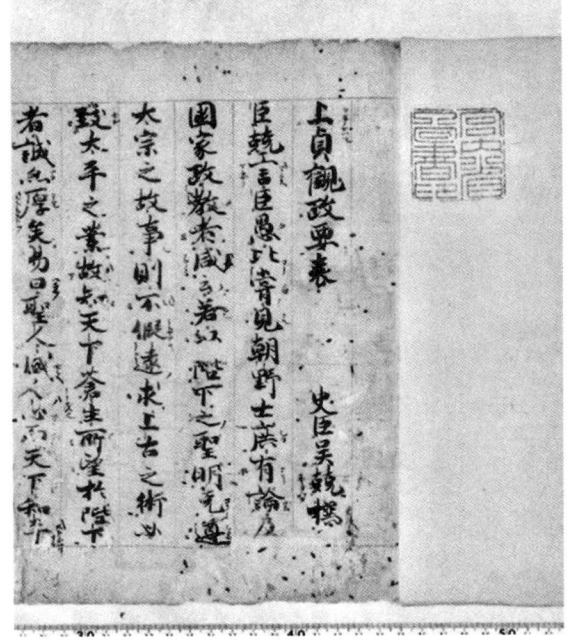

内藤文庫藏《貞觀政要》

輯,1962 年)裏,而研究的集大成的成果則匯集在《貞觀政要研究》中。

近年來,因各收藏所數字化的推進,很多資料得以在網絡上公開,能讓閱覽者較爲容易地看到。原田種成調査時,内藤乾吉所藏的菅原家本的最早、保存最佳的抄本内藤湖南舊藏本,現爲關西大學圖書館所藏,可以通過彩色照片進行確認。

此次獲得了寶貴的機會,對宫内廳書陵部藏《貞觀政要》進行了現場閱覽調査。該抄本是日本最古的抄本(藤原南家本),僅卷一收藏於宫内廳書陵部,卷二到卷十收藏在穗久邇文庫(久邇宫家舊藏),全十卷全本即是所謂的建治本。參照上述《貞觀政要研究》及《圖書寮典籍解題》,首先,介紹其概要及親覽調査記録如下。

《貞觀政要》卷一:卷子本、每行 14—17 字、1 張紙行數 15 行、上下單邊、有界(補充紙的一部分無劃綫)、界行高 21.5 cm、界行寬 2.8 cm、縱 27.5 cm×1 415 cm(共 33 張紙①),有漢文訓點②。文字差異裏列舉的諸本有八條左府本、二條院御點本、菅本、或本、異本、古本、一本、摺本、イ本、扌本。欄外及紙背寫入了很多注釋和出典。

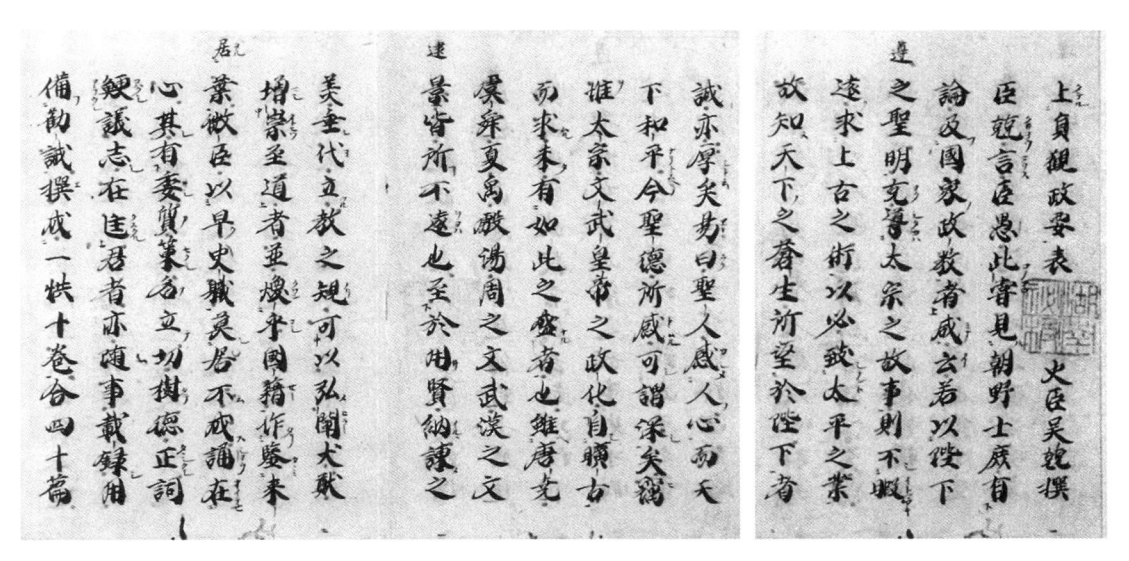

此建治本爲全十卷完本,由密澄在 1294 年(永仁二年)八月至翌年(永仁三年)二月,將其與菅家本進行勘校之後轉謄了漢文訓點(ヲコト點),所用的菅家本被認爲是 1201 年(建仁元年)由平知家抄寫,1275 年(建治元年)經平兼俊對照、校對的本子。③

---

① 各紙橫寬:41.0;41.5;41.5;42.0;33.0+41.0(36.0+5.0);42.0;42.0;42.1;42.0;42.3;42.0;42.1;42.5;42.0;42.0;42.0;42.0;42.3;42.3;42.4;42.5;42.0;42.5;42.2;42.3;42.4;42.3;42.5;42.0;42.2;42.3;42.0;35.8。
② 譯者注:原文爲"ヲコト點",一般指日本人爲了讀解漢文,標註在漢文文字周圍的、表示通讀漢文時該如何進行日文訓讀的輔助符號。
③ 《貞觀政要研究》,頁 117—118。

此外,建治本還有日本舊抄本通常沒有的吳兢的序,且一併錄入了目錄。旁注①寫有"菅本無之,但裏書之,本注[云]:此序菅師匠無之,以或本書入了",上欄則寫有:"八左本無此序。二條院御點本同無之。"②另外,序文中還有"貞觀政要卷第一　凡四十篇　史臣吳兢撰",又有"第一君道",其右側有"菅本無之"、上欄有"八左本無此目錄"。并且,序的位置還有"貞觀政要卷第一　凡四十篇　史臣吳兢撰"之類書名等內容所置位置不自然之處,因此,原田種成認爲序和目錄是後來加入的③。

　　那麼,與作爲菅家完本的最古且保存最佳的抄本內藤湖南舊藏本進行比較,應該不僅可以明確南家本、菅家本的不同之處,還能獲得底本重構的最重要數據,進而糾正作爲通行本的戈直集論本的謬誤。然而,實際比較卻發現,只有誤植等極少數的差異。原田定本裏已經進行了詳細的比較研究,《貞觀政要研究》第九章第二節"關於南家本與菅家本差異的考察"中,得出結論認爲,"南家本與菅家本差異非常小,很明確兩者爲同一系統"(435 頁),"有顯著差異的十五條"是各家同時"分別從唐朝將貞觀政要帶來并在各家流傳,其傳來之初就已經有這十五條差異"(同上),主要內容上相互沒有影響。

　　這裏,我們將焦點放在原田種成未提及的背籤上。卷一總計六處可見背籤。

　　　No. 1　此本南家之點本也……(批註　序跋)
　　　No. 2　傅子曰:立德之本,莫尚平正心。心正而後身正。身正而後左右正。左右……/
　　　No. 3　《詩》曰:……
　　　No. 4　《左傳》云:策名委質貳乃辟也。注云:名書於所臣之策屈膝而君事之則不可以貳辟罪也。
　　　No. 5　《史記》云:注云:陛階也。所由升堂也,天子必有[近]臣立於陛側以戒[不虞]/謂之陛下者。群臣與天子言不敢指斥,故呼在陛下者,與之言因卑[達]/尊之意也。/劉昫《唐書》曰:吳兢開元三年拜諫議大夫,依前脩史兼脩文館/學士衛尉少卿/《新唐書》云:吳兢汴州浚儀人也。玄宗初立,拜諫議大夫復脩史,開元三年/私撰《唐書春秋》、,就詔兢集賢院論次。天寶初卒,年八十。/

---

① 《圖書寮典籍解題》的"其下"(頁 137 下第 6 行)應爲"其旁"之誤。
② 依《圖書寮典籍解題》所言,所謂二條院本是指"1227 年(嘉祿三年)藤原經範勘校本"。
③ 《貞觀政要研究》,頁 114。另外,依原田種成所言,上表是進獻給中宗的初獻本,序文是進獻給玄宗的最新本裏添加的。見《貞觀政要》上,《新釋漢文大系》,東京,明治書院,1978 年,頁 28 餘談。

摺本云：諫議大夫集賢院脩撰，吳兢撰／或摺本云：衛尉少卿兼脩國史弘文館學士之撰／

本傳衛尉少卿不見如□（黑體字、下劃綫爲筆者加）

　　No.1 在《圖書寮典籍解題》《貞觀政要研究》中均全文録入且有詳細解説，此處不再贅言。No.2、3、4 的出典詞句解説部，今亦不涉及。No.5 在第一張紙的背面，也就是吳兢寫的表及序的背面。除表文中出現的"陛下"一詞的注引用《史記》注之外，其他是關於吳兢署名的記述。

　　關於摺本，原田種成認爲"舊鈔本所引摺本，因其文字的差異與日本傳承下來的舊鈔本南家本、菅家本、寫本臺本，以及日蓮本、傳金澤文庫本、羅振玉本、慶應本、天理本都不一樣，所以'摺本'意爲折本，并未被認定爲舊鈔本中的一本，最爲合理的是將'摺本'判定爲刻本即宋刊本"（前引書 454 頁）。又引曰："摺本云：諫議大夫集賢院脩撰吳兢撰"，"或摺本云：衛尉少卿兼脩國史弘文館學士之撰。"以此佐證，可判定貞觀政要的"摺本"即宋刊本，與元槧、明初刊本多少有些不同①。另有如下論述。

> 前有"諫議大夫云々"署名的本子究竟爲何物？……記有這種署名的本子除此本以外並不見，祇存在於此背簽中。《舊唐書》《新唐書》都記有"諫議大夫"，却不見"集賢院脩撰"。但《舊唐書》也可見"或摺本"的"衛尉少卿"，却没有"弘文館學士"，祇有"脩文館學士"。因此，"集賢院脩撰"大概也不是誤録，不過是因爲任職時間短，歷史記載省略而已吧。……已經論述了吳兢自序存疑，這裏又出現與其他諸本相異的署名，這讓疑問愈發强烈。總之，爲人所知的是，建治本所引摺本記録吳兢的署名爲"諫議大夫集賢院脩撰吳兢撰"，這是與元槧、明初刊本稍異的本子，可知當時舶來的宋刊本裏，有兩種吳兢署名不同的本子。

　　原田種成博士注意到了"摺本云"、"或摺本云"兩行，但却完全没有言及其前後的背簽，這究竟是何故？從"劉昫《唐書》曰：吳兢開元三年拜諫議大夫，依前脩史兼脩文館學士衛尉少卿"可知，依《舊唐書》的記載，吳兢開元三年拜諫議大夫，繼續之前的脩史兼脩文館學士、衛尉少卿之任。又，從"《新唐書》云：吳兢汴州浚儀人也。玄宗初立，

---

① 《貞觀政要研究》，頁 455。

拜諫議大夫復脩史,開元三年私撰《唐書春秋》丶,就詔兢集賢院論次。天寶初卒,年八十"可知,依《新唐書》記載,吳兢在玄宗治世任官職諫議大夫及脩史,開元三年爲編纂《唐書(唐)春秋》,被任命在集賢院就編纂進行論定編次。關於"集賢院脩撰",雖然在現行《舊唐書》《新唐書》中均不見,但根據背簽中的注,抄寫時有作"集賢院論次",且從"依前脩史兼脩文館學士"的注來看,判定其爲"弘文館學士"或"脩文館學士"的誤抄,或是用作其同義,應該較爲妥當。

對於本抄本,原文中的引用文雖已有探討,但包括上文所述的例子、以及欄外、紙背、行間的注却尚未被研究。我們應該可以從這些注中看到該抄本抄寫時期,對漢籍、漢文的共同認知方面的信息,這些信息決不應忽視。關於《貞觀政要》,原田種成博士的研究看上去暫時結束了,但確實留下了很多尚未解決的問題,這也將作爲今後的課題留待討論。

【附記】

親覽調查之後,爲了再度確認,承蒙永田知之先生之助,得以在京都大學人文科學研究所分館的限定館內閱覽裏看到網絡公開的圖像。藉此版面,特致謝意。其後,慶應義塾大學附屬研究所斯道文庫、東京大學東洋文化研究所附屬東洋學研究信息中心官網公開了"宮內廳書陵部收藏漢籍集覽——書誌、全文影像數據庫",《貞觀政要》現在也以彩色圖像形式公開了全部資料(http://db.sido.keio.ac.jp/kanseki/T_bib_frame.php? id=007744)。據該官網的補記曰:"至七月二十日,已製作、標注 119 條鏈接"。

(作者爲關西大學外國語學部教授)

被剪切的《西域記》

高田時雄 撰 占才成 譯

自安土桃山時代以後,出於鑒賞的目的,日本會將古人墨迹從手卷式書籍上裁剪下來。這被稱作古筆切,很多古筆切做上捲軸,可用作茶室懸掛的書畫,也可以將其收集起來貼在帖子上做成觀賞用的手鑑。在收録了重要古筆切的手鑑中,有不少被指定爲國寶、重要文化財(即重要文物)。古筆中以大聖武這樣的寫經斷簡爲貴,但原則上古筆本來説的是假名的書法筆迹,漢文的斷片切極少。在這極少數的例子中,有的正因爲被製作成了古筆切,所以才能保存至今。比如《説文解字》就是這樣,在日本,大家熟知的估計是共計四種的唐寫本《説文》古筆切。① 提到唐寫本《説文》,有名的是内藤湖南舊藏、現收歸於大阪杏雨書屋的木部殘卷。另一方面,傳至日本的古筆切《説文》與此相比體例稍異,但字形等相似,較好反映出唐代《説文》的面貌。這可以説是古筆切對典籍傳承起正面作用的例子吧。但也有完全起反作用的例子。儘管古寫本作爲手卷式書籍被原樣保存了下來,但要仔細看的話,中間却被人剪切了。被剪切的部分肯定是作爲古筆切被收藏在某處。站在研究漢籍古寫本的立場上來看,這給人造成了困擾。

筆者十多年來一點點地調查《大唐西域記》的日本古寫本,幾年前在兩種古寫本裏發現了剪切的痕迹,這樣的書籍也難逃剪切的厄運,對此我感到頗爲驚訝。拙文是對這一剪切事例的簡單報告。

第一個是東京國立博物館所藏的中尊寺金銀字大藏經《大唐西域記》。中尊寺的金銀字大藏經據説現存約 4 500 卷,雖在平泉有少量留存,但大部分收藏在高野山,另外河内長野的觀心寺也傳下來 166 卷。但是,《大唐西域記》十二卷,在明治年間從高野山流出,傳到當時朝日新聞的松本幹一(1850—1915)手上。松本去世後,《西域記》由他的女兒松本初子繼承,《大正新修大藏經》將其作爲《西域記》的校對本之一(甲本)使用的

---

① 四種是平子鐸嶺的《汲古留真》所收本、西川寧氏舊藏本、1994 年一誠堂書店出售本、1998 年東京古典會出品本。這與本文的主題没有直接關係,故不詳述。

時候,此本還在松本家①。其後,某時期歸著名收藏家三溪原富太郎(1869—1939)所有,1949年,由原家寄贈給了東京國立博物館②。

此東京國立博物館本《西域記》全十二卷,翻開其卷第九摩揭陀國下,可知在第一張紙和第二張紙緊挨著接縫處的行,都是銀字(圖一)。中尊寺的金銀字大藏經,因爲一張紙二十九行,行數爲奇數,所以每張紙的第一行應該有金字行和銀字行的差異。現對照《西域記》原文可知,此處缺失了四百八十四字,其中包含雙行夾注十一字。因爲該寫本是按照每行十七字的標準形式書寫的,所以剛好就相當於二十九行,大概有一張紙被原封不動抽出。如圖一所示用箭頭標出的部分:

來飯,如我所奉。敕誡既已,便即巡覽。少女承
(説道:"如果來用餐,則要像我一樣侍奉。"傳達這一命令之後,大王出門巡幸。少女遵照命令……)

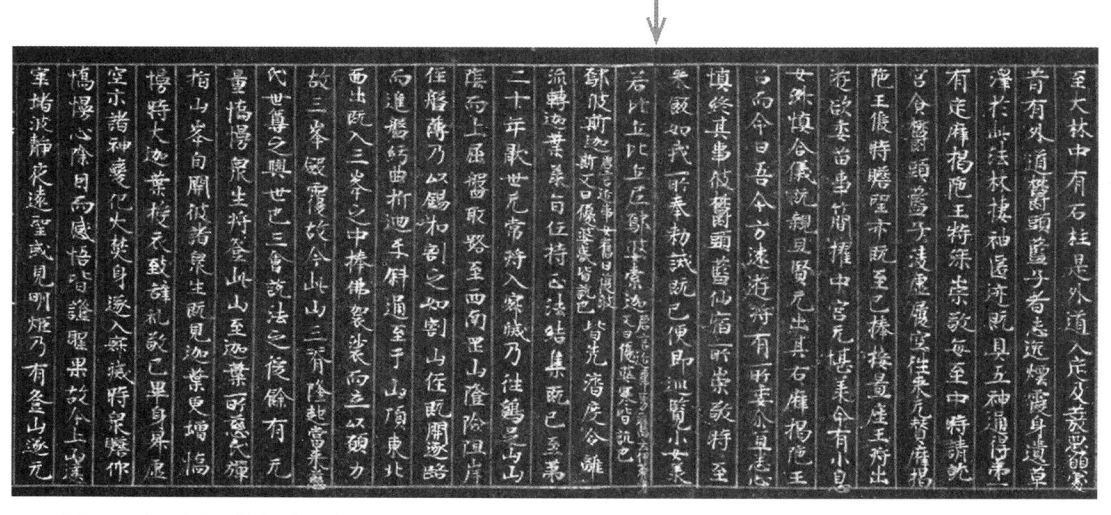

圖一　東京國立博物館所藏中尊寺本金銀字《大唐西域記》卷第九(部分),圖片來源於"e 國寶"

這一行與

若比丘比丘尼、鄔波索迦唐言近事男,舊曰伊蒲塞,又曰優婆塞,皆訛也。

---

① 《西域記》收在《大正新修大藏經》第五十一卷,甲本明確記録爲"松本初子氏藏中尊寺金銀泥經本",發行於1928年(昭和三年)3月15日。
② 關於中尊寺本《西域記》的流傳情況,可參照筆者的文章《中尊寺本金銀泥字〈大唐西域記〉的舊藏者——明治時期日本古籍流出的一例個案研究》,載《國際漢學研究通訊》第三期(2011年),頁143—151。

若比丘、比丘尼、鄔波索迦[中文裏指近事男之意,古稱伊蒲塞,又稱優婆塞,這都是訛音。]

一行雖連接起來了,但文意却不通。這中間

旨,瞻候如儀,大仙至已,捧而置座。鬱頭藍子
(依禮儀,仰望天空而待,大仙來後,出迎奉席讓其入座。鬱頭藍子……)

以下二十九行文句脫漏。前一行是"鬱頭藍子的惡願"故事的一部分,與此相對,後面一行則是稍後的"雞足山遺迹"的故事。很可能有一張紙的缺失。發現這一缺失之後,再對《大正藏》進行確認,在頁下的校記裏確實指出了"承"字後有四百八十四字的缺漏。

總之,被剪切的一張紙二十九行或者是就這樣被整張做成了掛軸,也或是被分割成若干部分收納在手鑑中。作爲大藏經的一部分,很難認爲它是尚在高野山時就被這樣剪切了的,所以,它的剪切,恐怕是明治以後,落入松本幹一手中之後發生的事。《大正藏》用於校勘的時候,這張紙已經遺失,在這之前的持有者只有松本幹一,松本應該有嫌疑,但真假不明。至少難以否認的是松本有參與的嫌疑。

第二個是現藏於京都國立博物館的《大唐西域記》卷第一,附有 1102 年(康和四年)四月三日書寫的批註。作爲《西域記》的古寫本,京都興聖寺的延曆四年(785)寫本卷一是僅次於成簣堂文庫藏的長曆五年(1041)寫本卷第十的古寫本。該寫本的第八張紙和第九張紙的接縫處如圖(圖二),箭頭所示前後文本如下:

怖捍國,周四千餘里,山周四境,土地膏腴,稼穡滋盛,多花菓,【宜羊馬,氣序風寒,人性剛勇,語異諸國,形貌醜弊。自】數十年,無大君長,酋豪力競,不相賓伏,依川據險。
(怖捍國周圍四千餘里,被群山包圍。土地肥沃,農作物豐盛。花果累累,【適合飼養羊馬。氣候上風大寒冷。人們勇猛,語言上與諸國相異。相貌醜陋,這】數十年來,因爲沒有强有力的君主,以致豪族相争,互不服從,各自依河川、險要之地,分割領地自立。)

可知,寫本的文本【】中的部分缺失。這裏缺失的只有一行。僅僅剪下一行或許很少見,但這是很清楚的事實。該寫本雖有少量例外,但大概一張紙抄寫二十六行。然

圖二　京都國立博物館所藏《大唐西域記》卷第一

而,第八張紙只有十九行,接下來的第九張紙僅僅只有六行。也就是說,只是從原本每張紙二十六行的一張紙上,剪下了【】中部分的一行,然後又將左右貼在一起。即是說,現在看到的第八張紙和第九張紙,原本是一張紙。我們不得不這麽想。否則這一行二十字去了哪裏了?

日本流傳的古寫本《大唐西域記》,除上文所述的興聖寺本之外,還有法隆寺本、石山寺本、七寺本、金剛寺本等,所有都是作爲寫本大藏經的一部分流傳至今。當然,也有殘本流出寺院外,像成簣堂文庫的長曆五年寫本卷十是長福寺抄本的一樣,原本是某個藏經的一部分。京都國立博物館的康和四年寫本《西域記》卷一也不例外,它可能是某個寺院經藏中的藏品,但究竟是何處之物并無綫索。總之,剪切肯定是在流出寺院之後的事情。

旋風裝是否行於日本？

高田時雄　撰　張士傑　譯

　　飛鳥奈良時代以來傳至日本的中國典籍，無論佛書外典一般都是卷子本，即卷軸裝。平安時代中後期，逐漸出現册子本。不過，寫本時代的書籍裝幀無疑仍以卷軸裝爲主。

　　中國的裝幀方式也存在由卷子本向册子本演進的過程。卷軸裝漸被舍棄，册子裝則愈益得到廣泛的應用。及至宋元以降的刻本全盛時代，卷子本完全被册子本取而代之。當然，册子本這一裝幀形態本身也存在一個演變的進程，即由刊本初期的蝴蝶裝而漸次改進爲綫裝本。但是，這一演進遠遠無法相比於卷子本轉變爲册子本之大變革。

　　在中國裝幀形式的演進軌迹上，從卷子本轉向册子本的過渡期中，曾經存在一種"旋風裝"。圍繞此一問題，學界自二十世紀 80 年代起曾發生一場討論。旋風裝這一術語見於南宋張邦基《墨莊漫録》等幾種中國文獻，但實際情況則不甚明了。然而，北京故宮博物院收藏的傳爲吴彩鸞所寫《刊謬補缺切韻》以及敦煌遺書中所見的裝幀樣式，即被認爲是旋風裝。① 觀其樣式，是在雙面書寫的紙張右端，施以粘糊并摺疊成册，再從右側將全書包卷以進行收納。其外觀頗似卷軸，但一葉一葉地翻開閱讀時又形似册子本，因而可以稱之爲卷子本和册子本的中間形態。在元人王惲（1227—1304）《玉堂嘉話》中，旋風裝也被稱爲"龍鱗裝"，大概是得名於紙張摺疊而狀似龍鱗。

　　中國確曾存在介於卷子本和册子本之間的過渡性質的旋風裝，這已幾成定論。那麽，日本的情況如何呢？ 在奈良、平安時代，日本曾持續而且大量地從中國輸入書籍。其中是否存在旋風裝漢籍呢？ 此種裝幀樣式是否因此而傳入日本？ 實際上，至今爲止既未發現傳存的實物標本，也未在文獻中見到明確記載，因此目前尚無確鑿證據表明旋風裝曾傳於日本。

---

① 　最早提出此一問題的是中國國家圖書館的李致忠《古書"旋風裝"考辨》（載《文物》1981 年 2 期），此後也有多篇相關論文，限於篇幅，此處從略。

然而,日本學者島田翰(1879—1915)曾就中國文獻所見之旋風裝,提出某種假說。其《古文舊書考》中有論曰:

> 何謂旋風葉?予猶逮見舊鈔本《論語》及《醍醐雜事記》,所謂旋風葉裝也。旋風葉者,蓋出於卷子之變,夫卷子之制,每讀一書檢一事,紬閱展舒,甚為煩數。於是後世取卷子,疊摺成冊,兩折一張標紙,槩粘其首尾於標紙,猶宋槧《藏經》,而其制微異。而其翻風之狀,宛轉如旋風,而兩兩尚不相離,則又似囊子,故皇國謂之囊草子也。①

據島田翰所述,旋風裝形如佛典摺本,但前後書衣相粘連,且中間各葉并不粘糊於書衣,因而整體形狀如同袋子。如將各部分全部取出,翻展開來則猶如風之搖動一般。近年來,此說獲得較多認同,亦頗為中國學者採用。② 但是,島田翰所見舊鈔本《論語》《醍醐雜事記》是否真如其所言之旋風葉,則仍存疑點。而且,已有專家指出,《古文舊書考》中所言島田翰所見古籍是否真實存在尚有甚多疑問。此外,日本關於此種裝幀形式即為古書旋風裝的看法,實際上并非始自島田翰。早在江戶時代,已經有人提出此說。關於此,此處稍作探討。

屋代弘賢(1758—1841)是江戶後期學者,任幕府"右筆"(譯者按,幕府常設文職,司文書、記錄),而且是日本"國學"學者,詳於禮制,頗知文獻。③ 屋代弘賢有漢文筆記一冊遺世,題為《屋代弘賢漢文草稿集》。④ 書中有"旋風葉"一節(圖一),頗可玩味。其文如次:

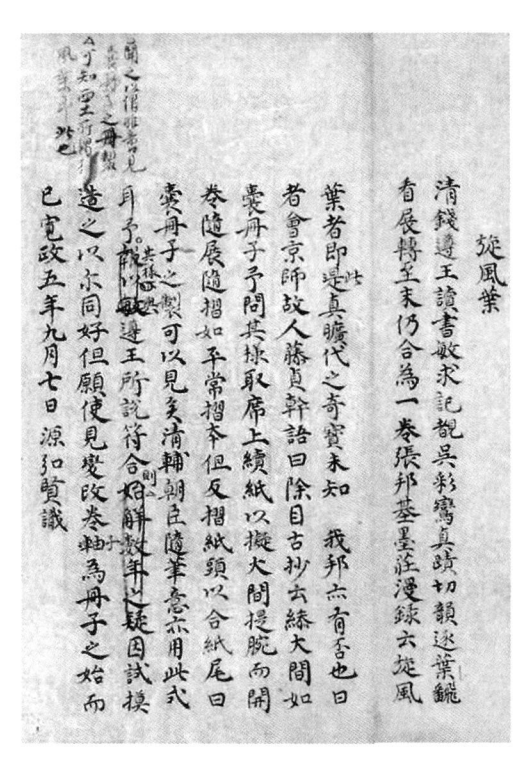

圖一　屋代弘賢"旋風葉"

---

① 島田翰《古文舊書考》卷一,東京,民友社,1904年,葉25。
② 杜偉生《古書旋風裝的再考辨》,載《國家圖書館學刊》1986年4期。
③ 屋代弘賢以藏書之富而著稱,其藏書樓"不忍文庫"藏書達五萬冊。屋代逝後,藏書讓渡於與之有舊的德島藩藩主蜂須賀齊昌,而入於"阿波國文庫"。然而,此文庫藏書之大部於太平洋戰爭期間因美軍空襲而遭焚毀。
④ 早稻田大學圖書館藏,全書以圖像形式公開於古典籍總合數據庫。拙文所用書影即依據於此。

清錢遵王《讀書敏求記》："覩吳彩鸞真蹟《切韻》逐葉翻看,輾轉至末,仍合爲一卷。張邦基《墨莊漫録》云旋風葉者即此。真曠代之奇寶。"未知我邦亦有否也。日者會京師故人藤貞幹語曰："《除目古抄》云：繰大間如囊册子。"予問其樣,取席上續紙以擬大間,提腕而開卷,隨展隨摺,如平常摺本,但反摺紙頭,以合紙尾,曰："囊册子之製,可以見矣。清輔朝臣隨筆,亦用此式耳。"予聞之以謂非嘗見囊册子之製,其樣與遵王所說符合,則可知西土所謂旋風葉即此也。因試模造之,以示同好,但願使見變改卷子爲册子之始而已。寬政五年(1793)九月七日,源弘賢識。

此文中,屋代弘賢談到藤貞幹①關於旋風裝的看法。其見解與島田翰大致相同,而使用"囊册子"之名稱。不同之處在於,藤貞幹例舉此一裝幀形式的實物標本——"大間書"。藤貞幹所用"囊册子"一詞出自《除目古抄》(譯者按:"除目"即任官名録)中的"繰大間,如囊册子"。"繰"爲"繰"的異體字,也寫作"繰",日本古來讀作"kuru",用爲"抽絲"、"翻展書頁"之意。因之,"繰大間"即爲"翻閱大間(書)"之意。"大間書"是每年春秋二次在宮中舉行任命儀式之際所使用的薄册子,因需填寫品級、姓氏而預留較大空白,故得名"大間書"。今已無法見到平安時代的古物,但有室町時代之實物傳存。②

圖二　大間書的樣式

關於其樣式的詳細解說已見於專論。此類解說之一爲《縣召除目次第》,其"大間書"樣式爲"大間翻疊體"(圖二)。③ 如圖所示,可知是折疊而成册子狀,并以書衣包裹。

藤貞幹和島田翰兩說之間,尚不明確是否存在承襲關係。但是,二者對於旋風裝的解釋實際上如出一轍。這一點令人頗覺不可思議,而且值得關注。日本既無今所論定之旋風裝(龍鱗裝)的實物傳存,又沒有相關文獻記載。如果二者沒有關聯,則應無可能得出如此一致的結論。

旋風裝傳至日本的可能性甚小。即便有極爲小量實物傳日,也終究不是通用於某

---

① 藤貞幹(1732—1797)：江户中期"國學者",精於古物之考證,尤詳於禮制。
② 可見於宮内廳書陵部《除目》(2008年10月20—25日展示圖録)及《皇室至寶——東山御文庫御物》1(每日新聞社,1999年)之圖版。但就所見而言,原件似爲卷子裝形式。
③ 依據前引《除目》所示圖版。

一時期的裝幀形式。然而,《切韻》系韻書中則可能存在以旋風裝形式裝訂之物。中國文獻中,但凡言及旋風裝者,皆爲《切韻》(《唐韻》),而且是吳彩鸞以小楷書寫的寫本。現存的故宫藏本《刊謬補缺切韻》,即被視爲吳彩鸞之筆。敦煌遺書中,并非全然没有《切韻》以外的旋風裝,但多數仍是《切韻》的古寫本。① 不過,頗爲有趣的是,敦煌遺書中也發現了刻本《切韻》,但其裝幀應是卷子本,而非旋風裝。刻本的刊行前提是存在不確定多數的購買者,因此出於商業考慮則必然要墨守傳統。但到了宋代,韻書也順應時代而以册子裝取代刻本。關於此,藤原實資《小右記》長元二年(1029)四月四日的記載——"獻唐模本《廣韻》葉子、同《玉篇》葉子、新書《文集》葉子",可爲佐證。"模本"則顯然爲刻本之謂,其所言之"葉子"即爲册子。亦即,當時刻本篇韻已經以册子裝的裝幀形式流布於世。

在王朝時代的日本,已有爲數頗多的《切韻》系韻書傳日。《日本國見在書目録》中,"陸法言"以下著録十六家《切韻》,即王仁煦、釋弘演、麻杲、孫愐、孫伷、長孫納言、祝尚丘、王在藪、裴務齊、陳道固、沙門清徹、盧自始、蔣魴、郭知玄、韓知。菅原是善《東宫切韻》編撰於 9 世紀後葉,其中引用十三家《切韻》。這些《切韻》或許皆爲寫本,因此不能完全否定其中可能存在吳彩鸞寫本之類的旋風裝。然而,於今亦只能想象而已。

如前所述,中國書籍的制本形態,大概而言是由卷子裝而漸次演變爲册子裝。奈良、平安時期,大量留學生及僧侣渡海赴唐,勤勉研學。他們接觸到中國書籍的時間,也正相當於那一個過渡期。弘法大師空海(774—835)從大唐携歸的《三十帖策子》(京都仁和寺藏,"國寳"),即已經是册子本,而不是卷子裝。不過,此本是空海的學習筆記之類,具有一定的個人屬性,因而或爲個例。但是,於 865 年返回日本的宗叡(809—884),在其《新書寫請來法門等目録》末尾所舉"雜書"一項的"秘録藥方一部六卷"條下注道:"兩册子。"由此,則明確可知其裝幀形式是册子本。

及至平安中期以降,採用册子形態的書籍已呈增多傾向。例如,藤原道長的日記《御堂關白記》中所見"《群書(治要)》十帖五十卷"、藤原行成《權記》所見之"《蓮府秘抄》十一帖"、"《和名類聚抄》四帖"、"《日本抄》一帖"等條目中以"帖"表示數目的書籍,應當已經採用册子裝的形式。由此可知,《群書治要》之類書籍已經以册子本行世。

---

① 高田時雄《敦煌韻書之發現及其意義》,見高田時雄《草創期之敦煌學》,東京,知泉書館,2002 年,頁 244—248。

日本古籍裝幀形式也是由卷子本向册子本漸次演進，今之所論旋風裝應當并非通行於一般的裝幀形式。進而言之，筆者認爲：即便在中國，旋風裝也僅爲某些特定書籍（如《切韻》系韻書）所用，而且僅行於一定時期，實質上是一種過渡性質的裝幀形式。

（譯者爲大連外國語大學副教授）

愛知縣一宮市某家藏（市立博物館保管）鐮倉末南北朝時期寫本《論語集解》

高橋智　撰　張士傑　譯

據《日本南北朝時代寫本〈論語集解〉概略》①一文可知，日本的傳世外典古寫本以《論語集解》爲數最多，且尤以鐮倉末期至南北朝時期古寫本爲其源流，但關於個别傳本的詳細考察幾佔目前研究的全部。若將鐮倉時期與南北朝時期的《論語集解》寫本情況作一關聯性考察，則有如下 13 種存世傳本可資爲用：

1. 東洋文庫藏，正和四年（1315）鈔本，清原教隆傳本，10 帖（重要文化遺産）；
2. 東洋文庫藏，貞和三年（1347），藤宗重跋鈔本，10 册；
3. 宫内廳書陵部藏，嘉曆二/三年（1327/1328）鈔本，清原教隆校，10 册；
4. 蓬左文庫藏，元應二年（1320）鈔本，10 册（重要文化遺産）；
5. 大谷大學藏，德治三年（1308）鈔本，1 卷（現存卷三）；
6. 杏雨書屋藏，鐮倉末南北朝時代鈔本，1 卷（現存卷五至十）；
7. 大東急紀念文庫藏，建武四年（1337）校本，10 册（重要文化遺産）；
8. 村口書房藏，南北朝鈔本，10 册；
9. 臺北故宫博物院藏，楊氏觀海堂舊藏，感應一年（1350）鈔本，10 册；
10. 猿投神社藏，康安二年（1362）鈔本，3 卷（現存卷三、七、十）（重要文化遺産）；
11. 猿投神社藏，南北朝鈔本，1 卷（現存卷三）（重要文化遺産）；
12. 猿投神社藏，南北朝室町初期鈔本，1 卷（現存卷四）（重要文化遺産）；
13. 一宮市木村家藏，元德三年（1331）鈔本，4 卷（缺卷五、六）（重要文化遺産）。

其中，關於猿投神社藏本的研究，可參見《南北朝時代古鈔本論語集解之研究——猿投

---

① 高橋智《日本南北朝時代寫本〈論語集解〉概略》，京都大學人文科學研究所編《中國典籍日本古寫本研究通訊》第 1 號，2014 年。

神社所藏本之意義》①；關於臺北故宮本的研究，可參見《南北朝時代古鈔本論語集解之研究——臺北故宮博物院所藏楊氏觀海堂舊藏本》②；關於東洋文庫清原教隆本的研究，可參見《古典研究會叢書·漢籍之部 4》之"文獻解題"。本文擬就某家藏古鈔本之概略作一介紹。

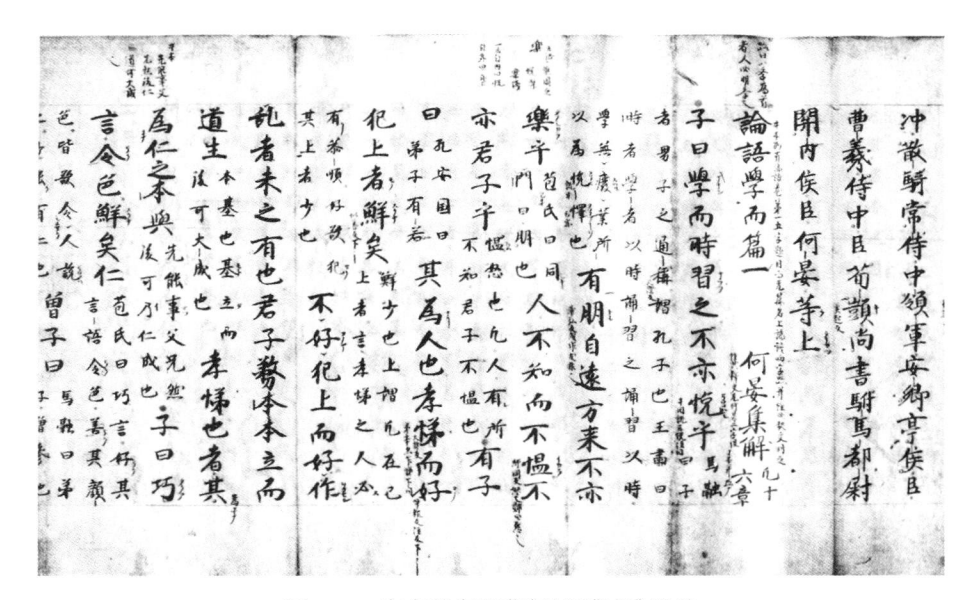

圖一　一宮市某家所藏《論語集解》卷首

【文獻解題】

重要物質文化遺産。

愛知縣一宮市木村家藏，一宮市立博物館委託保管。

論語 10 卷，缺卷五、六，魏何晏集解，鐮倉末南北朝，虎關師鍊（1278—1346）寫，4 軸。

本書系於昭和三十三年（1958）2 月 8 日，被認定爲國家重要物質文化遺産，"認定書"如下：

> 1868 號。虎關師鍊筆，元德三年五、六月書寫卷尾識語。縱九寸五分五釐，全長第一卷三十七尺二寸，第二卷三十九尺三寸五分，第三卷五十一尺，第四卷三十六尺七

---

① 《斯道文庫論集》第 43 輯，2009 年。
② 《藝文研究》第 101 號，2006 年。

寸,紙本墨書,書衣焦茶色,題簽:"小圓通經　宫(商·徵·羽)"。各卷卷首押朱印"玉峰"。正文墨界,行十三字,朱筆乎古止點,墨訓註記(欄外及紙背亦有)。卷第二有二處裁去。四卷皆爲虎關師鍊之筆。各卷皆有卷尾識語,知是傳寫自清原家本,惟卷第三缺卷尾識語。鐮倉時代。

此件爲愛知縣一宮市某家所藏,後爲某家後人繼承,現爲其後裔所藏。

昭和三十二年(1957),時任文化遺産技術官田山方南(信郎)認定此本,經京都修補師山川文吾修復(關於此事,可徵之於山川氏致某氏書信,可知某氏與山川氏之間曾有委託之約),同年11月於文化遺産專門審議會認定,并撰文概述此本情況。

此件收於焦茶色木盒内,盒中又以桐木函收納。此軸包以絹布,鑑定書封面有墨書,其文爲:"元亨釋書作者　東福寺虎關師鍊和尚論語四册　外題妙秀院惺窩。"山川氏書信中也有"四册"之語,可知此件原爲册子裝或是摺本。現存件爲卷軸裝,或與山川氏的修補有關。表紙爲焦茶色(縱29釐米,幅28釐米),有紫檀卷頭(直徑2釐米),古題簽(縱16釐米,寬3.2釐米)有墨書:"小圓通經(宫商[原件缺"角"]徵羽)。""圓通經"之名,見於皇侃(488—545)《論語義疏》的皇侃自序,其文爲:"論語小而圓通,有如明珠,諸典大而偏用,"室町時代以"圓珠經"、"圓通經"爲《論語》之異名。

用紙爲斐楮混料紙①,質薄而微有光澤,施有精細的蟲蛀修補和裱褙,紙背亦見有極爲精巧的修補。上下裁剪整齊,上下餘白分別爲3.6釐米、3.4釐米,施以墨界。行格縱21釐米,幅2.7釐米。欄内行款爲行13字,註文以小字雙行書寫,全卷筆迹如一。欄外、行間有小字間註,亦可斷定與正文同出一人之手(唯《憲問篇》第十四、《衛靈公篇》第十五,另有別筆間註),書於紙背的註記與正文筆迹不同,墨色略淺,而清朗舒暢,其筆勢實有鐮倉時代風格。

紙長約46.5釐米,數張粘連以成一軸,各紙原則上均以17行施定墨界。各卷紙數不同。第1軸計24紙,卷尾識語之後空白4行,其後粘補有長17釐米的新紙(以下各軸同此),成卷軸裝。第2軸計25紙,卷尾識語之後空白5行。第3軸計33紙,卷尾識語之後餘3行空白。第4軸計24紙,卷尾識語之後空白5行。各紙每5行均可見折痕,當爲帖裝本的折疊痕迹。

---

① 譯者注:以斐紙(雁皮紙)原料與楮紙原料混合制成的和紙。雁皮紙、楮紙皆爲代表性和紙,其中雁皮紙原料主要爲雁皮等瑞香科植物的韌皮纖維,此種紙具有抗蛀、耐久、有光澤的優點;楮紙以楮樹韌皮纖維爲主要原料,其原料纖維長、産量高,是和紙主要品類。此文的斐楮混料紙,應兼有二者優長。

各紙情況爲：第 1 軸第 12 紙與第 13 紙之間（《爲政篇》末卷尾識語之後，《八佾篇》之前），粘補有一幅新紙（長 10 釐米），計 4 行。但第 12 紙、第 13 紙皆 17 行，長度相同。

第 2 軸之第 4 紙與第 5 紙之間，粘補有長 12 釐米的新紙。新紙所佔相當於自《公冶長篇》17"晏平仲"章至同篇 25"巧言令色足恭"章"左丘明恥之，丘"凡 9 章，正文、註文皆缺失。第 11 紙與第 12 紙之間，貼補有長 9 釐米的新紙，當《雍也篇》第 28 章"子見南子"註"行道既非婦人之事而弟子不說與之咒誓義可疑焉"至同篇第 30 章"如能博施濟衆"的正文和註文。此部分缺失。因之，可推知卷第三缺失篇末識語，且恐各卷末原本皆有卷尾識語而逸失不見。亦可知，第 12 紙第 1 行被裁去半幅。

第 3 軸，第 11 紙計 13 行，長 36 釐米。第 19 紙與第 20 紙之間，《憲問第十四》卷尾識語之後，《衛靈公第十五》之前，粘補新紙一幅，共 2 行，長 5 釐米。第 30 紙計 16 行，長 44 釐米。第 32 紙與第 33 紙之間，有貼紙一幅共 4 行（用紙與原件相同，長 11 釐米），又第 33 紙計 16 行，長 44 釐米。

第 4 軸，第 14 紙爲 15 行，但第 15 行裁去半幅，其間夾有新紙（長 5 釐米），連接於第 15 紙。第 17 紙計 18 行。

各卷均配置二卷，具體爲：第 1 軸爲"何晏序"、卷一（《學而》第一、《爲政》第二）、卷二（《八佾》第三、《里仁》第四）；以下爲第 2 軸，有卷三（《公冶長》第五、《雍也》第六）、卷四（《述而》第七、《泰伯》第八）；第 3 軸爲卷七（《子路》第十三、《憲問》第十四）、卷八（《衛靈公》第十五、《季子》第十六）；第 4 軸爲卷九（《陽貨》第十七、《微子》第十八）、卷十（《子張》第十九、《堯曰》第二十）。於是可知，缺失部分爲卷五（《子罕》第九、《鄉黨》第十）和卷六（《先進》第十一、《顔淵》第十二）。

此件中所施訓點，主要爲朱筆"ヲコト點"①，墨筆爲縱點、附訓，返點則其少見。

行間有反切註音，以及對校別本之注記。所用校本有"扌本"（摺本之略寫）、"疏"（梁皇侃《論語義疏》）、"本"。行間無解釋性注記，但有對《義疏》的頻繁引用，成爲解釋之補註。

欄外注記，亦以校勘別本爲主，無解釋類文字。所用校本有"一本"、"鄭本"（或爲漢鄭玄註本）、"衆本"、"或本"、"米云"、"家本"、"江家"、"印本"、"但云"、"師説"。

此外，相當於各篇題之欄外處有"疏曰"一段文字，所記爲引用《論語義疏》篇題解

---

① 譯者注：ヲコト點，系日本人爲便於識讀中國典籍而發明的一種訓讀標記符號系統和方法，原則上於漢字四周及字間施點、綫等符號，以輔助訓讀。博士家點是自漢字右上角始，依順時針方向循次標示"ヲ、コト、ト、ハ、……"，故稱爲"乎古止點"，即"ヲコト點"。另按，此件重要文化遺產認定書中的"乎古止點"同此。

說之一部。其内容,校之於大正十三年(譯者按,1924)懷德堂紀念會編活字本《論語義疏》,可見字句上存在若干出入,但與室町時代古寫本相同。其文爲:

學而篇:以學爲首者人必明學也

爲政篇:學而後從政故爲政次學而

八佾篇:八佾者奏樂人數行列之名也此篇明季氏是諸侯之臣而僭行天子之樂也所以次前者言政之所裁之於斯濫故八佾次爲政也

里仁篇:里者隣里也仁者仁義也此篇明凡人之性易爲染着遇善則外逢惡則隧故居處直慎必擇仁者之□□所以次前者明季氏之惡由不近仁今亦避惡從善宜居仁故里仁次於季氏

公冶長篇:公冶長者孔子弟子也此篇明時妄明君賢人獲罪者也所以次前者言公雖□鑑縲而爲聖師證明若不近仁則曲直維辨故以公冶長於里仁也

雍也篇:雍孔子弟子也明其才堪南面時不與也所以次前者其雖無橫罪亦是不遇之流橫罪爲切故公冶前明而雍也爲次也

述而篇:述而者明孔子行孝祖述堯舜自比老彭而不制作者也所既夷嶮聖賢地閉非唯二賢之不遇而聖亦乖常故□□不遇證賢之失所以述而次雍也

泰伯篇:泰伯周太王長子能推位讓國者也所以次前者物情見孔子栖遑常謂心廬今明今明賢人尚能讓國以證位子大聖雖位非九五豈以粃糠累直故一次述而已

子路篇:子路孔子弟子也武爲三千之標者也所以次前者武者劣於文故子路次顏淵也

憲問篇:憲者弟子原憲也問者問於孔子進仕之法也所以次前者顏路既久文武則文子優者宜仕故憲問次子路

衛靈公篇:衛靈公者衛國無道之君也所以次前憲既問仕故以衛靈公憲問也

季氏篇:季氏者魯國上卿豪强僭濫者也所以次前者前明君惡故次據臣爲故季氏次衛靈也

陽貨篇:陽貨者季氏家臣亦凶惡者也所以次前凶亂非唯國臣無道至陪賤亦並凶惡故陽貨次季氏也

微子篇:微子者殷紂庶兄也明其賭紂凶毒必喪天位故先拂衣歸周以存宗祀也所以次前者明天下竝惡賢宜遠避故以微子次陽貨也

子張篇：子張者弟子也明其君有難臣必致死所以次前者前明君惡臣宜拂衣而去若人人皆去則誰爲匡輔故此次明未得去者必宜致身故子張次微子也

堯曰篇：堯曰者古聖天子所言也其言天下大平禪位與舜之事也次前者事君之道若宜去者拂衣宜留致命去就當理事迹無虧則太平可賭揖讓如堯曰最後以次子張也

《子罕》《鄉黨》《先進》《顏淵》諸篇缺失。

而且，此種行間、欄外注記的筆迹皆相同（亦似存在少量他人之筆）。尚難判斷此一筆迹與正文是否同出一人之手，但可推定爲寫於同一時期。

正文部分的紙背，有數十處墨筆注記。此件之制本在技術上甚爲考究，蓋爲避免模糊紙背字迹。其內容爲對照"才本"等本的校異，或以"疏曰"補引《論語義疏》的疏註。此處文字或與正文行間欄外的註記同出一人之手，但也有部分筆迹與之有別。

卷第一、二、四、七、八、九、十，有卷尾識語。卷尾識語原本或許置於各卷之末，但因卷第三、五、六的正文及卷尾識語存在部分缺失的情況，故今不得見。各卷卷尾識語本身皆爲同一手筆，但難以斷言其與正文及間注之間究竟存在何種關係。例如，卷第一的卷尾識語爲：

本奧云

此書受家説事二个度雖有先君奧/書本爲幼學書之間字樣散々不證本/仍爲傳子孫重所書寫也加之朱點墨點/手加身加畢即累葉秘説一事無脱/子々孫々傳得之深藏匱中勿出困外矣/于時仁治三年八月六日前三河守清原　在判

弘安五年七月廿八日以家秘説授申/土師左衛門四郎殿畢/朝議大夫清原　在判

嘉元三年五月廿九日以清家秘説/奉授堤道願御房畢/散位在判

延慶二年己酉十月十八日點校畢

以他本受説之間一了

奧書兼日所取也仍書寫以/後繼之而已自餘卷此同矣/桑門玄家

嘉元三年十二月六日以清家之秘説/奉授菅生輔公了桑門實融　在判

時也嘉曆元年十一月八日於三州藺田鄉/書寫了　以他本受説之間奧書/以下時日相違在之　源義興

十一月十二日午尅朱點了（11字朱筆）　同日墨點了

同日裏書了

同月廿日　一校了
  元德三年五月二日　於三州實相寺書寫/同五月廿日
  交點了　（朱印）
  （卷尾識語的字迹辨識，幸得慶應義塾大學堀川貴司教授之教益）

其中可見年號有仁治三年（1242）、弘安五年（1282）、嘉元三年（1305）、延慶二年（1309）、嘉曆一年（1326）、元德三年（1331）。據此可知，此類卷尾識語中既有清原博士家傳授的注記，也有鐮倉末期至南北朝初期的嘉曆、元德年間的注記和校點。其他各卷卷尾識語的內容與此大體同類（此處從略，日後另考），但卷第二、四、八、九、十的元德三年的卷尾識語中可見"師煉"二字。據此，當可推定爲虎關師煉的書寫點校本。然而，據堀川氏所言，亦難以否定此一"師煉"署名中存在些許不自然。

仁治三年的卷尾識語的內容，與宮內廳書陵部藏嘉曆二年（1327）寫本（401·27）、東洋文庫藏鐮倉末南北朝寫清原教隆證本（一C36）中所見之清原教隆（1199—1265）的原卷尾識語相同。由此可知，此件寫本也是自鐮倉時代流傳而來，與鐮倉時代末期傳授的清原家本屬於同一系統。并且，依據"ヲコト點"所作的訓讀，也一如清原家傳授之讀法。

藏書印的情況爲："序"首有雙廓方形朱陽刻"玉/峰"印（以下卷第二、三、四、七、八、九、十各卷卷首亦有此印），又有"源□□/藏書印"（單廓長方陽刻）、"□□"（單廓葫蘆形陽刻）二印僅見於"序"首。

此處以《雍也篇》爲例，將此本與猿投神社所藏之康安本、南北朝本以及東洋文庫藏教隆本合校，底本用阮元（1764—1849）嘉曆二十年（1815）刊本、注疏本。此件特近於教隆本，一如猿投神社本。此處記錄注文之校異，可據以視其異同。

雍也篇第六

康安本、南北朝本、教隆本、某家本作"論語雍也第六　何晏集解凡三十章"。

1."雍也可使南面章"

雍也可使南面：南北朝本、教隆本、某家本"面"下有"也"字。

言任諸侯治：康安本、南北朝本作"言任諸侯可使治國"，南北朝本"國"下有"也"字，教隆本、某家本國下有"之也"二字。

2."仲弓問子桑伯子章"

孔安國曰以其能：南北朝本、教隆本無"孔安國曰"四字。

寬略則可：康安本、南北朝本、教隆本、某家本有"也"字。

太簡：康安本、南北朝本、教隆本、某家本"太"作"大"，南北朝本、教隆本、木村本有"也"字。

3. "哀公問弟子章"

哀公問弟子：康安本、南北朝本、教隆本、某家本"問"下有"曰"。

顏回任道：康安本、南北朝本、教隆本"回"作"淵"。

未嘗復行：康安本、南北朝本、教隆本、某家本有"也"字。

4. "子華使於齊章"

赤"之"字：康安本、南北朝本、教隆本、某家本作"赤"字也。

包曰十六斗曰庾：某家本有"也"字，康安本、南北朝本、教隆本作"十六斗爲庾也"，康安本、教隆本、某家本作"包氏"，以下同。

五秉合爲八十斛：某家本有"也"字，康安本、南北朝本、教隆本無"爲"字、有"也"字。

冉有有與之太多：康安本、南北朝本、教隆本、某家本有"也"字。

5. "原思爲之宰章"

弟子原憲：康安本、南北朝本、教隆本、某家本有"也"字。

家邑宰：康安本有"之也"二字，南北朝本、教隆本木村本有"也"字

九百斗：康安本、南北朝本、教隆本、某家本有"也"字。

辭辭讓不受：康安本、南北朝本、教隆本、某家本無上"辭"字，受下有"也"字。

祿法所得當受無讓：康安本、南北朝本、教隆本、某家本無"得"字，無下有"以"字，讓下有"也"字，教隆本、某家本"無"作"毋"。

五百家爲黨：康安本、南北朝本、教隆本、某家本有"也"字。

6. "子謂仲弓章"

犂雜文：康安本、教隆本、某家本有"也"字，南北朝本"雜"作"新"。

騂赤也：康安本、教隆本、某家本"也"作"色"，南北朝本"赤"下有"色"字。

犧牲：康安本、教隆本、某家本有"也"字。

其所生犂：南北朝本作"犂牛"。

不害於子之美：康安本、南北朝本、教隆本、某家本"子"上有"其"字，"美"下有"也"字。

7. "回也其心三月不違仁章"

餘人暫有：康安本、南北朝本、教隆本、某家本餘上有"言"字。

不變：康安本、南北朝本、教隆本、某家本有"也"字。

8. "季康子問仲由章"

決斷：康安本、南北朝本、教隆本、某家本有"也"字。

通於物理：康安本、南北朝本某家村本有"也"字。

曰賜也達，曰求也藝：康安本、南北朝本、教隆本、某家本二"曰"上有"子"字。

多才藝：康安本、南北朝本、教隆本、某家本作"多才能也"。

9. "季氏使閔子騫爲費宰章"

費季氏邑：康安本、教隆本、某家本有"也"字。

邑宰數畔：康安本、教隆本、某家本無"數"字。

子騫賢故欲用之：康安本、教隆本、某家本"子"上有"閔"字，"之"下有"也"字。

託使者：康安本、南北朝本、教隆本、某家本"託"作"語"，"者"下有"曰"字。

善爲我辭焉説令不復召我：康安本、南北朝本、教隆本、某家本"我"下有"作"字、無"焉"字，康安本、教隆本、某家本，"我"下有"之也"二字。

召我：康安本、南北朝本、某家本有"也"字，教隆本有"之也"。

欲北如齊：康安本、南北朝本、教隆本、某家本有"也"字。

10. "伯牛有疾章"

弟子冉耕：康安本、南北朝本、教隆本、某家本有"也"字。

包曰牛有惡疾：康安本、南北朝本、某家本無"牛"字，南北朝本"惡"上有"牛"字。

疾甚：康安本作"疾甚之"。

喪之：康安本、南北朝本、某家本有"也"字，南北朝本又有此十九字："命矣夫斯人也而有斯疾也斯人也而有斯疾也"。

痛惜之甚：康安本、南北朝本、教隆本、某家本有"也"字。

11. "賢哉回也章"

簞笥也：教隆本、木村本無"也"字，康安本、南北朝本、教隆本、某家本下有"瓢瓢也"三字。

陋巷：康安本有"也"字。

其所樂：康安本、南北朝本、教隆本、某家本有"也"字。

12. "非不説子之道章"

冉求曰：康安本、南北朝本、教隆本、某家本作"冉有"，康安本無"曰"字。

子之道：康安本、南北朝本、教隆本、某家本有"也"字。

今女：南北朝本、教隆本、某家本"女"作"汝"。

非力極：康安本、教隆本、某家本下有"之也"，南北朝本下有"也"。

13."子謂子夏章"

女爲君子儒：南北朝本"女"作"汝"，教隆本、某家本無"女"字。

無爲小人儒：南北朝本無"誤女"，教隆本、某家本"無"作"毋"。

明道：康安本、某家本作"明其道"。

矜其名：康安本下有"之也"，南北朝本、教隆本、某家本下有"也"字。

14."子游爲武城宰章"

魯下邑：康安本、南北朝本、教隆本、某家本有"也"字。

女得人焉耳乎：南北朝本、教隆本"女"作"汝"，"乎"下有"哉"字。

焉耳乎：康安本、教隆本、某家本"乎"下有"哉"字。

皆辭：康安本、教隆本、某家本有"也"字。

曰有澹臺滅明：南北朝本作"對曰"。

滅明名：康安本、南北朝本、教隆本、某家本有"也"字。

其公且方：康安本、南北朝本、教隆本、某家本有"也"字。

15."孟之反不伐章"

孔曰：南北朝本作"苞氏曰"。

孟之側：康安本、南北朝本、教隆本、某家本有"也"字。

伐其功：康安本有"之也"，南北朝本、教隆本、某家本有"也"字。

殿在軍後：康安本、南北朝本、教隆本、某家本下有"者也"二字。

曰我非敢在後拒敵：南北朝本、教隆本、某家本"曰"作"故曰"，康安本、教隆本、某家本"拒"作"距"，"敵"下有"也"字。

不能前進：康安本、南北朝本、教隆本、某家本"前進"作"進也"。

16."不有祝鮀之佞章"

免於今之世矣：南北朝本無"矣"字。

衛大夫子魚也：康安本、南北朝本、教隆本、某家本子上有"名"字。

宋之美人：康安本、南北朝本、教隆本、某家本作"宋國之美人"，南北朝本、教隆本、某家本有"也"字。

善淫言：南北朝本善下有"好"字。

難乎：康安本、南北朝本、教隆本、某家本"乎"作"矣"。

今之世害也：康安本、教隆本、某家本無"之"字，南北朝本、教隆本、某家本"世"下有"之"字。

17．"誰能出不由戶章"

不由戶：南北朝本、教隆本、某家本"戶"下有"者"字。

孔曰言人立身成功：康安本、教隆本、某家本無"孔曰"二字。

譬猶出入要當從戶：康安本、南北朝本、教隆本、某家本"猶"下有"人"字，"戶"下康安本有"之也"二字，南北朝本隆本、某家本有"也"字。

18．"質勝文則野章"

質少：康安本、南北朝本、教隆本有"者也"二字，某家本有"也"字。

相半之貌：康安本、教隆本、某家本有"也"字。

19．"人之生也直章"

人之生也：南北朝本無"之"字。

言人所生於世：康安本、南北朝本、教隆本、某家本"人"下有"之"字，"所"作"所以"。

正直也：康安本、南北朝本、教隆本"直"下有"之道"二字，某家本"直"下有"道"字。

亦生者：康安本、教隆本無"者"字。

而免：康安本下有"者也"，教隆本、某家本有"也"字。

20．"知之者章"

樂之者深：康安本、教隆本、某家本下有"也"字。

21．"中人以上章"

可上可下：康安本、教隆本、某家本下有"也"字。

22．"樊遲問知章"

民之義：康安本、教隆本、某家本下有"也"字。

曰仁者先難：康安本、教隆本、某家本"曰"上有"子"字。

而後得：康安本、某家本作"後乃得"，南北朝本作"乃得"，教隆本作"乃後得"。

所以爲仁：康安本、南北朝本、教隆本、某家本下有"也"字。

23．"知者樂水章"

其才知：南北朝本、教隆本"知"作"智"。

不知已：康安本下有"也"字，教隆本、某家本有"之也"。

萬物生焉：康安本、南北朝本、教隆本、某家本下有"也"字。

日進故動：康安本、南北朝本、教隆本、某家本"日"作"自"，"動"下有"也"字。

故靜：康安本、南北朝本、教隆本、某家本有"也"字。

鄭曰知者：南北朝本、教隆本"知"作"智"。

故樂：康安本、南北朝本、教隆本、某家本下有"之也"。

性靜者多壽考：南北朝本"性"作"姓"，南北朝本、教隆本、某家本無"多"字，康安本、南北朝本、教隆本、某家本"者"作"故"，"考"下有"也"字。

24. "齊一變章"

周公之餘化：康安本、某家本有"也"字。

大道行之時：康安本、某家本有"也"字，南北朝本有"之也"二字。

25. "觚不觚章"

觚禮器：康安本、南北朝本、教隆本、某家本有"也"字。

二升曰觚：康安本、南北朝本、教隆本、某家本有"也"字。

爲政不得：康安本、南北朝本、教隆本、某家本"爲政"下有"而"字。

不成：康安本、南北朝本、教隆本、某家本有"也"字。

26. "仁者雖告之曰章"

井有仁焉其從之也：康安本、南北朝本、教隆本、某家本"仁"下有"者"字，南北朝本無"之"字，教隆本"也"下有"與"字。

宰我以仁者：康安本、南北朝本、教隆本、某家本"以"下有"爲"字。

有仁人：康安本"人"作"者"。

從而出之不乎：康安本、教隆本、某家本無"從"字，康安本、南北朝本、教隆本、某家本"不乎"作"乎否乎"。

觀仁者：康安本、南北朝本、教隆本、某家本"者"作"人"。

所至：康安本、南北朝本、教隆本、某家本有"也"字。

孔曰逝往也：南北朝本、教隆本、某家本"孔"作"苞氏"。

不肯自投從之：南北朝本作"不可肯投從之"。

令自投下：康安本、南北朝本、教隆本、某家本有"也"字。

27. "君子博學於文章"

不違道：康安本、南北朝本、教隆本、某家本有"也"字。

28. "子見南子章"

舊以南子者：康安本、南北朝本、教隆本、某家本"舊"作"等"，"以"下有"爲"字，康安本、南北朝本、教隆本無"者"字。

衛靈公夫人：康安本、南北朝本、教隆本有"也"字，某家本作"大夫也"。

行治道：康安本、南北朝本、教隆本、某家本有"也"字。

故夫子誓之：康安本、教隆本、某家本下有"曰"字，南北朝本"夫子"作"孔子"。

（以下某家本缺）

義可疑焉：康安本、教隆本"焉"作"也"，南北朝本"焉"作"也焉"。

29. "中庸之爲德也章"

常行之德：康安本、南北朝本、教隆本有"也"字。

非適今：康安本有"已也"二字，南北朝本、教隆本有"也"字。

30. "如有博施於民章"

如有博施於民而能濟衆：康安本、南北朝本、教隆本"有"作"能"，"衆"下有"者"字。

君能廣施：康安本、南北朝本、教隆本"君"作"若"。

病其難：康安本、南北朝本、教隆本有"也"字。

仁者之行：康安本、教隆本有"也"字。

皆恕己所欲而施之於人：康安本作"皆恕於己所不欲而勿施於人也"，教隆本"欲"作"不欲"，"施之於人"作"勿施於人之也"。

康安本、教隆本《論語》卷第三，經一千七百一十一字，注二千八百二十字。

《晉書》卷八十一殘卷綴合之處

藤井律之　撰　張士傑　譯

日本存有《晉書》卷八一（列傳第五一）之殘卷。酒井宇吉（即一誠堂）藏本（下文作"一誠堂本"）爲世所知，近年又有一件《晉書》卷八一殘卷被發現。此件爲文化廳藏品，現保管於九州國立博物館（下文作"九博本"）。此二件寫本，原爲同一卷，皆有舊藏者——養鸕徹定的藏書印，且有内容相同的識語（一誠堂本爲明治二十一年，九博本爲明治十六年）。筆者等曾有幸親見九博本，并作了考察。

此二件寫本可以前後綴合爲一，即一誠堂本在前，九博本在後。綴合後的内容，相當於百衲本第四葉表第十三行《桓宣傳》"是帝王大鑊"至第十一葉表第六行《毛璩傳》（毛寶傳之附録）"劉毅等還尋陽"。以標點本而言，則相當於2115頁第八行至2127頁第三行。

神田喜一郎曾爲一誠堂本撰有"解題"[①]。據此，可以了解其文獻特徵，即：

　　正文計有紙六葉，紙高九寸三分三釐至四釐，各紙幅寬分别爲一尺二寸五分五釐、一尺八寸五分稍欠、一尺八寸五分稍欠、一尺八寸五分、一尺八寸五分、一尺八寸四分五釐。有界，界高七寸一分稍欠，自上邊框以上一寸一分爲天頭，自下邊框以下一寸一分餘爲地脚，行寬七分稍欠。每紙二十七行，行十七字左右。唯第一紙因被裁去一部，而僅存十九行。

九博本正文亦爲六紙，據實測而知其規制爲：紙高28.3 cm，各紙寬度爲55.7 cm、55.6 cm、55.6 cm、55.5 cm、55.4 cm、15.9 cm。可見除第六紙外，尺寸幾乎相同。第六紙也因被裁去一部而幅面爲短，且僅存六行。

---

① 神田喜一郎《晉書殘卷　酒井宇吉氏藏》，載《貴重古典籍刊行會叢書》，東京，貴重古典籍刊行會，1981年。

《晉書》卷八一的篇幅,以百衲本言之則爲十四葉半,寫本所佔篇幅大約近其一半,應是原卷子本三等分切割之後的中間部分。其前後部分,尚不知所在。

此件寫本的背面被再次利用於書寫佛典"因明四種相違疏",原件《晉書》施有裱褙。養鸕徹定在購入此寫本後,或曾將裱背紙剥去,而致《晉書》的書寫面露出。但是,或因裱褙技術粗糙,或因剥離手法拙劣,以致有數處《晉書》文字粘於裱褙紙上。而且,剥離之後的裱褙紙并未廢棄,而是被再次利用爲九博本卷子的背襯。九博本使用了一誠堂本的裱褙紙,因此一誠堂本存留九博本裱褙紙的可能性較高。

可以將一誠堂本與九博本綴合,但綴合部分存在問題。九博本自第一紙第一行起即可識讀,但一誠堂本第六紙僅能識讀至第二十二行,而第二十三至二十七行則無法識讀。觀察圖版可知,一誠堂本第六紙第二十三行以後,《晉書》書寫面已遭削去,可透視紙背。其可能性有二:其一,養鸕徹定在分割一誠堂本與九博本時,未能妥善剥離粘接處;其二,剥離裱褙紙失敗。

一誠堂本第六紙第二十二行爲:

聲首出降又以平蜀賊襲高之功加伺廣威

九博本第一紙第一行爲:

衆疑阻復散還橫桑口欲入杜曾時朱軌①

因之,一誠堂本第六紙第二十三至二十七行,可據百衲本復原。其文應爲:

將軍領竟陵内史時王敦欲用從弟廙代侃爲荆州侃故將鄭攀馬儁等乞侃於敦敦不許攀等以侃始滅大賊人皆樂附又以廙忌戾難事謀共距之遂屯結湨口遣使告伺伺外許之而稱疾不赴攀等遂進距廙既而士(第七葉 b 第 10—13 行)

然而,一誠堂本第六紙第二十三行最下二字缺失左邊,但可判定爲"陶侃"。"陶侃"的"侃"字,相當於前引百衲本"時王敦欲用從弟廙代侃"之"侃"字,此處附於姓後,

---

① 九州國立博物館《古之旅 增補版 九州國立博物館 收藏品精選圖錄》,福岡,西日本新聞社,2006 年。

爲二者不同之處。此處相當於"朱伺傳",傳中此處之前已有陶侃出場,故可將姓略去。但"時王敦……"一處則或因爲說話的上下文而再次以"陶侃"之姓名予以記錄。

《晉書》卷八一殘卷的脱字情況,較現行本更爲顯著,數量更多。一誠堂本有個别處的字數多於現行本,如神田喜一郎所論,可用之於訂正現行本。例如,百衲本如下一處:

逖遣雅還撫其衆雅僉謂前數罵辱懼罪不敢降(第四葉 b 第 6—7 行)

一誠堂本則爲:

(逖)遣雅還撫其衆雅衆僉謂前數罵辱逖懼罪不敢降(第一紙第 13—14 行)

據此可以解決現行本中的一些問題。例如,"僉"字作爲助辭意爲"皆、悉",現行本中"雅"後有"僉"字則於文法有礙,而據一誠堂本可知"雅"後有一"衆"字。又如,現行本"罵辱"一詞之後没有對象詞,而致行文不諧,但據一誠堂本可知其後當有"逖"字。從字數來看,現行本或許更接近《晉書》原本,但據此殘卷可知現行本存在因抄寫而產生細小脱落的情況。

如前所述,一誠堂本第六紙中存在無法識讀之處,共五行計約 85 字。比照於百衲本,正是 85 字。不過,最初一行即存在與現行本不同之處,則亦無法保證其餘部分與現行本完全一致。若要再現此五行,則其關鍵在於裱褙紙。如果一誠堂本第六紙的裱褙紙尚且存世,則其上粘留有該部分文字的可能性較大。

今後,我們將繼續開展對九博本的考察,包括調查此裱褙紙的所在,進而將一誠堂本實物納入考察視野,以期深化對此寫本乃至《晉書》文本之認識,并隨時發布研究成果。

補記:關於此件《晉書》殘卷,亦可參見榎本淳一《關於九州國立博物館藏〈晉書列傳卷五一〉》。①

(作者为京都大學人文科學研究所助教)

---

① 小口雅史編《古代東亞細亞史料論》,東京,同成社,2020 年。

京都大學人文科學研究所前身與中國典籍日本古寫本
——以寫本複製爲中心

永田知之　撰　張士傑　譯

　　回顧中國典籍日本古寫本的研究史,可叙之事甚多。不過,筆者目前却無可資爲用者,故頗爲遺憾。此文擬將關注點聚焦於人文科學研究所的前身——東方文化學院京都研究所·東方文化研究所——所致力於開展的古寫本相關活動,尤其是古寫本的複製事業。

東方文化學院京都研究所
（現京都大學人文科學研究所分館）

　　東方文化學院（創立於1929年）是以中國等"東洋"爲研究對象的學術機構,在東京、京都分別設有研究所。古書複製是學院的主要工作之一,《東方文化叢書》（1930—1937）即爲其早期成果。京都研究所第一任"主事"（所長）狩野直喜（1868—1947）等人亦參與其中,但因是東方文化學院整體事業,故小文不作叙述。

　　東方文化學院京都研究所獨立發行的日本古寫本相關書籍僅有一種,即用於校勘的宇都宮清吉校訂《大唐大慈恩寺三藏法師傳》（1932）。此外,供於銷售的古鈔本影印亦僅有《古文尚書》一種,是在京都研究所與東京研究所分拆獨立的翌年（1939）,改以"東方文化研究所"之名發行的。相比於包含三種日本古鈔本之《東方文化叢書》則數量爲少,但這并不說明京都研究所對古鈔本之關心淡漠。作爲下設六個共同研究室之一的經學文學研究室,其相關工作足以爲證。

該研究室有志於製作《尚書》(正文、注疏)之定本,而於昭和十年(1935)開始着手包括日本古鈔本在内的資料收集工作。京都研究所評議員新村出(1876—1967)與内野五郎三(皎亭)生前素懷友誼,因而獲得内野子息的允許,於昭和十年(1935)得以使該研究室的吉川幸次郎(1904—1980)、倉石武四郎(1897—1975)、平岡武夫(1909—1995)等人赴東京拍照皎亭舊藏本"隸古定尚書"。實際攝影工作由研究所攝影師羽館易(1898—1986)擔任。前文所言《古文尚書》之影印,所用即爲此次拍攝的照片。以上所述,據於吉川所撰"跋"文①。京都研究所將照片製成影印本,并將複製本贈予京都帝國大學文學部等機構,影印本最後或被出售。

《尚書正義定本》第 1 册《虞書》(東方文化研究所,1939 年)後來作爲共同研究成果而公開刊行,此書序文所列版本中,由京都研究所拍照的日本傳存舊鈔本《尚書》,除内野本外,另有觀智院本、清原宣賢手鈔本(當時爲德富豬一郎、京都帝國大學、東京文理科大學、蜷川第一分別收藏)共二種計五件。此外另有用於校勘的其他資料,有現存於京都大學人文科學研究所藤田平八郎古梓堂文庫所藏《尚書正義》影印本。這些文獻都是昭和十一年(1936)至翌年施以製作和收藏的。

圍繞《尚書》所開展的共同研究告一段落之後,經學文學研究室隨即開始《毛詩正義》的校定工作。此一研究成果最終未能發表,但資料收集之多則與此前無異。研究所拍照的版本,有京都研究所評議員小島祐馬(1881—1966)所藏單疏本,以及九條本、秘府本(書於《和泉式部集》紙背)、足利學校本、龍谷大學本、京大本(有清原宣賢識語)、静嘉堂本(一部分)等鈔本,而且亦曾借閱其他資料②。

關於寫本拍照之經過,現以内野本以外的例子作一叙說。昭和十二年(1937)七月,京都研究所囑託員新美寬(1905—1945)赴東京出差,因有其他公務而拜訪九條道秀(1895—1961)公爵。同年十月五日,九條訪問東方文化學院京都研究所。翌年四月,吉川幸次郎與研究所攝影組的高橋豬之介(1895—1961)同赴東京造訪九條宅邸,獲準拍照擬用於校定《毛詩》的九條家藏《毛詩鄭箋》以及《文選》③。

---

① 吉川幸次郎《舊鈔本古文尚書跋》,《吉川幸次郎全集》第七卷,東京,筑摩書房,1968 年。
② 吉川幸次郎《東方文化研究所經學文學研究室〈毛詩正義〉校定資料解説》,載《吉川幸次郎全集》第 10 卷,1970 年。按,此文初次刊發爲 1943 年。
③ 參見《東方學報(京都)》第 9 册,1938 年"彙報",頁 398、402—403、417。

人文科學研究所所藏中國典籍日本古寫本(影印本之一部分)

新美赴九條家訪求文獻,所獲資料最終用於其遺著(後文有述)。可以設想,他在九條宅邸閱覽資料的過程中,曾提出複製九條家藏古鈔本的計劃。後來,當時的九條家家主也曾訪問東方文化研究所。其間,交涉達成,吉川等人亦得以拍照九條家藏古鈔本。

如前所述,東方文化研究所公開刊行的古鈔本複製本爲數極少,但也有如下之例。狩野直喜負責刊行的《京都帝國大學文學部景印舊鈔本》第十集(1942)中收有《毛詩傳箋》影印件。該影印件是吉川幸次郎和平岡武夫於昭和十六年(1941)五月十九日赴大念佛寺時,拍照該寺所藏《毛詩傳箋》所得①。令人費解的是,隸屬於外務省(後爲興亞院)的東方文化研究所拍照所得的寫本影印件,竟然被收錄於舊文部省所轄京都帝國大學所刊行的叢書。究其原因,則可能是狩野等研究所的領導者曾爲京都帝國大學教授,而研究員們大概曾在該大學師從狩野直喜。或許正因爲此,此套叢書的編成并未因機構不同而受到影響。總之,東方文化研究所拍照的古寫本,反而交由其他機構出版複製本,這一情況在事實上是存在的。

以上所舉諸例皆爲經部、集部之書,或許令人覺得熱衷於此類古籍複製工作的只有經學文學研究室。其實,舊鈔本的複製在事實上是開始於其他領域的。尊經閣所藏《天文要錄》《天地瑞祥志》之抄寫、京都青蓮院所藏《大唐韶州雙峰山曹溪寶林傳》之拍照,才是最早(1932年)的例子。前二種是因天文曆算研究室的提案而實施,後者是因宗教研究室的塚本善隆受託於東京研究所常盤大定(1870—1945)②。此外,還有制作於昭和九年(1934)的《韻鏡》(京都三寶院藏)影印本。

京都研究所・東方文化研究所拍照舊鈔本的事例,尚有不少。僅就人文科學研究所所藏影印本而言,有昭和十一年(1936)拍照的《古文孝經》(京都賀茂別雷神社)、《古文孝經》(高野山寶壽院)、《文選》(東寺觀智院),以及昭和十三年(1938)拍照的《文

---

① 《東方學報(京都)》第12册第1部,1941年"彙報",頁171。
② 常盤大定《寶林傳之研究》,東方文化研究院東京研究所,1934年,頁2。按,該書附錄影印件,初版爲1933年。

選》(上野精一)、昭和十六年(1941)拍照的《周易》(足利學校遺迹圖書館)、昭和十七年(1942)拍照的《五行大義》(神宮文庫)。書名之後括號中所示藏書者,除《周易》以外皆爲近畿地方的古寺古神社或收藏家。前文所述九條家,也是有千餘年傳統的京都舊家。大阪上野家是内藤虎次郎任職的朝日新聞社的所有者,與京都的中國學研究者交誼深厚。① 由此可見,研究所的所在地以及職員的人脈均有利於資料收集。

混於經書、《文選》之間的《五行大義》,應與能田忠亮(1901—1989)兩次赴神宫文庫所在的宇治山田(今伊勢市)出差有關。一次是昭和十四年(1939)的九月十一、十二日,另一次是在十二月十、十一日與藪内清(1906—2000)同行②。作爲其所屬之天文曆算研究室的工作,他們對該文獻進行考察,後得以拍照保存。

京都研究所以及後來的東方文化研究所對日本舊鈔本的廣泛訪求,是否影響於研究所以外的中國學研究呢？廣島的斯波六郎(1894—1958)或因其與吉川幸次郎的關係(二人爲京都帝國大學的同學,皆從學於狩野直喜)而得以入手上野本《文選》的複製本,并提出新見③。但是,大部分複製本僅是研究所的内部資料,除影印出版的書籍以及《天地瑞祥志》等以外,皆因戰爭而爲人忘却。

另一原因或許在於,直至昭和四十年(1965)四月附屬東洋學文獻中心(今東亞人文情報學研究中心)得以設立爲止,人文科學研究所及其前身所藏漢籍在原則上并不對外公開。但更爲重要的原因,則與研究所并未高度重視希見珍本的態度有關。

如前所述,《天文要録》的拍照確實較早(1932年)。新美寬等人也於同一時期開始使用這些成果(詳參新美寬編、鈴木隆一補《據於本邦殘存典籍之輯佚資料集成》"凡例"、《據於本邦殘存典籍之輯佚資料集成續》之鈴木隆一"跋"。二書均爲人文科學研究所刊行於1968年)。但是,前者是以中國科學史研究爲宗旨而收集的基礎資料,後者則是將古寫本用於在日本傳存文獻中搜尋漢籍佚文。他們不是鑒賞家,無非是將舊鈔本視爲用於研究的材料而已。在他們眼中,那些複製本除了作爲研究資料的實用價值以外,是不值一提的,更遑論高聲宣揚了。

在經學領域,此一傾向更爲顯著。《尚書正義》校勘即爲典型之一例。古鈔本可用於校訂通行刊本,有其輔助性價值。吉川幸次郎在講演中指出,日本傳存舊鈔本《禮記

---

① 上野淳一《内藤湖南先生與上野三代》,見《内藤湖南全集》第14卷"月報",1976年。
② 《東方學報(京都)》第10册第3部,1939年"彙報",頁131,同書第11册第1部,1940年"彙報",頁14。
③ 永田知之《上野本〈文選〉殘卷引發的思考——〈文選〉讀書史斷想》,載《中國典籍日本古寫本研究通訊》No. 2, 2015年。

正義》甚可資於校勘,中國除敦煌文獻外則幾乎完全没有同類資料①。吉川强調之事的第三點爲:

> 敦煌之物暫且不説。若將存於我國之文獻用於研究,則居於最便利地位者,毋庸置疑而當然爲我等日本人。此不獨爲地理之便,也因爲此等資料中除漢字書寫之正文以外,另有"乎古止點"等訓點,以及日文翻譯,皆可用於與漢字正文相互印證,亦可資於解明古本之形態、古文之意義。此等實例雖不甚多,却實有其事。此資料之利用,實爲我等日本中國學者之特權,既是特權且爲義務,雖非義務之全部而爲其一部分。鈔本之可貴,夙爲諸前輩尤其是京都諸位前輩之所倡導。於其所倡導而言,研究尚不充分,除複製本之製作以外并無貢獻,因而必須加以研究。關於此點,更須唤起諸位之關注。此爲其三。②

狩野直喜像(人文科學研究所分館)

或許正是狩野直喜、内藤湖南等"京都諸位前輩之所倡導",才使得吉川幸次郎等下一代研究者將目光投向中國典籍日本古寫本。這一事實以及吉川關於日本人應當從事此一研究的主張,都在此段引文中得以完全傳達。同時,其中或許也有這樣的寄託和期許——超越爲書目之著録、題跋之撰寫、資料之複製而奮鬥始終的前輩學者,將舊鈔本活用於學術研究,以使寫本呈現其本有的真正意義。這一段話意味深長,實際上正是發出一聲追問——我們應當如何面對古鈔本?

今天,我們可以通過影印本、數字化等先進技術手段看到更爲清楚鮮明的圖像。人文科學研究所拍照保存的日本古寫本影印件的相當一部分,也因此而迎來其作爲資料的使命的終結。但是,《尚書正義》等自不待言,其他漢籍古寫本的複製毋庸置疑也在研

---

① 吉川幸次郎《舊鈔本〈禮記正義〉校勘——東方文化研究所第九回開所紀念日講演》,見《吉川幸次郎全集》第10卷,1970年,頁444—445。按,講演日期爲昭和十二年(1937)十一月二十日,《東方學報(京都)》第9册,1938年"彙報",第403頁記爲"十三年",誤。

② 同上。

究所前身機構就已呈現出其作爲研究資料的重要學術意義。諸位前輩所爲之複製事業，大抵已爲世間所遺忘，但其作爲中國典籍古寫本研究史之一環而自有其重大意義。略申於此，是爲備忘。（文中省略諸位先生敬稱。）

（作者爲京都大學人文科學研究所準教授）

日僧東陽英朝《新編江湖風月集略注》與《禪林句集》關係考釋

董 璐

在日本禪林入門書之中,有一類名爲《句雙紙》或《禪林句集》的類書著作,一般按照字數順序從"一字"到"多字"收錄各類與禪宗相關的字詞、語句,就其本質而言,類似禪語辭典。關於《禪林句集》(《句雙紙》)的研究成果,主要以《新日本古典文學大系》之《庭訓往來 句雙紙》爲中心①。梁曉虹專文考察《禪林句集》與日本近代禪學之關係②。王曉平亦就日本古典文學中的漢語校注研究爲題,專文探討《句雙紙》中的各類漢語校注不準確之處③。按照學界的一致觀點,《禪林句集》和《句雙紙》是禪林日常使用同一類辭書的不同稱呼,在這之前,還存在過《語錄集》《省數無盡集》《釋書拔書》《四海一滴》《句草紙》《敲門瓦子》等不同别名④。

整體而言,這兩册著作的不同之處在於,《禪林句集》是標注了《句雙紙》所收禪語詩文出處的著作⑤。梁曉虹依據學界研究成果,考證認爲東陽英朝所編《句雙紙》爲現存最早的"句雙紙"⑥,共分爲乾、坤二卷。在室町末期之前的傳抄過程中,《句雙紙》還存在過其他的别名,但到了室町末期,基本上就定型爲《句雙紙》。《禪林句集》則是己十子在東陽英朝《句雙紙》的基礎上,增補考證并添加所謂"頭書"之後完成。《句雙紙》和《禪林句集》中不僅有涉及《江湖風月集》的不少詩句,同時,《禪林句集》卷首所附的訓解書目錄,在本質上其實可以視爲東陽英朝《句雙紙》的參考文獻目錄。

因此,通過考察《禪林句集》這份訓解書目錄,可獲知東陽英朝編撰《新編江湖風月

---

① 山田俊雄、人矢義高、早苗憲生《庭訓往來句雙紙》,《校注新日本古典文學大系52》,東京,岩波書店,1996年。
② 梁曉虹《佛教與漢語史研究——以日本資料爲中心》,上海,上海古籍出版社,2008年,頁322—346。
③ 王曉平《日本古典文學中的漢語校注研究——以〈句雙紙〉爲中心》,載《東北亞外語研究》,2014年1期。
④ 梁曉虹《佛教與漢語史研究——以日本資料爲中心》,頁333。
⑤ 王曉平《日本古典文學中的漢語校注研究——以〈句雙紙〉爲中心》。
⑥ 關於東陽英朝的生平等,可參:佛書刊行會編《大日本佛教全書》第108卷,師蠻《延寶傳燈錄》第一卷二十八,佛書刊行會,明治45年—大正11年,頁382—383;北村澤吉《五山文學史稿》,東京,富山房,昭和16年,頁743。

集略注》徵引的絕大部分典籍及其出處,同時明確《禪林句集》與《江湖風月集》的文獻參考關係,有助於幫助我們還原東陽英朝私人藏書情況及其典籍閱讀史。

一、東陽英朝《禪林句集》徵引典籍考釋

關於《禪林句集》徵引典籍的問題,主要可通過考察該句集前所附訓解書目錄完成。依據京都貝葉堂藏版明治二十七年新刻《增補頭書禪林句集》和愛知書肆文光堂藏《增補頭書禪林句集》卷首作附的《禪林集句集中訓解書》的目錄,可知巳十子在對東陽英朝《禪林句集》進行增補訓解時,參考了以下的書目:

《碧巖集》《虛堂錄》《大慧錄》《(五家)正宗贊》《無門關》《臨濟錄》《法華經》《高僧傳》《楞伽經》《金剛經》《維摩經》《梵網經》《遺教經》《涅槃經》《詩格》《字彙》《蒙求》《大學》《中庸》《論語》《孟子》《周易》《春秋》《禮記》《書經》《詩經》《老子》《莊子》《周禮》《孔子家語》《事文類聚》《祖庭事苑》《擊蒙要訣》《佛祖統紀》《天人眼目》《阿彌陀經》《大慧武庫》《雲門廣錄》《大施惡鬼》《五燈會元》《會元續略》《羅湖野錄》《雲臥紀談》《十八史略》《中峰廣錄》《孝經》《小學》《韓文》《柳文》《文選》《左傳》《類鑒》《説譜》《晉書》《國語》《心經》《三略》《集解四教》《大論》《唯識》《素書》《觀經》《南游集》《東歸集》《貞和集》《禪蒙求》《大慧書》《聯頌集》《江湖集》《月磵集》《光明藏》《東坡集》《山谷集》《李白集》《淵明集》《林和集》《寒山集》《胡曾集》《禪月集》《神仙傳》《僧寶傳》《宗鏡錄》《楚石錄》《破庵錄》《林間錄》《圓悟錄》《介石錄》《傳燈錄》《傳山錄》《絶海錄》《蒲室集》《永嘉集》《三籟集》《唐詩歸》《古詩歸》《臨濟正宗記》《雪豆瀑布集》《同安十玄談》《首楞嚴合徹》《首楞嚴議疏》《同疏釋要鈔》《無文印語錄》《中興禪林集》《林泉虛堂集》《林泉空穀集》《傳法正宗記》《淨慈自得暉》《龐居士語錄》《雪豆洞庭錄》《雪堂拾金錄》《天童如淨錄》《宋詩選》《三體詩》《錦繡段》《白雲詩》《千家詩》《淮南子》《事史傳》《十牛圖》《證道歌》《圓覺經》《列仙傳》《月窟集》《金鋼注訓》《唐詩選》《起信論》 前後《漢書》《列女傳》《圓機活法》《五車韻瑞》《通鑑綱目》《少微通鑑》《朱子心學》《列子口義》《楚辭後語》《揚子法言》《史記評林》《書言故事》《北夢瑣言》《歷史綱鑑》《晏子春秋》《呂氏春秋》《性理大全》《百川學海》《詩學大成》《枯崖漫錄》《便蒙類編》《天廚禁臠》《明心寶鑑》《詩人玉屑》《簡齋詩集》《事物紀原》《古文前後集》《唐詩訓解》《唐詩絕句》《瀛奎律髓》《陸放翁集前後》《杜律集解》《杜詩集注》

《全室外集_{季潭}》《顏氏家訓》《東山外集_{雪峰}》《天如語錄_{師子}》《投子青錄》《也懶偈語_{鳳山}》《真歇拈古》《鐔津文集_{明教}》《禪儀外文》《潙山警策》《諸祖偈頌》《廬山外集》《北磵外集》《無門禪箴》《圓覺略疏》《空東山錄》《四十二章經》《洞山玄中銘》《大智偈頌》《佛祖通載》《釋門正統》《山房夜話》《大慧普説》《金光明經》《薩天錫集》《六祖壇經》《圓悟心要》《宏智覺錄》《愠恕中錄》《百丈廣錄》《新笑隱錄》《倫斷橋錄》《六門集》《祖英集》《信心銘》《近思錄》《白氏長慶集》《楊仲弘詩集》《杜荀鶴句格》《宋玉大言賦》《石門文字禪》《荆楚歲時記》《續僧寶傳》《濟大川錄》《趙州語錄》《印月江錄》《爲霖語錄》《薰石田錄》《曇希叟錄》《宋文憲公護法錄》《跋金剛經篆書》《察禪師坐禪銘》《八溢聖解脱門》①

所謂"訓解",日語中指解釋説明文章字句。從卷首的這份訓解書目錄可以看出,東陽英朝編撰《句雙紙》時亦讀過上述的一些書,但此訓解書目中有些書卻非東陽生活時代所能讀到。如《杜律集解》成書時,東陽英朝已經過世,因此他根本無讀到此書的可能。江户時代,《杜律集解》傳入日本,成爲當時研習杜甫詩文必讀的書目,産生了不少和刻本。江户時代杜甫詩集和刻本主要就是圍繞《杜律集解》展開②。從這份訓解書目錄中不難發現,《句集》參考文獻涉及面非常廣,囊括了經史子集不同門類。以下筆者就其中部分文獻加以考察。

(一) 宗門七部書

中世日本禪宗的宗門七部書分别爲《臨濟錄》《碧巖錄》《大慧書》《虚堂錄》《五家正宗贊》《禪儀外文集》《江湖風月集》。這七部書的體裁及其側重點各有不同,《臨濟錄》《大慧書》《虚堂錄》爲語錄或書信集,《碧巖錄》爲頌古評唱,《五家正宗贊》爲禪史性質的贊頌,《禪儀外文集》爲禪門公文類書,《江湖風月集》則爲詩偈選集,依據《新編江湖風月集略注》後所附跋文可知,《江湖風月集》在日本叢林的流傳,其主要目的即爲禪僧詩文創作"取則"之用。柳田聖山認爲,對於中世日本禪林,宗門七部書的研習其實是必須的教養,也是禪林的一種通過儀禮③。按照日本《廣辭苑》給出的定義,此處所言的"通過儀禮",主要是指人在加入新的社會集團的過程中,需要具備相應的社會認知,

---

① 愛知書肆文光堂藏明治廿二年九月廿五日出版《增補頭書禪林句集》、京都貝葉堂藏版明治二十七年新刻《增補頭書禪林句集》。
② 何振《論杜詩在日本江户詩壇的傳播與接受》,載《域外漢籍研究集刊》第 18 輯,2019 年。
③ 柳田聖山、椎名宏雄《禪學典籍叢刊》第 11 卷,京都,臨川書店,2000 年,頁 791。

這一過程需要通過各種考驗,具有代表性的通過儀禮主要有人在加入某個年齡集團、秘密結社、宗教集團時所要經過的某種儀禮。較有代表性的有成人式、入社式等。也即是說,研習宗門七部書,對那些想要成爲禪林一員的僧人而言,是一種類似"門檻"的必備條件,也即柳田聖山所言"日本中世禪林的必須教養"。柳田同樣指出,在上述七部書中,除了《禪儀外文集》以外,其他六部書均爲中國撰述,這七部書基本囊括了禪宗史各個時代的基本主題。《禪儀外文集》雖然是日本五山僧人虎關師煉所撰,但其所收錄的均爲宋代五山的公文,是基於各式清規而擇定的禪林公文規範①。這也就進一步說明,《禪儀外文集》也具備"規範"性質,與《江湖風月集》在提供詩偈創作"繩尺"方面達成了統一性,也即前述宗門七部書爲禪林入門的一種"通過儀禮"。筆者以爲,無論是"規範"還是"繩尺",均具備了"通過儀禮"的性質。以下是《略注》中所引七部書的具體例子:

　　《秋江》注云"《林際錄》云:'童子善財,皆不求過'"。
　　《碧巖錄》五卷第四十四則禾山垂語云:"習學謂之聞,絕學謂之鄰,過此二者,是爲真過。"
　　《禪儀外文序》曰:"唐宋之間,迄於汴京,入院開堂,兩也。南渡後,合一焉。"
　　《虛堂語錄·贊松源》云:"水庵空裏爭鋒,一掌打得耳聾"云云。
　　《明覺塔》注云:"雪寶重顯,字隱之,嗣智門祚,住蘇州洞庭翠峰,後住明州雪寶。皇祐四年六月十日,沐浴罷,整衣側卧化。建塔山中,謚號明覺禪師。得法上首,天衣義懷禪師也。"《續燈錄》雪寶草章云:"雲門識曰:'二百年後,吾道重顯,即師之(號)名也。'"《僧寶傳》《正宗贊》皆云:"宗風大振,號雲門中興。"
　　《永明塔》注云:"在淨慈,杭州惠日永明延壽智覺禪師示寂淨慈。《正宗贊》曰:'示寂淨慈,塔於大慈山。'"
　　《題友人行卷》注云:"圓悟《五家宗要》曹洞則:'君臣合道,偏正相資,鳥道玄途,金針玉綫。'《人天眼目》回互之機。《正宗贊》洞山價贊云'金針玉綫',曹洞下之語脈也。又錦縫重之開。"
　　《首座出世住靈巖》注云:"《正宗贊》真歇了章上堂曰:'窮微喪本,體妙失宗,一句截流,淵玄乃盡。是以金針密處,不露鋒鋩;玉綫通時,潛舒異釋。雖無如是,猶是交互雙明。且道巧拙不到,作麼生?'相委良久,云:'雲蘿秀出青陰合,岩樹高低翠鎖深。'又

---

① 柳田聖山、椎名宏雄《禪學典籍叢刊》第 11 卷,頁 791。

上堂曰:'轉功就位,是向云底人;玉蘊荆山,貴轉就功是却來底人。紅爐片雪春功位,俱轉通身不滯,撒手毛依,石女夜登,機密無人掃。'"

《雲門受業》注云:"雪竇云'千波影裏卓紅旗'。《正宗贊》曰'水上紅旗立未收。'"

從以上《略注》注釋來看,除去《江湖風月集》本身外,在剩餘的六部書中徵引最多的爲《五家正宗贊》,《略注》簡稱《正宗贊》。又《林際錄》,實際應是《臨濟錄》,因此《秋江》注中所引該句"童子善財,皆不求過"①實際是出自《臨濟錄》。《略注》東甌竺山圭和尚《秋江》詩注云:"《林際錄》云:'童子善財皆不求過。'"《首座出世住靈巖》詩注云:"林際目錄云:'禪板蒲團不能用,祇應分付與廬公。'"《雲門受業》注云:"希叟贊睦州曰:'指林際參黃檗生蛇入竹筒,接雲門嗣雪峰烏龜生鵠卵。'"以上幾例中所言"林際",實際是臨濟。《祖庭事苑》卷二有"林際"條,言"當作臨濟,院名也。"②禪門有以"林際"而稱"臨濟"的情況,可見《林際錄》實際應該指《臨濟錄》,亦是日本臨濟宗門七部書之一。但是,此處是由於"林際"、"臨濟"發音相同而造成的異文,事實上在日本《禪林句集》刊本中,還有"臨濟"作"臨才"的例子③,此處的"才"在日語中發音爲"サイ",意思爲"歲",如五歲,在日語中有"五歲"、"五才"兩種寫法,因爲"臨濟"的"濟"字日語讀音與"歲"同,故有此書例。如此看來,《略注》除了未引用《大慧書》中的內容,其餘均有引用。爲何《正宗贊》被引頻率較高? 是因爲《五家正宗贊》在七部書中史料性較爲突出,是南宋釋紹曇遴選出禪宗分爲五家之後的重要禪師,記述其師承關係和禪風等內容并在末尾加上贊語而成。如前述列舉的"永明"、"明覺",徵引《五家正宗贊》最爲貼切。因"雪竇草章云:'雲門識曰:二百年後,吾道重顯,即師之(號)名也。'《僧寶傳》《正宗贊》皆云:'宗風大振,號雲門中興。'"這正反映了《五家正宗贊》的特點,即描述宗風和師承。

《禪儀外文集》是宗門七部書中唯一一部由日本僧人編撰的著作,作者爲日本五山時期著名學僧虎關師煉(1278—1346),成書於康永元年(1343)。雖然是由日本僧人編撰而成,但當中收集的則大都爲中國宋代僧侶創作的四六文書,其中包括了疏、榜、祭文等。《略注》徵引《禪儀外文集序》中的內容,正是爲《虎巖住東林》一詩中"一塵不立話

---

① 慧然集、楊曾文編校《臨濟錄》,鄭州,中州古籍出版社,2018年,頁34。
② 睦庵《祖庭事苑》,《佛光大藏經》禪藏雜集部,高雄,佛光出版社,1994年,頁130。
③ 國立國會圖書館藏東陽英朝禪師編輯愛知書肆文光堂藏《增補頭書禪林句集》。

方行,此日開堂作麼生"的"開堂"一詞作注。明人徐師曾《文體明辨序說》中就將禪林疏文概括爲"法堂疏"和"募緣疏"兩類,下分山門、江湖和化緣等種類。從對《禪儀外文集》的引用來看,說明東陽英朝在《略注》的注釋策略中,實際上具備了對徵引典籍的整體把控,《方輿勝覽》與"四六文"存在密切的關係,而《禪儀外文集》亦是在禪林層面對宋代僧侶四六疏文的集中整理收集,將輿地學類書與文學色彩濃厚的四六選集納入《略注》的注釋體系之中,一方面反映出彼時漢籍傳播的具體樣態,另一方面則體現出東陽英朝在《江湖風月集》的注釋策略上具備整體思維和脈絡把控。

《略注》作爲《江湖風月集》的漢文注釋,從其徵引文獻與宗門七部書的關係來看,說明宗門七部書之間存在彼此互證的關係。利用禪宗史籍《五家正宗贊》爲《江湖風月集》作注,體現出的正是"詩史互證"。

(二)《杜律集解》

《杜律集解》是明代邵傅對杜甫律詩的注解和批點。全六卷,分爲《五律集解》四卷和《七律集解》兩卷。共收録杜甫律詩 524 首,其中五言律 387 首,七律 137 首。邵傅,字夢弼,福建三山人。明隆慶年間貢生,王府教授。《杜律集解》初刻於萬曆十六年(1588),除了這個初刻本之外,該書其他主要版本皆爲和刻本,主要有:寬文十三年(1673)日本油屋市郎右衛門刊本;日本貞亨二年(1685)刊本宇都宫標注;元禄九年(1696)日本神雒書肆美濃屋彦兵衛刊本[①]。另有北京國家圖書館藏日本貞亨三年刻本。從版本層面看,《杜律集解》可謂江户時代日本接受杜詩的重要書目。由於東陽英朝《略注》成書與 1503 年,次年東陽就圓寂了。因此,東陽實際上無閱讀和利用《杜律集解》的可能。作爲《禪林句集》的訓解書目,顯然是巳十子後來在增補東陽英朝《句雙紙》過程中參考使用過的。因此,不能作爲東陽英朝及其《略注》接受杜甫詩歌影響的直接證據。也就是說,東陽英朝的《略注》對杜詩的引用,不會是出自《杜律集解》,應該是這之前傳入日本的杜詩版本。

二、《新編江湖風月集略注》與《禪林句集》關係考釋

《增補頭書禪林句集》卷終的跋文有言:

[①] 張忠綱《杜集敘録》,濟南,齊魯書社,2009 年,頁 215—216。鄭慶篤《杜集書目提要》,濟南,齊魯書社,1986 年,頁 88—90。

自從古此集者,花園開山關山國師七世孫東陽英朝禪師之所集也。朝師宗門有功而自爲一派,頂門句雙眼,照破四天下,擊麒麟一角,張獅子爪牙,可謂作家玄師也。故知此集行世尚矣。都禪林初學先習之,猶儒門之入小學。讀了,全豈爲閒,諸錄之梯乎哉! 雖然如此,欲用述作而覔本據全句,則恨有卒難尋句矣。某甲初學儒典,中被緇衣而參扣祖庭,兹有年不幸而時不至。故再雖服儒門,爲報於諸禪德提耳之恩惠。標題這般之本據,而續句句後者,凡五百句,都合六千句,名之《禪林雜句》。又別續後集五卷,名之《萬林金屑集韻》。百家諸錄之拔萃,詩文稱世之全篇,絶唱又一句一聯,膾炙人口,通禪語者悉選集而以爲後學矣。如此前集雜句者,佛經語錄道書儒典百家詩文,大抵以雖記本據,此集句曰,未書者轉多也。故略本而有記末者,又其文字以不相逢也。《淮南子》曰:"有始者有未有始者矣。"於此不顧舌間,亦胡亂附己意指注,手臂不向外曲,且本據未分明者,關於百中五六,而以俟來哲極知僭逾,無所逃罪,然於禪學攷諸錄之方,則未必無一助耳。

　　貞亨戊辰正月齋日　　洛橋巽隅山皐巳十子謹識①

早苗憲生在《句雙紙諸本及其成立》一文中,認爲此處東陽弟子"巳十子"實爲"己十子"②,梁曉紅亦沿襲此說,持相同觀點③。巳十子跋文中所言東陽英朝"宗門有功而自爲一派,頂門句雙眼,照破四天下,擊麒麟一角,張獅子爪牙,可謂作家玄師也",此處的"句雙"就是指《句雙紙》。巳十子認爲東陽是"作家玄師",其功勞主要是編撰了《句雙紙》,爲"禪林初學"提供了"先習"的入門書目。沈德潛《唐詩別裁集》卷二十曾言"七言絶句,以語近情遥、含吐不露爲貴。隻眼前景、口頭語而有玄外音,使人神遠"。此處對七言的評價,實際上亦符合禪林七言詩偈的特點,禪僧創作,無外乎"眼前景",而禪宗語言的一個重要特點即爲大量俗語的使用,亦即此處所言"口頭語",而不立文字的文學效果,則正是爲了達成"玄外音"的目的。不僅如此,從南宋時期整體的詩歌選本角度來看,亦體現出爲初學取法的傾向。例如,素有"上饒二泉"之稱的趙藩與韓淲就曾編撰選本《唐詩絶句》接引後學,謝枋得曾爲《唐詩絶句》作注,其序言之中就言"章泉、澗泉二先生誨人學詩,自唐絶句始,熟於此,則杜詩可漸進矣"。由此不難看出,東陽英朝禪師畢生的業績,主要在爲日本禪林提供詩文創作和禪語研習的規範與門徑,《句雙紙》可以

---

① 巳十子《增補頭書禪林句集》,愛知書肆文光堂藏版,明治廿二年九月廿五日出版。
② 山田俊雄、入矢義高、早苗憲生校注《庭訓往來句雙紙》,《新日本古典文學大系 52》,東京,岩波書店,1996 年,頁 591—592。
③ 梁曉虹《佛教與漢語史研究——以日本資料爲中心》,頁 334。

視爲禪語入門辭典,《新編江湖風月集略注》則是他爲糾正當時"過渡穿鑿"的風氣而重新注釋。《禪林句集》與《新編江湖風月集略注》的關係,主要表現在兩個方面:第一,《句集》中本身有收錄《江湖風月集》中的詩句;第二,《句集》的訓解書目錄與《略注》徵引典籍之間存在重要的重合互證關係。誠如以上跋文所言,"欲用述作而覓本據全句,則恨有卒難尋句矣",巳十子的《增補頭書禪林句集》實際上主要是增補了一些詞句,另外就是爲當中收錄的詞句標識了出處,也就是他所謂的"本據"。由於《句雙紙》最初是由東陽英朝編撰的,當中除了引用《江湖集》的詩句以外,還引了不少其他典籍,故而在一定意義上,也可以認爲這些典籍是東陽英朝的讀書目錄,通過整理《增補頭書禪林句集》卷首的訓解書目,便能一窺《略注》中部分徵引典籍的出處。以下分兩小部分予以考察。

（一）《禪林句集》所見《江湖集》詩句

如前所述,《禪林句集》是在《句雙紙》基礎上增補後形成的。經筆者統計,《句雙紙》共收錄《江湖風月集》中詩句共計 11 處[①]。具體如下(詩句前的編號爲《新日本古典文學大系 52》《庭訓往來句雙紙》中的編號,筆者照錄):

　　674　金鋒不戰屈人兵
　　677　吐出明珠照膽寒
　　738　一塵不立話方行
　　739　明明祇在鼻孔下
　　740　百戰金吾出鳳城
　　747　希聲聞在不聞中
　　748　陷入坑子年年滿
　　749　黃金色上更添黃
　　751　一身寒在五更多
　　753　精金百煉出紅爐
　　799　出圓通又入圓通

[①] 山田俊雄、入矢義高、早苗憲生校注《庭訓往來句雙紙》,《新日本古典文學大系 52》,頁 191—216。

校注本認爲第 753"精金百煉出紅爐"一句"出典不詳"①,實際上該句亦出自《江湖風月集》中四明末宗能本和尚《送人歸蜀》第四句,這樣就可以修正校注本中的出典注釋,《句雙紙》中明確出典自《江湖風月集》就共計 11 處。依據詩句所出的位置,筆者大抵將之分爲如下幾類(其中前加 * 者爲《句雙紙》中收錄,無此標志者爲巴十子增補):

第一類:首句出,即《句集》所收詩句爲《江湖集》詩中的第一句,有如下 4 首:

東海
明如十日無遺照,細入塵毛未易窮。
向道西來無此意,搏空金翅取獰龍。
*虎巖住東林
一塵不立話方行,此日開堂作麽生。
七尺烏藤靠壁上,又成沽酒醉淵明。
*守口如瓶
明明祇在鼻孔下,動著無非是禍門。
直下放教如木揆,青天白日怒雷奔。
*送橫川住能仁
百戰金吾出鳳城,不論減竈與添兵。
夜深蕩月涼如水,誰聽虛弓落雁聲。

第二類:二句出,即《句集》所收詩句爲《江湖集》詩中的第二句,有如下 9 首:

*琉璃燈檠
冰壺凜凜玉龍蟠,吐出明珠照膽寒。
好是山堂無月夜,一天星斗墮闌幹。
*送人歸蜀
捱得身形似鶴臞,精金百煉出紅爐。
巴山夜雨青燈下,佛法南方一點無。

---

① 山田俊雄、入矢義高、早苗憲生校注《庭訓往來句雙紙》,《新日本古典文學大系 52》,頁 505。

佛成道值雨
功勳及盡一星無,百鍊精金再入爐。
不解慎初并護末,夜來風雨犯清虛。

送人之金陵
良霄桂月皓中庭,蛩在青莎葉底鳴。
別我寸心如寸鐵,不知南國幾多程。

鶴林塔
道個佛來也不著,骨頭節節是黃金。
不消三拜勘破了,鶴唳空山竹滿林。

香岩擊竹
放下身心如弊帚,拈來瓦礫是黃金。
驀然一下打得著,大地山河一法沈。

馬郎婦
嬌羞蟬鬢巧梳雲,心似黃連口咀餳。
千古金沙灘上水,琅琅猶作誦經聲。

鑄印
袍著金花勒小驄,揚鞭幾度月明中。
黃河界上空來往,直至而今未樹功。

擁葉
山山黃落事如何,龍有潛淵鳥有窠①。
好句不隨流水去,一身寒在五更多。

第三類:三句出,即《句集》所收詩句爲《江湖集》詩中的第三句,有如下3首:

拜和庵主塔
十月小春黃葉天,拔貧來買二靈船。
慇懃未屈黃金膝,冷地先伸紫蕨拳。

---

① "龍有潛淵鳥有窠",《略注》同,《句集》作"龍在潛淵鶴在巢"。

銷印
鐵鞋無底飽風霜,歲晚歸來卧石床。
一對眼睛烏律律,半隨雲影掛寒堂。

賀南山侍者
大王來也主禮薄,萬福聲中客意長。
佛口蛇心俱捉敗,六橋煙雨鎖垂楊。

第四類:四句出,即《句集》所收詩句爲《江湖集》詩中的第四句,有如下 10 首:

* 聽琴
妙音妙指發全功,絕嶽蒼髯樹樹風。
一曲未終天似洗,希聲聞在不聞中。

* 覽清溪遺稿
溪藤一幅展晴窗,不哭渠亡哭不亡。
讀到三行多一句,黃金色上更添黃。

* 擁篲
山山黃落事如何,龍有潛淵鳥有窠。
好句不隨流水去,一身寒在五更多。

* 湧壁觀音
三千剎海無虛應,三十二身常互融。
昨夜蝸牛耕破壁,出圓通又入圓通。

過錢塘江
一橈煙水分吳越,兩岸青山無古今。
潮撼海門帆到岸,洪波險不似人心。

橘洲塔
月沈野水光明藏,蘭吐春山古佛心。
不用低頭苦尋覓,骨頭節節是黃金。

寄復巖
相倚巖叢兩度青,不知何處闕真情。
春風南宕重攜手,鵝酒一杯當面傾。

　　　　大慧塔
宴坐空山最上頭,梅陽瘴面凛如秋。
一爐沈水加三拜,<u>捉敗胸中活馬騮</u>。
　　　　定藏主拜諸祖塔
滿目累累窣堵婆,湘潭南北活埋多。
生前死後彌天罪,<u>連累平人入草窠</u>。
　　　　送僧看明堂
趁浙江潮早渡江,今年天子拜明堂。
驀然鬧市裏識得,<u>始覺全身在帝鄉</u>。

第五類：雙句出,即《句集》所收詩句爲《江湖集》詩中的某兩、三句,且爲隔句所出,非第六類中的"七言對",有如下 2 首：

　　　　＊二祖
<u>不顧危亡露一斑</u>,立身無地始心安。
<u>陷人坑子年年滿</u>,隻臂何時再得完。
　　　　＊讀捷書
<u>閫外安危策已成,全鋒不戰屈人兵</u>。
歸來兩眼空寰宇,<u>一曲琵琶奏月明</u>。

第六類：七言對,即《句集》中所收《江湖集》詩中的某兩句,或第一二句,或第三四句,呈七言對句關係。其中一二句共 5 首,三四句共 7 首：

　　　　閱宏智語
<u>金針曾不露鋒鋩,引得無絲玉綫長</u>。
看到化功形未兆,劫壺春信覺花薌。
　　　　病翁
<u>八萬四千毛竅裏,如來禪與祖師禪</u>。
一回白汗俱通暢,忌口更須三十年。
　　　　聽雪
<u>耳中消息意中觀,一片飛來一片寒</u>。

及到返聞聞自性,蕭蕭又是滿長安。

慈峰千佛閣

朵朵湖山千古佛,重重煙樹一樓臺。
善財到此不彈指,盡大地人歸去來。

鞔更鼓

爛木頭邊釘釘著,死牛皮有活機關。
須彌槌子輕拈出,撼動一天星斗寒。

以上一二句式。

鼇山成道

春游處處是繁花,幾醉還醒興未涯。
一陣西風吹雨過,夕陽都在海棠花。

送僧歸湖南

白紙無端墨筆書,分明一句却模糊。
青燈夜雨湘江上,添得平沙落雁圖。

馬郎婦

嬌羞蟬鬢巧梳雲,心似黃連口咀餳。
千古金沙灘上水,琅琅猶作誦經聲。

雪樵

撈到孤峰不白處,全身猶墮棘林中。
至家擔子兩頭脫,柴自青兮火自紅。

了庵

絲毫淨盡一不立,一擊元無眼裏沙。
昨夜風敲門外竹,也知賊不打貧家。

虛堂語

七寶鑄成三轉語,百年東海鐵崑崙。
天荒地老無青眼,萬仞龍門鎖墨雲。

達磨

至今聲價重叢林,莫道神洲無賞音。

<u>自是鳳凰臺上客，眼高看不到黃金。</u>

以上三四句式。

　　從數量來看，《禪林句集》所收七言句出自《江湖風月集》的共計有 40 首，其中 11 首爲《句雙紙》所收，剩餘爲已十子增補。依據上述分類，可以看出在《禪林句集》中收錄數量最多的是第四類，即詩句出自《江湖集》詩偈的第四句。如果將第五類中的《讀捷書》第四句和"七言對"中的 7 首三四句計算在内，第四句的數量共計 18 首，位居所有種類之首。關於這一現象，筆者認爲應該從絕句體和詩偈頌古本身的特點來考察。明人胡震亨《唐音癸籤》曾收錄楊仲弘關於"絕句之法"的一段話：

> 絕句之法，要婉曲回環，刪蕪就簡，句絕而意不絕，多以第三句爲主，而第四句發之。有實接，有虛接，承接之間，開與合相關，反與正相依，順與逆相應，一呼一吸，宮商自諧。大抵起承二句固難，然不過平直叙起爲佳，從容承之爲是。至如宛轉變化工夫，全在第三句。若於此轉變得好，則第四句如順流之舟矣。①

此處所言"絕句之法"，主要闡明瞭絕句中四句所承擔的不同功能及其在整首詩中的重要性。絕句中的第三句往往起到承前啓後的作用，第一二句可以"平直"，到第三句，則須要"宛轉變化"，這樣第四句才能如"順流之舟"。在絕句中，第三句發揮了至關重要的作用，關乎第一二句與第四句之間是否"順流"，而第四句則是整首絕句中闡發主旨思想的句子。因此，從功能上講，第三句爲主，從絕句的思想層面看，則第四句爲主。《禪林句集》中擇取的詩句以第四句數量最多，正説明在絕句中，第四句是主"發"的，也就是最能點明詩歌主旨的句子，但與第三句不同的是，第四句實際上是對第三句的進一步闡發。由於《句集》的目的是爲"初學者"入門時使用，第四句類似對第三句的"注疏"，因此更適合初學者使用。

　　從禪詩的角度來看，四句詩在闡發禪理、審美情趣以及主旨思想方面亦有明顯的分工。尤其是禪詩當中的第四句，往往用以闡明詩僧開悟之後明心見性的境界。這與詩偈的發生及其流變關係密切。佛經中的"偈"，一般分爲"通"、"别"兩類。其中"通偈"以三十二字爲一偈，祇要滿足字數，就可成偈，并不拘泥於散文和頌文。而"别偈"則不

---

① 胡震亨《唐音癸籤》，上海，古典文學出版社，1957 年，頁 21。

同,以四句爲一偈,在句數上是固定的,雖然每句的字數可以是三到八字不等,但到唐代以後,受近體詩五言、七言的影響,此類"別偈"也大多固定爲五言或七言。按照張伯偉的觀點,偈頌與詩相通,最主要是在詩歌的形式和內容上①。禪宗的"話頭"如"柏樹子"、"狗子無佛性"、"廬陵米價"等在詩偈中往往成爲第一句中重點敘述的對象。就本質而言,這些從禪宗公案中引申而出的"話頭",在詩歌審美層面,可以視之爲意象。這些位於第一句的"話頭",其實是佛教禪宗和尚用來啓發問題的現成語句。既然用以啓發問題,那麽在詩偈中發揮的功能就應該是引導式的,這也就解釋了爲何《句集》中"首句式"例子并不多,而主要集中在第二三四句,尤以第四句數量最多。如《略注》中注釋《閑田》時候就曾曰:

> 秦不耕兮漢不耘,钁頭邊事杳無聞。
> 年來又有秋成望,三合清風半合雲。
> 前兩句指言本分田地,總不可著手也。第三句才赴心地修行處也。第四句,<u>既修得底</u>,元來無多子也。

此處所言"第四句,既修得底",指明心見性,已修得正果。《銷印》一詩,《略注》:

> 鐵鞋無底飽風霜,歲晚歸來臥石床。
> 一對眼睛烏律律,半隨雲影掛寒堂。
> 一句者,諸方遍參,霜辛雪苦之意也。第二句者,退步就己,歸家穩坐之時也。烏律律者,眼睛突出也。第四句者,<u>放下身心,目視雲霄也</u>。功成名遂,身退之時節也。

能"歸家穩坐",説明詩僧已經具備了"開悟"的基本慧根,而第四句所言"放下身心,目視雲霄",已經是開悟之後"明心見性"的境界。關於這種詩歌主旨和境界的邏輯關係,還可以舉出《江湖集》之外的詩偈爲證。如《馬祖即心即佛後云非心非佛》"百萬雄兵處,將軍獵渭城。不閑弓矢力,斜漢月初生",這首五言的前兩句是譬喻,後兩句是在前兩句基礎上作出的詩性闡發,尤其第四句"斜漢月初生",意思是在橫斜的銀河之中,月亮升起來了。禪詩審美意象中,月亮及其光芒經常用以表達"明心見性"後的開悟境界,

---

① 張伯偉《禪與詩學》,杭州,浙江人民出版社,1992年,頁75—79。

前文分析過的馬郎婦詩,當中月亮直接化身爲佛性的智慧之光,其本身就成爲菩薩的化身。通過《略注》中相關"禪詩"對每句的注釋,可見第三四句往往是整首詩中最具禪意的部分,也最能概括和反映每首詩偈的中心思想,因此,《禪林句集》對《江湖風月集》詩句的截取,并非出於隨意,亦關注每句詩在整體詩意中的地位和功能。

(二)《禪林句集》訓解書目錄與《略注》徵引文獻關係考

除了上面考察的《句集》所見《江湖集》中的詩句以外,事實上,通過對《句集》訓解書目錄的考察,亦能爲《略注》中其他徵引內容找尋到出處。經筆者統計,《略注》徵引典籍與《禪林句集》訓解書目錄多有重合之處,具體如下:

> 《詩經》《書經》《禮記》《周禮》《左傳》《孝經》《論語》《史記》《漢書》《晉書》《史略》《列女傳》《莊子》《老子》《方語》《淮南子》《十玄談》《大慧語錄》《景德傳燈錄》《楞嚴經》《碧巖錄》《枯崖漫錄》《禪林僧寶傳》《涅槃經》《永明智覺禪師傳》《五燈會元》《雪竇語錄》《宗鏡錄》《佛祖統紀》《禪儀外文》《維摩經》《龐居士傳》《五家正宗贊》《林際錄》《法華經》《祖英集》《證道歌》《文選》《三體詩》《聯珠詩格》《詩人玉屑》《山房夜話》《東坡集》《山谷集》《李白集》《淵明集》《林和集》《寒山集》《胡曾集》《禪月集》《北磵外集》

從《略注》與《禪林句集》訓解書的重合情況來看,以上書目應該是東陽英朝在注釋《江湖風月集》時參考過的主要書目。《略注》三山介石朋和尚《淵明》詩注引古詩"一段風光畫不成",按《頭書禪林句集》,此句出自《十牛圖頌》(《普》廿八卷第十三丁),頭書"《三體詩》卷一第六十五丁《金陵晚眺》'世間無限丹青手,一段傷心畫不成'略意,旨同之"。通過此段文字,便可得知《略注》引文出自《普燈錄》廿八卷《十牛圖頌》,更明確了這句詩與《三體詩》中《金陵晚眺》"一段傷心畫不成"存在彼此化用的沿襲關係。

再如《防意如城》詩,注曰:

> 六門長鎖舊封疆,已是攀緣萬慮忘。
> 昨夜家貧忽遭劫,無端禍起自蕭牆。
> 蕭牆者,《論語》第九曰:顓臾之禍不在諸侯,起於蕭牆之內。蕭字,或作肅,謹義也。胡曾《長城》詩云:不知禍起蕭牆內,虛築防胡萬里城。

《禪林句集》訓解書目録中載有"《胡曾集》",可見《胡曾集》應該是東陽英朝藏書的一部分,至少應該是其讀過的詩集。《新唐書·藝文志》中就載有胡曾"《安定集》十卷",當中就包含胡曾的《咏史詩》。《宋史·藝文志》則著録《咏史詩》三卷。《四庫提要》評論胡曾"咏史詩"爲"興寄頗淺,格調亦卑",故歷代文學家均對之不屑一顧。但依據文正義的考釋,唐宋時期就已經存在《咏史詩》的注本①。日本市立米澤圖書館藏有《胡曾咏史詩抄》三卷,屬於非漢文的"假名抄物",當中有對胡曾生平的注釋曰"胡曾者,長沙人也。唐懿宗時代之人,時之年號咸通年中也,十四年改元"②。可知日本注者所依據的應該是最早記載胡曾故里的《唐才子傳》卷八。文正義亦依據《寶慶府志》和《湖廣通志》中"天福間狀元及第"的記載,將之與《唐才子傳》相比對,認爲天福年間狀元及第的說法并無任何可靠的依據,因此不足爲信。需要注意的是,周旭在其論文《胡曾咏史詩中的隱逸情懷》中將"荆楚"的地域性納入詩人的作品分析當中,認爲生於湖湘的荆楚地域文化特性和胡曾的性格是造就這些咏史詩的主觀因素,在此基礎上,通過對胡曾咏史詩的分析考證,作者認爲胡曾咏史詩作亦具備隱逸情懷,"雖皆是咏史,但在大量歷史故事背後,歸根到底其實表現出詩人對現實無奈,退而求隱,淡泊江湖的精神實質"③。筆者認爲,胡曾咏史詩之所以能在日本五山文學和注本中博取到一席之地,除了前文言及的通俗性、咏史性和興地文學性格之外,當中反映的隱逸情懷和淡泊江湖的精神,也與南宋末期江湖詩派和《江湖風月集》中詩僧的"遺民性"以及禪林本身具備的"隱逸性"存在重要的邏輯聯繫。雖然《略注》中僅徵引了胡曾的《長城》這一首詩,但加上《句集》收録的胡曾《八公山》《武陵溪》等詩作:

  誰料此山諸草木,盡竜排難化爲人。《胡曾詩》下廿丁八公山
  若道長生是虛語,洞中争得有秦人。《胡曾詩》下十九丁武陵溪

《句集》中收録的胡曾《八公山》《武陵溪》的詩句,既有"草木化人",又有"長生秦人",這些均是禪林中較常關注的詩歌意象。《略注》曾徵引蘇軾"長生不足學,請學長不死",體現出的"長生"與"不滅"思想。結合《句集》中的集句來看,正是禪林文學與胡曾咏史詩作相互契合的產物。

---

① 文正義《胡曾及其作品考》,載《湘潭大學學報(社會科學版)》,1985 年第 1 期。
② 《胡曾咏史詩抄》三卷,市立米澤圖書館藏。該假名抄注者不詳,屬於抄物寫本。
③ 周旭《胡曾咏史詩中的隱逸情懷》,載《湖南科技學院學報》第 32 卷第 6 期,2011 年 6 月。

除了胡曾詩,在《句集》和《略注》共有的參考書目中還有一部《方語》,需要注意的是,在早苗憲生考察《句雙紙》諸本及其成立過程的文章中,《方語(集)》亦被視爲日本中世禪林較爲普及的一部辭書類著作①。《方語》和《句集》在功能上相同,均具備了辭書的性質。但其差異則主要體現在《方語》更多是對"方言俗語"的收集和注解。

結　　語

《禪林句集》作爲東陽英朝的重要著作,與《新編江湖風月集略注》一起,成爲日本禪林研習和注釋中國文學的重要詩歌典籍。以上兩部著作彼此之間存在重要的互證關係,説明從室町時代到江户時代,日本禪林的漢詩文教養和"規範"、"繩尺"與《江湖風月集》存在密切關係。如果説《新編江湖風月集略注》是對《江湖風月集》的接受,通過考察《禪林句集》中收録的《江湖風月集》詩句,則從一個側面反映出日本中世後期禪林文學對《江湖風月集》的享受,而這種享受關係則是建構在禪僧們對中國詩歌,特別是對絶句内在結構和句法功能的認知和理解基礎之上。《禪林句集》訓解書目録爲我們提供了東陽英朝注釋《江湖風月集》的一個參考書目録,這個目録不僅對研究東陽英朝本人有所裨益,對研究室町時期漢籍在中日兩國間的傳播與接受也有重要意義。

(作者爲延安大學外國語學院講師)

---

① 山田俊雄、入矢義高、早苗憲生《庭訓往來句雙紙》,《校注新日本古典文學大系 52》,頁 584。

《鄭玄辭典》所引敦煌殘卷唐寫本《論語》鄭注材料來源考*

李玉平　劉莉莎

　　唐文先生的《鄭玄辭典》（下或簡稱"《辭典》"）①是目前纂集東漢學者鄭玄語詞訓釋資料的集大成者，對鄭玄語言學觀念、先秦兩漢語詞訓釋等方面研究都有著重要的推動作用。《辭典》第 572 頁"《鄭玄辭典》引用書目"中列有"敦煌殘卷唐寫本《論語》鄭注"，並且稱"據原件影印"。敦煌殘卷《論語》鄭注有多種唐寫本，《鄭玄辭典》所引相關資料具體指哪些呢？《辭典》中並未明確説明，無從知曉，本文擬對此作專門考察。

　　我們目前所知敦煌殘卷唐寫本《論語》鄭注原卷材料有 9 種：（一）S. 3339：《八佾》②、（二）S. 6121：《雍也第六》《述而第七》③、（三）S. 7003B：《述而第七》《雍也第六》④、（四）S. 11910：《述而第七》⑤、（五）Дх.05919：《述而》⑥、（六）日本書道博物館藏敦煌寫本：《顔淵》《子路》⑦、（七）P. 2510：《述而》《太伯》《子罕》《鄉黨》⑧、

---

　　*　本文係國家社科基金項目"鄭訓匯纂及數據庫建設"（批准號：18BYY158）的階段性成果之一。
　　①　唐文《鄭玄辭典》，北京，語文出版社，2004 年。本文所用版本皆此本。《鄭玄辭典》相關研究可參看李玉平《鄭玄語詞訓釋材料的纂集與〈爾雅〉〈鄭玄辭典〉〈故訓匯纂〉》（《辭書研究》2009 年第 4 期）、《〈鄭玄辭典〉封面題簽者非徐復考》（《中國書法》2017 年第 16 期）、《鄭玄語言學研究》（北京，中國社會科學出版社，2018 年）、段然《〈鄭玄辭典〉所收〈禮記注〉語詞訓釋研究》（天津師範大學碩士學位論文，2018 年）、台艷霞《〈鄭玄辭典〉所收〈儀禮注〉語詞訓釋校補及研究》（天津師範大學碩士學位論文，2019 年）、《〈鄭玄辭典〉所收〈儀禮注〉語詞訓釋材料疏失舉隅》（《漢字文化》2020 年第 5 期）、張清揚《〈鄭玄辭典〉所收〈毛詩箋〉語詞訓釋校補及研究》（天津師範大學碩士學位論文，2021 年）、楊晨露《〈鄭玄辭典〉所收〈周禮注〉（天官至春官部分）語詞訓釋校補及研究》（天津師範大學碩士學位論文，2021 年）等。
　　②　中國社會科學院歷史研究所等《英藏敦煌文獻（漢文佛經以外部分）》第 5 册，第 49 頁，成都，四川人民出版社，1992 年。後文《英藏敦煌文獻》版本同此，不贅。
　　③　《英藏敦煌文獻》第 10 册，第 89 頁。
　　④　《英藏敦煌文獻》第 12 册，第 47 頁。
　　⑤　《英藏敦煌文獻》第 14 册，第 64 頁。
　　⑥　俄羅斯科學院東方研究所聖彼得堡分所、俄羅斯科學出版社東方文學部、上海古籍出版社《俄藏敦煌文獻》，第 12 册，第 276 頁，上海：上海古籍出版社，莫斯科：俄羅斯科學出版社東方文學部，2000 年。
　　⑦　[日] 金谷治《唐抄本　鄭氏注論語集成》，第 352—363 頁，日本東京，平凡社，1978 年。
　　⑧　上海古籍出版社、法國國家圖書館《法藏敦煌西域文獻》第 15 册，第 25 頁，上海：上海古籍出版社，2001 年。前此 7 件皆見於伏俊璉《唐寫本〈論語〉鄭注的學術特點》（《甘肅理論學刊》2015 年第 1 期）一文，其文指出，這 7 件中，4 個殘件有紀年題記，分别是唐景龍二年（708），景龍四年（710），開元四年（716），龍紀二年（890）。其餘雖没有紀年，但經考證都是唐代寫本。

（八）《論語鄭注》殘卷 24579 號寫本①、（九）北臨八三（甲卷），編號 L.0083②。《鄭玄辭典》所收材料標注爲"敦煌殘卷唐寫本《論語》鄭注"的共有 152 例。將這些材料與以上 9 種材料對照，又參考月洞讓《輯佚論語鄭氏注》③、金谷治《唐抄本　鄭氏注論語集成》、郑静若《論語鄭氏注輯述》④、王素《唐寫本論語鄭氏注及其研究》⑤、陳金木《唐寫本論語鄭氏注研究——以考據、復原、詮釋爲中心的考察》⑥等書的圖版資料及研究成果，考察結果如下：

（一）S.3339 殘卷，內容主要是出自《論語·八佾》中的部分材料，金谷治《唐抄本　鄭氏注論語集成》第 190—195 頁收有圖版與釋文，鄭静若《論語鄭氏注輯述》第 271—272 頁收有圖版，又收入黃永武《敦煌寶藏》⑦。此卷金谷治（1978）和鄭静若（1981）二書中的圖版都出版在《辭典》完成⑧之前，唐文先生應該見過此卷。所收語詞訓釋與此卷一致的材料如"儀，蓋衛邑"，"木鐸，施政教時所振。言天將命孔子制作法度，以號令於天下也"，"韶，舜樂名"，"武，周武王樂，美武王以武功定天下"，皆云出自敦煌《論語鄭注》殘卷；也有略有小異的，如殘卷"繹如，志意條達之皃"，《辭典》收錄爲"繹如，志意條達之貌"，"皃"被改作今字"貌"。又殘卷"封人，官名，掌爲畿封而樹之"，《辭典》收錄爲"封人，官名，掌爲國封而樹之"，"畿"字殘缺，當是《辭典》誤識爲"國"字；也有漏收的材料，如"太師，樂官名也"，"（縱）之，謂皆奏，八音皆作"，"純如，咸（和之貌）"，"從者，謂弟子從孔子行者"等。《論語·八佾》的材料亦見於卜天壽抄本殘卷《論語》鄭注，但此部分相關內容，唐先生應該主要是用了 S.3339 殘卷，因爲引自卜天壽抄本殘卷《論語·八佾》鄭注的有 2 條，在《辭典》中都有明確標注，即"從，讀曰縱。之，謂既奏八音，八音皆作"（183 頁），"純如，咸和之貌"（377 頁），而卜天壽抄本《論語·八佾》鄭注語詞訓釋如"［始］作，渭（謂）今（金）奏之時"，"翕如，變之狠（貌）"，"暾（皦）如，志意＊＊之貌（貌）"，"成，由（猶）終"，"（封人），官名，掌畿封而樹之"等皆未收。

---

① 上海古籍出版社、上海博物館《上海博物館藏敦煌吐魯番文獻》，第 1 册，謝稚柳先生的《序言》（第 2—3 頁）中有說明，有彩圖（在目錄頁之前的彩圖版第 20）和黑白全圖（第 204 頁）及切分本大圖（第 201—203 頁），上海，上海古籍出版社，1993 年。
② 參許建平《中國國家圖書館藏未刊敦煌寫本殘片四種的定名與綴合》，載張涌泉、陳浩主編《浙江與敦煌學——常書鴻先生誕辰一百週年紀念文集》，杭州，浙江古籍出版社，2004 年。目前尚未見圖版原卷公佈。
③ ［日］月洞讓《輯佚論語鄭注》，東京，自印本，1963 年。
④ 鄭静若《論語鄭氏注輯述》，高雄，學海出版社，1981 年。
⑤ 王素《唐寫本論語鄭氏注及其研究》，北京，文物出版社，1991 年。
⑥ 陳金木《唐寫本論語鄭氏注研究——以考據、復原、詮釋爲中心的考察》，臺北，文津出版社，1996 年。
⑦ 黃永武《敦煌寶藏》第 27 册，第 652 頁，臺北，新文豐出版公司，1986 年。
⑧ 《鄭玄辭典·前言》文末注明爲 1986 年 6 月。

（二）S.6121殘卷，此件曾載金谷治《唐抄本　鄭氏注論語集成》第200—202頁和《文物》1984年第9期，鄭靜若《論語鄭氏注輯述》第273—274頁收有圖版，又收入黃永武《敦煌寶藏》第45冊第43頁。殘卷中有2條鄭注語詞訓釋，即"德謂六德"（"德之不脩"注），"道，謂師儒之□□□"（"[據於]德，依於仁"注）。此卷出版在《辭典》完成之前，唐文先生應當能看到此卷，不過《鄭玄辭典》未收此卷的2條材料。

（三）S.7003B殘卷，斷裂爲多片，殘損嚴重。黃永武《敦煌寶藏》第54冊第297頁與《英藏敦煌文獻》第12冊第47頁收有顛倒錯亂的圖版，王素先生2007年曾有過介紹①，後王素又做了較爲深入的整理與研究②。此卷最早見於黃永武主編的《敦煌寶藏》（1986年8月），其時唐文先生《鄭玄辭典》已經完成，故唐文先生未收錄此卷。核之原卷，該卷中許多語詞訓釋《辭典》中未收錄，如"遷，移也"，"子桑（桑），秦（秦）大夫"，"毋，止其讓之辭"，"万二千五百家爲鄉"，"仲由，孔子弟子子路之名"，"果謂果敢強[斷決]"，"簞，笥"，"瓢，瓠"，"武，[魯]下邑"，"澹臺滅明，孔子弟子，子遊之同門"，"軍在前曰啓，在後[曰]殿"，"[野̄]，如野人，言鄙野也"，"史，如太史、小史"等等。即使收錄的材料，文本也有差異，例如S.7003B有"禱，謂謝過於鬼神"（《論語·述而》"子路請禱"注），而《辭典》所收敦煌殘卷唐寫本《論語》鄭注同一注釋爲"禱，謂謝過於鬼神乎"，多一"乎"字；又S.7003B有"（長感）感，多憂懼"，其中缺"長感"二字，《辭典》所收敦煌殘卷唐寫本《論語》鄭注此注爲"長戚戚，多憂懼"，無缺文，且"感"、"戚"用字不同。可見唐文先生當未見S.7003B殘卷。

（四）S.11910殘卷，見《英藏敦煌文獻》第14冊第64頁。此卷出版在《辭典》完成之後，唐文先生當亦未見。且此殘卷中有2條鄭玄語詞訓釋，即"申申，減視聽"，"夭夭，安容兒"（《述而》"[申申如也，夭夭如]也"注），《鄭玄辭典》裏面也沒有收錄標注，故推斷《鄭玄辭典》未見此材料。

（五）Дх.05919殘卷，見於《俄藏敦煌文獻》第12冊第276頁，此卷出版在《辭典》完成之後，唐文先生未見。因爲此殘卷中有5條鄭玄語詞訓釋，即"老，老耄也"，"彭，彭祖"（《述而》"竊比於我老彭"注），"德，謂六德"（"德之不脩"注），"道，謂師儒之所教訓"（"[據於]德，依於仁"注），"始行束脩，謂年十五之時"（"[自行束脩以上]，吾未嘗

---

① 王素《唐寫本論語鄭氏注》，載北京大學《儒藏》編纂中心《儒藏（精華編281）》，第356頁，北京，北京大學出版社，2007年。
② 王素《S.7003B鄭玄〈論語注〉（雍也、述而）解讀——中國社會科學院歷史研究所等〈英藏敦煌文獻〉的貢獻》，見黃正建主編《中國社會科學院敦煌學研究回顧與前瞻學術研討會論文集》，第60—66頁，上海，上海古籍出版社，2012年。

無誨焉"注)等,《鄭玄辭典》都没有收錄標注,故推斷《鄭玄辭典》未見此材料。

（六）日本書道博物館藏敦煌寫本殘存《顏淵》《子路》二篇,共 33 行。收藏者中村不折稱"出土地不詳"①,陳邦懷(1951)據原卷朱文印章"歙許苣父斿隴所得"斷定爲"亦出於敦煌石室"②。日本月洞讓《輯佚論語鄭氏注》書首收有臨摹本圖版,金谷治《唐抄本　鄭氏注論語集成》第 352—363 頁收有圖版和釋文,鄭静若第 301—306 頁收有圖版,王素《唐寫本論語鄭氏注及其研究》和陳金木《唐寫本論語鄭氏注研究——以考據、復原、詮釋爲中心的考察》曾對底卷作校記,此卷(編號:中村 133 號)清晰彩色圖版見於日本學者磯部彰《台東區立書道博物館所藏中村不折舊藏禹域墨書集成》中册③,許建平曾以此爲底本整理校訂④。敦煌寫本《論語》鄭注包含《顏淵》《子路》篇(《子路》篇内容極少,僅兩行)的内容僅見於此卷,且此卷出版在《辭典》完成之前,故唐文先生《鄭玄辭典》中所收《論語·顏淵》敦煌寫本殘卷當皆出自此本。如唐先生所説是據原件影印的話,則很可能是影印自鄭静若《論語鄭氏注輯述》或金谷治《唐抄本　鄭氏注論語集成》中的圖版。從收錄的語詞訓釋比較來看,完全一致的材料如"《周禮》:十一而税,謂之徹。徹,通,爲天下之通法","患,憂也","辨,猶别","竊,小盜","偃,仆也","脩,理也"等。略有小異的如原卷"崇,猶曾(尊)"《辭典》收爲"崇,猶尊";原卷"(苟),比且也"《辭典》直接收爲"苟,比且也";原卷"愿,惡也"《辭典》收爲"慝,惡也"(惡、惡異體字);原卷"富,俻也"《辭典》收爲"富,備也"(俻、備異體字)等。尤其鄭注"崇,猶曾(尊)"之《論語·顏淵》文本"子張問崇德辨惑"中的"惑"字,原卷字形模糊,作"志",比較近似於"志"字,因而《鄭玄辭典》收錄原文則作"崇德辨志",另敦煌殘卷唐寫本《論語·顏淵》"誠不以當,亦祇以異"下鄭注"祇,適也",《辭典》本當收錄在 347 頁"祇"字下,却誤收錄在 348 頁作"祇,適也"。又《辭典》中也漏收了部分語詞訓釋,如"二,謂十二而税","熟(孰),誰","徙義,見義事,徙意而從之","輔仁,輔成己之任也"等。

（七）P.2510 號殘卷,日本東京文求堂曾出版影印本⑤,羅振玉《鳴沙石室佚書》⑥一書收有圖版,金谷治《唐抄本　鄭氏注論語集成》第 208—301 頁收有圖版和釋文,鄭

---

① [日]中村不折著,李德范譯《禹域出土墨寶書法源流考》,第 145 頁,北京,中華書局,2003 年。
② 陳邦懷《敦煌寫本叢殘跋語》,《史學集刊》,1984 年第 3 期,文末標注寫於 1951 年。
③ [日]磯部彰《台東區立書道博物館所藏中村不折舊藏禹域墨書集成》(卷上、中、下),中册,第 296 頁,東京,株式會社二玄社,2005 年。
④ 許建平整理校訂《論語注》(三),見張涌泉主編、審訂《敦煌經部文獻合集》第四册,北京,中華書局,第 1513—1520 頁,2008 年。
⑤ 王素《唐寫本論語鄭氏注及其研究》,第 3 頁,北京,文物出版社,1991 年。
⑥ 羅振玉《羅雪堂先生全集》(三編,第五册),第 1629—1656 頁,臺北,大通書局,1989 年。該書最早於 1913 年出版,1928 年曾重印。

静若《論語鄭氏注輯述》第 275—300 頁收有圖版,亦收入黄永武《敦煌寶藏》第 121 册第 331—349 頁及《法藏敦煌西域文獻》第 15 册第 25 頁。此卷出版在《辭典》完成之前,唐文先生在《辭典》中大量引用。據劉莉莎統計,《鄭玄辭典》引用 P.2510 號寫本資料有 126 條,占《辭典》引用的全部"敦煌殘卷唐寫本《論語》鄭注"的 82.9%。其中《辭典》與原卷資料完全一致的資料有 74 條,如:① 疏,《論語·述而》:"子曰:飯疏食,飲水,曲肱而枕之,樂亦在其中矣。"鄭注:"疏之言粗。"(T328,J210,Z276①)② 雅,《論語·述而》:"子所雅言,詩、書、執禮,皆雅言也。"鄭注:"雅者,正也。"(T535,J212,Z276)③ 葉公,《論語·述而》:"葉公問孔子於之路,不對。"鄭注:"葉公,楚縣公也,名諸梁,字子羔。"(T433,J212,Z276)等。

《辭典》引用 P.2510 號寫本資料有疏失的 52 條材料,按照出現疏誤的位置可分爲經文疏誤、鄭注疏誤、經注均誤三類。

1. 經文疏誤者。(1)脱字 6 條。如:奚,《論語·述而》:"子曰:'汝奚不曰,其爲人也,發憤忘食,樂以忘憂,不知老之將至云爾。'"鄭注:"奚,何也。"(J214,Z276)《辭典》(T119)收録經文脱"云爾"二字。(2)衍字 18 條。如:莫,《論語·述而》:"子曰:'文,莫吾猶人。'"鄭注:"莫,無也。"(J224,Z279)《辭典》(T429)收録經文"莫吾猶人"後衍"也"字。(3)訛文 14 條。如:動容貌,《論語·太伯》:"君子所貴乎道者三:動容貌,斯遠暴慢矣;正顔色,斯近信矣;出辭氣,斯遠鄙倍矣。"鄭注:"動容貌,能濟濟鏘鏘。"(J232,Z281－282)《辭典》(T59)收録經文將"鄙倍"訛爲"都信",當爲形近而訛;效,《論語·太伯》:"曾子曰:'以能問於不能,以多問於寡,有若無,實若虚,犯而不效,昔者吾友常從事於斯矣。'"鄭注:"效,報也。"(J234,Z282)《辭典》(T221)收録經文將"實"訛爲"事",當爲音近而訛;立,《論語·子罕》:"既竭吾才,如有所立卓爾。雖欲從之,末由也已。"鄭玄注:"立,謂立言也。"(J258,Z288)《辭典》(T361)收録經文將"欲"訛爲"然",當爲音形均不同而訛。(4)存在兩項或兩項以上問題者 1 條。如:巫馬期,《論語·述而》:"孔子退,揖巫馬期而進之,曰:'吾聞君子不黨,君子不黨,君子亦黨乎?君聚(娶)於吴,爲同姓,謂之吴孟子。君而知禮,熟(孰)不知也?'"鄭注:"巫馬期,孔子弟子,名施。"(J222,Z278－279)《辭典》(T158)收録經文脱一"君子不黨",且將餘下之"不黨"之"不"訛爲"之"。

2. 鄭注疏誤者。(1)脱字 1 條。如:醬,《論語·鄉黨》:"不得其醬,不食。"鄭注:

---

① 字母 T 指唐文《鄭玄辭典》,J 指金谷治《唐抄本　鄭氏註論語集成》(圖版),Z 指鄭静若《論語鄭氏注輯述》(圖版),後面的數字爲頁碼,下同。

"不得其酱不食,謂韭菹、醯、醢、醯、梅、魚膾、芥酱之屬也。"(J288,Z296-297)《辭典》(T514)所收鄭注"梅"前脱"醯"字。(2)衍字1條。如:寢衣,《論語·鄉黨》:"必有寢衣,長一身有半。"鄭注:"今時卧被。"(J284,Z295-296)《辭典》(T142)所收鄭注"今時卧被"前衍"寢衣"二字。(3)訛文3條。如:億,《論語·子罕》:"子絶四:毋億,毋必,毋固,毋我。"鄭注:"億,謂以意,意有所猜度。"(J248-250,Z286)《辭典》(T38-39)所收鄭注將"意"訛爲"之";求,《論語·子罕》:"不忮不求,何用不臧?"鄭注:"求,謂則人之過惡。"(J270-272,Z292)《辭典》(T277)所收鄭注將"則"訛爲"責";黄衣,《論語·鄉黨》:"緇衣,羔裘;素衣,麑裘;黄衣,狐裘。褻裘(裘)長,短右袂。"鄭注:"黄衣,大蹋息民之服也。"(J284,Z295)《辭典》(T565)所收鄭注將"蹋"訛爲"蜡"。(4)存在兩項或兩項以上問題者1條。如:太伯,《論語·太伯》:"太伯,其可謂至德也矣。"鄭注:"將不見聽,大王有疾,因過吴越採藥,大王没,而不返。"(J228,Z280)《辭典》(T116)所收鄭注將"聽"訛爲"禮",將"採"訛爲"采"。

3. 經注均誤者。此類情況有7條。如:① 兩端,《論語·子罕》:"子曰:'吾有知乎哉? 無知也。有鄙夫問於我,空空如也。我叩其兩端焉。'"鄭注:"兩端,猶本末。"(J254,Z287)《辭典》(T45)所收經文在"兩端"後衍"而竭"二字,所收鄭注在"本末"後衍"也"字。② 沽,《論語·子罕》:"子曰:'沽之哉! 沽之哉! 我待價者也。'"鄭玄注:"魯讀沽之哉不重,今從古也。"(J260,Z289)《辭典》(T280-281)所收經文將"價"訛爲"賈",所收鄭注在"魯讀沽"後脱"之哉"二字。

(八)上海博物館藏敦煌吐魯番文獻有《論語鄭注》殘卷24579號寫本,殘存《子罕》"子云:吾不試,故藝"至"[衣狐]貉者立"32行。此卷到底發現自敦煌還是吐魯番尚不明確。最早出版的易得本爲1987年由高美慶編輯,上海博物館、香港中文大學文物館合作出版的《敦煌吐魯番文物》,在該書第14頁和81頁有關於此卷《論語鄭注》殘卷相關簡要説明,但無原卷照片。《文物》1993年第2期發表了榮新江先生《〈唐寫本論語鄭氏注及其研究〉拾遺》一文,内有此卷更多説明及原卷照片,然照片並不清晰;前文提到《上海博物館藏敦煌吐魯番文獻》第一册謝稚柳先生的《序言》中有説明,有彩圖和黑白全圖及切分本大圖本,較爲清晰。《文物》發表本及上博本出版的清晰本出版時間較晚,其時唐文先生已去世,故未見。從上博本《論語鄭注》語詞訓釋與《鄭玄辭典》所收録材料的比較來看,唐文先生應亦未見此本。因上博本《論語鄭注》中的大多數語詞訓釋未見《鄭玄辭典》收録,如"齌衰者,碁喪之服"("子見齌衰者"注),"趍者,今時吏步[也]"("必趨"注),"忽讀如怳忽之忽"("忽焉在後"注),"間,瘳也"("病間"注),"大葬,大夫礼葬"("大葬"注),"匱,匣"("韞匵"注),"沽,詃(衒)賣也"("求善賈如沽諸"注),"簣,盛土器也"("未成一簣"注),"可畏者,言其才美服(人也)"("後生可畏"注)等。即使有的收錄説明爲敦煌殘卷,與上博本殘卷相比較也不一致,如"求,謂刺人之(過惡)"("不忮不求"注,此訓釋《鄭玄辭典》中收錄敦煌殘卷本爲"求,謂責人之過惡")。上博本多省略語氣詞,如"藝,伎藝"("吾不試,故藝"注),"立,謂立言"("如有所立"注),"韞,裹"("韞匵"注),"覆,猶寫"("[雖覆一簣]"注)等。

（九）北臨八三（甲卷），編號 L.0083，係一小殘片，據許建平考證，出自《論語·述而》鄭注，共 2 殘行。據許建平所云，2000 年他前往國家圖書館善本特藏部查閱時，此卷尚未公佈①。由此推斷，唐文先生生前當未見此卷。且此卷並無完整的語詞訓釋條目可供《鄭玄辭典》收錄。

唐文先生在《鄭玄辭典·前言》中説："我所需要的資料，很多是由我的摯友許君嘉璐和許君惟賢從北京和南京爲我設法複印的。"結合前文所説敦煌本《論語》鄭注殘卷相關資料，1986 年 6 月以前的資料，符合唐文先生"據原卷影印"的主要有三種，即：月洞讓《輯佚論語鄭氏注》（1963）、金谷治《唐抄本　鄭氏注論語集成》（1978）和鄭静若（1981）《論語鄭氏注輯述》。此三種資料，在南京大學圖書館未檢索到相關館藏，而在北京師範大學圖書館較早的館藏資料中也只檢索到鄭静若《論語鄭氏注輯述》一書，由此我們推斷，唐文先生所據資料很可能影印自此書。而此書第三篇"唐抄本論語鄭氏注殘卷集成"收入的敦煌唐寫本《論語》鄭注資料即有四種：敦煌本斯坦因三三三九號圖版、敦煌本斯坦因六一二一號圖版、敦煌本伯希和二五一〇號圖版、敦煌本日本書道博物館藏圖版。又據前文我們考察，《鄭玄辭典》中並未收入 S.6121 號殘卷的資料，可見《鄭玄辭典》所引敦煌殘卷唐寫本《論語》鄭注的來源應該包含：（一）法藏 P.2510 號寫本殘卷，此卷材料最多；（二）英藏 S.3339 號寫本殘卷；（三）日本書道博物館藏中村 133 號寫本殘卷。

在考察過程中，我們還發現《辭典》中收有 7 條出自《論語·子路》的"敦煌殘卷唐寫本《論語》鄭注"材料，却不見於日本書道博物館藏中村 133 號寫本殘卷。而據王素《唐寫本論語鄭氏注及其研究》第 142 頁所云，目前唐寫本殘卷《論語·子路》鄭注僅有三種，即：日本書道博物館藏敦煌寫本（殘卷）、日本龍谷大學藏吐魯番寫本（殘片）和日本龍谷大學藏吐魯番寫本（殘卷）。我們將此 7 條材料與三個日藏唐寫本殘卷對照之後

---

① 許建平《中國國家圖書館藏未刊敦煌寫本殘片四種的定名與綴合》，載張涌泉、陳浩主編《浙江與敦煌學——常書鴻先生誕辰一百週年紀念文集》，第 313—325 頁。

發現,這 7 條材料皆當出自日本龍谷大學藏吐魯番寫本(殘卷),而不見於其他二本,亦不見於其他傳世文獻材料。日本龍谷大學藏吐魯番寫本(殘卷)圖版亦載於金谷治《唐抄本　鄭氏注論語集成》和鄭靜若《論語鄭氏注輯述》,而據我們前文考察來看,當是唐文先生《鄭玄辭典》將本出自日本龍谷大學藏吐魯番寫本(殘卷)唐寫本《論語·子路》篇鄭注誤標注爲"敦煌殘卷唐寫本《論語》鄭注"材料了。這 7 條材料即:① 泰,謂威儀矜莊(T282);② 驕,謂慢人自貴(T555);③ 切切,勸競貌(T54);④ 偲偲,謙順貌(T36);⑤ 怡怡,和協貌(T189);⑥ 即,就也(T67);⑦ 戎,兵也(T201)。需要説明的是,《辭典》所收 7 條鄭注材料的《論語》原文本是殘缺的,而《辭典》收錄時應是依據傳世本《論語》補全了經文(按,補全經文文本當是《鄭玄辭典》收錄殘卷鄭注材料時的一個處理原則)。如其中例①②鄭注,殘卷《論語·子路》經文本作"☐☐道,不悦。及其使人,☐(不)以道,則(悦)。及其使人,求俻焉。子曰:'☐泰。'"(Z307,Z347,J372)《辭典》收錄《論語·子路》經文爲:"子曰:君子泰而不驕,小人驕而不泰。"例③④⑤鄭注,殘卷《論語·子路》經文本作"子路問曰:'何如,斯可謂之士矣。'子曰:'切☐。'"(Z307,Z347,J372)《辭典》收錄《論語·子路》經文爲:"子路問曰:'何如,斯可謂之士矣。'子曰:'切切,偲偲,怡怡如也,斯可謂士矣。朋友切切偲偲,兄弟怡怡。'"例⑥⑦鄭注,殘卷《論語·子路》經文本作"☐☐:☐七年,亦可以即戎矣"(Z308,Z347,J372)。《辭典》收錄《論語·子路》經文爲:"子曰:善人教民七年,亦可以即戎矣。"

綜上,我們認爲《鄭玄辭典》所引敦煌殘卷唐寫本《論語》鄭注的來源應該有 4 個:(一) 法藏 P.2510 號寫本殘卷,此卷材料最多;(二) 英藏 S.3339 號寫本殘卷;(三) 日本書道博物館藏中村 133 號寫本殘卷;(四) 日本龍谷大學藏吐魯番寫本殘卷,此卷材料屬於誤標作敦煌殘卷者。

(作者李玉平爲天津師範大學教授、博士生導師;劉莉莎爲天津師範大學文學院碩士研究生)

黄丕烈、顧廣圻《國語》校勘略析*

郭萬青

黄丕烈(1763—1825)、顧廣圻(1766—1835)是清代校勘學家,《校刊明道本韋氏解國語札記》是二氏校勘學思想和版本觀念的集中體現之作。考察該書的内容價值,有利於加深對清代《國語》校勘的認識,同時也有利於對二氏校勘學著述和校勘學思想的進一步體認。

一、黄丕烈、顧廣圻簡介

黄丕烈,字紹武,一字承之,號蕘圃、紹圃,又號復翁、佞宋主人等,長洲人。精於考校,極富藏書,刻書多種。江標(1860—1899)撰有《黄丕烈年譜》,可參。所撰題跋多收入《士禮居藏書題跋記》《蕘圃藏書題識》等,又余鳴鴻、占旭東點校有《黄丕烈題跋集》(上海古籍出版社,2013年),收録較全。黄氏藏書極富,與周錫瓚(1742—1819)、袁廷檮(1764—1810)、顧之逵(1752—1797)有"藏書四友"之目。傅增湘(1872—1949)謂:"夫蕘圃當乾嘉極盛之時,居吴越圖籍之府,收藏宏富,交友廣遠,於古書版刻先後異同及傳授源流靡不貫,其題識所及,聞見博而鑒別詳,巍然爲書林一大宗。"[①]王欣夫(1901—1966)亦謂:"清代乾隆、嘉慶、道光時,蘇州多藏書家,而尤以黄丕烈最爲傑出。""他每得一書,必詳細地校勘,往往附以題識,由於見聞之廣,論斷之精,名言法語,可采的很多,所以,後來談藏書的都推他爲一大宗。"[②]黄丕烈對《國語》的重要貢獻主要在於收藏《國語》公序本和明道本之傳鈔本,并在此基礎上刊刻了《國語》,使從清初開

---

* 本文爲2017年度國家社會科學基金項目"日本《國語》研究史"(17BZW080)、2019年度國家社會科學重大招標項目《國語》文獻集成與研究"(19ZDA251)成果之一。
① 傅增湘《思適齋書跋序》,載《約翰聲》,1937年,頁128—129。
② 王欣夫《文獻學講義》,上海,上海古籍出版社,2016年,頁71。

始的傳鈔形態有了固定的文本。關於黃丕烈的研究大概,廖婉伶碩士學位論文中有較爲清晰周詳的學術史梳理①,此處不贅。

顧廣圻,字千里,自號思適齋居士,江蘇吴縣人。曾與鈕樹玉(1760—1827)等求學於錢大昕(1728—1804),後拜江聲(1721—1799)爲師。一生多爲黃丕烈、阮元(1764—1849)、孫星衍(1753—1818)等人校書,是清代吴派校勘學中的重要代表人物,"是清代第一流的校勘專家"②。日本學者神田喜一郎即謂乾嘉校勘名家之中,"尤以顧千里先生爲魁傑,蓋先生以校勘爲畢生之業,是以成績獨優也"③。顧廣圻自31歲始,專門在黃丕烈家中從事古書校勘。顧廣圻研究一直是文獻學研究的重要方面,既有專門著作,也有爲數較多的碩博論文和期刊論文。前者如李慶《顧千里研究》,後者如張志雲《顧廣圻校書刻書研究》、聶帥《顧廣圻校勘學研究》、侯賽華《〈思適齋書跋〉研究》等。

二、《校刊明道本韋氏解國語札記》序文簡析

《國語》諸多傳本轉至黃丕烈、顧廣圻之手,經二人細加讎校,最終産生了黃刊明道本《國語》,且附有《札記》一卷。《校刊明道本韋氏解國語札記》,署名爲黃丕烈。實際上真正完成者則爲顧廣圻。關於其中原委以及相關研究,拙撰《〈國語〉歷代序跋題識輯證》中有相應梳理,讀者可參④。

《校刊明道本韋氏解國語札記》包括序文一篇以及相應的校勘條目。其序云:

> 《國語》自宋公序取官私十五六本校定爲《補音》,世盛行之。後來重刻,無不用以爲祖。有未經其手如此明道二年本者,乃不絶如綫而已。前輩取勘公序本,皆謂爲勝。然省覽每病不盡,傳臨又屢失其真,終未有得其要領者。丕烈深懼此本之遂亡,用所影鈔者開雕以餉世。其中字體前後有歧,不改畫一。闕文壞字,亦均仍舊,無所添足,以懲妄也。讎字之餘,頗涉《補音》及重刻公序本,綜其得失之凡而札記之。金壇段先生玉裁嘗謂"《國語》善本無逾此",其知爲最深,今載其校語。惠氏棟閱本,借之同郡周明經錫瓚家,亦載之以表。微參管窺者,以"某案"別之。旁述見聞,則標姓名。諸注疏及類書援引,殊未可全據,故多從略。總如干條爲一卷。至於勝公序本者,文句煩簡、

---

① 廖婉伶《黃丕烈翻刻宋本研究》,碩士學位論文,臺北大學,2017年。
② 錢玄《校勘學》,南京,江蘇古籍出版社,1988年,頁156。
③ [日]神田喜一郎著、孫世偉譯《顧千里先生年譜》,載《國學》,1926年,頁1—17。
④ 郭萬青《〈國語〉歷代序跋題識輯證》,濟南,齊魯書社,2018年,頁274—278。

偏旁增省,隨在皆是。既有此本,自當尋校而得,苟非難憭,不復悉數矣。嘉慶四年十月二十七日吳縣黃丕烈書。

這篇序也是顧廣圻代筆之作,本文已收入《顧千里集》中。本序大致包括:1. 宋庠校訂《國語》之後,公序本獨擅勝場,但仍有別本流傳;2. 前人以明道本校勘公序本,往往有明道本勝於公序本者;3. 明道本傳世稀有,傳臨失真;4. 黃丕烈欲開雕刻書,使明道本化身千萬;5. 重刻明道本的基本思路和工作方式;6. 作《札記》之緣起;7.《札記》引述各家因由以及《札記》主要內容。

黃刊明道本《國語》(附《札記》)"字體前後有歧,不改畫一。闕文壞字,亦均仍舊,無所添足,以懲妄也"的工作規則是顧廣圻"不校校之"校勘思想的重要體現。錢玄曾經對顧廣圻"不校校之"進行解讀,謂:"所謂'不校'者,不改動底本;所謂'校之'者,附校記辨各本之是非。這是一種比較慎重的態度。"① 這種校勘方式對完整保存舊本起到了絕對關鍵性的作用。

三、《校刊明道本韋氏解國語札記》內容簡析

《校刊明道本韋氏解國語札記》一直附在黃刊明道本《國語》之後,由於黃刊明道本重刻、坊刻者多,故而也有不同的版本形態。大致包括刻本、石印本、鉛印本三種形態。刻本中又包括黃氏刻本、崇文書局刻本、永康退補齋刻本、尊經書院刻本等幾種。今檢《札記》按照《國語》卷次順次臚列,難能可貴的是,每一篇別起單獨排列,爲讀者檢尋提供了便利。《札記》共 678 條,其中勘校《國語》正文 410 條,勘校注文 268 條。其中以"丕烈案"出之者共 224 條,僅加"案"字者 2 條。引惠棟 164 條,稱"惠云";引段玉裁 85 處,稱"段云";引夏文燾 8 條,則標爲"夏文燾曰";引錢大昕、鈕樹玉各 2 條,分別稱爲"錢先生曰"、"鈕樹玉曰"。凡以公序本對校之處,悉以"別本"稱之。多辨明甲乙,并爲按斷。

《札記》引段條目不如引惠條目多,引段條目多數也在臚列異文,但考辨條目要明顯多於惠棟,這當然和段玉裁個人的校勘學思想有很大的關係。羅積勇等人所編《中國古籍校勘史》總結段玉裁的校勘特色謂:1. 從小學入手校勘;2. 以理校爲主,綜合運用其

---

① 錢玄《校勘學》,頁 156。

他方法,勇於改字;3.校勘定是非最難;4.善於根據文獻體例來校勘①。職是之故,《札記》所引段玉裁條目多有考辨。

《札記》在引述惠、段、錢、夏、鈕等人之説之後,往往出"丕烈案"以下己意。整體而言,《札記》的内容包括這樣幾個方面:

（一）臚列異文

因爲《札記》是版本校勘,故而臚列異文是其主要方面。亦即序文所云"頗涉《補音》及重刻公序本,綜其得失之凡而札記之"。主要以《補音》、别本（即公序本）對校,臚列異文。所校異文,注文情況相同者説明"解同",具有普遍性者説明"後同"。凡以《補音》爲校者,多數僅出"《補音》作某",不别去取。以"别本"爲校者,則多數在臚列異文之後進行判斷選擇。明道本、公序本之異不僅僅是同一語法位置上用字不同的問題,還包括闕、衍、倒乙等各種情況,《札記》往往以"别本有"、"别本無"等出校。

檢《札記》以《舊音》爲校者26處,以《補音》爲校者298處,其中有幾處是以《補音》輔證别本。以别本爲校者185處,其中明確標注"依别本"者81處,81處"依别本"中有"當依别本"79處,"此依别本"2處,依從别本之處占到以别本校勘條目的44%,比例不可謂不高。指出這一點,意在表明,這個數據就可以説明明道本并非如《札記序》中所云"《國語》善本無逾此"。

（二）校勘格式

格式包括兩種,一種是行文中文字之間是否有空格;另一種是章節起訖是否一致。前者較少,《札記》僅及2處,爲:

> 憭□矣
> 别本"憭"下不空。丕烈案:此本間附《舊音》,疑此亦是音,印本模糊,影寫遂闕,後準此。别本者,重刻宋公序本。
> 招□
> 此所空,乃《舊音》"音翹"二字也。丕烈案:宋公序謂他書未獲爲翹之意,是未考李善注《吴都賦》"翹關,翹與招同耳",公序類此者多,兹不悉出。

---

① 羅積勇等《中國古籍校勘史》,武漢,武漢大學出版社,2015年,頁359—365。

［按］第一條是校明道本"憭"下有空格，這一點，汪中（1744—1794）也予以校出。但汪中并沒給出解釋。《札記》認爲明道本《國語》"間附《舊音》"，懷疑這裏也是舊音，但由於印本模糊，以致影鈔過程中因辨認不清遂以爲闕文而空格。第二條同樣。根據我們對《國語》明道本的統計，韋昭一共施注5 629處，而注音祇有14處，在14處注音中，有1處引用虞翻音注，實際韋昭注音祇有13處。根據注音方法的不同分爲讀若（讀如）、直音和反切三類。（1）《國語》韋注用"讀若"（讀如）的注音方式注音共有3個字，其中用"讀若"2次，字爲"臘"、"浚"；"讀如"1次，爲"吾"。（2）《國語》韋注用"直音"方式注音的字共6個，爲"黙"、"俔"、"墪"、"聆"、"艾"，其中"墪"有2音。6個直音都在《周語上》中。（3）《國語》韋注用"反切"方式注音的字共4個，爲"笮"、"瘴"、"淳"、"省"，4個字都在《周語上》中。不管所附音注是否是宋庠所説《舊音》，還是《札記》"舊音"別有所指。總之，"憭"下空格、"招"下空格確實有這種可能性。

另外，明道本和公序本分章不同，故而首句是否別起單獨一行就有不同。《札記》對這一點缺乏關注。

（三）辨明文字

在文字辨別上，往往涉及異體字、通假字、古今字等問題。

1. 辨析音同音近字。這一類中，有的音同音近字之間屬於通假關係，有的則屬於記音符號不同。

懋正

《補音》作"茂"，《解》同。丕烈案：以古字改今字，宋公序之失在此。餘字悉然。

［按］本條屬於版本異文。"懋"、"茂"之別，是明道本和公序本版本區別的重要標誌。《札記》認爲公序本"以古字改今字"，并且認爲這是宋庠的一大過失。檢古書中"懋"、"茂"二字多通用，如《左傳·昭公八年》引《周書》"惠不惠，茂不茂"杜注："茂，勉也。"但是宋代的《太平御覽》《通鑑前編》引《國語》字皆作"懋"，《册府元龜》引《國語》字則作"茂"，《册府元龜》《太平御覽》編纂都在宋庠之前，而一作"懋"一作"茂"，可見宋庠之前《國語》就存有異文，并非宋庠"以古字改今字"。

榮夷公

　　惠云：《吕覽》曰"榮夷終"。丕烈案：《墨子》亦作"終"，《史記》作"公"，"公"、"終"聲相近。

［按］本條屬於以他書異文進行校勘。"終"、"公"語音相近。此處辨别音近字。

《解》：驪

　　《補音》作"駵"。丕烈案："驪"字是也。《内傳》正義引賈逵曰"色如霜紈"，蓋賈本《内傳》，字從"霜"，故義如此。

［按］此校版本異文。《説文》未收"驪"、"駵"二字，《玉篇》有之。二字在記音表義上似無區别。《類篇》"驪"、"駵"二字平列，似不必區分。《札記》取"驪"字，蓋取賈逵之命義。

2. 辨析形近字。往往二字構件基本相同，字形極其相似，流傳之中造成異文。

獻曲

　　别本作"典"，《解》同，《補音》云："本或作'曲'，非。"惠云：《史記》作"典"。盧學士文弨云：南宋本《禮記·表記》正義引作"曲"。丕烈案：依《解》，"曲"字是也，裴駰用韋《解》。疑《史記》"典"字，後人據公序所説改之，如今《表記》正義亦改作"典"。

［按］本條屬於版本異文。此處辨别形近字。"典"、"曲"字形相近易混。明道本作"曲"而公序本作"典"。《札記》認爲，根據韋注，"曲"字爲是。并且認爲《史記》的"典"字是後人根據《國語補音》改的。

瞽帥

　　《補音》作"師"。丕烈案："帥"見《隸釋》《唐扶頌》《漢碑字原·五質》。又《五經文字》謂："帥，或從巿者，訛。"此本後屢用，皆同。段云：俗帥字，見《干禄字書》。

［按］本條屬於版本異文。《札記》引述古代字書與段玉裁説。此處認爲是"帥"的俗字。劉台拱亦及此條，説與段玉裁同。

乏祀

《補音》作"之"。丕烈案：《内傳·襄十四年》文同，各本皆作"乏"。《舊音》："匱是乏義，無宜重也。"此正謂"樹敦"與"守純固"義不殊之類。宋公序一駁一從，何歟？《魯語》曰"大懼乏周公太公之命祀"、《楚語》"乏臣之祀也"，皆可證。

［按］本條屬於版本異文，一作"乏"一作"之"，二字字形相似。《札記》以《左傳》作爲佐證。同時引述《舊音》之説。

幽王二年

惠云：《史記》同。丕烈案：謂《周本紀》也。又《十二諸侯年表》亦在二年，《漢書·五行志》亦云二年。別本作"三年"，誤。

［按］本條校版本異文。惠棟引《史記·周本紀》，《札記》又補充《十二諸侯年表》和《漢書·五行志》爲證。

榍

《補音》作"揭"。丕烈案："榍"字是也。唐石經《内傳》襄九年"陳畚榍"，字亦從木。惠氏《左傳補注》云："《正義》曰'從手'，此臆説也。"詳見本書。

［按］究竟從"扌"還是從"木"，《札記》首先揭明《補音》與其所校本不同，然後直接下案斷定從"木"者是，次引石經材料以爲文獻依據，又引惠棟之説以爲論證依據。

3. 辨析音近義通字

或專

惠云："或"，《史記》作"有"。丕烈案：古"或"、"有"音義同。

［按］本條屬於以他書異文進行校勘。《札記》辨別音義相同字。古"九有"、"九或"同，可證二字本同。

固班

別本作"故班"。丕烈案：此淺人改之也，"固"本與"故"通。"掌故"亦作"掌固"，詳盧學士《鍾山札記》。

［按］本條屬於版本異文。《札記》謂二字音同義通，并引盧文弨之説爲證。盧文弨《鍾山札記》卷四"掌固"條云："固本與'故'通，掌故亦所作'掌固'。"①

4. 構件相同字辨析。這一類字并不相同，但是其部首或構件相同，語音、語義都有區別。如：

觥飲

《補音》作"觥飯"。惠云：《説文》引作"侊飯不及一食"。鈕樹玉曰："今本《説文》多後人所改。"案：《集韻》《類篇》引《説文》并作"侊飲不及一餐"亦誤也，當依《廣韻》引作"侊飯不及壺飱"，《玉篇》同。

［按］"飯"、"飲"屬於同形符字，但是二者語義、語音都有區別。《札記》引述惠棟之説。惠棟主要以《説文》異文作爲校勘依據。《札記》引述鈕樹玉説，以此作爲惠氏所引《説文》之説不能作爲證據的佐證。今本多作"觥飯不及壺飱"，《古今諺》《風雅逸篇》《古詩紀》《古謠諺》《先秦漢魏晉南北朝詩》都收録本句。王輝斌《商周逸詩輯考》謂"此篇當爲東周初期或西周晚期'古逸'"，指出當作"觥飯"②。

（四）辨析倒乙

《解》：縣方十六里

別本作"六十"，《補音》"施捨"下亦作"六十"，皆誤倒。丕烈案：此説《周禮・地官》鄭注云"方二十里者，甸方八里，旁加一里而數之也"。韋云"方十六里"者，不數旁加也，非有異義。

［按］此校版本異文，以公序本爲誤倒。

---

① （清）盧文弨《鍾山劄記》，北京，中華書局，1985年，頁57。
② 王輝斌《商周逸詩輯考》，合肥，黄山書社，2012年，頁369。

（五）辨析闕文

公序本、明道本不僅存在文字不同或者倒乙的現象，其中某本還存在闕文現象。即一本有的文字，另一本中不存在。《札記》也予以校出，并爲辨析。如：

《解》：遂以贄見於卿大夫

別本下有"先生"二字。段云：此當作"鄉大夫先生"，鄉大夫謂每鄉卿一人之鄉大夫。及同一鄉中，仕至卿大夫者，《鄉飲酒禮》《鄉射禮》所謂遵者也。鄉先生，同一鄉中，嘗仕爲卿大夫而致仕者也。皆見《儀禮》鄭注。必皆云鄉者，謂同一鄉。《周禮》重鄉飲、鄉射，以鄉三物賓興之意也。唐賈、孔《儀禮》《禮記正義》作"卿大夫"，誤。陸氏《禮記》釋文音"香"，不誤。韋云"鄉大夫先生"，省下"鄉"字，正可見韋所據作"鄉大夫"也。下文臚舉若而人，安知不有致仕者乎？

［按］此校版本異文，公序本有"先生"二字，明道本無之。《札記》引段玉裁説，段謂公序本是。

（六）辨析史實人物

《解》：堵寇

《補音》作"堵俞彌"。丕烈案：《內傳·僖廿年》"公子士洩堵寇帥師伐滑"，又廿四年"公子士洩堵俞彌帥師伐滑"，此廿四年事也，故宋公序依《內傳》作"俞彌"。詳韋意，蓋以俞彌即寇，故説廿四年事而亦云堵寇，必《內傳》舊説如此也。杜以爲二人，與韋不同，其讀"廿年"，"洩"字下屬則誤甚。鄭有洩氏，有堵氏，不聞有洩堵氏也。杜知其不可通，故廿四年仍讀"洩"字上屬。若曰廿年者乃洩氏，而堵寇名也，曲爲遷就，其失自不能掩。後有撰《名號歸一圖》者，且并廿四年而謂之洩堵俞彌，豈非證成杜失乎？

［按］《補音》與明道本韋解人物名稱不一致。《札記》引述《左傳》之文爲之辨析。

《解》：原伯毛也

別本無此四字，惠云：《索隱》曰："唐固據《左傳》文，讀'譚'爲'原'。"丕烈案：韋本唐義,蓋以毛爲原伯名,疑所據《内傳》文如此也。今《史記集解》載唐注作"譚伯,周大夫,原伯,毛伯也。"衍下"伯"字,與小司馬所說既異,文亦不詞,乃不知者用杜氏《内傳》文改之。

[按]此校版本異文。蓋求譚伯之名者。

《解》:孟文伯歜

惠云:當作"穀"。丕烈案:此涉公父文伯歜而誤。考《舊音》,歜音觸,是其誤已久,公序好駁《舊音》。此獨沿之,何歟?

[按]此處釋人物名稱之誤。

《解》:公叔祖類

別本無"叔"字及"類"字。丕烈案:宋公序云:《周本紀》《古今人表》皆作"公祖"。考今《集解》《索隱》皆作"公祖叔類",是韋正用《周本紀》文,公序誤也。唯《人表》作"公祖"。

[按]此校版本異文。《札記》引述《補音》以及近傳《史記集解》和《史記索隱》,認爲人名當用"公叔祖類",不當作"公祖",公序本誤。

(七) 釋地理之不同

公序本、明道本有些地名用字不同,或者稱謂不同,《札記》爲辨析之。如:

《解》:錢唐江

《補音》出"浙江"。丕烈案:蓋宋公序本"錢唐江"作"浙江"也。考《尚書》釋文、《夏本紀》索隱引作"錢唐",陸德明、小司馬所據與此本同矣。夏文燾曰:案《水經·江水》注云:"韋昭以松江、浙江、浦陽江爲三江。"則與公序本同。

[按]明道本作"錢塘江"而公序本作"浙江"。《札記》謂唐代的陸德明、司馬貞引與今明道本同,而北魏時期的酈道元則引述與公序本同。未能決。

《解》：海口

段云：王伯厚曰："當作'浹口'。"《通典》《元和郡縣圖志》引韋皆正作"浹口"。丕烈案：段據《困學紀聞》説也。《補音》"浹口即協反"自不誤，別本亦作"海"，非公序之舊矣。

［按］此處是《補音》與今傳《國語》各本異文。段玉裁引王應麟之説。檢《困學紀聞》卷十"地理"下云："'甬句東，今句章東，海口外洲'，當作'浹口'，蓋傳寫之誤。"① 段玉裁引述《通典》《元和郡縣志》以爲佐證。《札記》根據《補音》與今傳公序本之間的文字差異認爲，今傳公序本已經不是宋公序原校本了。從《札記》的表述來看，《札記》是贊成王應麟之説的。

貝水

丕烈案：《史記·齊世家》索隱引宋衷同。夏文燾曰：按《水經·巨洋水篇》注云即《國語》所謂"具水"矣。袁宏謂之"巨昧"，王韶之以爲"巨蔑"，亦或曰"朐瀾"，皆一水也，而廣其目焉。"具"、"巨"、"朐"聲相近，則"具"字是也。此作"貝"，乃字形相涉而誤，《解》同。

［按］"貝"、"具"字形相近而混誤。《札記》引述宋衷説與明道本同。但接著引述夏文燾之説，謂《水經注》引《國語》作"具"，袁宏、王韶之之説進一步證明此處字當作"貝"。

(八) 釋形製

明道本、公序本正文或注文往往在名物上存在異文的，《札記》引述通人典籍中對於該名物的形製特徵的研究與記載進行辨析。如：

《解》：如懸磬也

別本上多"但有桴梁"四字。丕烈案：歙程先生瑤田《通藝録》有"室如懸磬"之圖，謂：室之上宇北出斜下，以交於北墉，直如磬鼓，宇斜如磬鼓也。鄙意以爲此室如懸磬，

---

① （宋）王應麟《困學紀聞》，上海，上海古籍出版社，2015年，頁311。

猶言徒四壁立意。重墉直如磬鼓,則不得云"但有榱梁"。此本無之,是也。

[按]此校版本異文。《札記》則謂程瑤田《通藝錄》有圖。今檢程瑤田之說在《通藝錄·樂器三事能言·磬氏爲磬圖説》中。今人葉國良亦頗考此一形製。《札記》最終認定明道本是,公序本非。

(九) 補證前説

《札記》在引述惠、段之説後,往往加案語,進行補充説明。

有的在惠棟、段玉裁揭明異文之後,指出惠棟依據的版本。如:"耀德　惠云:《史記》'耀'。丕烈案:依毛本《集解》也。"此處即指出惠棟所依據的《史記》版本。

有的在惠棟揭出異文之後,繼續補充。如:"民亂之　惠云:《史記》同。丕烈案:《五行志》亦同。別本'亂之'二字倒誤。"惠棟指出《史記》文與明道本同,《札記》又補充《五行志》引與明道本同。

在惠棟、段玉裁結論基礎上進行進一步補充。如:"鎮陰　惠云:《史記》'填',《老子銘》'陰不填陽',當作'填'。丕烈案:'鎮''填'古字通。《五行志》亦作'填'。"惠棟指出明道本"鎮"字當作"填"。《札記》進一步指出二字古通,進一步指出《五行志》也作"填"。似是對惠棟之説有微議。

明確指出惠棟依據之他書異文不可爲據。如:"反胙於絳　惠云:《管子》曰'成周反胙於隆嶽'。丕烈案:韋解'南城於周'別爲句,'嶽濱'屬下讀。今《管子》多譌字,異同每不可訂。"惠棟引述他書異文,此處以《管子》作爲校勘對象。但是《札記》指出《管子》傳本多譌字,不可爲據。

四、《校刊明道本韋氏解國語札記》之價值與意義

《札記》和《春秋外傳國語考正》《國語存校》《國語校文》等都不同。《春秋外傳考正》意在明道本、公序本的基礎上校成定本。《國語存校》《國語校文》都是校讀札記,前者依據張一鯤本之重刻本,後者依據明道本。《札記》則是附在黃刊明道本之後,寄託了顧廣圻"不校校之"的校勘學思想。總體而言:《札記》是《國語》兩大版本系統確立以來第一部以明道本《國語》爲底本,對校公序本和《補音》的《國語》校勘學著作;《札記》引述了清代很多學者的校勘成果,體現了樸素的學術品格,同時爲《國語》校勘研究保存

了大量的學術史料;《札記》在臚列異文的基礎上,進行了一定程度的去取判定,爲後來的《國語》校勘樹立了典範;《札記》雖然以明道本《國語》爲底本,并且《札記序》中甚至以段玉裁"《國語》善本無逾此"鼓吹,但是在具體校勘的時候,并不回護明道本,結論客觀可信;《札記》影響深遠,不僅對此後中國本土的《國語》研究具有重要影響,而且遠播海外,對日本《國語》研究也具有深遠影響。

(作者爲唐山師範學院文學院教授)

國學與國際漢學的異同
——以《詩經》的詮釋方法爲中心

洪　濤

一、引　　言

"漢學",起初是相對於"宋學"而言,指"漢代的學術"。到近世,漢學的指涉範圍擴大了許多①。

21世紀,中國人對中國傳統學術的研究被稱爲"國學",而域外學人對中國事物的研究和論著往往被稱爲 sinology(譯爲"漢學")②。現、當代的"漢學"有何具體含義？這個問題,不少學者討論過,這裏不必贅述③。

關於"國際漢學"的定義,讀者可以參考嚴紹璗(1940—　)、柯馬丁(Martin Kern)的論述。他們指出,"國際漢學"是世界性的學術④。

清末民初,章太炎(1869—1936)等人爲了抗衡西學的興起,提倡"國學"以維護中

---

　①　"漢學"有時候可以指中國傳統文化,例如:唐獎(Tang Prize)所獎助的"漢學",意指廣義的漢學,包括研究中國及其相關學術,涉及思想、歷史、文字、語言、考古、哲學、宗教、經學、文學、藝術(不包含文學及藝術創作)等領域。
　②　學者是否被稱爲"漢學家",與他們常駐的地點有直接關係,例如,在海外從事中國研究的華裔學者可稱爲"華裔漢學家"。參看:顧明棟《漢學主義:東方主義與後殖民主義的替代理論》,北京,商務印書館,2015年,頁88。
　③　陳來《近代國學的發生與演變——以老清華國學研究院的典範意義爲視角》一文,載《清華大學學報(哲學社會科學版)》,2011年3期。關於"漢學"的定義,可參:洪濤《從窈窕到苗條:漢學巨擘與詩經楚辭的變譯》,南京,鳳凰出版社,2017年;顧明棟《漢學主義:東方主義與後殖民主義的替代理論》,北京,商務印書館,2015年。
　④　嚴紹璗《我看漢學與"漢學主義"》,載《國際漢學》第25輯,頁8。柯馬丁《認同與方法:什麼是國際漢學》一文,載《國際漢學研究通訊》第10期,2014年。

國傳統的學問①。章太炎的國學,實際上是漢族之學②。

19世紀20年代,陳寅恪(1890—1969)、王國維(1877—1927)等人主持清華國學院。在研究方面,他們主動借鑒西方漢學和日本漢學的研究方法,與國外漢學界展開對話③。陳寅恪曾經留學德國,當時德國風行以蘭克(Leopold von Ranke,1795—1886)爲代表的歷史語言考證學派。陳寅恪回到中國後將philology(語文學)應用在中國文史的教學及研究上④。他擅長詩史互證之法。王國維也引用西方文學理論來評析中國舊文學(例如,他套用"悲劇"觀念來剖析《紅樓夢》)。陳寅恪、王國維這種學術取向被稱爲"漢學化的國學"⑤。

由於"漢學"和"國學"的治學範疇可以完全重疊(例如,研究《詩經》),所以,有時候"漢學"和"國學"都泛指中國傳統學術領域⑥。

《詩經》是五經之首。《詩經》之學在漢朝已經立於學官⑦。自唐至宋初,明經取士以《毛詩正義》爲教本⑧。元朝以宋人朱熹(1130—1200)《詩集傳》爲科考用書,明朝則

---

① 1934年,章太炎在蘇州設立"章氏國學講習會"。參看:周勛初《當代學術研究思辨》,南京,南京大學出版社,1993年,頁1。章太炎曾撰《國學講習會略説》(東京秀光社,1906年)、《國故論衡》(東京秀光社,1910年),章太炎當時身在日本(1899年6月至1909年,章太炎三次到日本)。關於日本的國學,請參看:王小林《從漢才到和魂:日本國學思想的形成與發展》,臺北,聯經出版事業股份有限公司,2013年。該書的第六章從江户儒者富永仲基之"加上説"與顧頡剛之層累説之間的關聯,爬梳了中、日"中國學"背後的日本國學成分。另參:王小林《何謂"國學"》,載《亞洲概念史研究》,北京,生活·讀書·新知三聯書店。
② 湯志鈞《章太炎傳》,臺北,臺灣商務印書館,1996年,頁227。另外,周予同稱章太炎是古文經學的最後大師。參看:陳平原《中國現代學術之建立——以章太炎、胡適之爲中心》,臺北,麥田出版,2000年,頁12。章太炎曾經嘗試保存傳統的四部體系(經、史、子、集)。1913年,民國教育部取消經學。參看:左玉河《從四部之學到七科之學:學術分科與近代中國知識系統之創建》第六章第一節,上海,上海書店出版社,2004年。
③ 清華大學國學院成立於1925年,當時又稱爲清華國學研究院。1929年停辦。清華國學院教授王國維、梁啓超、陳寅恪、趙元任合稱"四大導師"。
④ 據張谷銘所説,philology的對象是文獻,關懷的是古文明與歷史,所以linguistics和philology的方法和終極關懷都不同。參看張谷銘《Philology與史語所:陳寅恪、傅斯年與中國的"東方學"》,載《歷史語言研究所集刊》第八十七本第二分,2016年。關於陳寅恪,請參看:周勛初《當代學術研究思辨》,南京,南京大學出版社,1993年,頁164。陳寅恪曾留學德國,他的文章談及取外來之觀念與固有之材料互相參證。參看:陳寅恪《王静安先生遺書序》,《金明館叢稿二編》,北京,三聯書店,2001年,頁247—248。
⑤ 陳來説:"'漢學化的國學'是什麽意思呢?其實就是世界化的、跟世界學術的中國研究接軌合流的一個新的國學研究。例如王國維所實踐、由陳寅恪提出的大家熟知的'把地下的實物和紙上的遺文互相釋證'、'外來的觀念和固有的材料相互參證'、'異國的故書和吾國的古籍相互補正'三種方法,這些方法可以説與當時法國和日本的漢學中國學的研究方法是一致的。"參看:陳來《近代國學的發生與演變——以老清華國學研究院的典範意義爲視角》一文,載《清華大學學報(哲學社會科學版)》,2011年3期。關於國人接受外來理論的範例,可參看:鮑國華《胡適對杜威學説的接受與選擇——以中國章回小説考證爲中心》,載《國際中國文學研究叢刊》第2集,2013年。
⑥ 有些"國學院"稱爲Academy of Sinology,例如,香港浸會大學的饒宗頤國學院就用這個英文名稱。其實,Sinology通常被譯成"漢學"。關於清季"國學"的由來,請參看:羅志田《國家與學術:清季民初關於"國學"的思想論爭》,北京,三聯書店,2003年。
⑦ 孟子的年代,《詩經》居六藝之首。
⑧ 參看:侯美珍《明代鄉會試詩經義出題的考察》,載《國文學報》,2014年6期;侯美珍《明代會試詩經義出題研究》,載《臺大中文學報》,2012年9期。

以《詩經大全》(胡廣編撰)爲教材①。清代官方編有《詩經傳說彙纂》和《詩義折中》兩部官書,供學校教學和科舉考試之用②。

朝廷主辦的科舉考試既然以《詩經》擬題,於是舉國上下衆多考生皆研讀此書以應試。官方重視之外,由孔子到朱子(朱熹),以至近代國學大師章太炎(1869—1936)、錢穆(1895—1990)也同樣看重《詩經》③。《詩經》學屬於國學範疇(經學的一支),是没有什麽爭議的。

到近世,《詩經》也很受域外漢學家青睞,英國、法國、瑞典、日本等地都有研究者,名家輩出。本文將探討他們一些言論和見解。

國學家和域外漢學家同樣研究《詩經》,但是,國學和漢學的治學方向有差别。以下,筆者將舉例剖析國學和漢學之間的異同④。

二、國學與域外漢學的異同:以"國風"爲例

中國傳統詩説重視《詩經》中的政治諷喻和道德意味,目的是經世致用。《詩經》用於教化,稱爲"詩教"。

《詩經》之學自漢朝起就帶有官方色彩:漢文帝、漢景帝時,《魯詩》(申培公所傳)、《齊詩》(轅固生所傳)、《韓詩》(韓嬰所傳)立於學官,設博士,稱爲今文經學,屬於官學。到了西漢末年,古文《毛詩》也立於學官。

諸家詩説各有特徵和目的。今文三家以緯説《詩》,以《詩》爲諫書⑤。古文派的《毛詩序》以史(美、刺)説詩;鄭玄(127—200)以禮説詩。南宋朱熹定"淫詩"二十多首,維護道學家的倫理。一直到清朝,姚際恒、崔述、方玉潤等人雖有"獨立思考派"之稱,却不能免於"詩教"的牽引。

---

① 明清時期,受科舉制度影響,出現一些按八股文的套路來理解《詩經》的著作,也就是應舉專書。
② 參看:楊晉龍《明清詩經學關聯性的一種考察》,載《中國文哲研究集刊》第 51 期,2017 年 9 月。《詩經傳說彙纂》是 James Legge 的重要參考書。他譯本稿引此官書内容時會標示有關言論出自 The Imperial Editors。
③ 參看:章太炎《國學略説》(上海,上海文藝出版社,2001 年)第二章"經學"。葉龍編《錢穆講中國文學史》(香港,商務印書館,2015)第三篇。尤其是第 8 頁。錢穆《中國學術思想史論叢(一)》(北京,三聯書店,2009 年)中有"讀詩經"長文。
④ 本文以歐洲《詩經》學爲論析中心,兼及日本的《詩經》學。亞洲區的接受情況,其他學者有述評,例如,王曉平《日本詩經學史》,北京,學苑出版社,2009 年;張文朝《日本における「詩経」學史》,臺北,萬卷樓,2012 年;金秀炅《韓國朝鮮時期詩經學研究》,臺北,萬卷樓,2012 年。金秀炅指出,朝鮮後期有學者強調《詩經》經世致用的功能。
⑤ 參看《漢書·儒林傳》。緯書,簡稱"緯",是依託儒家經書專論瑞應的書,緯書中有些内容實是"預言"。

以上現象説明一點：釋詩與"詩之用"（用於教化）密切相關①。

若論國學和域外漢學之間的異同，我們首先注意到傳統《詩經》學往往將政治、道德、學術三者混合在一起，而域外漢學家甚少談及政治、道德。

"三合一"有何案例？我們聯想到《周南·漢廣》和《秦風·蒹葭》的詮釋個案。《漢廣》的主角是"游女"：

南有喬木，不可休息。
<u>漢有游女</u>，不可求思。
漢之廣矣，不可泳思。
江之永矣，不可方思。

翹翹錯薪，言刈其楚。
之子于歸，言秣其馬。
漢之廣矣，不可泳思。
江之永矣，不可方思。

翹翹錯薪，言刈其蔞。
之子于歸，言秣其駒。
漢之廣矣，不可泳思。
江之永矣，不可方思。

《漢廣》寫追求游女，然而，按照傳統的説法，詩的主旨是"文王之道"、"文王之化"。《毛詩正義》説："<u>文王之道</u>初致《桃夭》《芣苢》之化，今被之南國，美化行於江漢之域，故男無思犯禮，女求而不可得，此由德廣所及然也。"②這是強調周文王（前1152—前1056）的教化。

我們再看漢儒如何解讀《秦風·蒹葭》。正如《漢廣》有不可求的"游女"，《蒹葭》也有不可即的"伊人"：

---

① 《詩經》的講解者可能帶有私人的講解目的。也就是説，講解本身是 a purposeful activity（有目的之活動）。
② 孔穎達疏、龔抗雲等整理《毛詩正義》，北京，北京大學出版社，2000年，頁52。

> 蒹葭蒼蒼,白露爲霜。
> 所謂伊人,在水一方,
> 溯洄從之,道阻且長。
> 溯游從之,宛在水中央。
> 蒹葭萋萋,白露未晞。
> 所謂伊人,在水之湄。
> 溯洄從之,道阻且躋。
> 溯游從之,宛在水中坻。
> 蒹葭采采,白露未已。
> 所謂伊人,在水之涘。
> 溯洄從之,道阻且右。
> 溯游從之,宛在水中沚。

詩文寫追尋"伊人",而舊説却認爲《秦風·蒹葭》詩旨是維護"周之德教"、"周之禮法"。鄭玄《毛詩箋》説:"秦處周之舊土,其人被周之德教日久矣。今〔穆〕公新爲諸侯,未習周之禮法,故國人未服焉。"①所謂"周之德教",其内容與"文王之道"應該是一致的。

以上是毛、鄭詩説。今文學派三家詩説又如何?

三家詩解《漢廣》,以"神女"爲説。清末學者王先謙《詩三家義集疏》説:"江漢之間被文王之化,女有貞潔之德,詩人美之,以喬木、神女、漢江爲比。三家義同。"②今文三家認爲詩中主角是神女,不過,他們講解的核心仍然是"文王"、"貞潔之德"。

三家詩中的《韓詩》説:"《漢廣》,悦人也。"據清人牟庭(1759—1832)《詩切》解釋:"既云漢水神,而又以爲悦人者,蓋漢有游女,比義也。以神女之不可求,喻高賢之士不可致也,則所悦者賢人也。悦之而不能致,故詩人以爲刺焉。"③牟庭認爲詩中所寫"神女"實是所悦之人,意在求賢士。

《蒹葭》的"伊人"也被解釋爲賢人。關於"伊人",鄭玄《毛詩箋》説:"所謂是知周禮之賢人,乃在大水之一邊。"④鄭玄經常以禮箋詩。

---

① 孔穎達疏、龔抗雲等整理《毛詩正義》,北京,北京大學出版社,2000年,頁494。
② 王先謙《詩三家義集疏》,北京,中華書局,1987年,頁51。
③ 牟庭《詩切》,濟南,齊魯書社,1983年,頁1105—1116。
④ 孔穎達疏、龔抗雲等整理《毛詩正義》,頁494。

宋人王質《詩總聞》認爲《蒹葭》"伊人"指賢人、高士。明人豐坊《詩説》認爲"伊人"是隱士。清人姚際恒《詩經通論》認爲："此自是賢人隱居水濱,而人慕而思見之詩。"①他們的解説,都説到德行方面。

另外,《鄭風·野有蔓草》寫"有美一人,清揚婉兮",《韓詩外傳》認爲,詩中的美人實指高賢之士②。

按照這一套"賢人"思路來解讀,《野有蔓草》和《漢廣》《蒹葭》的主旨相近,三篇儼然是姊妹篇。

南宗朱熹同意"文王之化"的説法。朱熹《詩集傳》認爲："江漢之俗,其女好游……文王之化,自近及遠,先及于江漢之間,而有以變淫亂之俗。故其出游之女,人望見之而知其端莊靜一,非復前日之可求矣。"③朱子不是孤立看《漢廣》,他把本來零散的詩篇連繫成一内聖外王的組詩。

《周南》的詩篇,從《關雎》到《螽斯》五篇,朱子認爲是修身、齊家;《桃夭》到《芣苢》,他認爲是齊家、治國;《漢廣》《汝墳》,則認爲是天下平。

爲了將《召南》十四篇作有效的串聯和解釋,朱子認爲由《鵲巢》到《采蘋》是因被文王之化而能修身、齊家,《甘棠》以下是能齊家、治國。於是,"《召南》詩篇的排列,一如《周南》,在朱子的詮釋下也成了一有教化意義的組詩"④。

無論是"文王之化"還是"尋求賢人"(今文三家詩説),上述傳統詩説都是入世的。入世是爲了致用、教化。

德教、賢人這些話題,屬於道德範疇。講論文王,屬於歷史、政治範疇。道德和政治以外如文字、訓詁、校勘等層面,屬於詩文的學術範疇⑤。

朱熹視《詩經》爲聖人之經典,重視其教化作用。朱熹認爲,三百篇中有"淫詩",然而,在他眼中,就連"淫詩"也有訓示的功能⑥。他希望讀者以之爲戒。

中國傳統以"文以載道"爲尚,重視文學的應用性、實用性、工具性。這種儒家詩學,

---

① 張樹波《國風集説》,石家莊,河北人民出版社,1993 年,頁 1062。
② 張樹波《國風集説》,頁 806。
③ 朱熹注、王華寶整理《詩集傳》,南京,鳳凰出版社,2007 年,頁 7。
④ 鍾彩鈞主編《朱子學的開展——學術篇》,臺北,漢學研究中心,2002 年,頁 66。該書刊載林慶彰所撰《朱子〈詩集傳·二南〉的教化觀》一文。
⑤ 有些話題純屬學術問題,與政教道德無關,例如:朱子《詩集傳》認爲"宵行"是蟲名,此見解與《毛傳》所説不同。毛公以"熠燿"爲螢。明人李時珍《本草綱目》認爲宵行是蟲名;熠燿是蟲的光。
⑥ 關於淫詩學案的討論,讀者可以參看:Wong Siu-kit and Lee Kar-shui,"Poems of Depravity: A Twelfth Century Dispute on the Moral Character of the *Book of Songs*,"*Toung Pao* 75(1989),pp. 209-25. 潘按:論文作者是黄兆傑、李家樹。朱子的三傳弟子王柏建議刪除《詩經》中的淫詩。

19世紀的英國漢學家James Legge(1815—1897)仍有採用,例如,《毛詩》第46首《鄘風·墙有茨》,Legge翻譯時採信了《詩序》之言,認爲此詩寫衛國宣公之子(公子頑)私通國母宣姜之事。他在注釋中將"中冓"解釋成palace(皇宫)①。實際上,"中冓"是泛稱詞,未必特指皇宫。

Legge重視涉及儒家祭禮、孝道的詩篇。他解《詩》多採用宋儒朱熹的説法。近年,有學者討論Legge的"儒教闡釋",本文不再複述②。

不過,在20世紀漢學家眼中,傳統的釋詩之法及其取向是不足爲訓的。20世紀上半葉,瑞典學者Bernhard Karlgren(高本漢)提倡用更科學的語文學(pilological)方法來解《詩》,不談政教道德;法國學者Marcel Granet用民俗學視角解讀《詩經》,注視更廣闊的歷史文化背景,主要關注先民的戀歌、節慶、祭禮③。

語文學的研究嘗試綜覽先秦文獻以了解古詩的基本字義,而民俗學取向的研究嘗試認識先秦的民間風俗。這些研究甚少提及特定的歷史事件、人物,也没有用世(教化)的意圖和傾向。

20世紀英國漢學家Arthur Waley(1889—1966)服膺民俗學説,他不滿意James Legge的譯本,他這樣説:

> Legge mixed up the Chu Hsi interpretation with that of the Han commentators and dilutes both with suggestions of his own, so that today his translation <u>serves no useful purpose</u>. ④

最後那句serves no useful purpose就是"没有用"。Waley的意思是:Legge兼採漢人和朱

---

① James Legge, *The Chinese Classics*, vol. 4, p. 78.
② 例如,毛詩第43首《新臺》,Legge在譯注中説此詩反映"宣公娶宣姜"之事。參看:James Legge, *The Chinese Classics*, vol. 4, p. 70. 然而,Waley認爲《新臺》是有關新郎變成蟾蜍的民歌。James Legge接受了朱熹的許多見解。關於Legge與儒家,可參:姜燕《理雅各詩經翻譯與儒教闡釋》,濟南:山東大學出版社,2013年。Legge對孔子,由責難轉爲欣賞。見該書頁96。值得注意的是,Legge的《詩經》英譯有三個版本。三版各有特色:1871年譯本附有詳細的注釋;1876年譯本重視韻體; 1879年譯本重視詩篇中的宗教思想。筆者以1871年譯本爲主要參考本。
③ 他(M. Granet)嘗試瞭解中國古代的宗教習俗和民族信仰。他的著作原爲法文本,後來有英譯本:*Festivals and Songs of Ancient China*,譯者是E. D. Edwards,1932年出版。參看:洪濤《英國漢學家韋利與詩經詮釋的變異:以Waley的〈考槃〉新解和Granet的民俗學説爲中心》,載《漢學研究》35卷2期,2017年。民國時期,他的姓(Granet)有不同譯法,例如"格拉奈"、"格拉勒"、"格拉耐",到21世紀,一般稱他爲"葛蘭言"。1929年,李璜發表《法國支那學者格拉勒的治學方法》一文,載於《新月》第2卷第8號(1929年10月10日)。參看:格拉耐著、張銘遠譯《中國古代的祭禮與歌謡》,上海,上海人民出版社,1989年。此書的翻譯底本是英譯本。另有葛蘭言著、趙丙祥等譯《古代中國的節慶與歌謡》,南寧,廣西師範大學出版社,2005年。
④ Arthur Waley, *The Book of Songs* (London: George Allen & Unwin, 1937), p. 337. 值得注意的是,Legge將《詩經》中的"上帝"翻譯成God。

子詩説（Chu Hsi interpretation），這些舊詩説在 20 世紀已經失去參考價值。此外，Waley 也不相信孔子曾經編訂《詩經》①。也就是説，Waley 不相信三百篇體現儒家聖人的見解。

日本漢學家松本雅明（Masaaki Matsumoto，1912—1993）、白川靜（Shizuka Shirakawa，1910—2006）、赤塚忠（Kiyoshi Akatsuka，1913—1983）、家井真（Makoto Inoi，1947—　）等人同樣採取民俗學視角來解讀《詩經》，例如，《漢廣》《蒹葭》，他們認爲詩篇是描寫追求"女神"。"女神"是"水神"。赤塚忠、家井真連《考槃》也斷爲招水神之詩②。赤塚忠本人是這樣説的：

> 碩人は河水の神の尸となるものであなる。……すると、前夜から斎戒して身を清めていた女子の合唱隊がこれを歌って、河水の神に対し二心のない誠意を述べて、河水の氾濫・涸渇などの災害のないことを祈ったのである。③

上面這段話的意思是：《考槃》的"碩人"，相當於河神之尸……祭水神之前一個晚上開始齋戒，潔凈身體的女子合唱隊唱出這首歌，對河神表達毫無二心的誠意，祈求没有河水泛濫和乾旱等災害。

此外，家井真判定《詩經》大多數詩篇是祭祀之詩④。祭祀，是爲了祈福（祈求風調雨順、豐收多産之類），涉及民生問題，不涉及某王某公的道德和施政。

三、傳統的方法：歷史化

傳統的詩學之中，歷史化（historicising）的傾向相當明顯。歷史化是指：釋詩者爲詩篇建構歷史語境，也可以稱爲"歷史語境化"，是一種歷史主義的解讀模式⑤。歷史化的作用是爲詩篇的詮釋提供較明確的時空背景。

---

① Arthur Waley, *The Book of Songs* (London: George Allen & Unwin, 1937), p. 18. 另一位譯者 Ezra Pound 則強調《詩經》與孔子的關係。
② 赤塚忠《赤塚忠著作集》第五卷，東京，研文社，昭和 61 年（1986），頁 11。關於松本雅明、白川靜、赤塚忠等人的論述，讀者可以參看：王曉平《日本詩經學史》，北京，學苑出版社，2009 年。
③ 赤塚忠《赤塚忠著作集》第五卷，頁 11。"尸"，在古代祭祀中，是代表死者受祭之人。"河水の神の尸"當爲代表水神接受祭祀的人。
④ 參看家井真《〈詩經〉の原義的研究》（東京，研文出版，2004 年）的結論。
⑤ 這裏，"歷史化"是指將詩篇繫於某段歷史中來解讀，是將"作品和歷史相關聯"。

上文提及的"文王之化",基礎是歷史上周文王行德政和教化①。這是一種指涉性較強的解讀(referential reading)②。所謂"指涉",就是認定詩篇內容喻指歷史上的周文王。三家詩説以"游女"、"伊人"爲喻,指向賢人和"道德"。

先秦孟子談及讀詩,有"知人論世"之説③。論世,就是關注詩篇和特定的歷史背景。漢代今文學派的《韓詩外傳》全書以叙述歷史故實爲主,引用《詩》句來支持論説④。簡言之,史事、歷史人物和詩篇内容被《韓詩外傳》關聯起來。不過,説到"知人論世",古文派的表現更加突出。

古文派《毛詩序》的作者將詩篇依時代先後排列,繫以史事,加以解説,例如,《毛詩序》將《衛風》詩篇依武公、莊公、宣公排序;《秦風》詩篇,依襄公、穆公、康公排序。總之,《左傳》《國語》所記歷史人物,被説成是《詩經》各詩所指涉的主角。

《毛詩序》往往説出某詩的作者是什麽人,例如,《燕燕》一詩,《詩序》説是莊姜作(今文派《魯詩》謂係定姜作)⑤。有時候,毛、鄭説某詩的指涉對象是某王、某公,寫作的立場是什麽(美、刺、憫、戒……),例如,《鄭風·將仲子》,《毛詩序》説是刺莊公。這樣一來,詩篇不是泛指一個求愛男子,而是特別指向鄭莊公。

有些説法,諸家基本上没有異議,例如,《秦風·黄鳥》,《毛詩序》謂"刺穆公"。《左傳》文公六年記載秦穆公死後以子車氏之三子殉葬。對此,諸家無異辭。

又如,《衛風·碩人》和莊姜故事。《左傳》隱公三年記載:"衛莊公娶於齊東宫得臣之妹,曰莊姜。美而無子,衛人所爲賦《碩人》也。"⑥《毛詩序》説《碩人》是"閔莊姜也。莊公惑於嬖妾,使驕上僭,莊姜賢而不答,終以無子,國人閔而憂之"⑦。以下是《碩人》全詩:

碩人其頎,衣錦褧衣。
齊侯之子,衛侯之妻。

---

① 陸侃如、馮沅君認爲"《二南》中不但没有一篇可以證明是文王時詩,並且没有一篇可以證明是西周時詩。"參看:陸侃如、馮沅君《中國詩史》,天津,百花文藝出版社,1999 年,頁 69。
② 這是將詩篇"歷史語境化",參看: Pauline YU, *The Reading of Imagery in the Chinese Poetic Tradition* (Princeton: Princeton University Press, 1987), p. 76.
③ "知人論世"一詞,源出《孟子·萬章》。見楊伯峻《孟子譯註》,香港,中華書局,1984 年,頁 251。
④ 魏達純《韓詩外傳譯注》,長春,東北師範大學出版社,1993 年,自序,頁 1。按《韓詩外傳》的作者韓嬰是漢武帝時人,生年不詳。
⑤ 有四個詩篇提到作者,分別是"家父"、"寺人孟子"、"吉甫"。
⑥ 李宗侗《春秋左傳今註今譯》,臺北,臺灣商務印書館,1993 年,頁 18。
⑦ 孔穎達疏、龔抗雲等整理《毛詩正義》,頁 260。Waley, *The Book of Songs* (London: George Allen & Unwin, 1937), p. 80.

亰宮之妹,邢侯之姨,譚公維私。
手如柔荑,膚如凝脂,
領如蝤蠐,齒如瓠犀,
螓首蛾眉,巧笑倩兮,美目盼兮。
碩人敖敖,説於農郊。
四牡有驕,朱幩鑣鑣。
翟茀以朝。大夫夙退,無使君勞。
河水洋洋,北流活活。
施罛濊濊,鱣鮪發發。
葭菼揭揭,庶姜孽孽,庶士有朅。

這首詩本身不見得有明顯的憫意,贊美之辭倒是很多,尤其是第二章全是褒語,後兩章也没寫當事人如何受害而可憫。但是,許多學者仍然同意詩篇是寫莊姜(寫她初到衛國的情況)。又如,《小雅·六月》,齊、魯、毛三家都説是寫周宣王北伐。

不過,某詩是盛世時作抑或衰世時作,古文派和今文派的説法可能大相徑庭,例如,《周南·關雎》,《毛詩序》認爲是周公時作,而今文學派認爲《關雎》是康王(約前1040—前996)政衰時作①。

又如,《小雅·采薇》,《魯詩》認爲:"懿王之時,王室遂衰,詩人作刺。"②《毛詩序》却認爲此詩作於"文王之時"③。

以上情況顯示:"某詩的歷史本源、背景"引發爭議,必須依賴學術考證來找尋真相④。

鄭玄的"變風"、"變雅"之説,也是將詩篇繫於歷史。鄭玄在《詩譜》中提出:《國風》中的《周南》《召南》,《小雅》《大雅》中的《鹿鳴》《文王》等篇,描寫的是周之先世和西周盛世。這些是"詩之正經"。

"變風"是指《國風》的《邶》《鄘》《衛》及以下詩篇⑤。總之,鄭玄認爲,周夷王至陳

---

① 孔穎達疏、龔抗雲等整理《毛詩正義》,頁23。今文派《魯詩》説認爲是康王時作,見於楊合鳴、李中華《詩經主題辨析》,南寧:廣西教育出版社,1989年,頁3。另參《史記·儒林列傳》。北宋歐陽修定《關雎》《鹿鳴》爲周衰之詩。
② 參看《史記·周本紀》。按:據説,司馬遷習《魯詩》。參自洪湛侯《詩經學史》,北京,中華書局,2002年,頁124。
③ 孔穎達等疏、龔抗雲等整理《毛詩正義》,頁687。
④ 二南之詩,近人多以爲作於西周末東周初,而趙雨認爲是西周早期樂歌的產物。參看:趙雨《上古詩歌的文化視野》,北京,社會科學文獻出版社,2005年,頁111。
⑤ 馬瑞辰認爲"正""變"不是以時間爲界,區分界限的標準是"政教之得失"。參看:馬瑞辰《毛詩傳箋通釋》,北京,中華書局,1989年,"風雅正變説",頁10。

靈公時代的詩篇爲"變"①。"變雅"是反映周政衰亂的作品。然而,鄭玄的"正變"之説有自相矛盾之處,近人江乾益認爲鄭玄"强分時期"②。

《詩經》中最晚的詩篇,一般認爲是第 144 首《陳風·株林》。《左傳》宣公九年記載:"陳靈公與孔寧、儀行父通於夏姬。"③舊説以《陳風·株林》掛繫於陳靈公通夏姬之事,認爲《株林》作於魯宣公十年(前 599)。《陳風·株林》第二章出現"我":

> 胡爲乎株林?從夏南。
> 匪適株林,從夏南。
> 駕我乘馬,説於株野。
> 乘我乘駒,朝食於株。

"駕我乘馬"中的"我",論者或認爲是陳靈公自稱④。嚴格來説,這是有爭議的,因爲作者没有把這"我"寫清楚。

"歷史化"的做法有爭議之外,還是有限度的。所謂有限度,是指"歷史化"落實到一定程度就無法再進行(顧及更多的細節)。例如,《鄘風·桑中》提及孟姜、孟弋、孟庸,《毛傳》《鄭箋》坐實三者爲衛世族之妻,《毛詩正義》雖能證明孟姜爲齊、許、申、吕等姜姓列國之長女,但是,無法找到孟弋、孟庸爲列國長女的文獻依據。這是史料不足。

更值得深思的是,三百篇所記叙的,到底有多少是歷史實迹?孟弋、孟庸等等,會不會是詩人想象出來的?⑤

清代樸學家胡承珙《毛詩後箋》指出詩文與史文不同,他説:"詩乃咏歌之文,非紀事之史,安得盡著實迹於篇中哉?"⑥兩者的性質有別,史以真實爲宗旨,而詩則容許虛構,因此,讀者不能預期詩中必然記載了歷史實迹。

胡承珙又説:"……但言刺時者,蓋在採詩時,第得讀里巷歌謡,已<u>不能確指其爲何</u>

---

① 參看:劉冬穎《詩經:"變風變雅"考論》,北京,中國社會科學出版社,2005 年,頁 33。
② 參看:林慶彰編《詩經研究論集(二)》,臺北,臺灣學生書局,1987 年,頁 498。按:該書刊載江乾益討論鄭玄詩譜的文章。
③ 李宗侗《春秋左傳今註今譯》,臺北,臺灣商務印書館,1993 年,頁 558。
④ 陳子展就是這樣理解的。參看:陳子展《詩經直解》,上海,復旦大學出版社,1983 年,頁 431。
⑤ 今人推測,孟姜等三人或即一人,或只是想象中的美女。參看:何祥榮《詩經邶鄘衛風考論》,北京,中國文聯出版社,2015 年,頁 210。按:何祥榮徵引袁梅、程俊英等人的説法。
⑥ 胡承珙《毛詩後箋》,合肥,黄山書社,1999 年,卷 5,頁 320。胡承珙説"安得盡著實迹於篇中",最終他的意見竟然是:詩篇不適合指名道姓(用真名實姓),實際上可能真的指涉歷史上某件特定的事。

人何事之作,故序詩者但以刺時一語括之,亦不敢憑虛撰造,蓋其慎也。"①既然"不能確指",那麼,世人有什麼方法證實《將仲子》真正想說的是刺鄭莊公之事?

綜上所說,或無實迹或不能確指何人何事,那麼,《詩經》的解釋可以擺脫對歷史實事的依賴②。宋人在這方面邁出一大步。

四、嘗試去歷史化(de-historization)

宋代《詩經》學者走上"去歷史化"之路。

針對《毛詩序》將詩篇繫史的現象,北宋末年鄭樵(1104—1162)提出疑問:"諸風皆有指言當代之某君者,惟《魏》《檜》二風無一篇指言某君者,以此二國,《史記》世家、年表、書傳不見有所說,故二風無指言也。"③鄭樵這段話告訴我們爲什麼有時候詩篇的"歷史化"是難以實行的:因爲史籍所載的信息實在有限。

歷史(載籍所見之史料)未必能配合某詩說之内容。例如,《小雅·何人斯》的《毛詩序》說:"《何人斯》,蘇公刺暴公也。暴公爲卿士而譖蘇公焉,故蘇公作是詩以絶之。"然而,鄭樵質疑道:"二周畿内皆無暴邑。周何嘗有暴公?"④他這是使用"默證"(argument from silence)。暴公之有無,不得而知(書本不載,未必等於不存在),關鍵是《詩序》所說可能於史無可考⑤。

鄭樵的立場影響了朱熹⑥。

朱熹同樣對舊詩說的歷史化傾向提出異議。《毛詩序》說"國史明乎得失之迹",這句話,程頤、程顥理解爲:小序是國史所作。朱熹駁斥此說,他考出《詩經》時代"史不掌詩"⑦。朱熹不相信"國史所作",對"三百篇的歷史化詮釋"也產生了懷疑。

以下,我們檢討幾個例子。

---

① 胡承珙《毛詩後箋》,頁214。
② 這裏主要是指詮釋者所做的"歷史化"。在寫作方面,詩人也有類似的做法。葉維廉指出,有些中國詩(尤其山水詩)有意脫離特定的時空背景。參看:葉維廉《尋求跨中西文化的共同文學規律》,北京,北京大學出版社,1987年。
③ 轉引自洪湛侯《詩經學史》,頁334。
④ 轉引自洪湛侯《詩經學史》,頁334。
⑤ 劉笑敢《出土簡帛對文獻考據方法的啓示——反思三種考據方法的推論前提》,載《中國哲學與文化》第6輯,2009年。
⑥ 參看:朱熹《朱子語類》,臺北,華世出版社,1987年,卷八十,頁2076。
⑦ 朱子指出:"詩,纔説得密,便說他不著。'國史明乎得失之迹'這一句也有病。《周禮》《禮記》中,史並不掌詩,《左傳》說自分曉。以此見得大序亦未必是聖人做。小序更不須說。他做小序,不會說,每篇便求一箇實事填塞了。他有尋得著底,猶自可通;不然,便與詩相礙。"參看:清康熙刻本《御製朱子全書》,1817年,現藏於The Bavarian State Library,卷三十五,第七葉上。

《陳風·墓門》，《毛詩序》認爲"刺陳佗。"①朱熹表示懷疑，他説："陳國君臣事無可紀。獨陳佗以亂賊被討，見書於《春秋》，故以無良之詩與之。《詩序》之作大抵類此，不知其信然否也。"②這是批評《詩序》作者將"無良"加諸陳佗（前 754 年—前 706），將詩和史牽合、配對。朱子本人的意見是：不知其何所指。我們試看《陳風·墓門》是怎樣寫的：

墓門有棘，斧以斯之。
<u>夫也不良</u>，國人知之。
知而不已，誰昔然矣。
墓門有梅，有鴞萃止。
<u>夫也不良</u>，歌以訊之。
訊予不顧，顛倒思予。

"夫也不良"的"夫"，意思是"這個人"，不提姓名。這説明詩人故意含糊其辭。因此，朱熹説不知其何所指，確是事實。

朱熹認爲："風者，民俗歌謡之詩也。"③民歌、民俗與周代的王公貴人未必有密切關係。《秦風·蒹葭》，舊説認爲是抨擊秦穆公，而朱子表明"不知其何所指也"④。這類個案，還有《唐風·椒聊》《曹風·鳲鳩》《衛風·芄蘭》《唐風·羔裘》⑤。

不過，朱熹《詩集傳》也不乏依從《毛詩序》歷史化解讀的個案。例如，《毛詩序》説："《東山》，周公東征也。周公東征，三年而歸，勞歸士，大夫美之，故作是詩也。"朱子説："周公東征已三年矣，既歸，因作詩以勞歸士。"⑥可見，序説與朱説，基本相同：都是説周公東征後歸來。分别衹在：是否周公自己作詩。（詩序説是"大夫"作。）

考訂詩篇撰寫或者指涉的時代，明、清兩代仍然不時出現，例如，明代何楷撰《詩經世本古義》，定八篇（《公劉》《七月》等）爲夏代之詩，四十篇爲殷詩⑦。

---

① 孔穎達疏、龔抗雲等整理《毛詩正義》，頁 524。
② 朱熹《詩序辨説》。轉引自洪湛侯《詩經學史》，頁 366。
③ 朱熹注、王華寶整理《詩集傳》，頁 1。
④ 朱熹注、王華寶整理《詩集傳》，頁 88。
⑤ 袁寶泉、陳智賢《詩經探微》，廣州：花城出版社，1987 年，頁 333。
⑥ 朱熹注、王華寶整理《詩集傳》，頁 109。
⑦ 何楷《詩經世本古義》，收入《欽定四庫全書》經部三詩類。另外，清代崔述認爲二南非文王時詩，亦不盡係成康時詩。參看：崔述《讀風偶識》第一卷。

清人戴震(1724—1777)也嘗試論定詩篇的歷史背景,例如,他討論《小雅·出車》時說:"宣王之臣皇父謂南仲爲太祖,豈必遠求南仲於文王時乎?……文王之臣,亦不聞有南仲也。"①戴震討論的是"南仲"到底是什麼時候的人(文王時期?宣王時期?)。原來,《小雅·出車》最後寫道:

> 喓喓草蟲,趯趯阜螽。
> 未見君子,憂心忡忡。
> 既見君子,我心則降。
> <u>赫赫南仲</u>,薄伐西戎。
> 春日遲遲,卉木萋萋。
> 倉庚喈喈,采蘩祁祁。
> 執訊獲醜,薄言還歸。
> <u>赫赫南仲</u>,玁狁于夷。②

近人大多認爲"南仲"是周宣王初年的統帥。

清人胡承珙(1776—1832)也倚重史籍以定詩篇世次。《左傳》中賦詩所引《詩經》之例,成爲胡承珙肯定詩義的證據③。《毛詩序》說《衛風·木瓜》"美齊桓公也"。其實,詩篇中沒有提及齊桓公,但是,歷史上齊桓公救助過衛國,而《左傳》又記有賦《木瓜》之事(昭公二年),於是,胡承珙以《左傳》所載爲《詩序》可信的證據④。

此外,有"獨立派"之稱的崔述(1740—1816)以時代盛衰來定詩旨,例如,他認定《卷耳》爲盛世之作⑤。實際上,此詩寫征人辛勞,若說當時是"盛世",何以征人如此

---

① 引自洪湛侯《詩經學史》,頁506。
② 《大雅·常武》第一章:"赫赫明明。王命卿士,<u>南仲大祖</u>,大師皇父。整我六師,以脩我戎。既敬既戒,惠此南國。"或謂,《出車》作者是周宣王時的大夫尹吉甫。吉甫,見於《小雅·六月》末章:"<u>吉甫</u>燕喜,既多受祉。來歸自鎬,我行永久。飲御諸友,炰鱉膾鯉。侯誰在矣?張仲孝友。"按《小雅·六月》和《出車》一樣,也寫玁狁。
③ 《左傳》引詩100多條,例如,《左傳》隱公三年記載:"初,衛莊公娶於齊東宮得臣之妹,曰莊姜,美而無子。衛人所爲賦《碩人》也。"這似是《衛風·碩人》的歷史背景。又如,《左傳》桓公十六年:"衛宣公烝於夷姜,生伋子,屬諸右公子。爲之娶於齊而美,公娶之。"這似是《邶風·新臺》的歷史背景。然而,詩篇中沒有提及齊女宣姜。
④ 《左傳》昭二年:韓宣子"自齊聘於衛,衛侯享之。北宮文子賦《淇澳》,宣子賦《木瓜》"。參看:《毛詩後箋》,頁320—321。另參朱冠華《風詩序與左傳史實關係之研究》,臺北,文史哲出版社,1992年。
⑤ 崔述《讀風偶識》,道光四年東陽署中刻本,卷一,葉26B。另參:趙制陽《詩經名著評介》,臺北,臺灣學生書局,1983年,頁196。崔述解詩時,常常運用史學知識來鋪陳他自己的史評,他喜歡談歷史教訓(例如:呂后之禍、外戚專政)。參看:崔述《讀風偶識》第二卷。另外,何祥榮撰寫的專書討論邶、鄘、衛風,其中有"以史證詩"一節,但是,何祥榮不接受"詩歌原文沒有的〔歷史〕人物附加"。參看:何祥榮《詩經邶鄘衛風考論》,頁54、287。換言之,"詩中無實迹",則解讀者不宜強行附加或者附會。

辛勞？

　　總之，歷史化（爲詩篇"提供"背景）是舊詩說取信於世人的關鍵。宋人楊簡（1140—1225）有一句話切中肯綮，他說："（《齊風·著詩序》）不言何世，則臆說也。"①釋詩者爲詩篇提供歷史背景，可望脱去"臆說"之嫌。

　　有些歷史故事長期附於《詩經》，成爲《詩經》學中相對固定的伴隨文本（paratext，又稱爲"副文本"）②。例如，陳靈公通於夏姬之事，自古至今一直伴隨着《陳風·株林》。

　　有些學者反過來把《詩經》的内容當作史料，以詩治史。民國初年，傅斯年（1896—1950）看重《詩經》的史學價值，特別是史料方面。在他眼中，《詩經》是研究文學史、上古史、語言學史的絶佳史料。他的具體工作包括考定詩篇的確切年代③。他徵引《詩經》的句子來描寫商朝、周朝的狀況④。

　　看重三百篇史料價值的學者，還有郭沫若（1892—1978）和孫作雲（1912—1978）。

　　1930 年，郭沫若出版《中國古代社會研究》，他利用《詩經》等先秦典籍，解説古代社會構造、社會關係、儀禮與風俗、周王朝物質文化發展之特點⑤。

　　1966 年，孫作雲出版《詩經與周代社會研究》（論文集），他的做法是以詩論史。他以詩篇内容説明西周是封建社會⑥。

　　近世有名的"歷史化"學案是李辰冬（1907—1983）。李辰冬研究《詩經》的著作有《詩經通釋》《詩經研究》《詩經研究方法論》三部⑦。他認爲古今學者對《詩經》的作者及成書年代都搞錯了，堅稱《詩經》305 篇都是周宣王時期尹吉甫（前 852—前 775）的作品。

---

　　① 引自洪湛侯《詩經學史》，頁 346。
　　② 副文本（paratext）指圍繞在作品文本周圍的元素，例如序、跋和相關的寫作背景説明。參看：趙毅衡《符號學原理與推演》，南京，南京大學出版社，2011 年，頁 142。
　　③ 參看：傅斯年《詩經講義稿》，歐陽哲生主編《傅斯年全集》，長沙，湖南教育出版社，2003 年，卷 2，頁 217。傅斯年不相信鄭玄的詩譜，他將雅、頌的年代擬測爲東周。按：《詩經講義稿》是傅斯年 1928 年在中山大學任教期間所留下的講稿。傅斯年和顧頡剛有書信往來論學。顧頡剛指出，只有《載馳》《黃鳥》《碩人》等篇的來源見於《左傳》，據《左傳》所載討論"詩的本事"，較爲可靠。參看顧頡剛 1923 年發表的文章《詩經在春秋戰國間的地位》一文。又，顧頡剛"《古史辨》學派"中所收《詩經》文章，以神話學、社會學、民俗學爲《詩經》研究重要的參證。顧頡剛等人認爲《詩經》不過是民歌而已，否定《詩經》是聖賢"遺教"之説。
　　④ 傅斯年《傅斯年説中國史》，北京，北京理工大學出版社，2016 年。例如，首章即引《商頌》"天降玄鳥，降而生商"。傅斯年在柏林大學求學，他師法德國歷史語言學派。
　　⑤ 郭沫若《中國古代社會研究》，上海，聯合書店，1930 年。郭沫若把西周定爲奴隸社會。
　　⑥ 李家樹撰有博士論文《從詩經中看周代社會》（香港大學，1984 年）。另外，1943 年聞一多撰《文學的歷史動向》一文，提出"帶讀者到《詩經》的年代"。他主張用社會學的觀念，根據他構想的時代背景來研究《詩經》，而不是將詩篇與史書上的某某公掛鉤。參看：洪湛侯《詩經學史》，頁 653。
　　⑦ 李辰冬在《詩經通釋（中册）》（臺北，水牛圖書出版事業有限公司，1996 年）中解釋：所謂"通釋"，就是以尹吉甫一個人的事迹貫通解釋三百零五篇。參看該書第 16 頁。按《大雅》中的《崧高》《烝民》《江漢》，毛詩序都説"尹吉甫美宣王也。"

按照李辰冬的説法,研究《詩經》必須先集中了解周宣王時期和尹吉甫的史事①。這是"詩篇歷史化"的極致,李辰冬的釋詩工作都圍繞尹吉甫的歷史來做。這裏舉一個例子:李辰冬認爲《邶風·擊鼓》寫的是尹吉甫和孫子仲女兒在平陳與宋時(宣王三年)所發生的愛情故事②。我們看《邶風·擊鼓》首章和次章:

擊鼓其鏜,踊躍用兵。
土國城漕,我獨南行。

從<u>孫子仲</u>,平陳與宋。
不我以歸,憂心有忡。

次章提到"孫子仲",但是,李辰冬説《邶風·擊鼓》涉及"孫子仲女兒",實無確證,祇能算是自李辰冬個人的推想。

20世紀的域外漢學家兼翻譯家甚少再做新的詩史關聯③。他們大多以詩論詩,故事化的色彩大減④。以下,我們探討這方面的一些現象。

五、域外漢學家去歷史化的傾向更明顯

《毛詩序》提供的詩説往往與史事有聯繫,史事是"美刺説"的基礎(《毛詩序》中,涉及美、刺内容的有210篇)。然而,日本學者白川静、家井真等人都捨棄了這種"故事化解釋"⑤。

同樣,Waley的《詩經》英譯,往往捨棄舊有的"歷史化解釋",例如,《毛詩》第43首

---

① 周宣王是西周第11代君主(前828—前783在位),在位46年。
② 參看:李辰冬《詩經通釋(上册)》,頁7。
③ 域外漢學家沒有承繼傳統經學的歷史化(在史事的基礎上談論詩篇的美、刺)取向。這不代表域外漢學家不理會先秦歷史,例如:James Legge如果認爲某詩篇隱指歷史名人,他會在譯注中說明,如《陳風·株林》譯注提及Duke Ling。此外,Waley對古史也有興趣,他寫過考證的文章,例如,Arthur Waley, "The Eclipse Poem and its Group", T'ien-Hsia, vol. 3 (1936)。按:T'ien-Hsia即《天下月刊》(T'ien Hsia Monthly)。
④ 他們少談王侯故事,多談先秦風俗。林耀潾指出:大部分《詩經》文化人類學的研究,著眼於《詩經》的<u>原始時代</u>,這是他們和其他研究進路不同的地方。參看:林耀潾《葛蘭言、白川静的詩經民俗學研究述論》,《成大中文學報》第十七期(2007年7月)。相關論述見頁74。
⑤ 白川静撰、杜正勝譯《詩經研究》,臺北,幼獅月刊,1974年,頁283。又,家井真《〈詩經〉的原義的研究》,東京,研文出版,2004年。家井真認爲《詩經》諸篇多爲宗教詩,國風諸篇是降神歌。參看該書的結論。

《邶風·新臺》：

> 新臺有泚，河水瀰瀰。
> 燕婉之求，籧篨不鮮。
> 新臺有洒，河水浼浼，
> 燕婉之求，籧篨不殄。
> 漁網之設，鴻則離之。
> 燕婉之求，得此戚施。

《毛詩序》説此詩刺衛宣公（？—前700）。這是嘲諷衛宣公搶佔兒媳，美麗的少女最終被婚配宣公這樣的糟老頭。（按：戚施可能是蛤蟆。）

Waley 却認爲：This song may refer to a story about a bridegroom who was changed into a toad, which is, of course, a very widely spread type of folk-story, common in Asia as well as in Europe.（1937: 72）他推測，詩篇可能是反映一個新郎變成癩蛤蟆（toad）的民間故事①。他這説法，完全不涉及衛宣公和衛宣姜。

再如《鄭風·清人》，《毛詩序》説："刺文公也。高克好利而不顧其君，文公惡而欲遠之，不能，使高克將兵而禦狄於竟〔境〕。陳其師旅，翱翔河上，久而不召，衆散而歸，高克奔陳。公子素惡高克進之不以禮，文公退之不以道，危國亡師之本，故作是詩也。"②然而，Waley 説：I do not think it is possible to connect it with any definite historical incident…③他的意思是：不可能將《鄭風·清人》與特定的歷史事件關聯起來。

瑞典學者 Bernhard Karlgren 對於舊有的"故事化解詩"同樣不輕信。例如，《邶風·燕燕》，舊説認爲是寫衛莊姜於衛桓公死後送桓公之婦（妾）大歸於薛地。值得注意的是詩篇最後一章提及"仲氏任只"：

> <u>仲氏任只</u>，其心塞淵，
> 終温且惠，淑慎其身。
> 先君之思，以勖寡人。

---

① 該詩最後兩句，James Legge 的譯文是：A pleasant, genial mate she sought, / And she has got this <u>hunchback</u>。我們知道，hunchback 意爲"駝背之人"。可見 Legge 不同意"戚施"是"蟾蜍"之類。
② 楊合鳴、李中華《詩經主題辨析》，南寧，廣西教育出版社，1989 年，頁235。
③ Waley, *The Book of Songs* (London: George Allen & Unwin, 1937), p. 110.

Karlgren 説：That the present ode is connected, by the early schools, with various ladies, but none of them any lady Chung Jen, of course proves nothing. ①他的意思是：早期各派詩説認爲《燕燕》和這個夫人或那個夫人相關（却没提到仲任），其説皆不能成立②。

六、域外漢學家棄公侯家史、取庶民風俗

先秦的民俗也是歷史的組成部分，所以，我們不能將新的民俗學取向的研究判定爲"非歷史的"。舊説（以《毛詩序》爲代表）多談及社會上層的歷史人物，而《詩經》的民俗學解釋多談論庶民生活和風俗。庶民没有在史籍中留下姓名。以下，我們舉幾個例子。

《毛詩序》説，《衛風·考槃》這首詩諷刺衛莊公，因爲衛莊公"不能繼先王之業，使賢者退而窮處"③。序文的意思是，詩中"碩人"是賢者。Waley 却將《考槃》歸入 courtship（追求）類。他認爲《考槃》描寫男女在對歌、跳舞，目的是求愛。請看該詩的第一章和他的譯文：

考槃在澗，	Drumming and dancing in the gulley,
碩人之寬。	How light-hearted was the tall man!
獨寐寤言，	Subtler than any of them at capping stories.
永矢弗諼。	And he swore he would never forget me. ④

可見，"考槃"被翻譯成 drumming and dancing。又如，《毛詩》第 84 首《鄭風·山有扶蘇》，《毛詩序》謂"刺忽也，所美非美然"⑤。所謂"忽"，指鄭昭公（？—前 695），姬姓名忽，是春秋時代鄭國君主（前 701 及前 697—前 695 在位）。上一篇《有女同車》和後面

---

① Karlgren, "Glosses on the Kuo Feng Odes", *The Bulletin of the Museum of Far Eastern Antiquities* (Stockholm: Museum of Far Eastern Antiquities, 1942), p. 109.
② 《大雅·大明》有"仲任"。該詩第二章："摯仲氏任，自彼殷商，來嫁於周，曰嬪於京。乃及王季，維德之行。"摯，古諸侯國名。仲，次女。陳致認爲《燕燕》出自周初商遺民，其作者可能是武庚。這也是對"詩作時代"的判斷。參看：Zhi Chen, "A New Reading of Yen-Yen," *T'oung Pao* 85 (1999), pp. 1–28. 關於"仲氏任"，另參《思齊》開首："思齊大任，文王之母。"
③ 孔穎達疏、龔抗雲等整理《毛詩正義》，頁 259。
④ Arthur Waley, *The Book of Songs*, London: George Allen & Unwin, 1937, p. 29.
⑤ 意思可能是，批評公子忽（鄭昭公）所美之人，實非美人。

的《蘀兮》《狡童》,《毛詩序》都認爲是諷刺鄭昭公忽。這是歷史化的讀法①。

Waley 却認爲《山有扶蘇》是寫驅疫（pestilences），因此，他的譯詩中有 madman，也就是原詩中的"狂且"②。以下为 Waley 譯《山有扶蘇》：

山有扶蘇，	The nutgrass still grows in the hill;
隰有荷華。	On the low ground, the lotus flower.
不見子都，	But I do not see Zi-tu;
乃見狂且。	I only see this madman.
山有喬松，	On its hill the tall pine stands;
隰有游龍。	On the low ground, the prince's-feather.
不見子充，	But I do not see Zi-chong.
乃見狡童。	I see only a mad boy.
（Waley 譯）	

Waley 相信，詩篇内容是寫屋内之人迎驅疫者（the exorcists）入門。驅疫者與歷史人物（鄭昭公）無關③。

《周禮》記載，在儺祭時，除方相氏之外，還有狂夫四人。方相氏，是舊時民間普遍信仰的神，能驅疫避邪。Waley 大概是認定"狂且"就是《周禮》所載的"狂夫"，於是，他的《山有扶蘇》英譯本反映先民的驅疫風俗。

關於"狂且"，我們注意到《毛詩》第 87 首《鄭風·褰裳》寫道："子惠思我，褰裳涉洧。子不我思，豈無他士？狂童之狂也且……"。Waley 將"狂童之狂也且"譯成：Of

――――――

① 崔述認爲，將《山有扶蘇》放在"鄭昭公"的歷史語境中，難言妥當。他在《讀風偶識》中説："昭公爲君，未聞有大失道之事。君弱臣强，權臣擅命，雖誠有之，然皆用自莊公之世權重難移，非己之過。厲公欲去祭仲，遂爲所逐。文公欲去高克而不能，乃使將兵於河上而不召。爲昭公者，豈能一旦而易置之？此固不得以爲昭公罪也。如果鄭人妄加毀刺，至目君爲狡童，悖禮傷教，莫斯爲甚。"换言之，崔述對此詩的歷史化解讀，頗不以爲然。参看：崔述《讀風偶識》，道光四年東陽署中刻本，卷三，葉 18A。
② Waley, *The Book of Songs*, p. 222.
③ 他（Waley）參考了《周禮》《左傳》（閔公二年）的記載。《周禮》記載在儺祭時，除方相氏之外，還有狂夫四人。参看漢鄭玄注、唐賈公彦疏《周禮注疏》卷三十一《夏官》。按《周禮》的成書年代有爭議，書中所言概念似有遲至戰國方出現者。關於"狂夫"，筆者相信，"狂夫"和"狂且"被 Waley 視爲同類。關於"狂且"，請参看：李雄溪《〈鄭風·山有扶蘇〉"乃見狂且"馬訓獻疑》，載《中國語文研究》第 22 期，2006 年。按："狂且"之"且"，《毛傳》認爲是語助辭。清人馬瑞辰認爲"且"是"伹"之省借，指鈍拙。馬瑞辰的説法，受到高本漢質疑。

madcaps maddest, oh!①一般而言,madcap 指魯莽、荒唐之人。Waley 没有將"狂且"和"狂童之狂也且"歸爲一類②。他將《鄭風・褰裳》列入"courtship(愛情追求類)"。這樣一來,《鄭風・褰裳》與歷史上的王公也没有直接關係③。

再舉一例。《詩經》中有《揚之水》三篇,《毛詩序》分别爲詩篇"匹配"歷史上的王、公,并指出詩篇的作意分别是"刺"或"閔(憫)":

  1.《王風・揚之水》:"刺平王也。"
  2.《鄭風・揚之水》:"閔〔昭公〕無臣也。"
  3.《唐風・揚之水》:"刺晉昭公也。"

日本學者白川静抛棄這種歷史故事化(平王、鄭昭公、晉昭公)的解釋。他認爲,《揚之水》三篇,寫的是在男女集會歌咏之地採薪、水占的習俗,例如《王風・揚之水》是寫三個婦人(姒娌三人)思念外出之夫,於是赴河邊水占④。三人分别投薪、楚、蒲入水。原詩如下:

    揚之水,不流束薪。
    彼其之子,不與我戍申。
    懷哉懷哉,曷月予還歸哉!

    揚之水,不流束楚。
    彼其之子,不與我戍甫。
    懷哉懷哉,曷月予還歸哉!

    揚之水,不流束蒲。
    彼其之子,不與我戍許。
    懷哉懷哉,曷月予還歸哉!

---

  ① Waley, *The Book of Songs*, p. 45. 另,《鄭風・褰裳》"狂童之狂也且",理雅各(James Legge)翻譯成:You, foolish, foolish fellow! 可見,原句有兩個"狂"字,英譯本亦仿此效果:有兩個 foolish。參看其英譯本頁 104。
  ② 有些學者認爲二詩都是寫淫女戲其所私者。參看梁寅《詩演義》。近人李敖(1935—2018)也將二詩視爲同類,他認爲"且"是男根。此外,程俊英等人認爲"也且"二字是語氣詞。參看《詩經注析》,北京,中華書局,1991 年,頁 246。但是,有些學者只標示"且"爲語辭,例如朱子的《詩集傳》。筆者注意到,"且"在"也"後,楊樹達(1885—1956)、黄典誠(1914—1993)認爲應斷爲:"狂童之狂也,且!"參看:黄典誠《詩經通譯新詮》,香港,天地圖書有限公司,2013 年,頁 86。
  ③ 《山有扶蘇》被 Waley 歸入"music and dancing"類别。這應該是 Waley 的獨家見解。
  ④ 白川静《詩経:中國の古代歌謡》,東京,中央公論社,1970 年,第一章。

水占是把柴薪束起來放在流水之中,以占卜吉凶。如果水流將柴薪沖走,便是吉兆,如果沖不走柴薪,則爲凶兆(薪被阻不流,預示祈願難達)。白川静認爲,中土的先民有水占習俗①。

域外漢學家解《詩》多用統觀互證之法。所謂"統觀",主要是在詩篇、詩行歸類的基礎上做"統觀"。統觀有利於互證、類推,也就是諸篇對照比勘。

上引白川静"水占"之説,就是歸納三篇《揚之水》然後再互相參考類比,得出結論。實際上,《唐風·揚之水》没有寫"束薪"、"束楚",異於其餘兩篇《揚之水》②。也就是説,《唐風·揚之水》没有明文寫投薪於水。

筆者這裏不是説域外漢學家祇會用歸納和類推③。事實上,傳統的治學方法和學術論著也受一些漢學家重視,以 James Legge 爲例,他的參考書多達 50 多種,包括漢學、宋學、清學的著作④。

再如,Arthur Waley 的英譯本最後列出 10 種主要參考書,其中就有陳奂《詩毛氏傳疏》、王先謙《詩三家義集疏》⑤。

筆者想指出一點:如果域外漢學家認爲舊《詩》説不可信,必須自行求取詩篇的"本來面目",那麽,類比類推是域外漢學家比較常用的方法。大多數域外漢學家的研究目的(skopos)是求真,而不是求善(政治、德行倫理方面的善)。

七、類比、類推與套語論

Parry-Lord 套語論(在《詩經》學上)的運用,離不開類比和推論⑥。

運用套語論的代表人物是王靖獻(1940—2020)。他的《詩經》套語研究藉着形式分析來探索詩篇的整體内容和要旨。用比較專門的術語來説,王靖獻研究的核心是:

---

① 白川静著、杜正勝譯《詩經的世界》,臺北,東大圖書公司,2001 年,頁 25—29。張啓成《詩經入門》(貴州人民出版社,1991 年)也有水占之説,參看該書頁 122。臺灣學者裴普賢解讀《王風·揚之水》時,徵引了白川之説,參看:裴普賢《詩經評註讀本》,臺北,三民書局,2008 年,頁 107—171。漢人是否有水占? 這是有待研究的課題。
② 《唐風·揚之水》:"揚之水,白石鑿鑿。素衣朱襮,從子于沃。既見君子,云何不樂? 揚之水,白石皓皓。素衣朱繡,從子于鵠。既見君子,云何其憂? 揚之水,白石粼粼。我聞有命,不可以告人。如以告人,害於躬身。"可見,此詩"揚之水"下接"白石",而不接寫"薪""柴"。其餘兩首同題詩篇,皆有"揚之水,不流束薪"詩句。
③ 日本學者白川静似乎不大重視中國傳統的詩説。白川静 1970 年出版的《詩經:中國の古代歌謡》卷末開列了參考書目,書目中只有一本是外國人所著(法國人),其餘都是日本人的著作。
④ 《詩經傳説彙纂》是 James Legge 的重要參考書。Legge 又聘用王韜(1828—1897)爲翻譯助手。王韜撰有《毛詩集釋》供 Legge 翻譯時參考。《毛詩集釋》多採陳奂之見,全書有 2506 個條目,只有 8 條没有引述陳奂《詩毛氏傳疏》。
⑤ 參看 The Book of Songs 的附錄。
⑥ 套語理論,由米爾曼·帕里(Milman Parry, 1902—1935)和阿爾伯特·洛德(Albert Lord, 1912—1991)師徒提出。洛德的 The Singer of Tales (Cambridge, Mass.: Harvard University Press, 1960)中有詳盡的闡釋。

"套語"與"意指母題"（signifying motif）相關。他的研究起點是先歸納三百篇之中的"套語"。

不少學者認爲，《詩經》的興句與隨後的詩篇內容，沒有關係①。王靖獻認爲，興句所詠景物不一定是詩人眼前的實景實事，而是平時貯存在詩人記憶之中的現成的套語結構。

王靖獻的研究得出以下結果：興句與詩歌所詠內容之間，有內在的聯繫，例如，詩篇用黃鳥爲興句，與棄婦主題相關；用倉庚爲興句，則與結婚主題相關。我們知道，《詩經》中有些詩篇，篇名相同，首句也相同，例如：

1.《邶風·谷風》：習習谷風，以陰以雨
2.《小雅·谷風》：習習谷風，維風及雨
3.《邶風·柏舟》：泛彼柏舟，亦泛其流
4.《鄘風·柏舟》：泛彼柏舟，在彼中河

王靖獻認爲：出現在數首詩中的某一主題有<u>互相解釋</u>的效力，這是《詩經》一個非常重要的特點。例如，《詩經》中的山谷是婦女之隱喻，"谷風"常常用來引導出婦女的情感。植物的採集，同樣與怨婦主題相關。又，詩篇言及哀傷，多引入柏舟；言及歡樂，多引入楊舟。

王靖獻比較集中談論以鳥起興的詩句（"黃鳥"、"倉庚"之類）。三百篇中，共有九首描寫反哺之鳥，具體呈現敘述者思親之情。他認爲，從相似詩句的互相比較，讀者可以確認特定的主題。

對於"興"句的研究，域外漢學家的見解有分歧。將他們的説法拿出來互相參看，我們就發現彼此大異其趣：王靖獻認爲"興"是寫作技藝，而日本學者（白川靜、赤塚忠、家井真）認爲"興詞"源於咒詞②。

白川靜説，《詩經》描寫的鳥是神靈的顯現。有的詩篇起興用鳥，那鳥實是鳥形之

---

① 鄭樵認爲，凡興句不可以理義求。朱子認爲，有興兼比，有不兼比。他有時候説興只是興起。參看《朱子語類》卷80。近人顧頡剛認爲興句只用來協韻。參看：洪湛侯《詩經學史》，頁632。
② 參看：白川靜《白川靜著作集》，東京，平凡社，2000年，卷九，頁572；赤塚忠《赤塚忠著作集》，東京，研文社，昭和61年（1986），卷五，頁202；家井真《詩經原意研究》，陸越譯，南京，江蘇人民出版社，2012年，頁135。按：毛公解《詩》，獨標興體，共116篇。

精靈①。

　　家井真聲稱"鳥"是咒物,代表祖靈。鳥停在某處,表示祖靈從天而降,君臨某地②。

　　可見,用類推法不能保證所得結果會是一致的:王靖獻和白川靜等人都以涉及鳥的"興句"爲類推的依據,但是,他們得出來的結果却是大異③。

　　日本學者"鳥代表祖靈"之説,前提(假設)是詩篇屬於祭祀詩。前提若有争議(某篇是否祭祀詩),祖靈之説恐怕也將隨之動摇④。由此可見,過度大膽的類推是不可依恃的。

　　對於詩中之鳥有何象徵意義,英國學者 Arthur Waley 也發表過意見。他認爲鳥是上天的信使,他在《詩經》英譯本的注釋中這樣説:Birds are the messengers of Heaven; when they come in flocks, it means that Heaven will send many blessings.⑤意思是:"鳥是天之使者,鳥群飛臨,意味着上天降賜多福。"

　　另一方面,日本學者松本雅明(Masaaki Matsumoto,1912—1993)利用《詩經》中的相同用詞(同類)來辨别寫作年代的新層和舊層,例如,他認爲《唐風·揚之水》比另外兩首《揚之水》(《王風·揚之水》《鄭風·揚之水》)更古老⑥。松本雅明這種做法,又與白川靜之論不同。

　　此外,從《檜風》《鄭風》《唐風》的《羔裘》詩(共三首),家井真看到"宗廟"⑦。請看《鄭風·羔裘》三章:

羔裘如濡,洵直且侯。
彼其之子,捨命不渝。

---

① 白川靜撰、杜正勝譯《詩經研究》,臺北,幼獅月刊,1974 年,頁 189。聞一多認爲《詩經》四言"鳩","皆以喻女子"。參看《聞一多全集》,臺北,里仁書局,2000 年,第 2 册,頁 107。
② 家井真著、陸越譯《詩經原意研究》,頁 307。
③ 歸類研究還有:加納喜光《套語變换詩的構造——〈詩經·國風〉中的基本詩歌類型》,載《日本中國學會報》第 30 集,1978 年 10 月;加納喜光《〈詩經〉中的類型表現的功能》,載《日本中國學會報》第 33 集,1981 年 10 月;家井真《關於〈詩經〉中的"君子"——以祖靈祭祀詩爲中心》(1995 年發表。後來,此文收入家井真的專書之中)。此外,福本郁子也發表了多篇歸類研究的論文,這些文章後來收入福本郁子《〈詩經〉興詞研究》,東京,研文出版,2012 年。
④ 參看:洪濤《詩經學的國際化:法國方法的傳播與日本學者的論證難題》,載《國際中國文學研究叢刊》第 8 集,2020 年。
⑤ Waley, The Book of Songs, p.178。Waley 的看法,見於譯本中編號 169 首的注釋。
⑥ 松本雅明認爲,以"揚之水"而言,寫戀愛引誘的歌比較古老;寫悲傷的歌(《王風·揚之水》)比較新;三篇之中《鄭風·揚之水》最新。换言之,松本雅明認定詩篇如果有某種特徵(例如:詩篇的長、短;内容的愛、悲),即可據以判定詩篇是古還是新。
⑦ 參看家井真《〈詩經〉的原義的研究》(東京,研文出版,2004 年)第三章第三節。有趣的是,《鄭風·羔裘》"彼其之子",被家井真翻譯成"我們的祖先",而臺灣學者季旭昇釋"彼其之子"爲"彼紀之子"(紀,指紀國)。參看:季旭昇《詩經古義新證》,北京,學苑出版社,2001 年。

> 羔裘豹飾,孔武有力。
> 彼其之子,邦之司直。
>
> 羔裘晏兮,三英粲兮。
> 彼其之子,邦之彦兮。

很明顯,《鄭風·羔裘》之中完全没有描寫"宗廟",然而,由於家井真認定"羔裘"是祭服(三篇皆有"羔裘"),所以,他由祭服類推《鄭風·羔裘》和《唐風·羔裘》都描寫主人公穿着祭服到宗廟①。

嚴格來説,《檜風·羔裘》没有寫宗廟,祇寫了"朝"(見於首章)。祇因這"朝"被家井真讀作"廟",於是,該詩被解釋成涉及"宗廟"②。

原詩第一章是"羔裘逍遥,狐裘以朝。豈不爾思?勞心忉忉"③。家井真認爲"朝"是假借字,而本字是"廟"。傳統的看法和家井的看法不一樣:"狐裘以朝"的"朝"(音:cháo),解作"上朝"。

從以上分析可見,"宗廟"由無到有,再類推另外兩篇亦涉及"宗廟"。在類推過程中,詮釋者其實做了"填補空白"的工作。

八、語文學取向的類推——以 Karlgren 爲例

我們以高本漢(Bernhard Karlgren)爲語文學取向研究的代表人物。Karlgren 在研究過程中也倚重類推法,但是,他没有採用民俗學的視角。他主要在單句的層面做類比。

Karlgren 認爲,在《詩經》裏,同一個題旨往往在幾篇之中出現,大同小異,相似詩句經過比較,釋詩者對每一篇所説的是什麽,會更有把握確認。我們檢討一個實例。《周南·樛木》:

> 南有樛木,葛藟纍之,樂只君子,福履綏之。
> 南有樛木,葛藟荒之,樂只君子,福履將之。

---

① 家井真著、陸越譯《詩經原意研究》,頁 275。《鄭風·羔裘》描寫主角"孔武有力",像是個武官。
② 家井真著、陸越譯《詩經原意研究》,頁 273。
③ 《毛傳》:"羔裘以遊燕,狐裘以視朝,國無政令,使我心勞。"見《毛詩正義》,頁 538。另參福本郁子《〈詩經〉宗廟攷》,載《二松學舍大學論集》第 43 集,2000 年。家井真的説法,見於該論文的頁 101。

南有樛木,葛藟縈之,<u>樂只君子</u>,福履成之。

《毛詩序》:"《樛木》,后妃逮下也,言能逮下而無嫉妒之心焉。"①序文提到后妃。詩中的"君子"是指后妃嗎?

James Legge 同意《毛詩序》的看法,"樂只君子,福履綏之"他譯成:To be rejoiced in is our <u>princely lady</u>:— / May she repose in her happiness and dignity!② 可見,"君子"翻譯成 princely lady。然而,Karlgren 的看法截然不同,他說:

> 君子"the noble person" may mean both "the lord" and "the lady". Various comm. have here taken it in the latter sense. But the same phrase 樂只君子 recurs in odes 172 and 222, and there 君子 unambiguously means "the nobleman, the lord"; <u>the three odes are quite analogous</u>, and therefore we should translate "the lord" here as well (with Waley). ③

這段話提到《毛詩》第 172 首《小雅·南山有臺》也有"樂只君子"。《南山有臺》全詩如下:

南山有臺,北山有萊。
<u>樂只君子</u>,邦家之基。
<u>樂只君子</u>,萬壽無期。

南山有桑,北山有楊。
<u>樂只君子</u>,邦家之光。
<u>樂只君子</u>,萬壽無疆。

南山有杞,北山有李。
<u>樂只君子</u>,民之父母。
<u>樂只君子</u>,德音不已。

---

① 孔穎達疏、龔抗雲等整理《毛詩正義》,頁 49。
② James Legge, *The Chinese Classics*, vol. 4, p. 10. 這裏"princely lady"可能指太姒。"樂只君子",William Jennings 譯爲:Happy with <u>her lord</u> is she. 見 Jennings, *The Shi King*, New York: Paragon Book Reprint Corp, 1969, p. 38.
③ Karlgren, *The Book of Odes*, Stockholm: Museum of Far Eastern Antiquities, 1950, p. 4.

> 南山有栲,北山有杻。
> <u>樂只君子</u>,遐不眉壽。
> <u>樂只君子</u>,德音是茂。
>
> 南山有枸,北山有楰。
> <u>樂只君子</u>,遐不黃耇。
> <u>樂只君子</u>,保艾爾後。①

同樣,第 222 首《小雅·采菽》也有"樂只君子"詩句。爲省篇幅,我們祇看該詩的前三章:

> 采菽采菽,筐之筥之。君子來朝,何錫予之?
> 雖無予之,路車乘馬。又何予之?玄袞及黼。
>
> 觱沸檻泉,言采其芹。君子來朝,言觀其旂。
> 其旂淠淠,鸞聲嘒嘒。載驂載駟,君子所屆。
>
> 赤芾在股,邪幅在下。彼交匪紓,天子所予。
> <u>樂只君子</u>,天子命之。<u>樂只君子</u>,福祿申之。②

Karlgren 綜觀三篇的"樂只君子",認定 the three odes are quite <u>analogous</u>(三篇可以類比),然後,他再按這三篇的語境推測:"君子"是 the lord。

我們知道,the lord 和 princely lady 截然不同。兩者就連性別都不相同。Karlgren 所覽詩句,相似度比較高(整句相同,而不是單詞相同)。

《詩經》227 次提及"君子",見於 61 篇。"君子"應該是統治階級的通稱③。另外,

---

① James Legge 認爲,此詩的"君子"是 noble men。參看:*The Chinese Classics*, vol. 4。
② James Legge 認爲,此詩的"君子"是 the princes。參看:*The Chinese Classics*, vol. 4。近人認爲,《小雅·采菽》的"君子"可能是一位"侯伯"。參看:楊合鳴、李中華《詩經主題辨析(下編)》,頁 35。
③ 劉冬穎《詩經變風變雅考論》,頁 217。另參朱東潤《詩三百篇探故》,上海,上海古籍出版社,1981 年。朱東潤在書中以"君子"爲依據,質疑"國風出自民間論"。另外,《衛風·碩人》和《衛風·考槃》都寫"碩人",南宋王質《詩總聞》認爲"碩人"都是指"國君之賢女"。參看:何祥榮《詩經邶鄘衛風考論》,頁 246。清人方玉潤認爲"碩人"是有德者之尊稱。

婦人可能以"君子"稱其夫①。

綜上所述，Waley 將"既見君子"歸類，而 Karlgren 將"樂只君子"歸類。雖然他們兩人都將"君子"翻譯成 lord，但是，Waley 把幾首詩放在"marraige 類別"。Karlgren 歸納比對的結果是"君子"指 the nobleman，是上層統治者。

上述這種先歸納、後推斷的做法，清代考據家有運用，例如：胡承珙綜合討論三個詩篇中的"揚之水"，認爲：揚，指激揚，皆喻指"政教煩急"②。

再如，王念孫（1744—1832）指出《詩經》"終……且……"的"終"，與"既……且……"的"既"同義。"終……且……"和"既……且……"都是程式化的詩句，因此，《毛詩》第 30 首《終風》"終風且暴"，就是"又刮風，天氣又壞"。Karlgren（高本漢）稱這類詩句爲 the common Shi formula。③ 我們知道，formula 就是"程式"。

清代樸學中，歸納法比演繹推理更常用④。

當世學者討論"彼其之子"、"采采××"之時，也用類推法⑤。另有學者歸納研究後指出：《詩經》中"之子"多是指女子⑥。

用類推法解《詩》，日本學者家井真最爲擅長。家井真斷定：《詩經》中的"君子"，多數是巫者扮演的祖靈⑦。家井真傾向於將詩篇放進祭祀的語境來解讀，於是，頗多詩

---

① 參看：劉毓慶《詩經二南彙通》，北京，中華書局，2017 年，頁 228。另外，袁寶泉、陳智賢《詩經探微》討論過"君子"問題。另外，James Legge 把《小雅·出車》第五章的"未見君子……既見君子……"翻譯成："While we do not see our husbands … Let us but see our husbands …"。可見，他同意此詩"君子"是"夫君"。值得注意的是《小雅·隰桑》《秦風·車鄰》也有"未見君子……既見君子……"。此外，"未見君子"，又見於《周南·汝墳》："未見君子，惄如調饑"；《召南·草蟲》："喓喓草蟲，趯趯阜螽。未見君子，憂心忡忡。"又見於《秦風·晨風》和《小雅·頍弁》。至於"既見君子"，見於《唐風·揚之水》："既見君子，云何其憂"；《鄭風·風雨》："既見君子，云胡不喜"；《小雅·菁菁者莪》："既見君子，我心則喜。"

② 胡承珙論"揚之水"，見胡承珙《毛詩後箋》，卷 6，頁 342—343。另參杜宗蘭的博士論文《胡承珙毛詩後箋的經學與詩學》，香港大學，編號：Ph. D. 07 T19，頁 178—188。

③ B. Karlgren, "Glosses on the Kuo Feng Odes", *The Bulletin of the Museum of Far Eastern Antiquities*, Stockholm: Museum of Far Eastern Antiquities, 1942, p. 112. 董同龢譯《高本漢詩經注釋》，臺北，中華叢書編審委員會，1960 年，頁 75。

④ 梁啓超説："清儒之治學，純用歸納法，純用科學精神。"語見梁啓超《清代學術概論》，天津，天津古籍出版社，2003 年，頁 57。

⑤ 討論"彼其之子"的文章，收入林慶彰編《詩經研究論集（二）》，臺北，臺灣學生書局，1987 年。文章原刊於《書目季刊》19 卷 4 期。

⑥ 劉大白（1880—1932，原名金慶棪），提出這個看法。參看：何祥榮《詩經邶鄘衛風考論》，頁 272。不過，"子"（單單稱"子"）在春秋時期，多是男子的美稱，例如《衛風·氓》有詩句"送子涉淇"。

⑦ 家井真認爲《詩經》的"君子"是"祖靈"，參看家井真《〈詩經〉的原義的研究》第三章第一節和第二節。家井真這看法，引起評論者的注意，例如，郭全芝《清代詩經新疏研究》，合肥：安徽大學出版社，2010 年，頁 252。

篇中的"君子"被他視爲祖靈①。"祭祀"似乎是他解讀《詩經》的前見（pre-understanding）②。

結　論

國學領域中的《詩經》論述（經學）將政治、道德、學術三者混合在一起，前兩者往往建基於"歷史化"，在歷史人物或者歷史事件的基礎上談政治、道德③。詮釋者爲詩篇"提供"歷史背景，以期增加詮釋的説服力。

"提供背景"有時候會變成附會歷史。宋人對前人的"歷史化詮釋"產生了懷疑（尤其懷疑《毛詩序》的説法）。歷史化詮釋須面對"可信度"問題：先秦的史料畢竟有限，若將歷史實證主義施諸先秦詩，在史料不足的情況下勉強牽合詩與史（詩史互證），可信程度如何？能否經受得起嚴謹的學術考證？況且，詩文所寫也可以是虚構的，未必實有其事。

20世紀的域外漢學家"去歷史化"的傾向更加明顯。他們從事語文學、民俗學、套語等方面的《詩經》研究，甚少關注某詩篇是否與先秦的某王、某公、某夫人相關。他們研究《詩經》，常用的方法是歸納和類推。

詩行歸類後排比參照，是一種科學的研究方法。然而，類推有可能出現類推過當、以偏概全之虞。例如，三篇《羔裘》是否都寫宗廟？三篇是否同類？又如，《詩經》提及"君子"200多次，這些"君子"是否如家井真所言"多數是巫者扮演的祖靈"？面對這類疑問，我們固然無法逐篇證僞（falsified），但是，"祖靈論"若要證實同樣難以辦到：絶大多數詩篇没有明文寫巫者，因此，"巫者扮演的祖靈"之説缺乏來自文本本身的證據（内證）。這樣的類推（君子＝祖靈），其實極度依賴釋詩者提供"外在背景"（祭祀）。換言之，舊説提供的歷史背景被放棄，换上新的背景（祭祀）來圍繞、部勒詩篇。

類推過當、過濫，在聞一多（1899—1946）的研究中已經出現。聞一多將大量詩篇歸入"性"的範疇。事實上，他常常帶着"性"的眼光來看詩語，例如，他解《詩經》中之"食"

---

①　參看：洪濤《詩經學的國際化：法國方法的傳播與日本學者的論證難題》，載《國際中國文學研究叢刊》第8集，2020年。

②　關於"前理解"這個觀念，請參看：R. Palmer, *Hermeneutics: Interpretation Theory in Schleiermacher, Dilthey, Heiddeger and Gadamer*, Evanston: Northwestern University Press, 1969, p. 51. 該書的中譯本是：理查德·帕爾默《詮釋學：施萊爾馬赫、狄爾泰、海德格、加達默爾的詮釋理論》。

③　文字訓詁、歷史考據是中國傳統學術領域。中國的考據之學鼎盛於清朝乾嘉年間。參看孫欽善《清代考據學》（北京，中華書局，2018年）第四章、第五章、第六章。

爲得遂性慾,"飢"爲不遂性慾①。到了二十一世紀,聞一多的論述被稱爲泛性論,一再受到學者質疑②。

日本學者(本文討論的赤塚忠、家井真等人)帶着"祭祀"的眼光來爲詩篇歸類,於是他們認定大量詩篇都在寫神、靈。

筆者的看法是:諸篇縱有相同的詩語,整篇的內容要旨却未必是同類,换言之,諸篇之間或祗是部分形似,總體而言"相似度"不足。例如:《衛風·碩人》有"碩人",《衛風·考槃》和《邶風·簡兮》也有"碩人",這些"碩人"不是同一類人,他們所處的環境也不同。再如,三百篇中有三首《羔裘》,但是,這三篇未必主旨相同。

因此,歸納和歸類確實可以產生統觀之效。然而,類推之後須進一步分析驗證,如果無法檢驗,類推之所得終難洗脱"猜想"之嫌。③

域外漢學家的類推方法在求真方面大有作爲,得出許多新說。他們自行尋找詩篇的"原義"、"真面目",不甚重視中國的傳統詩説(傳統詩説有求善的一面——維繫倫理道德)。④

求善往往涉及"詩之用"(致用),這類詩説常常依托於歷史故事,在故事基礎上申述美、刺。歷史上衛宣公佔有兒媳婦宣姜的故事,幾乎已成《新臺》的副文本(paratext)⑤。副文本帶領讀者認識歷史,有警世作用⑥。衛莊姜故事(涉及《燕燕》等篇)、許穆夫人故事(涉及《載馳》等篇),作用也近似副文本⑦。此外,子車氏三良爲秦穆

---

① 聞一多撰有《詩經的性慾觀》一文,收入《聞一多全集》,武漢,湖北人民出版社,1993年,第3卷,頁169—190。聞一多的泛性論,有揣測過當之嫌。他的目標是"帶讀者到《詩經》時代"。他的意思是幫助讀者瞭解先秦的社會慣例、民風、心理,而不是帶讀者去瞭解某些統治者的事。
② 朱孟庭《聞一多論詩經的原型闡釋》,載《成大中文學報》第18期,2007年。劉毓慶《聞一多詩經研究檢討》,載《箴簹書院院刊》第五期,2012年。
③ 參看:劉笑敢《出土簡帛對文獻考據方法的啓示——反思三種考據方法的推論前提》,載《中國哲學與文化》第6輯,2009年。
④ 類推的首要工作就是歸納各詩篇中的相同詩語。值得注意的是,歸納後的類推可能會出現"以偏概全"的問題。劉毓慶就曾經討論過:"聞氏一定要把《詩》中出現的同一個字歸納爲同一種意思,不考慮其語言環境,這種方法無論如何都是不可取的。"參看《箴簹書院院刊》第五期(2012年),頁24。劉毓慶説的"歸納爲同一種意思"反映歸納和類推(類推出"相同"意旨)相輔,這令人想起"詮釋循環"(hermeneutical circle)。
⑤ 主張"文本中心論"或者"文本獨立論"的新批評(new criticism)排除副文本等周邊因素,只注重文學作品本身,主張讀者細讀作品,專講作品的"肌質"。筆者認爲,只重内而棄外(外=指副文本和周邊因素),可能糾枉過正。
⑥ "副文本(故事)"有自身的"衍生能力",例如,三百篇中,無明文提及"宣姜",然而,方玉潤《詩經原始》以宣公納伋妻(宣姜)故事來討論《邶風·靜女》,認爲《靜女》也描摹宣公逆理亂倫。濤按:《詩經》學史上,論者多貶斥宣姜,參考《邶風·二子乘舟》《鄘風·牆有茨》《鄘風·君子偕老》《鄘風·鶉之奔奔》的舊説。一般的説法是《二子乘舟》寫宣姜和宣姜之子(朔)謀害伋。二子,指伋和壽。《牆有茨》刺宣姜與公子頑。《君子偕老》刺宣姜寡德不稱其服。《鶉之奔奔》刺宣姜與公子頑。莊姜則得到頗多好評。
⑦ 朱熹認爲《燕燕》《終風》《柏舟》《綠衣》和《日月》出自莊姜之手。

公殉葬的故事也一直伴隨着《秦風·黃鳥》①。舊説認爲《秦風·黃鳥》"刺以人從死"。

現在看來,有些副文本提供的故事和相關意旨,仍然符合普世價值。比較之下,"黃鳥即靈魂"之類的説法雖是新創(日本學者所創),但是,在整體意義上未足以取代"刺(以人從死)"②。

《詩經》是國學中的"經",肩負文化使命,孔子用之於教育弟子。四家詩中或有悠謬之論,却也有求善的一面(倫理道德)③。西方學者大多没有求善這種文化包袱和傳統壓力,所以,他們可以不顧傳統的"三合一"詩説,轉而重視求真,他們關心的是事實(所謂"原義")而不是價值判斷④。

域外漢學家身爲讀者自然可以參與文學作品意義的創造,清人譚獻(1832—1901)已經説過"作者未必然,讀者何必不然"⑤。正如上文的論析所示,域外漢學的目的(skopos)和方法也是左右解讀結果的重要因素。

2018 年初稿,2020 年增訂

(作者爲香港大學哲學博士)

---

① 這事又見《左傳》文公六年。值得注意的是:三良也許不是被殉葬,而是履行諾言而赴死。參看《漢書·匡衡傳》應劭之注。

② 福本郁子《〈詩經〉に於ける〈黃鳥〉に就いて利用統計を見る》,載《二松學舍大學論集》第 42 卷,1999 年。福本郁子認爲,《秦風·黃鳥》寫三良跟從穆公赴戰役;三良之妻表達失去丈夫的悲傷。參看該論文的頁 99。

③ 山西大學國學研究院院長劉毓慶(1954—)的言論可爲代表。劉毓慶強調國學是以道德爲核心的價值體系,以人類萬世太平爲終極目的的生存智慧。限於篇幅,這裏不詳述。

④ 參看:傅勇林《文化範式:譯學研究與比較文學》,成都,西南交通大學出版社,2015 年,頁 270。傅勇林推斷:價值判斷有排他性,與多元主義背道而馳。

⑤ 譚獻(1832—1901)在評蘇軾《卜算子·雁》一詞時提出"作者未必然,讀者何必不然"的説法。見譚獻《復堂詞話》,唐圭璋編《詞話叢編》,臺北,新文豐出版公司,1988 年,第四册,頁 3993。

【附錄】比較域外漢學家如何解讀"狂且"和"狂也且"

> X. Shan yew foo-soo.
>
> 山有扶蘇
> 山有扶蘇，隰有荷華。
> 不見子都，乃見狂且。
>
> 1 On the mountains is the mulberry tree;
>   In the marshes is the lotus flower.
>   I do not see Tsze-too,
>   But I see this mad fellow.

> 褰裳
> 子惠思我，褰裳涉溱。子不我思，豈無他人。狂童之狂也且。
> 子惠思我，褰裳涉洧。子不我思，豈無他士。狂童之狂也且。
>
> 1 If you, Sir, think kindly of me,
>   I will hold up my lower garments, and cross the Tsin.
>   If you do not think of me,
>   Is there no other person[to do so]?
>   You, foolish, foolish fellow!
>
> 2 If you, Sir, think kindly of me,
>   I will hold up my lower garments, and cross the Wei.
>   If you do not think of me,
>   Is there no other gentleman [to do so]?
>   You, foolish, foolish fellow!

【說明】

以上譯文，摘自 Legge 的 *The Chinese Classics*, v. 4。同樣一個"狂"字，《山有扶蘇》英譯中"狂"是 mad，而《褰裳》譯文中"狂"是 foolish。按：mad 是瘋狂；foolish 是愚蠢。

另一方面，Arthur Waley 認為《山有扶蘇》的"狂且"是驅疫的"狂夫"。其原因為何？上文有論及。

伯牙鍾子期知音故事的
内涵及其文學史價值

陳鵬程　王騰可

先秦時期産生了大量故事傳説,其中有許多故事傳説因其濃厚豐富的文化藴涵而成爲了中華民族一筆豐厚的精神遺産,從而發揮著恒久作用,并自然浸潤到文學創作領域,産生了重要影響。伯牙和鍾子期的知音故事就是如此。

一、伯牙和鍾子期知音故事及其結構分析

先秦故事傳説在漫長的傳承和流播過程中,往往隨著時代的發展而潤飾附會,日趨豐富多彩。這一規律具有相當的普遍性,而伯牙和鍾子期的故事傳説則似屬例外。它在戰國時期即已基本定型,主要見於《荀子·勸學》和《吕氏春秋·孝行覽·本味》。其中《荀子·勸學》所記頗簡:"昔者瓠巴鼓瑟而流魚出聽,伯牙鼓琴而六馬仰秣。"楊倞注云:"瓠巴,古之善鼓瑟者,不知何代人。""伯牙,古之善鼓琴者,亦不知何代人。"[①]於此能够看出,這應爲戰國時期流傳頗廣的兩則音樂故事,極具神異色彩。這兩則故事結構全同且極簡明,即技藝高超的樂師(瓠巴或伯牙)演奏樂曲(鼓琴或鼓瑟),産生了神奇效果,以致動物都被其吸引,爲之動情("流魚出聽"或"六馬仰秣")。動物對兩位音樂家演奏的共鳴是這兩則音樂故事産生强烈感染力的主要因素,而這一情節元素根源於先秦人的魚馬崇拜,它們被賦予了神異力量。

就魚而言,先秦人視之爲祭神佳品,《詩經·周頌·潛》云:"猗與漆沮,潛有多魚。有鱣有鮪,鰷鱨鰋鯉。以享以祀,以介景福。"[②]詩篇以充沛的情感描寫了漆水和沮水魚兒的豐富,而這些魚都用來祭祀神靈以期獲得神佑。在這一文化情境的摹寫中,祭祀主

---

① 《荀子》,上海,上海古籍出版社,2010年,頁4—5。
② 高亨《詩經今注》,上海,上海古籍出版社,2009年,頁492。

體、祭祀對象和祭品達成了一種同在狀態。需要補充説明的是,"同在"是我們經常産生的一種神聖體驗,如對國家、民族、鄉里、家族自豪感的萌發往往就是一種"同在"的生命體驗。在"主體"的同在體驗中,所有和崇奉對象相關的物品都獲得了神聖與莊嚴。在祭祀活動中,祭品分享了神靈的"神性"。《左傳·成公十三年》載周王室卿劉康公語:"國之大事,在祀與戎。祀有執膰,戎有受脤,神之大節也。"①由此可以看出,祭祀被周人視爲社會政治核心要務,承擔人神溝通功能。作爲生存和發展的基礎,婚姻承擔著祭祀祖先的文化功能,正如《禮記·昏義》所云:"將合二姓之好,上以事宗廟,而下以繼後世也。"②即《左傳·文公二年》所言"凡君即位,好甥舅,修婚姻,娶元妃以奉粢盛,孝也",楊伯峻注曰:"古人謂娶妻所以助祭祀,故云奉粢盛。"③因此在先秦社會,女子出嫁前需接受祭祀培訓,"是以古者婦人先嫁三月,祖廟未毀,教于公宫;祖廟既毀,教于宗室。教於婦德、婦言、婦容、婦功。教成,祭之,牲用魚,芼之以蘋藻"④。魚被用作基本祭品,足見其與祭祀的密切關係。此外魚被賦予了濃厚的神異色彩,具有超人的預兆功能,如《山海經·南山經》言雞山所出黑水,"其中有鱄魚,其狀如鮒而彘毛,其音如豚,見則天下大旱"⑤。凡此足見魚在先秦人心目中的獨特地位。這是瓠巴鼓瑟游魚出觀故事生成的文化心理基礎。

　　就馬而言,它同樣在先秦人文化心理中居於獨特地位。先秦人奉龍爲神物,而馬被賦予了與龍"同一"的神性,他們習稱駿馬爲龍。《後漢書·馮衍傳下》"馴素虯而馳騁兮",李賢注引《爾雅》云"馬高八尺爲龍",《後漢書·班固傳》"登玉輅,乘時龍",李賢注引《爾雅》云"馬八尺以上曰龍",趙逵夫先生對之作了細緻辨析并指出:"李賢所引《爾雅》,乃唐以前古本。"⑥類似説法亦見於《周禮·夏官司馬·廋人》:"馬八尺以上爲龍,七尺以上爲騋,六尺以上爲馬。"⑦馬亦被用於祭祀,《爾雅·釋畜》云:"'既差我馬',差,擇也。宗廟齊毫,戎事齊力,田獵齊足。"⑧這裏臚列了三種用馬場合及其擇選標準,而祭祀排在首位,足見馬與祭祀關聯之密切。凡此能夠看出馬被先秦人賦予了神異特性。這是伯牙鼓琴六馬仰秣故事生成的文化心理基礎。

---

① 楊伯峻《春秋左傳注》,北京,中華書局,2009年,頁861。
② 孫希旦《禮記集解》,北京,中華書局,1989年,頁1416。
③ 楊伯峻《春秋左傳注》,頁526—527。
④ 孫希旦《禮記集解》,頁1421。
⑤ 袁珂《山海經校注》,北京,北京聯合出版公司,2014年,頁16。
⑥ 趙逵夫《〈離騷〉中的龍馬同兩個世界的藝術構思》,載《文學評論》,1992年1期。
⑦ 鄭玄注、賈公彥疏《周禮注疏》,上海,上海古籍出版社,2010年,頁1262。
⑧ 徐朝華《爾雅今注》,天津,南開大學出版社,1987年,頁348。

這一故事構成了伯牙鍾子期知音故事的重要元素,其基本内涵是凸顯了伯牙演奏技藝的高妙,表明伯牙在先秦被奉爲琴藝達於至境的人物。將這一元素置於伯牙鍾子期知音故事中,其叙事功能是彰顯鍾子期這樣的知音難覓。"伯牙鼓琴而六馬仰秣"故事還凸顯了琴在先秦樂器體系中的重要地位,它成爲高潔的象徵,從而也賦予了伯牙鍾子期知音故事以高雅意藴。

"伯牙鼓琴而六馬仰秣"故事在戰國的流布相當普遍,以至於到漢代仍時被提起,《淮南子·説山訓》云:"瓠巴鼓瑟,而浮魚出聽;伯牙鼓琴,駟馬仰秣。"①《韓詩外傳》卷六亦載:"昔者瓠巴鼓瑟,而潛魚出聽;伯牙鼓琴,而六馬仰秣;魚馬猶知善之爲善,而況君人者也。"②足見其影響之巨。相較于《荀子·勸學》,《吕氏春秋·孝行覽·本味》的載述頗爲詳細,爲便於展開論析,兹將全文稱引如下:

> 伯牙鼓琴,鍾子期聽之。方鼓琴而志在太山,鍾子期曰:"善哉乎鼓琴,巍巍乎若太山!"少選之間,而志在流水,鍾子期又曰:"善哉乎鼓琴,湯湯乎若流水!"鍾子期死,伯牙破琴絶弦,終身不復鼓琴,以爲世無足復爲鼓琴者。③

在這裏,伯牙和鍾子期的知音故事頗爲完整。其基本情節可概括爲兩部分:第一部分叙鍾子期堪爲伯牙知音;第二部分叙寫子期死而伯牙終身不復鼓琴。這構成了伯牙和鍾子期知音故事的基本結構,藴含三個基本情節元素,即高山流水的樂曲、鍾子期亡故和伯牙摔琴。三者皆具有豐厚的審美意藴,從而生發出無窮的藝術張力,且彼此洽合無間,凝聚成一個頗爲穩定的結構。

首先就高山流水這一元素來説,其審美藴涵可溯源至先民山川崇拜。山川崇拜集中體現於祭祀,其淵源甚古。在《尚書·舜典》所叙的堯、舜權力更替過程中,山川祭祀的重要性就已凸顯出來:"正月上日,受終于文祖。在璿璣玉衡,以齊七政。肆類于上帝,禋于六宗,望于山川,徧于群神。輯五瑞,既月,乃日覲四岳群牧,班瑞於群后。"④這一過程主要圍繞帝舜統治的合法性確證而展開,涵蓋三方面内容:一曰曆政,二曰祭祀,三曰班瑞。於祭祀之中,山川之祭被特別標舉,足見其重要程度。《詩經·周頌·天作》所展現的周人祭祀岐山情形就基於這一文化背景:"天作高山,大王荒之。彼作矣,

---

① 何寧《淮南子集釋》,北京,中華書局,1998年,頁1103—1104。
② 許維遹《韓詩外傳集釋》,北京,中華書局,1980年,頁217。
③ 許維遹《吕氏春秋集釋》,北京,中華書局,2009年,頁312。
④ 孔穎達《尚書正義》,北京,北京大學出版社,2000年,頁64—65。

文王康之。彼徂矣,岐有夷之行,子孫保之。"①岐山在周人心目中屬於龍興之地,《國語·周語上》內史過論神所言:"周之興也,鸑鷟鳴於岐山。"②正如這一切都仰仗於英雄祖先太王,正如《詩經·大雅·綿》所咏贊,他率領部族"至于岐下",發現了周原這片肥沃的土地,"周原膴膴,堇荼如飴"③。《詩經·魯頌·閟宮》也展現了這一主題,"後稷之孫,實維大王。居岐之陽,實始翦商"④。足見周族對岐山的尊崇。《天作》就表現了周人這一情感。在詩中,峻拔的岐山,太王勳業,文王德澤,周命綿永構成異質同構關係,并通過祭祀活動得以確證和升華,生發出深厚渾融的情蘊。

　　正是基於山川崇拜及其在社會政治生活中的作用,山川成爲周代封建基礎。《詩經·魯頌·閟宮》所言周室册魯即爲例證,"乃命魯公,俾侯於東,錫之山川,土田附庸"⑤,似能見出侯國疆土包括山川、土地、城郭三個要素,而以山川居首,足見其重要性。山川祭祀構成諸侯政權合法化的基本形式,《論語·季氏》中孔子批評季孫氏攻打顓臾就基於這一政治原則,"夫顓臾,昔者先王以爲東蒙主"⑥,顓臾君主的東蒙山主祭人資格構成了其統治這片疆域的法理基礎。國家一重要功能就是確保祖先祭祀的傳承,山川祭奉和祖先崇祀有機交融,成爲國家存立的精神支撑力量。山川由此滲入了祖先崇拜所藴含的血脈認同意識而被賦予精神人格。

　　山川被先秦人視爲立國之本,如《國語·周語上》邵公所言"猶土之有山川也,財用于是乎出"⑦,更關乎國都所建,正如《管子·乘馬》"立國"條言"凡立國都,非于大山之下,必于廣川之上"⑧;山川祭祀被視爲治國理民基本內容,《管子·牧民》"國頌"條言"順民之經,在明鬼神,祇山川,敬宗廟,恭祖舊",而"不祇山川,則威令不聞"⑨。正是在這個意義上形成了"國主山川"觀念。《國語·周語上》載"幽王二年,西周三川皆震",周大夫伯陽父據此預言西周將亡,"夫國必依山川,山崩川竭,亡之徵也"⑩。國運和山川休戚相關,一旦遇到山崩川竭,國家便舉行凶禮,"夫國主山川,故川涸山崩,君爲之降

---

① 高亨《詩經今注》,頁 479。
② 《國語》,上海,上海古籍出版社,1978 年,頁 30。
③ 高亨《詩經今注》,頁 377。
④ 同上書,頁 517。
⑤ 同上書,頁 518。
⑥ 楊伯峻《論語譯注》,頁 170。
⑦ 《國語》,頁 10。
⑧ 黎翔鳳《管子校注》,北京,中華書局,2004 年,頁 83。
⑨ 同上書,頁 2—3。
⑩ 《國語》,頁 27。

服、出次、乘縵、不舉、策於上帝，國三日哭，以禮焉"①。這足以證明山川地位之重要。在此基礎上，山川進入人的精神世界，成爲人格的象徵。《論語·雍也》所載孔子語"知者樂水，仁者樂山；知者動，仁者靜；知者樂，仁者壽"②，鮮明地昭示了春秋人已將山水和精神人格聯繫起來。伯牙和鍾子期知音故事中高山流水樂曲這一元素暗含了主人公人格高潔的意味。

其次就鍾子期亡故這一元素而言，它爲伯牙鍾子期知音敘事點染上了濃厚的悲劇意蘊。鍾子期以"鍾"爲姓氏，暗示了他作爲樂官家族後裔的身份。眾所周知，上古以至春秋，受當時社會政治所決定，在選官用人上推行世官制度，正如俞正燮《癸巳類稿》卷三"鄉興賢能論"所指出："太古自春秋，君所任者，與共開國之人及其子孫也……大夫以上皆世族，不在選舉也。"③《尚書·商書·盤庚上》盤庚所言"古我先王，亦惟圖任舊人共政"④，反映的就是這一管理體系構建制度。鍾姓祖先爲樂官可證之于《左傳》。《左傳·成公九年》載楚囚鍾儀回答晉景公"其族"之問時言其爲"泠人"，當景公進一步詢問是否"能樂"時，他脫口而出"先人之職官也，敢有二事"⑤。《左傳·定公五年》載楚昭王封鍾建爲樂尹。準此，鍾氏爲楚之樂官家族昭然。在先秦兩漢人傳說中，鍾子期即出自這一家族。《呂氏春秋·季秋紀·精通》載鍾子期聞磬而知擊者悲事，高誘注云："鍾，姓也。子，通稱。期，名也。楚人鍾儀之族。"⑥梁履繩更進一步指出："鍾子期楚人，鍾儀之族，蓋世擅知音者也。"⑦"知音"成爲鍾子期這一人物的基本屬性。這進一步凸顯了其與伯牙遇合的彌足珍貴。由此，鍾子期亡故將伯牙鍾子期知音敘事推向高潮，生發出濃厚的悲劇意味，升華了故事的藝術震撼力。

再次就伯牙摔琴這一元素來説，它作爲一個情境極具表現力，一方面展現了主人公痛失知音的悲哀心情，另一方面強化了敘事主旨，從而使敘事呈現爲一個圓滿結構，形成閉合的敘事空間。此後，伯牙鍾子期知音敘事再無更大延展。這可於漢晉時期的《説苑》《風俗通》《傅子》和《列子》中得到證明。

劉向《説苑·尊賢》載述伯牙鍾子期知音故事頗詳，幾乎全同於《呂氏春秋·孝行覽·本味》，爲便於讀者比對，附錄如下：

---

① 《國語》，頁405。
② 楊伯峻《論語譯注》，頁61。
③ 俞正燮《癸巳類稿》，上海，商務印書館，1957年，頁77。
④ 孔穎達《尚書正義》，頁271。
⑤ 楊伯峻《春秋左傳注》，頁844。
⑥ 許維遹《呂氏春秋集釋》，頁214。
⑦ 梁履繩《左通補釋·補釋廿九·鍾建》，道光九年刻光緒元年補槧本。

> 伯牙子鼓琴，其友鍾子期聽之，方鼓而志在太山，鍾子期曰："善哉乎鼓琴，巍巍乎若太山！"少選之間，而志在流水，鍾子期復曰："善哉乎鼓琴，湯湯乎若流水！"鍾子期死，伯牙破琴絕弦，終身不復鼓琴，以爲世無足爲鼓琴者。①

與《呂氏春秋·孝行覽·本味》相較，《説苑·尊賢》僅刪了兩個字，一處是將《呂覽》中的"方鼓琴而志在太山"刪去了"琴"字，另一處是將《呂覽》中的"以爲世無足復爲鼓琴者"刪去了"復"字。于此可證《説苑·尊賢》中的伯牙和子期知音故事剿襲於《呂氏春秋·孝行覽·本味》當確鑿無疑。

應劭《風俗通義·聲音》所載伯牙鍾子期知音故事亦幾近全同於《呂覽》和《説苑》，兹錄之於下并將其與《説苑》比照：

> 伯子牙方鼓琴，鍾子期聽之，而意在高山，子期曰："善哉乎，巍巍乎若太山！"頃之間而意在流水，鍾子又曰："善哉乎，湯湯若江、河！"子期死，伯牙破琴絕弦，終身不復鼓，以爲世無足爲音者也。②

與《説苑·尊賢》相較，《風俗通義·聲音》有如下幾處不同。一是人名稱謂時有前後不一致處，如開篇稱伯牙爲伯子牙，鍾子期在文中還被稱爲鍾子、子期，筆者頗疑文本傳抄過程中有訛誤之處，如"伯子牙"疑爲後文"鍾子期"連及而衍一"子"字，"鍾子"下疑脱一"期"字，但不管文本是否有錯訛，均對故事叙述不造成影響。二是同義詞置換，最顯明處是更《説苑》兩處"志"爲"意"，疑爲避漢桓帝諱使然；另更"少選"爲"頃"。三是刪略以求更爲簡潔，如《説苑》中兩處"善哉乎鼓琴"均刪去"鼓琴"二字。四是更改若干字詞，如改《説苑》"無足爲鼓琴者"爲"無足爲音者"，疑爲照應標題"聲音"。最具匠心的更改是將《説苑》中的"意在太山"改爲"意在高山"，以和下文的"意在流水"形成對文，自此，"高山流水"漸成這一故事元素趨於定型。此外，改"湯湯乎若流水"爲"湯湯若江、河"蓋仿上文以"太山"（具體事物）應高山（概括性指稱），以具體的江（長江）、河（黃河）對應概括性的流水。需要指出的是，儘管有這些更動，但伯牙鍾子期知音故事的基本結構和元素則同《呂氏春秋》《説苑》完全一致。

《傅子》爲西晉人傅玄所作。《太平御覽》卷十引《傅子》曰："昔者伯牙子游于泰山

---

① 向宗魯《説苑校證》，北京，中華書局1987年，頁183—184。
② 應劭撰、王利器校注《風俗通義校注》，北京，中華書局，1981年，頁293。

之陰,逢暴雨,止于岩下,援琴而鼓之,爲淋雨之音,更造崩山之曲。每奏,鍾期輒窮其趣。曰:'善哉,子之聽也!'"①和《呂氏春秋·孝行覽·本味》有所不同,《傅子》中的伯牙鍾子期知音故事被置於主人公避雨泰山岩下的具體情境中,所奏樂曲"淋雨之音"和"崩山之曲"亦基於應激性心理體驗所催發的藝術靈感而創作,而缺損了《呂氏春秋·孝行覽·本味》高山流水樂曲元素的審美人格象徵意蘊,因此在審美空間的拓展方面也遠遜於《呂氏春秋》中的伯牙鍾子期知音叙事。

我們再來看《列子·湯問》:

> 伯牙善鼓琴,鍾子期善聽。伯牙鼓琴,志在登高山。鍾子期曰:"善哉,峨峨兮若泰山!"志在流水,鍾子期曰:"善哉,洋洋兮若江河!"伯牙所念,鍾子期必得之。伯牙游于泰山之陰,卒逢暴雨,止於岩下;心悲,乃援琴而鼓之。初爲霖雨之操,更造崩山之音。曲每奏,鍾子期輒窮其趣。伯牙乃舍琴而歎曰:"善哉,善哉,子之聽夫!志想象猶吾心也。吾於何逃聲哉?"②

這一叙事顯系《呂氏春秋·孝行覽·本味》和《傅子》所記的糅合,但去除了鍾子期亡故和伯牙摔琴的細節描寫,而代之以伯牙對鍾子期敬服的言語描寫,鮮明地表達了伯牙對鍾子期的知音之感。但從叙事感染力上要遜色於《呂氏春秋·孝行覽·本味》。

在伯牙和鍾子期知音故事流變過程中,馮夢龍《警世通言》中的"伯牙摔琴謝知音"小説具有頗爲重要的地位。它將這一故事推向了高峰并最終完全定型。馮夢龍主要做了強化故事色彩和渲染故事主旨的工作,具體包括如下幾個方面。

一是凸顯友道主題。小説開篇詩即以"浪説曾分鮑叔金,誰人辨得伯牙琴。於今交道奸如鬼,湖海空懸一片心"詩句謳歌歷史上管鮑通財和伯鍾知音的友誼③,抨擊交道澆薄的現實。小説篇尾詩"勢利交懷勢利心,斯文誰復念知音!伯牙不作鍾期逝,千古令人説破琴"同樣凸顯了這一主旨④。故事情節也圍繞這一點展開。如小説中寫伯牙引鍾子期爲知音主動提出"結爲兄弟相稱,不負知音契友"⑤,鍾子期客氣地指出雙方地

---

① 《太平御覽》卷十引傅玄《傅子》,北京,中華書局,1960 年,頁 52 上。
② 楊伯峻《列子集釋》,北京,中華書局,1979 年,頁 178。
③ 馮夢龍著、顏敦易校注《警世通言》,北京,人民文學出版社,1956 年,頁 1。
④ 同上書,頁 11。
⑤ 同上書,頁 6。

位的差別,"大人乃上國名公,鍾徽乃窮鄉賤子,怎敢仰扳,有辱俯就"①。伯牙誠懇地表示"相識滿天下,知心能幾人?下官碌碌風塵,得與高賢結契,實乃生平之萬幸。若以富貴貧賤爲嫌,覷俞瑞爲何等人乎"②。在他看來,朋友之交貴在知心,不應爲雙方身份所限。兩人分別,伯牙以黃金二笏相贈,"權爲二位尊人甘旨之費。斯文骨肉,勿得嫌輕"③。鍾子期亡故後,伯牙主動代他行孝,"迎接老伯與老伯母同到寒家,以盡天年。吾即子期,子期即吾也。"④通觀整篇小説,以伯牙爲主體和綫索,禮贊了真摯友情的可貴。

二是著力點染主人公人格及其關係的高雅格調。這在鍾子期形象的塑造上尤爲突出,蓋源於作者富於藝術張力的人物關係的巧妙設置。在小説中伯牙是世俗的高官,鍾子期則是地位卑微的樵夫,要突破這樣的社會閾限結爲至交需要兩人精神上的契合,高潔的人格便成爲鍾子期形象的應有之義。小説中鍾子期被賦予了濃厚的隱逸文化意蘊,而隱逸即蘊涵著高潔。大概因親近山林和閒適隨意的緣故,樵夫在古典文學中就是一個包涵濃厚仙隱蘊味的意象。鍾子期樵夫身份的設置無疑就是基於這一文學傳統。鍾子期還是一個孝子,當伯牙以"似先生這等抱負,何不求取功名,立身於廊廟,垂名於竹帛"勸勉他時⑤,他的回答是"采樵度日,以盡父母之餘年。雖位爲三公之尊,不忍易我一日之養也"⑥,展現了人性的醇正與高潔。儘管伯牙身居高位,但面見伯牙時他表現的是不卑不亢,二人杯酒酬酢時他"寵辱無驚",維護了自己的尊嚴,從而贏得了伯牙的愛重。

三是對琴和琴樂這一情節元素敘事功能的強化。首先是琴和琴樂的隱含表現功能,在古代文化中,琴被視爲高雅的樂器,表徵著琴藝者人格精神的高潔。小説用了大段篇幅鋪寫鍾子期對伯牙用琴和琴樂的評説,即展現了兩位主人公高雅的人格。其次琴和琴樂還成爲了推動兩位主人公關係發展的基本要素。伯牙彈琴,由弦斷之異偵知有人聽琴引得鍾子期現身;鍾子期的樵夫身份使得伯牙起初對他輕怠,在面對考問鍾子期侃侃而談説出伯牙所用之琴的出處後,伯牙居高臨下的傲慢有所改變,"已不似在先你我之稱了"⑦;在鍾子期準確地聽出伯牙所彈高山流水樂曲後,"伯牙大驚,推琴而起,

---

① 馮夢龍著,顏敦易校注《警世通言》,頁6。
② 同上書,頁6。
③ 同上書,頁7。
④ 同上書,頁11。
⑤ 同上書,頁6。
⑥ 同上書,頁6。
⑦ 同上書,頁5。

與子期施賓主之禮"①。小説巧妙地運用琴和琴樂這一元素,將伯牙和子期關係的發展叙寫得詳緻自然且頗具藝術張力。再次琴和琴樂還發揮著預叙功能。在小説中琴和琴樂被賦予神秘色彩而具有了兆示力量,仲尼嘆顔回琴曲暗示了鍾子期早逝的命運。伯牙赴約彈琴,商弦突發哀怨之聲,爲下文聽聞子期噩耗做好了鋪墊。琴和琴樂情節功能的充分發揮,使小説叙事迂曲婉轉,内藴豐厚。

需要指出的是,儘管《俞伯牙摔琴謝知音》較之前的伯牙和鍾子期知音叙事有了較爲顯明的豐富,但其基本結構和元素并未發生較大變化,足以證明這一故事的穩定性。

二、伯牙和鍾子期知音故事的文化意藴及其文學史價值

在任何一個民族中,一個故事傳説能夠長久流傳且保持其基本結構不變,根本原因在於它從深層藴涵了和體現著該民族的文化心理、倫理觀念和審美意識。産生於先秦的伯牙和鍾子期知音故事呈現出較强的穩定性,在兩千多年的歷史長河中,并未發生顯著的變異,而是在世代傳承中被逐漸固定化,主要原因就是它明晰傳達了華夏民族悠遠豐厚的文化觀念和審美思想。構成伯牙和鍾子期知音故事的深厚的文化意藴,主要可概括爲如下兩個方面。

1. 對友道的重視。

作爲觀念意識基本單位的範疇,從根本上來説決定於特定時代特定族群的物質生産基礎和社會生活形態。朋友這一範疇的産生及其得以發展成爲重要的社會倫理關係,歸根結底是隨著社會生産力的發展而增强的個體能力和個體意識的産物。三代時期,無論是在社會生産領域還是在社會生活領域,宗法血緣組織作爲社會的基本組織單位居於支配性地位。一個普通社會成員往往從屬於某一宗族,而没有獨立的社交網絡建構能力和意識,其社會關係網絡衹是局限於宗族之内。與之相應的是,"友"這個概念主要是作爲兄弟倫理關係的規範存在。正如查昌國先生所言:"其時友是兄弟規範,所謂'善兄弟爲友'。而兄弟規範亦是西周社會的根本大則,友由之而成爲國之大法。"②《論語·爲政》孔子稱引《尚書》云:"孝乎惟孝,友于兄弟。"③明確提出兄弟之間相處應以"友"作爲倫理準則,且與"孝"這一倫理規範并重。《詩經·小雅·六月》亦以"孝"、

---

① 馮夢龍著、顔敦易校注《警世通言》,頁5。
② 查昌國《友與兩周君臣關係的演變》,載《歷史研究》,1998年5期。
③ 楊伯峻《論語譯注》,頁20。

"友"并舉褒揚時人的美德:"侯誰在矣,張仲孝友。"毛傳:"善父母爲孝,善兄弟爲友。"①《國語·晉語四》載晉大夫胥臣稱頌周文王之德,就包括"友":"文王在母不憂,在傅弗勤,處師弗煩,事王不怒,孝友二虢,而惠慈二蔡,刑於大姒,比于諸弟。"韋昭注云:"善兄弟爲友。二虢,文王弟虢仲、虢叔。"②凡此足證"友"最初是作爲宗族倫理關係的道德規範出現的,旨在強調處理好兄弟關係的極端重要性。

在春秋社會,宗族在社會生產生活中的支配性地位開始逐漸削弱,每個宗族成員個體的社會交往空間漸趨擴大而溢出宗族範圍。"友"的内涵開始逐漸發生挪移,即不再主要作爲建立于宗法血緣關係基礎上的兄弟倫理規範出現,而是強化"善"這一義素,於是"所善異姓"亦可稱爲"友"或"朋友"。《左傳·文公二年》載晉先軫罷黜狼瞫車右職位,"狼瞫怒。其友曰:'盍死之?'瞫曰:'吾未獲死所。'其友曰:'吾與女爲難。'"③在這裏,"友"顯系甘願與狼瞫生死與共、情誼相投的夥伴。春秋末年至於戰國,"朋友"的這一内涵完全確立并廣泛傳播開來,朋友關係倫理常常被時人言及,甚至交友之道也成爲重要的討論話題。這在《論語》中有鮮明體現。《論語·公冶長》記載子路應孔子要求言志時脱口而出:"願車馬衣輕裘,與朋友共,敝之而無憾。"④除能看出子路慷慨豪爽的性格意外,亦能見出時人推許朋友通財之舉。《論語·鄉黨》言"朋友之饋,雖車馬,非祭肉,不拜。"何晏《集解》引孔安國曰:"不拜者,有通財之義也。"⑤強調朋友饋贈即使是車馬這些貴重品也可坦然接受,足見這是朋友交往的通財之義使然。《論語·學而》載孔子弟子曾子言"吾日三省吾身",其中之一便是"與朋友交而不信乎"⑥,足見友道在當時社會生活中的重要地位,而且在這裏曾子明確地提出朋友交往以"信"作爲準則。據《論語·學而》載,孔子的另一個得意弟子子夏更是將朋友關係置於整個社會倫理關係中來進行思考:"賢賢易色;事父母,能竭其力;事君,能致其身;與朋友交,言而有信。"⑦將朋友關係與夫妻關係、父母與子女關係、君臣關係相提并論,足見在春秋末年朋友關係已經被視爲一種重要的倫理關係;而且子夏亦如同曾子一樣明確"信"爲朋友間相處的道德規範,可以看出這已成爲時人的共識。正是在此基礎上,戰國中期的孟子,明確將朋友關係列爲五倫之一,并又一次明確了"信"這一朋友倫理關係準則,《孟子·滕文

---

① 孔穎達《毛詩正義》,頁749。
② 左丘明《國語》,頁387—388。
③ 楊伯峻《春秋左傳注》,頁520。
④ 楊伯峻《論語譯注》,頁51。
⑤ 何晏注、邢昺疏《論語注疏》,北京,北京大學出版社,1999年,頁138。
⑥ 楊伯峻《論語譯注》,頁3。
⑦ 同上書,頁5。

公上》言:"聖人有憂之,使契爲司徒,教以人倫:父子有親,君臣有義,夫婦有別,長幼有序,朋友有信。"①《禮記·中庸》亦將"朋友之交"和其他四種倫理關係并稱爲"達道":"天下之達道五,所以行之者三,曰君臣也、父子也、夫婦也、昆弟也、朋友之交也。五者,天下之達道也。知、仁、勇三者,天下之達德也。"②凡此表明,春秋戰國之際,時人對朋友這種嶄新的社會倫理關係進行了系統和深入的思考。這從一個側面反映了朋友關係在當時社會政治生活中的重要地位,一系列以朋友關係爲基本主題的故事大量湧現并迅速傳播開來,伯牙和鍾子期知音故事當屬其中有代表性的故事。

　　如果從朋友關係的視角檢視先秦兩漢典籍,我們會發現,在春秋戰國之際,朋友故事是頗爲繁富的,舉其要者,如管仲和鮑叔牙的友誼,季札和徐君的友誼,左伯桃和羊角哀死友,信陵君和侯嬴、朱亥的友誼等等。這些故事都具有豐厚的文化意藴,那麼作爲其中影響最大的朋友故事,伯牙和鍾子期知音故事的基本內涵是什麼呢? 這需要從朋友關係相較於其他倫理關係的特殊性談起。對一個社會個體而言,在傳統社會的五種倫理關係中,父母和子女的關係、兄弟關係均是先天賦予的血緣關係,是無法由其做出自主選擇的;同時,雖然這兩種關係也屬於社會關係,但家庭畢竟是作爲一個獨特的社會組織單位存在的,其社會性這一屬性無論是從廣度而言還是從活躍度而言都是相對局限的。夫婦關係也是家庭關係的一種形態,其核心內核是婚姻關係,通過生殖繁衍確保家庭血統的延續是其基本功能,夫妻關係的穩定與和諧,確實需要雙方情感相投,即如《左傳·昭公二十六年》晏子所云:"君令、臣共,父慈、子孝,兄愛、弟敬,夫和、妻柔,姑慈、婦聽,禮也。"③但其關係的締結更多是依靠父母之命和媒妁之言,依據門第財富等因素。君臣關係是一種典型的社會關係,兩者之間的締結與否也具有一定的自由度,尤其是在戰國時代,但其主要局限於政治生活領域,其覆蓋範圍和兩者間互動的活躍度也受到很大限制。即便崇尚個體自由的莊子也感慨家庭倫理和君臣倫理爲每個人所必須承擔的責任:"天下有大戒二:其一,命也;其一,義也。子之事親,命也,不可解於心;臣之事君,義也,無適而非君,無所逃於天地之間。"④與上述倫理關係相比,朋友倫理關係體現出極強的個體自主性,正如有學者所言:"五倫中,衹有朋友一倫是有充分選擇性的。"⑤較多的個人自由選擇餘地在很大程度上確保了雙方人格的自由、平等,相互之間

---

① 焦循《孟子正義》,北京,中華書局,1987 年,頁 386。
② 孔穎達《禮記正義》,北京,北京大學出版社,1999 年,頁 1441。
③ 楊伯峻《春秋左傳注》,頁 1480。
④ 郭慶藩《莊子集釋》,北京,中華書局,1961 年,頁 155。
⑤ 汪文學《論中國古代人倫中的朋友倫理》,載《江漢論壇》,2007 年 12 期。

不存在依附關係。朋友關係的締結更多是建立在精神層面的彼此性情投合和相互欣賞的基礎之上。這應該是伯牙和鍾子期知音故事的核心內涵,即理想的朋友關係應該是情感上的知己。

需要補充的是,在中國傳統文化心理中,審美的朋友關係往往與人格的修養和完善相結合起來。汪文學先生的概括頗爲精當:"朋友一倫的重要作用,是由它的修身養性功能決定的……如果說前四倫的功能是齊家、治國、平天下,那末,朋友一倫的功能則是修身養性。"①正是在這個意義上,孔子強調"無友不如己者"。《論語·子路》載子路向孔子請教"士"的標準是什麽,孔子的回答是"切切偲偲,怡怡如也,可謂士矣。朋友切切偲偲,兄弟怡怡。"邢昺曰:"切切偲偲,相切責之貌。朋友以道義切瑳琢磨,故施于朋友也。怡怡,和順之貌。兄弟天倫,當相友恭,故怡怡施于兄弟也。"②由此看來,孔子是從友道和兄弟之道兩個方面來談論士之行爲準則的,對于兄弟之道即家庭倫理追求的是和睦,而對于友道則追求的是切磋道義,即如楊伯峻先生所釋:"切切偲偲,互相責善的樣子。"③《孟子·離婁下》更是明確地指出:"責善,朋友之道也。"④於此可見,與其他倫理關係相比,朋友倫理更凸顯人際交往的精神層面。從這一視角來分析,伯牙和鍾子期知音故事對"知音"這一元素的強調,即凸顯兩位主人公人格及其友情的高潔。

2. 空絕的悲劇審美意識。

我們不難體味出,伯牙鍾子期知音故事帶有的頗爲濃厚的悲涼意藴,給人以回味無窮之感。這也構成了這則音樂故事千古流傳魅力的基礎。文學是人的生命意識和生命活動的審美展現,其核心指向是人的生命力。"人的生命是物質力量和精神力量的辯證統一。"⑤其本質即人的生命存在和意義。無論是作爲物質屬性的生命的喪失和精神屬性的生命意義的泯滅都是悲劇性審美體驗生成的重要原因。無論是對於整個人類,還是對於具體個人,這種悲劇性審美體驗具有普遍性。"任何生命形態都遵循客觀的週期律,從誕生、成長、高峰、衰落直至死亡。從個體的生命歷程考察,任何人總歸走向死亡……從人類的總體走向思考,人類也祇是浩瀚宇宙的匆忙過客而已,最終必然地走向毁滅。因此,生命的週期律規定著無論是生命個體還是人類總體的最終悲劇性結

---

① 汪文學《論中國古代人倫中的朋友倫理》。
② 何晏注,邢昺疏《論語注疏》,頁 181。
③ 楊伯峻《論語譯注》,頁 142。
④ 楊伯峻《孟子譯注》,北京,中華書局,1960 年,頁 200。
⑤ 黎啟全《再論美是自由生命的表現》,載《貴州大學學報(社會科學版)》,2015 年 1 期。

果。"①這是文學作品對生命悲劇的展現能夠引發我們強烈共鳴的深層基礎,故事傳說也是如此。空間意識是生命意識的一種重要形態,任何生命體驗都必然會轉化成爲一種空間體驗。試舉一例以證之,在《登幽州臺歌》中,詩人陳子昂的那種深沉的孤獨感正是通過"念天地之悠悠,獨愴然而涕下"的空間體驗來準確傳達的。在文學作品中,生命及其意義消亡的悲劇性體驗也往往通過空間體驗(既包括創作主體也包括接受主體)來實現對象化。筆者認爲,其中最爲習見的是"空絶"體驗,例如《三國演義》開篇詞"是非成敗轉頭空"和《紅樓夢》第五回"白茫茫大地真乾净"就給予我們以極大的藝術震撼力。

伯牙和鍾子期知音故事也給予我們一種"空絶"的悲劇體驗,從而使我們感受到一種強大的藝術震撼力。這種震撼力來源有二,一是作爲主人公之一的鍾子期的亡故,二是伯牙的斷琴;就前者來說,它象徵著知音的難得而易逝;就後者來說,美妙的樂音自此再無人能夠欣賞,演奏者的生命意義也幾近虛無,斷琴象徵著一切美好轉瞬成空。這應該是伯牙和鍾子期知音故事成爲經典焕發出巨大感染力的重要體現。從這一角度來看,產生巨大影響能夠與之比肩的古代音樂故事恐怕衹有嵇康廣陵絶唱而已。它們都體現出一種"空絶"蘊味,象徵著冷寂、蕭殺、孤獨、脆弱、毁滅、虚無等生命體驗,從而散發出無窮的藝術魅力。

任何文學創作都是作家基於深厚的民族文化傳統的藝術創造。經典的故事傳說常常作爲民族文化的一個重要部分成爲作家創作靈感的源泉和載體。經典故事與文人創作相互生發、有機交融構成了文學史的一個重要現象。伯牙和鍾子期的知音故事也是如此,一方面在兩千多年來通過文人創作廣泛傳播散發出無窮魅力,另一方面爲歷代作家提供豐厚的滋養,例如古典詩詞就大量以伯牙和鍾子期知音故事作爲典故,這是伯牙和鍾子期知音故事文學史價值的一個重要體現。限於篇幅,筆者僅對此作簡要分析。古代詩人以伯牙和鍾子期知音故事作爲作品的重要元素以抒發自己的生命情懷,約略可分爲如下五個方面。

1. 對真摯高潔友情的禮讚。

友情是中國古代文學的一個永恒主題,更習見於詩人的吟咏。真摯高潔是友情的重要價值取向。寄情於物(各類意象)和寄情於事(典故)是友情對象化的常用手段。伯牙和鍾子期知音故事傳達了聲氣相求的高雅趣味,"知音之交素淡雅致,輕靈雋永,超

---

① 顔翔林《永恒悲劇與主體救贖》,載《南國學術》,2020年1期。

越於世俗利益,上升到了藝術審美、精神氣質的層面"①,自然爲歷代作家所喜用。例如南宋著名詩人汪莘《訪孟守》一詩構思極妙,詩歌開篇四句就借伯牙和鍾子期知音故事慨嘆知己之珍貴與難得:"世無伯牙手,鍾子每長歎。世無子期耳,伯牙淚空彈。"②接下來兩句"人生樂相知,相知良亦難"揭示了人生的普遍困境,每個人都有結交摯友的情感需求而却知己難求,既是上文伯牙和鍾子期知音故事意旨的闡發,又凸顯了伯牙和鍾子期友情的高潔與彌足珍貴,豐厚了這一故事的意蘊。最後兩句"不知起胡越,相知風歲寒"採用對比的手法展現了知己之情的真摯與高潔,這又與伯牙和鍾子期知音故事的高雅蘊涵相照應。可以說,伯牙和鍾子期知音故事構成這一首詩的內在意脈,表達了友情的珍貴和對知己之交的渴盼。託名孟浩然所作的《示孟郊》更是集中筆力凸顯伯牙和鍾子期知音故事的高潔意蘊,"蔓草蔽極野,蘭芝結孤根。衆音何其繁,伯牙獨不喧。當時高深意,舉世無能分"③。蔓草蔽野、衆音繁雜象徵蕪雜喧囂的世俗,蘭芝孤根、伯牙獨默象徵友人的孤高不群,與世俗的對峙更能彰顯出"鍾期一見知,山水千秋聞"的可貴和友人間對彼此高雅人格的推重。伯牙和鍾子期知音故事與知己耿介高潔的品行相表裏,共同構成全詩的綫索。

2. 表達痛失亡友的悲惋哀悼之情。

痛悼亡友是中國古典詩歌的一個常見主題。伯牙和鍾子期知音故事因其強烈的藝術表現力而成爲這一類主題詩歌最爲恰切的事典和語典。其因有二,一是伯牙和鍾子期真摯高雅的友情可用以象徵作家和亡友的情誼;二是子牙和鍾子期知音故事中鍾子期亡故和伯牙斷琴是兩個最具藝術感染力的情節元素,前者成爲作家亡友的對象化符號,後者則成爲生者強烈痛惜之情的對象化符號。蓋出於這一原因,中國古典詩歌中用伯牙和子期故事表達悼念亡友的作品數量極多,不勝枚舉。晚唐詩人崔珏《哭李商隱》(其二)堪爲代表④。對亡友的痛惋之情構成了整首詩歌的主旋律。首聯"虛負凌雲萬丈才,一生襟抱未曾開"慨歎義山滿腹才華却一生沉淪;頸聯"鳥啼花落人何在,竹死桐枯鳳不來"展現了李商隱抱恨而終後蕭瑟、凋零、死寂的世界,烘托了作者悲涼哀惋的心境;頷聯"良馬足因無主踠,舊交心爲絕弦哀"則用伯牙和鍾子期故事將痛失亡友的心情渲染得淋漓盡致。明人顧璘《哭徐九峰》爲痛悼亡友徐霖而作⑤,開篇四句"宇宙同一

---

① 尉學斌《湖海空懸一片心——"三言"中的友誼主題研究》,載《綿陽師範學院學報》,2013年1期。
② 汪莘《方壺先生集》,收入《宋集珍本叢刊》,北京,綫裝書局,2004年,頁262上。
③ 佟培基箋注《孟浩然詩集箋注》,上海,上海古籍出版社,2000年,頁362。
④ 《欽定全唐詩》卷五百九十一崔珏,《欽定四庫全書》本。
⑤ 顧璘《顧華玉集》卷十四,《金陵叢書》甲集,蔣氏校印本。

寓,死者爲過客。公年豈不高,痛惜如夭折"抒寫自己儘管達觀生死,老友亦算高齡,但仍滿懷深切的悲痛;末尾四句"不聞子期亡,伯牙弦遂絶。知音古來重,日月增哽咽"則以伯牙和鍾子期故事相照應,寫出了和亡友的真摯感情和深切的痛惜。

3. 懷才不遇的主題。

受中國古代社會結構特徵及士人以仕途政治爲終極指向的人生價值觀所決定,文士不遇便成爲一種極其普遍的社會文化現象,這就決定了感懷不遇成爲中國古代文學的一個重要主題。它發端於先秦,至漢代便蔚爲大觀。在漫長的文學史長河中,形成了許多與懷才不遇主題相關的藝術傳達範式(包括意象、套語等),如良馬意象等。伯牙和鍾子期知音故事所蘊含的知音難遇主旨及主人公人格高潔這一元素決定了它很容易會成爲詩人表現懷才不遇習見的套語,如北宋作家蘇過《送孫志康》就很鮮明地體現了這一點①。詩歌通過"先生少抱王佐才"與"白頭猶著從事衫"的鮮明對比,形象地揭示了友人懷才不遇的坎坷命運,接著用伯牙和鍾子期知音故事抒發了對友人深摯的同情和惋惜,"世無子期誰賞音,伯牙太息弦應絶"。通過伯牙和鍾子期知音故事,懷才不遇主題找到了一種恰切的傳達形式。

4. 表達對伯牙和鍾子期知音友情的欣羨和仰慕,藉以抒發自己的孤獨之感。

民族文化經典的一個重要功能是能夠爲精神孤獨者提供靈魂的棲息地,使他將之作爲一個參照物并與之對話,審視并審美化自身并不完美的生活世界,從而獲得一種替代性滿足,情緒得以宣洩,心靈得以慰藉。作爲經典故事傳說的伯牙和鍾子期知音故事也是如此。人的存在體現爲個體性與社會性的對立統一,個體的情緒、喜怒哀樂的情感和一切社會人文現象均源於此;從最深層處而言,個體性構成人的本質(當然個體性離不開社會性)。這就決定了孤獨成爲人的最本真最普遍的生命體驗。作爲這一生命體驗的對應物,對知己的渴求便成爲一種普遍的文化心理。知己實際上構成了一種審美性的倫理關係,它既外在於自我,對自我構成一種精神支撐力量,又與自我高度契合。伯牙和鍾子期故事就提供了這樣的一種審美參照,從而在靈魂孤獨者心中引發強烈的共鳴。南宋詩人華岳的《池亭即事》就是這一孤獨體驗的產物②。詩歌前兩聯"春風恰恰破桃李,池館無人一徑深。鷗刷斷翎翻水面,蝶拋殘粉去花心"集中描寫了池亭晚春風景,展現了一種清麗靜謐的氛圍,但也透露出幽深冷寂的色調;後兩聯"詩懷攪我丹心破,節物催人白髮侵。流水伯牙今已矣,世間那復有知音"則集中抒發詩人的生命感懷,

---

① 舒大剛等校注《斜川集校注》,成都,巴蜀書社,1996年,頁316。
② 華嶽《翠微南征錄》卷七,《欽定四庫全書》本。

日漸蒼老的傷感和孤獨感縈繞於懷,尤其是尾聯恰切地運用伯牙和鍾子期知音故事將悲涼的生命體驗推向了高潮,令人有回味無窮之感。

5. 聽琴主題。

從一定程度上講,文學就是對諸多生命情境的審美摹寫。在傳統社會,欣賞琴藝演奏是一種極富審美意味的生命情境,在這一過程中,通過美妙的樂曲,達成了演奏者和欣賞者的精神交流,將他們從喧囂蕪雜的世俗中解放出來,獲得一種悠閑、輕鬆、高雅、自由的生命體驗。因此對聽琴情境的描寫也是中國古典文學的一個重要主題。自然地,蘊涵知音、高雅等諸多元素的伯牙和鍾子期知音故事被頻繁地運用於這一主題。如唐代作家吳筠《聽尹煉師彈琴》就以之描寫友人琴藝的高超:"吾見尹仙翁,伯牙今復存。衆人乘其流,夫子達其源。在山峻峰崢,在水洪濤奔。都忘邐城闕,但覺清心魂。代乏識微者,幽音誰與論。"[1]以伯牙和他的高山流水曲子比況尹煉的演奏和高潔清雅的品性。白居易《郡中夜聽李山人彈〈三樂〉》描寫了在寧靜清幽的秋夜月下凝聽李山人演奏的情境,"傳聲千古後,得意一時間。却怪鍾期耳,唯聽水與山"[2],生動地描寫了自己的美妙體驗,也表達了和友人的知音之感。

結　語

作為經典的故事傳說之一,伯牙和鍾子期知音故事成為中國傳統文化的一個符號,在一個側面積澱著深厚的傳統文化心理,體現著華夏民族的價值觀、倫理觀和審美觀,具有了豐厚的文化蘊涵,從而生發出巨大的文學藝術審美表現功能,對中國古典文學產生了深遠的影響。無疑,對伯牙和鍾子期知音故事及其與古代文學關係的考察具有重要的標本意義。它能夠對我們探究類似的經典故事的文學史價值提供啓發和借鑒,亦能推動故事學、文學主題學研究的深入。

(作者陳鵬程為天津師範大學文學院副教授;王騰可為天津師範大學文學院碩士研究生)

---

[1] 《欽定全唐詩》卷八百五十三吳筠詩,《欽定四庫全書》本。
[2] 顧學頡校點《白居易集》,北京,中華書局,1979 年,頁 535。

西人漢語觀考辨
——從《萬國公報》一篇語言小論談起

李 娟

一、引　言

　　漢語進入西人視野始於明末,意大利天主教耶穌會傳教士利瑪竇(Matteo Ricci,1552—1610)是依據第一手材料較爲系統和全面論述漢語文化的第一人,他的《中國札記》包含有對漢字及其書寫的系統描述,堪稱中西文化交流史上的里程碑,影響了後世西方對東方的認識。在此之後,漢語與西語之間的真正交流隨大批西人傳教士在華活動而展開。傳教士帶著使命而來,他們以譯書、辦報、興學等不同形式傳播基督教。而在此過程中,他們碰到的第一個難題即是語言問題,可以説傳教士對漢語的認識與他們在華活動息息相關,也直接影響著他們對中國社會及文化的認識。不僅如此,"從16世紀到晚清的西方人學習漢語的歷史以及對漢語的深入研究,構成了中國現代語言學的前史"①。

　　近代中國社會的變革起於外強入侵,國難驚醒國人,變革呼聲落在思想文化領域,其中關鍵一環即爲語言變革。談及中國近現代語言文字變革的興起原因,它并非憑空出現,而是始於嚴肅之思想認識,且傳教士在其中起了重要作用。很多學者都注意到傳教士在漢語方面的研究成果,從不同角度肯定其貢獻,且論證他們與中國浩蕩300年的語言文字改革運動的關係,但大多從語言内部分析入手,重點考察國人對西人漢語觀的承繼,鮮有社會文化角度的外部探究。

　　語言遠不止是一種文化交流傳播的工具,其發展本身即爲一種人文精神的歷史。語言研究繼20世紀中葉的結構性轉向之後,80年代後出現了社會歷史轉向,這爲我們

---

① 張西平《他鄉有夫子——漢學研究導論》,北京,外語教學與研究出版社,2005年,頁225。

重新認識西人傳教士漢語觀提供了新的思路，因爲他們帶著西方特有的文化觀、語言觀、民族觀來審視漢語，研究漢語，甚至試圖改造漢語，如果一切皆以傳教爲由，不免過於簡單。我們必須從文化史的角度再次追問：西人漢語觀因何而生？如何評判？

二、《萬國公報》語言小論

林樂知，原名楊·約翰·艾倫（Young John Allen，1836—1907），乃美國基督教監理會傳教士，1859 年偕夫人來華，咸豐十年（1860）到上海傳教。在華期間，授課、譯書、辦報、傳教，未有片刻閒暇，在中國度過了 40 多年後，於 1907 年在上海逝世。

《萬國公報》是林樂知所主編的一份中文報紙，其前身是 1868 年 9 月 5 日在上海創刊的宗教報刊《中國教會新報》，後兩易其名①。更名後的《萬國公報》從名稱上就顯現出其宗教性的弱化，所刊內容中"國事"重於"教事"，祇爲"既可以邀王公巨卿之常識，并可以入名門閨秀之清鑒，且可以助大商富賈之利益，更可以佐各匠農工之取資，益人實非淺鮮"②。所刊內容主要有時事新聞、西學介紹、中國時政評論、宗教、雜言等。刊社自己解釋刊名含義爲："所謂'萬國'者，取中西互市，各國商人雲集中原之義；所謂'公'者，中西交涉事件，平情論斷，不懷私見之義。"③可見，此刊的作用有二，其一爲中西互通搭建橋梁，成爲中國認識世界的一扇窗口，其二爲中國時局政論搭建平臺，成爲國人反思、參與變革的一把鑰匙。"平清論斷"鼓勵各抒己見，但文章無不爲"雲集中原"之人針對"中西交涉事件"而論，其刊載文章展示了一段眾聲喧嘩的中國歷史。

此刊 1902 年第 163 期刊載一篇林樂知有關語言的論述，題爲"論語言文字之真益"，下署"林樂知述意、任保羅撰詞"。此文從文字之功用開始談起，論證了中國文字之弊病。文中主要內容如下：

第一，語言文字之功用。首先，語言產生使人區別與獸："或謂能言與否，爲靈性有無之證據，亦爲人禽之大分別。"其次，文字產生實爲文明之進步："世人初用言語之時……常以舉動示意，或以眉目傳情"，"迨後世人……遂創爲繪圖紀事象形題名之法"，"繼而又……創筆劃以爲聲音之記號"。最後，語言的作用在於傳承文明："文所以

---

① 1872 年 8 月 31 日更名爲《教會新報》，1874 年 9 月 5 日更名爲《萬國公報》。
② 《萬國公報》，第 301 卷，同治十三年（1874）七月二十五日。
③ 《代售〈萬國公報〉啓》，載《萬國公報》合訂本第四冊，臺北，華文書局影印本，1968 年，頁 2662。轉引自趙曉蘭、吳潮《傳教士中文報刊史》，上海，復旦大學出版社，2011 年，頁 166。

載道,辭所以達意,其用在於,以其所已知之□①傳於未知之人,以其所已明之意通於未明之人。"

第二,中國語言之弊病。首先,中國社會的文化尚文且不務實:"……其於文字亦然,視爲士子之專業……其視農工商賈等業……摒棄于文學之外。"其次,中國文人不講究語言的功用:"其演說亦皆深奧難明,類多願與文學人共欣賞,不屑與庸衆人喻短長,此爲中國文人學士之結習,牢不可破。"

此外,作者又舉英國著名講書人"羅伯"、西國俗諺之"牧馬之奴取其喂馬之草料"和法皇拿破崙御前講書師"墨羅亞"三例以支持自己的論點。

最後,作者講語言有"文理(即深語),有文言(即淺語),有俗言(即粗語)"三個等級,并對各個等級的功用作出闡釋。

三、西人漢語觀之文化緣起

從兩希源頭開始,西方文化的變遷就與語言問題相伴相生,"從文化進化與語言學發展的角度追尋,西方文化所經歷的幾個重要的發展階段均對語言學産生了震撼"②。反之,語言認識的改變均是思想文化發展變化的反映,甚至在任何時候,語言都是一個敏感的指示器,體現了文化的變遷。上述西人對語言的價值之認識,實與西方文化脱不了干係。

(一) 語言共同體

共同體(community)一詞是社會學研究不可或缺的概念之一,它以某一指標爲依託,設定標準,劃定邊界,形成一個可被認識的對象物。共同體作爲人的存在方式向來受到思想家們的密切關注,西方思想史上曾經存在過城邦共同體、神聖共同體、契約共同體和"自由"共同體等思想。依此認識,"語言共同體"(language community)可被理解爲以語言的使用爲指標而劃分的群體,在這個群體內部,語言與語言之間是可以相互理解的,有些文學批評家將其稱之爲"可通譯的群體"(community of interpretation)③。語言共同體的標準設定是變動不居的,歐洲語言意識的發展即伴隨著對語言共同體認識

---

① 缺字。
② 彭正銀《語言認知與文化互動淺論》,載《外語與外語教學》,2005年9期。
③ Joshua Fishman, *Sociolinguistics*, Rowley, MA, 1970, pp. 28–35.

的改變。

上述西人論述中認爲漢語乃"士子之專業,通文學者得考取功名,尊稱之爲儒業中人",而"農工商賈等業,皆以爲無足齒數,摒棄於文學之外"。可見,西人以語言爲標尺,認識中國社會階層,將其看做不同的"語言共同體",以此作爲中國"尚文不尚質,務華不務實"的根據,這一認識於西方歷史上并非鮮見。

西人的語言意識與宗教相伴而生。基督教文化是西方文化的源頭之一,由於古典時期《聖經》的翻譯,拉丁語在歐洲擁有至高無上的地位,而中世紀基督教在歐洲的統治地位皆基於語言控制,以古典拉丁語爲指標的共同體成爲中世紀社會權利的象徵。中世紀末期,古典拉丁語共同體的地位開始動搖,古典拉丁語與其他語言之間的不可通譯性推動了歐洲人自覺語言意識的出現,被人所熟知的馬丁·路德的《聖經》德譯即爲此例。直至 17 世紀的英國,仍有人表達類似的看法,牧師威廉·戴爾(William Dell)就曾譴責大學授課使用拉丁語、法庭使用法語都是階層統治的一種表現①。

(二) 語言普世觀

脱胎於基督教《聖經》的文化基因,一直以來,歐洲文化中都存在對"普世價值"(universal value)的追求,而"普世價值"本身來源於基督教會的普世教會運動,該運動要求基督教各大教派及各大宗教通過相互間的對話,來建設"以自由、和平、正義爲基礎"的"大社會",後又從中衍生出普世主義,用來指稱基督教各教會之間的教義統一運動。因此,建立和傳播全球性的知識體系——超越種族、文化、國別、語言的知識體系——的願望,在西方源遠流長。

西方普世觀在語言方面的體現之一是 17 世紀歐洲學者根據《聖經》中巴别塔(Babel Towel)的喻指,尋找"原始語言"(the primitive language)的研究。英國人約翰·韋伯(John Webb, 1611—1672)就曾撰文論證漢語即爲原始語言②。之後,隨著新興民族國家的獨立和隨之而來的民族語言的形成,歐洲内部的交流發生了隔閡和困難。與此同時,海外殖民和宗教文化擴張,在與不同語種,特別是與歐洲語系以外地區交流過

---

① Peter Burke, "William Dell, the Universities, and the Radical Tradition", in Geoff Eley and William Hunts (eds.), *Reviving the English Revolution*, London, 1988, pp. 181–189.
② John Webb, *An Historical Essay Endeavoring a Probability that the Language of the Empire of China Is the Primitive Language*, London: Printed for Nath, 1669.

程中的障礙,爲"世界通用語"(Universal Language)的研究提供了合理性①,這是新歷史條件下對普世主義的訴求。

上述西人論述中認爲語言真益乃"務使讀書識字之人,皆能觸於目而會於心,入於耳而通於心,無索解不得之苦,有言下頓悟之樂",即"在於澈上澈下之"。這種語言"真益觀"具有明顯實用主義傾向,語言實用性大小依賴於其普世程度高低,因爲普世度高的語言,適用範圍廣,實用性顯然優於普世度底的語言。庫爾提烏斯(Ernst Quintus Curtius)將歐洲文化整體性構建在拉丁文學(Latinity)上②,這是對拉丁語在歐洲普世度的一種高度認可,倘若中世紀拉丁語没有極強的實用性,那麼歐洲文化將是另一番景象;自17世紀殖民擴張以來,以英語爲標誌之一的英聯邦國家的文化認同,使英語帶有了某種世界普世語的性質,而持續長達一個多世紀的日不落帝國更顯示出普世語言極大的實用性。因此,語言具有普適性意味著實用性的提高,西人重視語言的實用性,即是語言普世觀的一種體現。

(三) 語言進化論

18世紀中期以後,西方對語言的認識和民族認同緊密聯繫起來,一反之前對語言普世性的關注,西方將多樣性納入語言知識體系,由此引發了西方歷史上民族國家的興起。這一過程始於德國,赫爾德(Johann Gottfried Herder,1744—1803)就把民族描述爲用語言聚集起來的共同體③,施萊格爾(Friedrich Schlegel,1772—1829)則斷言,"一個讓自己的語言被剥奪的民族……將不復存在"④。

當語言問題與民族問題相伴時,語言即被賦予民族所具有的一些屬性,例如產生、發展、衰落、滅亡,又例如文明與落後。十八世紀西方語言學上的重大發展當屬印歐語系的發現。1783年,英國駐印度法官威廉·瓊斯爵士(Sir William Jones,1746—1794)在亞洲學會(Asiatic Society)第三次年會上所做的"論印度人"(On Hindus)的演講,論證了梵語、希臘語和拉丁語的同源性,被稱爲印歐語假説或瓊斯構想(Jones's Formulation),開創了歷史比較語言學。語言同源性的前提是語言的"有機"(organic)發

---

① J. Knowlson, *Universal Language Schemes in England and France, 1600-1800*, Toronto: University of Toronto Press, 2019, p. 8.
② 恩斯特·R·庫爾提烏斯《歐洲文學與拉丁中世紀》,林振華譯,杭州,浙江大學出版社,2017年。
③ Michael Townson, *Mother-Tongue and Fatherland*, Manchester: Manchester University Press, 1992, pp. 80-102.
④ 轉引自[英]彼得·伯克《語言的文化史:近代早期歐洲的語言和共同體》,北京,北京大學出版社,2020年,頁300。

展觀,即語言似有機體一般從母體脫胎并發展演變,正如法國學者路易·勒魯瓦(Louis Le Roy)所言,"語言像人類的所有事物一樣","也有它們的開始、發展、完善、腐敗和死亡"①。世界語系劃分樹狀圖和達爾文生物進化圖的對比直觀地體現了這一點。施萊格爾就曾根據曲折變化的語法機制指出印歐語是具有"有機性"的語言;而漢語則不同,是"世界上最不自然的"語言體系②。

無獨有偶,上述西人語言小論中也展現了相似的語言觀及漢語觀。其開篇描述了語言的發展過程,從"舉動示意"到"繪圖紀事、象形題名",再到"創筆畫以爲聲音之記號",最後"以某筆定爲某音"方得文字。從此可見,在西人看來,語言發展遵循綫性結構,從不成熟到成熟,顯見以音字匹配爲特徵的西語屬於最成熟的語言,而以象形爲特徵的漢語則處於中間階段,且"字母既成文字,自繁古人所用之圖形記號,自無所用之矣"。可見,在西人看來,漢語不及西語成熟,且屬古人之言,應不爲用。

四、西人漢語觀之文化批判

隨著西方認識世界的開始,漢語作爲他者被納入西方的語言認知體系中,成爲西方認識東方的途徑,也開啓了西方對東方的想象。尤其是當德國人從宏大的思辨和叙述體系中將民族語言和民族性格聯繫起來時,西人漢語觀則突破了學術範疇,成爲文化甚至政治議題,須被重視,因而如何看待?如何評價?此處需著些筆墨。從語言學角度看,上述西人小論中的漢語觀并無大瑕,但結合中西文化比較而論,則顯露出其缺憾。

(一) 對漢語文字認識的偏頗

大多語言系統均由音、形兩種符號體系構成,聲音是思想的符號,文字是聲音的符號,文字與聲音之間的不同關係,構成了漢語區別於西語的最大特徵,即漢語爲音形分離的語言系統,而西語則爲音形對應。這與中國文化重形、重文,而西方文化重音、重辭有關。

中國自古就有文以載道、以文化人之傳統,文被視爲社會進步的標尺,由此文人地

---

① 轉引自[英]彼得·伯克《語言的文化史:近代早期歐洲的語言和共同體》,北京,北京大學出版社,2020年,頁39。
② Schlegel, *The Philosophy of History in a Course of Lectures*, trans. James B. Robertson, London: Henry G. Bohn, 1847, p. 121.

位也被尊崇。《尚書》在中國歷史上具有舉足輕重的地位,"書"即爲文字記錄,它同時兼具重要的歷史意義和文學意義,其中更是記載了中國文化傳統中著名的"十六字心傳",是中國民族的文化核心與靈魂。然而,西方自古希臘始,即有演説之興,文法、修辭、邏輯三藝(trivium)更在算術、几何、天文、音樂四藝(quadrivium)之上。亞里士多德在修辭學和邏輯學上的著作是西方文化史上的重要著作;中世紀時西塞羅以其出色的演説風格被後世追崇,甚至"文藝復興之父"彼特拉克等人還一再强調西塞羅式拉丁文的正統性。

音、形分離的漢語在某種程度上造成的交流隔閡并非漢語之弊,而是社會之惡,文字識讀(literacy)的普及在西方歷史上同樣是文化進步的重要指標,這與語言無關,是歷史發展的必然過程。以此論證漢語之弊,實不可取。

此外,與聲音符號相比,文字符號具有更大的穩定性。

在英語發展史上,古英語和中古英語面臨的一大難題即爲音不同遂書有異。古英語中大致有四種方言(dialects)——北部的諾桑布里亞方言(Northumbrian)、中部的莫西亞方言(Mercian)、西南部的西撒克遜方言(West Saxon)以及東南部的肯特方言(Kentish)。古英語文獻均以"吾手書吾口"的形式記錄,加之受拉丁語、北歐語、法語等的影響,古代英語手稿在不同程度上也爲"互識"造成障礙,才有後來卡克斯頓(William Caxton, c. 1422—1491)以印刷術爲由對英語標準化的呼籲,也成就了約翰遜博士(Dr. Samuel Johnson, 1709—1784)的詞典編纂之功①。此爲音形對應的西語的一大弊端。而音形分離的漢語却在文化傳播上具有西語無可比擬的優越性。葡萄牙傳教士澤維爾(St. Francois Xavier, 1506—1552)是最早進入日本的耶穌會士之一,他發現日本人每逢理屈,往往"援引中國人以爲權威",因日本文化主要成分由中國典籍熏陶而成,不但日本人了解中國的書寫系統,就連高麗和安南人也一無問題。② 可見,中國文化在東亞區域内的廣泛傳播,恰因音形分離之故。

(二) 對漢語分類認識的偏頗

上述語論中作者認爲,"語言文字,中西雖不能相通,而論語言文字之損益,則中西如出一轍,有文理(即深語),有文言(即淺語),有俗言(即粗語)"。西人之所以如是説,皆因將漢語與西語中的拉丁語做對比,得出中西語言"如出一轍"的結論。但從語言學

---

① 張勇先《英語發展史》,北京,外語教學與研究出版社,2014 年,頁 73—75。
② 轉引自李奭學《中國晚明與歐洲文學——明末耶穌會古典證道故事考詮》,北京,三聯書店,2010 年,頁 22—24。

角度考察,西語(拉丁語)中的"雅言"、"俗語"和"方言"等概念和漢語中的"文理"、"文言"和"俗言"并不對應。

拉丁語最早爲古羅馬時期羅馬城附近的拉丁姆(Latium)地區使用的語言,被稱爲古拉丁語(old Latin)。隨著羅馬帝國的擴張,拉丁語成爲彼時歐洲地區的通用語,但已有别於古拉丁語,形成西塞羅式的古典拉丁語(classical Latin)。羅馬帝國衰落後,拉丁語仍被文人所用,但却是帶有上古質地的中世紀拉丁語(Medieval Latin)。但此時用作口語的拉丁語受各民族語言的影響,逐漸與用於書寫的拉丁語拉開距離,從而産生通俗拉丁語(Vulgate Latin)。隨著人文主義的興起,通俗拉丁語逐漸去拉丁化,越來越具民族性和地域性,從而産生俗語(vernacular),即是被但丁稱贊爲"光輝的"語言。在這些俗語當中,還存在以口音(accent)相區别的方言(dialect),據統計,僅在當時的意大利就有十幾種俗語方言。在10世紀到13世紀的幾個世紀中,地域性俗語進入書寫體系,發展成現代歐洲的主要民族語言,即羅曼語(Romance Languages)①。

在漢語的書寫系統中有文言和白話兩種。文言以先秦口語爲基礎、經過文體加工形成書面語(literacy language),其中有文人知識分子使用的特别深奥難懂的文言,也有初識文言的中下層群衆使用的淺近文言。白話是相較於文言而言的,没有文言,也就無所謂白話。最初的文言與白話并無二致,但語音系統的變動不居使書寫系統與口語系統相分離,從而産生了文言與白話的區别。但白話却不同於方言,它不僅是一種口語(oral language),且具有自身的書寫體系。胡適在《國語文學史》和《白話文學史》中就追溯了中國白話文本的發展。白話中又有傳統的中國白話,也有受到西方語法影響的歐化白話②,在文言和白話之間還有文白夾雜的層次。從語言學的角度看,漢語中的"俗語"指口語(oral language),與方言(dialect)相通。且據考,除粵語外,中國絶大多數方言并無書寫形式,且至今爲止,大多方言仍以口耳相傳的形式保存下來。

綜上可得,西人語論中的參照分類有誤:1. "中世紀拉丁語"雖有漢語文言之性質,但"通俗拉丁語"却不能對應文言中的"淺語",因爲從"中世紀拉丁語"到"通俗拉丁語"是拉丁語與民族語言相融合的産物,而從文言"深語"到文言"淺語"是語言文體上的變化;2. 西人語論中對"文言(即淺語)"的論述爲"多樂用之文言爲中品,凡對乎大衆人之論説,皆當用之",可見此處并非指文言中的"淺語",而是更接近於漢語中的白話;

---

① [英] R. L. Trask《歷史與比較語言學詞典》(The Dictionary of Historical and Comparative Linguistics),北京,世界圖書出版公司,2011年,頁186—187。
② 袁進《新文學的先驅——歐化白話文在近代的發生、演變和影響》,上海,復旦大學出版社,2014年。

3. 漢語的俗語與西語中所指的俗語完全不同,西語中的俗語(vernacular)具有書寫系統,正因其被書寫系統固定下來才産生了羅曼語,而漢語中的俗語祇存在於語音系統之中。

雖無法確認語論中聖保羅的真實身份,但英王接受教士訓道始於公元 600 年左右①,此時爲中世紀初期,由此推斷,聖保羅棄"雅言"而擇"淺言"可能爲棄"中世紀拉丁語"而擇"通俗拉丁語",對應在漢語中,則應棄"文言"而擇"白話"。這本無錯,但"文言"和"白話"都是存於書寫系統中的"文",并不屬於口語系統的"言"。"(中國)書面語採用深文言,而口語則是慘不忍睹的打油詩,很少有人能够説一口好白話"②。如想在漢語中完全實現"言文一致",首先得實現"言"的一致,即以方言之一的"官話"——尤其是"國語"前身的"北方方言"——普及各地,再以"白話"取而代之。

結　　語

由於傳教活動受到清廷限制,近代傳教士面對的主要群體是下層百姓,因此他們更傾向於接近口語的白話,批評晦澀難懂的"深文理";但爲了和中國的文人士大夫階層交往,他們又不能完全摒棄文言,因此他們在"深文理"和"淺文言"之間做出選擇,肯定後者的實用性,推崇有活力的淺文言;此外,漢語方言的多樣性也成爲傳教士傳教活動的一大阻礙,不同地區的人們説著不同的口音,且一些字詞有音而無形,没有對應的書寫體,也爲傳教活動帶來阻力,因此傳教士也表現出統一白話的强烈願望。在此一系列問題的困擾下,在中國實現"言文"一致成爲西方傳教士的共同訴求。

在此目的驅使下,他們從自身的文化語境出發,將漢語帶入以西語爲認識對象的語言觀下,批判漢語的"等級性"、"華而不實"和"無機性"。并以西語爲參照物,呼籲漢語的"言文一致",但却出現錯誤比照,難以使人完全信服。

索緒爾指出,"語言有一種不依賴與文字的口耳相傳的傳統,這種傳統并且是很穩固的"③。而在聲音和意義之間,并不存在一種牢不可破的對應關係,文字的存在使語言的差異成爲可能。"言文一致"確實爲文化的傳承帶來了好處,但也許"言文一致"永

---

　　① 基督教在不列顛的傳播始於 596—597 年聖奧古斯汀(Augustine of Canterbury)受羅馬教皇之令帶領 40 名傳教士登陸不列顛島,並受到肯特國王的熱情歡迎。
　　② 轉引自狄霞晨《從英文報刊看新傳教士對中國近代語言文學的認識》,碩士學位論文,復旦大學,2011 年,頁 9。
　　③ [瑞士]索緒爾《普通語言學教程》,高名凱譯,北京,商務印書館,1980 年,頁 49。

遠衹是暫時的,因爲"文"總滯後與"言"。并且,在强調"言文一致"時,我們是否考慮過語言上的差異性所帶來的好處,畢竟巴別塔衹是一個具有宗教性的文化寓指,而推開窗所聆聽到的"衆聲喧嘩"才是世界的本真。

（作者为天津科技大學外國語學院講師、天津師範大學跨文化與世界文學研究院比較文學與世界文學博士生）

才子佳人小説的東亞旅行

狄霞晨

才子佳人小説不祇是中國的"專利",也是東亞漢文學的共同財富。日本、朝鮮作家在其影響下創作了類似題材的小説,在相似的外殼下却有不同的内在,值得深究。

一、才子佳人小説在東亞[①]

中國、日本、朝鮮同屬漢文化圈[②],明清時期東亞各國也先後出現了用漢語書寫爲主的"才子佳人小説"[③],與中國明清小説之間存在著諸多聯繫,頗有可比性。儘管日、朝都出現了才子佳人小説,但它們的模式却不盡相同。明清才子佳人小説的模式往往是"一見鍾情、小人撥亂、及第團圓"[④];日、朝同類型小説雖然也有類似的結構模式,但其内在却大有不同。

東亞才子佳人小説模式比較(明清時期)

	中　　國	朝鮮-韓國	日　　本
婚前相見	佳人門第越高,婚前相見機會越小	佳人門第越高,婚前相見機會越小;下層女子相見容易	常見

[①] 本文的"東亞",主要指中國、日本、朝鮮與韓國。
[②] 本文的"朝鮮"主要指朝鮮王朝(1392—1910)統治下的朝鮮半島,後文有時簡稱"朝"。
[③] 中國文學史中對才子佳人小説的標準較爲嚴苛,但也没有絶對的定論;東亞各國國情、語言、文化不同,對小説的認識不同,分類標準也不盡相同,過去的研究中没有對"東亞才子佳人小説"形成約定俗成的概念與標準。但筆者認爲,在混亂、模糊的現有分類背後,還是可以找出一條綫索來界定東亞才子佳人小説。本文中出現的"東亞才子佳人小説"狹義上指與中國才子佳人小説相近的類型小説,廣義上指書寫才、佳人故事的小説。主要涉及文本有中國的《玉嬌梨》《平山冷燕》《好逑傳》《合影樓》《春柳鶯》《鐵花仙史》《花月痕》等,朝鮮的《九雲夢》《玉樓夢》《玉麟夢》《漢文春香傳》《廣寒樓記》《紅白花傳》《李生窺牆記》《萬福寺樗蒲記》《雙女墳》《英英傳》《周生傳》《沈生傳》《鐘玉傳》《烏有蘭傳》《李節度窮途遇佳人》等,日本的《情天比翼緣》《新橋八景佳話》《茨城智雄》《禮甫》《梅曆》《貍技》《仙蝶傳》《高尾》《佳人之奇遇》等。這些文本以漢文小説爲主,涉及部分非漢文小説。
[④] 嚴明《東亞漢文小説研究》,新北,聖環圖書股份有限公司,2011年,頁64。

續 表

	中 國	朝鮮-韓國	日 本
定情方式	以詩定情爲主	以詩定情爲主 也有以音樂定情、兩小無猜等形式	定情方式多元 没有固定爲以詩定情
遭遇波折	小人撥弄	小人撥弄、惡人插手、戰爭等	波折情況多元,小人撥弄不常見
小説結局	登科團圓爲主,奉旨成婚常見	不一定登科,喜劇爲主,偶有悲劇 偶有奉旨成婚	悲喜結局都有,登科、奉旨成婚少見
婚配模式	一夫一妻/一夫兩妻常見	一夫一妻/一夫多妻	一夫一妻

對比明清時期中日朝主要的才子佳人小説可以發現,它們雖然基本上都遵循了相遇—波折—結局的模式,但其内在差異比比皆是。最爲突出的五點不同表現在婚前相見、定情方式、遭遇波折、小説結局,以及婚配模式上。

先來看婚前相見情形。中國主流的明清才子佳人小説中雖然都會設計婚前相見的情節,但佳人極難謀面。正如《玉嬌梨》中媒婆所言:"他一個鄉宦人家小姐,如何肯與人見?……相公若要偷看,除非假作樓下往來,或者該是天緣,得見一面。"①《玉嬌梨》中的男主角婚前從未真正見過其未婚妻,全憑他人描述。偷看都是如此不易,更不用説是婚前私會了。正如丁峰山所言:明清才子佳人小説堅決摒棄婚前私合情節,男女主角有情無欲,强調風流與道學的統一②。朝鮮也是如此。《九雲夢》中楊少游爲了在婚前偷看司徒之女鄭小姐,不惜男扮女裝,與公主之間更是完全没有見面的機會;相反,楊少游與名妓桂蟾月、侍女賈春雲却都能够在婚前自由相會。朝鮮漢文小説中也普遍存在著與中國類似的情形:佳人的門第越高,婚前相見的機會越小。日本小説中才子佳人的婚前相見是東亞三國中最容易的。《新橋八景佳話》的男女主人公相見極爲容易,近于現代自由戀愛;《情天比翼緣》中的佳人雖出身豪門,但也會主動約才子月夜相會,私定終身。然而,出身高貴的日本佳人在婚戀上的束縛比下層女性要更多,這也是東亞佳人的共同難題。

在定情方式上,中國才子佳人之間最常見的就是以詩定情。佳人讀詩之後通常大爲傾心,發誓非此人不嫁,即便後來發現這位才子還有其他的戀人或者婚約,也不改其

---
① 荑秋散人編次、馮偉民校點《玉嬌梨》,北京,人民文學出版社,1983 年,頁 46。
② 丁峰山《近現代狹邪小説演變的轉型意義研究》,北京,中國社會科學出版社,2015 年,頁 18。

志,心甘情願與其他女子共嫁一夫。然而,中日朝漢文小説中才子佳人以詩定情的比率并不相同。中國明清小説中的才子佳人幾乎是千篇一律的以詩定情;但到了日朝漢文小説中,定情的方式就更爲多樣了。例如,《玉樓夢》(朝)中楊昌曲與碧城仙是因彈琴而定情,《九雲夢》(朝)中的楊少游與沈嫋煙是因劍術而結緣,《紅白花傳》(朝)中的一枝與織素是青梅竹馬的夥伴,《茨城智雄》(日)中的才子佳人因英雄救美而結緣,《情天比翼緣》(日)、《禮甫》(日)中的男女因賞花而結緣。朝鮮漢文小説中男女因詩歌而結緣的比率比日本要更高,與朝、日文人的當時的漢詩文水準呈正相關性。

在遭遇波折方面,中日朝才子佳人的戀情通常都會遇到阻礙,但一般到故事的結尾最終都能排除(部分以悲劇結尾的小説除外),但阻礙原因却各不相同。中朝才子佳人小説中一般都會出現奸人或小人,小人撥弄往往會成爲阻礙戀情的主要因素;但朝鮮小説中也出現了不少因爲戰亂而生波折的情形,如《九雲夢》中的楊少游與秦彩鳳、賈春雲之間就因爲戰爭而分離,《李生窺牆記》中的李生與崔氏也因遇到賊亂而生死相隔。這與中朝兩國的時代背景密切相關。中國才子佳人小説集中出現於明末清初,晚明閹黨横行,黨派鬥争激烈,奸人、小人衆多,因此小人撥弄便成爲了常見情節;李氏朝鮮(1392—1910)内部士禍、黨争也異常慘烈,奸臣當道的情況屢見不鮮。朝鮮歷史上有過兩次重大的戰争:壬辰倭亂(1592—1598)、丙子胡亂(1636—1637),發生在明末清初,戰争記憶也化作了小説中的戰争情節。中朝小説中都不乏"奸人",日本小説中的奸人却并不常見,給男女主人公戀情帶來阻礙的往往是其他不可抗力,如男主角要出國(《新橋八景佳話》),或是要去救國(《佳人之奇遇》)等。日本此類小説大部分創作於明治時期,波折的設置上也呈現出了强烈的時代相關性。

在結局安排上,中國幾乎都是登科及第、終成眷屬的大團圓結局,經常會有奉旨成婚的情形;朝鮮小説也以團圓爲主,偶有悲劇,但對科舉没有那麽強調,也有奉旨成婚的情節;日本小説中則罕見登科,更没有奉旨成婚,才子佳人也不一定以結婚爲結局,可能以悲劇收場。東亞才子佳人小説結局的不同可以引導我們打破對明清中國才子佳人小説結局的刻板印象。自明末以來,大團圓似乎成爲了中國才子佳人小説的一種固定套路。其實,明代初期的文言才子佳人小説大多是悲劇結局①,直到明末才固定爲喜劇結局。

在婚配模式方面,中朝小説中一夫多妻的現象較爲常見,日本小説則以一夫一妻爲

---

① 王穎《才子佳人小説史論》,北京,中國社會科學出版社,2010年,頁166。

主。這與三國的婚姻制度、男女地位、倫理觀念的不同有關。孟子曰:"不孝有三,無後爲大。"中朝兩國深受這樣的儒家倫理觀影響,官宦人家常常爲了傳宗接代而納妾,并要求妻妾和睦相處。因此中朝小説强調男尊女卑,妻妾和睦的意圖也相當明顯。這一點在日本相對較弱。

總體而言,東亞三國才子佳人小説都呈現出共同的情節模式,但從細節來看,中朝小説更爲相似。朝鮮、日本作家都在小説中加入了本國元素,日本小説表現出的異質性比朝鮮更多,這與明清時期中國對朝鮮、日本的影響力也是成正比的。之所以會出現這樣的現象,可以從中國才子佳人小説的傳播與接受、明清時期三國國情、儒家思想的影響力等方面來考慮。

先看中國才子佳人小説在日朝的傳播情況。明清時期,在中國盛行一時的才子佳人小説傳入日本、朝鮮,受到歡迎。在日本,儘管德川幕府閉關鎖國,江户(1603—1868)日本依然輸入了一大批中國才子佳人小説,從 1695 年到 1754 年,先後輸入了《玉樓春》《平山冷燕》《玉嬌梨》《醒世姻緣傳》《金雲翹》等幾十種才子佳人小説[1]。這充分説明當時中國才子佳人小説在日本擁有人氣。在朝鮮,明清時期朝鮮王朝幾乎每年都會派使者來中國朝貢,并將中國流行的書籍帶回朝鮮,朝鮮文人能夠讀到的明清才子佳人小説可能比日本更多。1762 年朝鮮完山李氏所作的《中國歷史繪模本》序文中提到當時傳入朝鮮的就有包括《玉嬌梨》《好逑傳》《春柳鶯》《巧聯珠》《玉支璣》等在内的 83 種中國古代小説[2],才子佳人小説在其中所佔比重也很大。

再來看中國才子佳人小説對日朝的影響。江户日本在中國小説的影響下,出現了一些對明清才子佳人小説的翻改作品,如山東京傳的《櫻姬全傳曙草紙》(翻改自《金雲翹傳》)、曲亭馬琴的《松浦佐用媛石魂録》《開卷驚奇俠客傳》(根據《好逑傳》翻案),但祇有《風俗金魚傳》(翻改自《金雲翹傳》)獲得了成功[3]。總體而言,江户時期日本對明清才子佳人小説的翻改和演繹不算特别成功,在日本的影響力也不夠大。不過,中國才子佳人小説的影響力并不僅限於日本漢文小説界,《恨之介》等原創日語小説亦受到影響。明治維新後,日本階級出現了鬆動,高等教育給了普通人以改變自我命運的機會。在這一背景下,出現了以三木貞一爲代表的才子佳人小説作家,其代表作《情天比翼緣》《新橋八景佳話》反映了明治維新後新興知識階層對實現階層提升、自由戀愛的渴望。

---

[1] 孫虎堂《日本漢文小説研究》,上海古籍出版社,2010 年,頁 250—251。
[2] 權会映《朝鮮時期中國小説評論研究》,博士學位論文,華東師範大學,2014 年,頁 18。
[3] 磯部祐子《中國才子佳人小説の影響——馬琴の場合》,載《高岡短期大學紀要》第 18 卷,2003 年 3 月。

此外,和田秋山的《鴛鴦春話》(1879)模仿《燕山外史》的四六駢儷,描寫才子佳人邂逅相遇、金釵爲媒;石川鴻齋的《茨城智雄》描寫武士英雄救美,終成眷屬;柴四郎的《佳人之奇遇》在才子佳人的框架下寫救國復興的政治理想,也是對才子佳人小説模式的改良。

　　朝鮮與中國文化、體制、思想都更爲接近,朝鮮人漢文水準高,漢文小説衆多。朝鮮王朝重文抑武,崇尚朱子學,以"小中華"自稱,讀書人對中國才子佳人小説更有親近感。朝鮮也在中國的才子佳人小説、家庭小説的影響下產生了"家門"系列小説①。李氏朝鮮時期出現了不少以婚戀爲主題的小説,男女主人公的設定、故事情節的開展、結局等方面都有模仿中國才子佳人小説的迹象。《九雲夢》《春香傳》《玉樓夢》等明清時期朝鮮文學史上最爲史家所推重的幾部小説都帶有明顯的才子佳人小説的影響痕迹,以才子佳人爲主題的漢文小説層出不窮②。由此看來,説李氏朝鮮出現了"才子佳人小説熱"也并不爲過③。相較日本,明清才子佳人小説對朝鮮的影響更大。

　　儘管才子佳人小説在日朝也有市場,但與中國本土的熱度相比却不可同日而語,這與東亞三國的國情、制度、觀念的不同有關。中國才子佳人小説是科舉制度下中下層文人階層飛躍理想在文學中的釋放,是明清社會男女嚴重隔閡下的產物,這也是它能夠在當時廣受歡迎的兩大關鍵性因素。正如日本漢學家岡崎由美所觀察到的那樣,中國才子佳人小説有兩大支柱:科舉與結婚④。其實,金榜題名與迎娶佳人本是一體兩面。出身高貴的佳人嫁給寒門才子的先決條件是才子須取得功名,取得功名就意味著進入了官僚體系,也就有了"高攀"佳人門第的基礎。"洞房花燭夜,金榜題名時"是中國讀書人理想的人生巔峰。中國才子佳人小説的作者大部分是渴求及第的中下層文人,創作才子佳人小説寄託了他們在現實中不易實現的理想。日朝始終沒有能夠建立起像明清中國那樣自上而下完整嚴格的科舉制度,中下層文人既沒有參加科舉的機會,也不能通過迎娶佳人來提升、鞏固自己的社會階層,缺乏強大的創作動力。這一點在日本尤爲明顯,因此日本小説中才子對與佳人結婚的渴望也是東亞三國中最爲淡薄的。

　　才子佳人小説在明清中國廣受歡迎的另一大因素是男女之間的嚴重隔閡。清代中國男女處於嚴重的隔閡狀態,朝鮮使臣觀察到:漢族女性在正常的社交場合上一律缺

---

①　劉廷乾《中國古代小説對東亞小説影響的序列及模式》,載《明清小説研究》,2015 年 3 期。
②　김정숙,조선후기 여성 주도적 才子佳人小説연구—'佳人' 의 모습을 중심으로,in *Journal of Korean Culture*, no. 6, 2004. 12, pp. 85 – 104.
③　劉廷乾《中國古代小説對東亞小説影響的序列及模式》。
④　岡崎由美《神童の戀——明末清初才子佳人小説雜考》,載《中國文學研究》第 15 期,1989 年。

席,即使出門也要蒙上黑紗①;男女之間自由戀愛的可能性微乎其微,這正是才子佳人小説備受歡迎的重要背景。朝鮮和中國相似,也奉朱子學爲統治學説,強調嚴男女之大防,男尊女卑,嚴苛要求女性的道德;江户時期的日本雖然也有朱子學,但遠没有那麼大的影響力,以至於訪日的朝鮮通信使親身感受到朱子學在日本的影響實已日薄西山②,因此"男女有别"的思想在日本并不那麼深入人心。加之日本神道教自古以來持男女平等的思想,因此日本的男女隔閡程度遠不如中朝那麼深。正是因爲東亞三國在制度、思想、國情等方面的不同,使得才子佳人小説在東亞的旅行中呈現出種種有趣的變異。

二、才子之變:從文才到武藝

才子佳人小説的主角自然是才子與佳人,東亞小説中的才子形象呈現出儒生的特徵,存在高度共性:他們相貌清秀柔美,趨於女性化;才華往往集中于詩文;性格偏於文弱,一般對成功有較強的渴望;他們往往被塑造得過於完美,顯得不夠真實。從細節來看,還是可以看出東亞三國才子的不同。

中日朝才子比較

	中　　國	朝鮮-韓國	日　　本
外貌	女性化的陰柔之美爲主	女性化的陰柔之美爲主	女性化的陰柔之美爲主
性格	文弱	文弱爲主,也有文武兼具者	較勇武
才能	詩文爲主,很少有武才	詩文爲主,也有文武雙全者	有文才,武才更爲突出
成功途徑	科舉	科舉+戰功	不強調

東亞才子的外貌普遍表現出女性化的秀美,崇尚唇紅齒白、眉清目秀的相貌特徵。被比喻得最多的是潘安,此外衛玠、宋玉、司馬相如、杜牧、李白、蕭郎也是常見的喻體。例如,《玉嬌梨》對男主角蘇友白的外貌描寫是:"美如冠玉,潤比明珠。山川秀氣,直萃其躬;錦繡文心,有如其面。宛衛玠之清臒,儼潘安之妙麗。"③《九雲夢》(朝)中的楊少游"容顏秀美"、"貌如美人,且不生髯"④,甚至假扮成女道士也幾乎没有人察覺。《新橋

---
① 徐東日《朝鮮朝使臣眼中的中國形象——以〈燕行録〉〈朝天録〉爲中心》,北京,中華書局,2010 年,頁 164。
② 夫馬進《朝鮮燕行使與朝鮮通信史:使節視野中的中國・日本》,伍躍譯,上海,上海古籍出版社,2010 年,頁 113。
③ 《玉嬌梨》,頁 41。
④ 金萬重《九雲夢》,上海,上海古籍出版社,2014 年,頁 30。

八景佳話》（日）對才子的外貌描寫是："目爽鼻秀，有威不猛。面白唇紅，可愛難狎，齒連玉臉欺雪。"①這反映了儒家文化圈內儒生的共同審美趣味。

在外貌上，東亞才子出奇的相似；在才華、性格方面却呈現出不小的差異。中國才子擅長詩文，很少兼長武藝，他們的性格偏文弱，甚至近於膽小懦弱。《玉嬌梨》中的蘇友白就是典型，他在路上遇到強盜，"嚇得魂飛天外，叫一聲'不好了'，坐不穩，一個倒栽葱跌下馬來"②。這一點讓崇尚勇武的西方讀者感到震驚，認爲中國才子"一旦獨自遇到什麼危險，他馬上就會暈厥，或者尖叫著逃走，在盲目的恐懼中墜落懸崖或者掉進河裏"③。這在視畏懼爲可恥的西方讀者看來是難以想象的。不過，日朝小說中的才子表現得要更勇武一些。《九雲夢》中的楊少游和《玉樓夢》中的楊昌曲都曾帶兵打仗，面對賊人，他們的表現也更爲淡定。例如，楊少游在軍中讀兵書時，"一女子自空中而下，立於帳裏，手把尺八匕首，色如霜雪。尚書知其刺客，而神色不變"④。

日本小説更是如此，儘管儒生式的才子在文學作品中依然存在，但更受歡迎的其實是武士式的才子。江户時期才子佳人小説中的"才子"就常常被替換成"武士"，曲亭馬琴的《松浦佐用媛石魂錄》就是代表；明治維新以後日本小説中佳人與壯士、英雄的組合更是明顯增多。佳人的婚戀對象漸漸從過去以文學才華著稱的傳統"才子"，轉移到了現代名士、才士、賢士，以及帶有明顯勇武特徵的英雄、壯士、志士、名將、勇士、義士等人的身上。明治時期，日本"才子"也逐漸從傳統儒生式的才子轉變爲與時俱進的現代才子，"才子"一詞不僅被用於指稱文質彬彬的東方儒生，也用於指稱那些勇武膽大、精忠報國的西方壯士、英雄；"才子"的才華不僅限於漢詩文的造詣，也表現爲演講、武藝、膽略、志向等方面。明治時期不少翻譯小説都借用了才子佳人的模式，但"才子"常常會被替換爲"英雄"、"壯士"等詞彙。就連接受過良好儒學教育的三木貞一在翻譯西方小説時，也表現出了輕"才子"而重"英雄"的特徵。三木貞一的原創小説《情天比翼緣》《新橋八景佳話》中寫的都是中國儒士式才子與佳人的婚戀故事，在同一時期的翻譯小説中却使用了英雄、壯士與佳人的婚戀組合，說明後者已經是大勢所趨。

此外，中朝小説都喜歡強調才子成功，大多都是通過在科舉考試中獲得功名，從而獲得高官厚祿。但朝鮮才子的成功不僅依靠文才，有的時候也需要武略，如《九雲夢》中

---

① 《新橋八景佳話》，王三慶、莊雅州、陳慶浩、內山知也編《日本漢文小説叢刊》（第一輯第五册），臺北，臺灣學生書局，2003年，頁163。
② 《玉嬌梨》，頁135。
③ Alfred Lister, "An Hour with a Chinese Romance", in *China Review* (1872.7 – 1873.6), pp. 284 – 293；352 – 362.
④ 《九雲夢》，頁73。

的楊少游、《玉樓夢》中的楊昌曲都因在戰爭中表現出的武才而飛黃騰達。相較而言,日本小說很少強調才子的成功,他們表現得更加漂泊不定,更像普通的現代青年。

由此可見,明清時期的東亞才子雖有相似的外貌,但其内在却差距不小:離中國越近,才子身上的文才就越突出;反之,勇武特性便越突出;隨著西方現代性的强勢介入,東亞才子的勇武特徵也愈發受到重視,成爲了現代理想男子必備的特質。

三、佳人之異:從淑女到妓女

儘管"佳人"一詞藴含著深厚的中國文學傳統,但并不妨礙日朝文人將典型的中國式佳人改造爲他們心目中更符合本國特色和民族心理的佳人。東亞佳人的可比性甚多,以下三點尤爲值得注意。

中日朝佳人比較

	中　　國	朝鮮-韓國	日　本
佳人身份	未出閣的大家閨秀	大家閨秀、妓女、女俠、侍女、女鬼、仙女等	妓女較常見
貞潔觀念	嚴格	較嚴格	淡薄
是否嫉妒	否	偶有嫉妒	很少涉及

中國才子佳人小説著力塑造的是"淑女"型佳人,妓女一般是被排除在佳人行列之外的。然而日朝漢文小説中却出現了一系列妓女型"佳人",佳人與妓女之間有一條模糊的重合地帶。日朝才子佳人小説中妓女的出現頻率要明顯高於中國明清才子佳人小説。朝鮮小説中有許多出彩的佳人都是妓女,如《九雲夢》中的桂蟾月、狄驚鴻,《玉樓夢》中的江南紅、碧城仙,《玉麟夢》中的歌妓薛冰心等。日本以妓女爲佳人的情況更爲常見,江島其磧(1666—1735)的《傾城絶世佳人》(1711)中的"佳人"主要指妓女;蒲生重章(1833—1903)《近世佳人傳》是爲79名妓女作傳的合集;才子佳人小説《新橋八景佳話》中的女主角小紅也是妓女。這些妓女表現出忠誠、孝順、赤誠等美德,被視爲"義妓"。

之所以會出現這樣明顯的差異,與明清時代東亞三國對娼妓的態度,以及對中國文化的選擇性吸收有關。明代朝廷禁止官員狎妓,《玉嬌梨》就有所體現:小説中蘇御史聽到蘇友白不在家的消息,"大驚,因想到:'莫不是到娼妓人家去了?'"①"大驚"的背

---

① 《玉嬌梨》,頁71。

後其實就是官員不能狎妓的邏輯。朝鮮的情況與中國不同。李氏朝鮮信奉以倫理道德爲本位的程朱理學,強調男尊女卑,男女之間的交際被限制在極其有限的範圍之內,夫婦之間即使絲毫没有感情也不能離婚,"妓女"或"官妓"這一特殊的社會階層應運而生①。朝鮮妓女雖身份低賤,但兩班貴族的男子是可以狎妓的,青樓幾乎成爲了他們尋求愛情的主要管道,在小説中塑造一系列妓女出身的"佳人"也就不足爲奇了。日本情况與之相似,1617年,日本江户公娼制度確立,以得到公認的"游女"(藝妓或者娼妓)爲公娼②。在這一制度的影響下,江户時代的日本出現了許多以藝妓、娼妓爲題材的作品,如《難波鉦》(1680),《傾城買四十八》《江户繁昌記》(1832)等。1872年,日本頒佈了"娼妓解放令",廢除了娼妓與妓院的人身隸屬關係,但妓女可憑個人意願繼續營業,其獨立性也得到了保證。明治時期的日本人極度崇尚西歐的愛情觀,主張分解肉體與精神、外界與内心,認爲精神之愛的價值要高於肉體之愛,而意味著男女情愛的"色"遭到厭惡。因此,原本典型的中國式"佳人"到了近代日本的語境中也被賦予了日本乃至西方理想女性的特徵。此外,日本、朝鮮受到中國唐代的影響很大,唐代是奈良時期日本所傾心模仿的對象;朝鮮漢文小説也喜歡假託唐朝的背景。唐代進士與娼妓文學有密切關係,唐代小説中的許多"佳人",其實是妓女③。在這一思路下理解朝鮮、日本才子佳人小説中的妓女型佳人,也就更有據可循了。由此可見,東亞三國是否以妓女爲"佳人",源自於各自不同的社會背景;日朝妓女型佳人的塑造,也始終在中國性與本土性之間探索、平衡。

在對"佳人"人性的書寫上,東亞三國的小説也存在差異。中國古代文學之所以在文學革命中被批評成"非人的文學",很大程度上源於對人性的壓抑。明清小説中"佳人"強烈的貞潔觀,乃至在一夫多妻制度下表現出"不妒"的虛僞,都是其重要表現。

中朝小説極爲強調佳人的貞潔,日本則相對淡薄。主流明清才子佳人小説中的佳人往往重視貞潔,小説中男女在婚前相見的可能性都微乎其微,私定終身的情節在明末以後幾乎銷聲匿迹。朝鮮佳人的貞潔觀也比較重,有不少女子視貞潔比生命還重要,如《玉麟夢》中的張夫人、《玉樓夢》中的江南紅都爲了保全貞潔而主動赴死;即便是妓女出身的佳人,朝鮮作者也常常反復強調她們嚴守貞潔。儘管如此,婚前私會的情節在朝

---

① 金寬雄、金晶銀《韓國古代漢文小説史略》,北京,北京大學出版社,2011年,頁194。
② 有澤晶子《試論〈近世佳人傳〉所表述的時代精神》,中正大學中文系、語言與文學研究中心主編《外遇中國——"中國域外漢文小説國際學術研討會"論文集》,臺北,臺灣學生書局,2001年,頁368。
③ 王穎《才子佳人小説史論》,頁30。

鮮才子佳人小說中依然屢見不鮮,并不像中國那般視之爲洪水猛獸。日本佳人的貞潔觀念更爲淡薄。《新橋八景佳話》中的妓女小紅在才子離開後爲了生計繼續接客;《情天比翼緣》中的佳人蓮香玉自薦枕席,在婚前私定終身,落難後寄身青樓。這些不守"貞潔"的行爲都沒有遭到任何道德非難。由此可見,明清時期中朝佳人受到的來自儒家貞操觀的壓力更大,日本佳人則相對較小。

　　嫉妒是人類的天性,在愛情中也是如此。嫉妒是西方文學常見的主題。古希臘神話中的美狄亞因爲愛人伊阿宋移情別戀而心生嫉妒,把他的情人和自己的兩個孩子統統殺死。古希臘神話中像這樣書寫嫉妒的故事還有很多。然而,東亞儒家文明所期望的"佳人"却是一種擁有"后妃之德"的淑女,她們不會嫉妒,能夠欣然接受一夫多妻制,與其他的妻妾和睦共處。因此,西方讀者往往會對此心生好奇。例如,英國人甘霖(G. T. Candlin)曾經這樣評價《玉嬌梨》:

　　　　一個年輕男子已經訂婚了,但是很奇怪的是,有一個年輕女子女扮男裝并且用自己的理由向他求婚。他誠實地告訴了她自己已經有了婚約,你也許會覺得這個年輕女子一定會很失望。決不,她欣然表示自己願意做她的二房,雖然我們可能會覺得這多多少少降低了她的尊嚴。①

　　中朝小說中的佳人幾乎都不會嫉妒,甚至會主動爲丈夫推薦其他合適的女子。有一些朝鮮小說中的女性表現出嫉妒心理,但作者往往對此持批判態度。例如,《玉麟夢》中的吕夫人因丈夫另娶而心生嫉妒,作者便斥其爲"天性奸巧",爲她安排了流放的悲慘結局,貶抑色彩明顯;《玉樓夢》塑造了一個善妒的妻子黃小姐,但她嫉妒的結果是自己的侍婢被割去耳朵和鼻子,以警後人:一夫多妻制度下的佳人不能有嫉妒之心。如果說中國才子佳人小說刻意回避嫉妒,朝鮮懲戒嫉妒,日本則極少書寫嫉妒。日本才子佳人小說一般專注於書寫一男一女的故事,佳人幾乎沒有嫉妒的機會。這其實反映了中日朝三國婚戀觀念的差别:一夫多妻制在中朝較爲常見,男權意識也更强烈;在日本則較爲少見,女性地位也相應較高。"不妒"是儒家倫理綱常對女性的規約,中朝小說的佳人形象也都迎合了禮教的要求。日本、朝鮮雖然都曾受到儒家禮教的影響,但接受程度是有差異的。以"佳人"形象爲中心,可以明顯看出中國儒家禮教思想對朝鮮的輻射力

---

① G. T. Candlin, "The Junior Missionary—Dips into Chinese Fiction", in *The Chinese Recorder and Missionary Journal* (1918.11), pp. 746-747.

要大於日本。

從日朝佳人來反觀中國,也爲我們思考中國明清小説提供了新的思路。明清才子佳人小説的主流是不以妓女爲佳人的,清代中晚期出現的《花月痕》《青樓夢》等小説却著力於"改求佳人於倡優",對妓女的高尚人格、人生追求和過人才華予以推獎①。這也是日朝漢文小説的普遍態度。域外漢文學爲我們重估晚清狹邪小説的文學史地位提供了契機:狹邪小説是描寫青樓生活的小説與才子佳人小説合流演變而成的②,中國狹邪小説不强調才子佳人組合,往往被視爲另外一種類型的小説。就題材、情節、内容而言,狹邪小説與日朝以妓女爲佳人的才子佳人小説十分相似,其實可以將部分溢美型狹邪小説納入東亞才子佳人小説的"家族"之中。

明清小説中的中國佳人"旅行"到了朝、日之後,其身份、性格、思想都發生了變化;她們身上的"淑女"特徵有所淡化,逐漸轉變爲觀念更爲開放,思想更加自由的佳人。

結　　語

文學革命後才子佳人小説遭到批判,其理由歸納起來主要有幾點:結構千篇一律,通常是"小生落難,後花園訂百年盟,狀元及第"③;屬於貴族文學,缺乏對平民的關懷;才子祇會吟詩,才華單一;一個才子可以娶一個以上的佳人,妻妾和睦相處,不符合真實人性,屬於"非人的文學"。然而,這種在中國新文化人看來藝術性、思想性都不高的小説却成爲了中國文學海外傳播史中的重要類型,不僅在東亞漢文學史上佔有一席之地,在歐洲漢學史中也備受矚目。法國漢學家,《玉嬌梨》的譯者雷慕沙就曾指出:才子佳人小説是更進步的社會發展的成果④。

域外漢學爲我們重新思考明清才子佳人小説的價值和影響提供了新的可能性。如果將明清才子佳人小説納入東亞漢文學乃至世界文學的體系之中,可以看到中國的才子佳人在其東亞"旅行"中正在悄然改變。無論是人物塑造、情節設置還是在思想意境上,東亞才子佳人小説都已經在一定程度上突破了中國同類小説的固有缺陷,也爲我們重新理解才子佳人小説提供了新的啓發。東方學家薩義德提出了"旅行中的理論"

---

① 王穎《才子佳人小説史論》,頁366。
② 同上書,頁373。
③ 周作人《文字的魔力》,《周作人散文全集》5,桂林,廣西師範大學出版社,2009年,頁684。
④ IU-KIAO-LI 1827: ix－x,譯文參見曾文雄《論"第三才子書"〈玉嬌梨〉的早期英譯》,載《外語教學》,2014年2期。

（Traveling Theory）這一概念，認爲任何一種理論在其跨文化傳播過程中都必然要發生變形①。明清才子佳人小説的東亞傳播也是如此，反映了一種小説類型在東亞各國被接受、借用和改造的歷史脈絡。旅行中的才子佳人小説發生了變形，也在很大程度上突破了其固有缺陷：結構不再千篇一律，及第團圓的結局被改變；才子佳人的出身不限於貴族，平民出身的男女更爲常見；才子才華多樣，從祗會吟詩作對的文人轉變爲文武雙全的英雄；佳人也不再甘心祗做逆來順受的"淑女"，有了更爲獨立自主的人格魅力。"非人"的才子佳人小説在旅行中已經逐漸具備了"人的文學"的重要屬性。

李時人教授曾比較過中國才子佳人小説與西歐中古時期的騎士文學（romance），認爲它們的共同點在於都是寫男女戀情，差異在於騎士以勇武爲特徵，而中國的才子以文才爲特徵；騎士愛戀的對象多爲已婚的王后、貴婦等，而中國的佳人則主要指向未出嫁的大家閨秀②。經過日朝作家對才子佳人小説的改編，過去以文弱儒雅爲主要特徵的東亞才子也有了勇武的特性；東亞才子的婚戀對象也不僅限於未婚的大家閨秀，呈現出了多樣性。可以説，明清才子佳人小説走向東亞之後，與西方文學之間有了更多的對話空間，從而演變成爲了世界文學中不可或缺的一種文學形式。

才子佳人小説本發源於中國，走向東亞之後的才子佳人小説儘管發生了變異，但也應該將其視爲漢文學圈的共同財富。明清才子佳人小説的東亞旅行不僅顯示了中國明清小説的世界性價值，也在提醒著我們：明清時期不僅有"西學東漸"，也有"東學東漸"；明清時期的中國一直在與域外文化交流互動。

（作者爲上海社會科學院文學研究所助理研究員）

---

① 薩義德《世界·文本·批評家》，李自修譯，北京，生活·讀書·新知三聯書店，2009 年，頁 401。
② 李時人《序言》，《才子佳人小説史論》，頁 1。

嚴歌苓《扶桑》中的跨國形象書寫

曲慧鈺

美國華文文學是當今世界文學中的重要組成部分,由在中國傳統文化影響下成長、成年後移居美國的中國作家所創作。移民作家一方面帶有中國傳統文化的深刻烙印,另一方面又潛移默化地受到美國文化和價值觀念的影響,這樣特殊的身份和經歷使其塑造的中國形象和美國形象染上了"雙重形象色彩",主體與他者在移民作家的筆下"成爲負數的主體和他者,從而提供了更爲複雜的異國形象"①。《扶桑》是嚴歌苓於1995年創作的長篇小説,對於它的創作,嚴歌苓這樣寫到:"近三四年來,我在圖書館鑽故紙堆,掘地三尺,發覺中國先期移民的史料是座挖不盡的富礦……我始終在一種悲憤的情緒中讀完這些史書,中國人被淩辱和欺壓的史實驚心動魄,觸動我反思:對東西方從來就沒有停止過的衝撞和磨礪反思,對中國人偉大的美德和劣處反思。"②160 本史料記載的是中國被陌生化、絶對化、他者化和妖魔化的歷史。跨越百年時空,小説通過叙述者"我"與扶桑的對話講述了中國第一代和第五代移民的屈辱和苦難,穿插其中的困惑迷失和在雙方相互注視下塑造的"中國移民眼中的美國人"和"美國人眼中的中國移民"凸顯了種族矛盾跨越百年的不可調和和作者想要拂去歷史塵埃,重新闡述被西方話語遮蔽的民族形象的强烈願望。

一、優越的公民:白人世界的"拯救者"與"施暴者"

《扶桑》中描寫的美國人形象分爲"拯救者"與"施暴者"兩類。"拯救者"以克里斯和"拯救會"的女護士爲代表,他們受過良好的教育,在西方傳統價值觀的引導下,扮演著東方人的"拯救者"角色。但他們并非以平等的姿態與中國人相處,"拯救"本身就暗

---

① 胡亞敏《比較文學》,北京,高等教育出版社,2016年,頁133。
② 嚴歌苓《主流與邊緣》(代序),《扶桑》,上海,上海文藝出版社,2002年,頁4。

含著種族優越意識,"拯救者"內心對中國移民依然充斥著蔑視和仇恨。"施暴者"是與"拯救者"截然相反的美國人形象,他們公然表達對中國移民的厭惡和仇恨,并試圖以暴力的形式傷害和驅趕中國移民。

趙稀方曾對西方的"拯救"做過這樣的論述,指出:"白種人是高貴的,而黃種中國人是低賤的,東方的女性渴望來自於西方的拯救。當這種一廂情願的殖民想象成為殖民地的主流意識形態時,它就會成為構建殖民地文化的力量,會成為被殖民者的主體意識的構成部分。"① 在《扶桑》中,克里斯的"拯救者"身份是在追求西方傳統文化中宣揚的"騎士精神"的過程中確立起來的:白種少年克里斯扮演了古老東方的拯救者形象,而扶桑則被自動認定為被拯救的對象。

騎士故事對於克里斯"拯救者"形象的塑造起到了很大的導向作用,而扶桑所處的環境和其特殊的身份又與騎士故事中等待被拯救的小姐形象頗為相似。於是,克里斯便懷著滿腔的熱情投入到了他想象的拯救神話之中:"他夢想中的自己比他本身高大得多,持一把長劍。一個勇敢多情的騎俠。那昏暗牢籠中囚著一位奇異的東方女子在等待他搭救。"② "他醉心于自己心中昂然而起的騎士氣質,以及一種自我犧牲的高貴。"③ "克里斯感到自己頂天立地,不是神話,而是現實中的忠勇騎俠。那兩條腿始終微微叉開站立的腿鐵一般堅硬地立於馬鐙,居高臨下地看著被他深愛的女奴:你自由了。"④ 來自東方的柔弱女子激發起了克里斯的拯救情懷,他試圖"解放"被奴役的女子,但值得注意的是,克里斯關於"拯救"的想象却暗含著西方社會普遍存在的種族優越意識和征服欲:高立於馬鐙之上的騎士、頂天立地的騎俠對應的是昏暗牢籠中被囚禁著的女奴,這種光明與黑暗、崇高與卑微的對比極為明顯,白種男子以"拯救者"自居,他高高在上,仿佛救世主般將自由施與了東方女子。西方與東方強烈的對比在克里斯眼中如此理所當然,這表明,即使扮演著"拯救者"的形象,種族優越意識依然潛藏在克里斯的潛意識中。

對拯救"東方妓女"的狂熱和對其他華人移民的仇恨同時集中在克里斯身上,而這種狂熱和仇恨又是同時增長的,這使得克里斯的形象變得極為複雜。克里斯將扶桑不幸的根源歸結于中國男人,為了拯救扶桑,他參加了白人向政府發起的請願,"要把中國苦力、中國鴉片鬼、中國婊子趕盡殺絕";他向記者們表明自己"願意做一切來滅絕這群

---

① 趙稀方《小説香港》,北京,三聯書店,2003年,頁104。
② 嚴歌苓《扶桑》,西安,陝西師範大學出版社,2017年,頁18。
③ 同上書,頁66。
④ 同上書,頁197。

黄面孔的奴隸主"①;他不再對暴打中國人的現象感到厭惡,甚至還會在人群中旁觀。克里斯身上有拯救者善良的一面,但他依然沒有擺脱掉存在於整個美國社會的對華人移民的仇恨,"他希望一場不分青紅皁白的毁滅,毁了所有奇形怪狀的東方樓閣,毁了所有奇形怪狀的辮子和脚,毁掉一切費解的晦澀"②。在這關於毁滅的想象中,克里斯在仇恨的驅使下參與了針對華人的迫害行動和輪奸扶桑的醜行,其掩蓋在"拯救者"幻想下與美國社會一致的對華人的憎惡顯露無遺。

"拯救會"中的女護士同樣扮演著"拯救者"的角色,但與克里斯相同,她們的"拯救"也充滿種族優越感和更爲明顯的對華人的厭惡和仇恨。"拯救會"的女護士在基督教教義的影響下,參與了拯救扶桑的行動,她們在克里斯的幫助下,成功將扶桑帶出了華人醫院,并將其從瀕死的狀態中解救了出來。雖然女護士拯救了扶桑的生命,但她們却帶著蔑視和厭惡將扶桑視爲"他者"。當扶桑脱下白麻布衫,重新換上紅綢衫時,女修士十分憤怒地對其"無恥"行爲進行了指責,并將代表著東方的紅衫扔進了垃圾桶。而當女護士發現女孩們在卧室"排泄"時,她更是憤而宣稱:"我意識到有些東西是不能被改良的,比如這些半是兒童半是魔鬼的生物。""中國人……生了這些魔鬼似的女孩來懲罰世界!"③可以看到,"拯救會"按照基督教教義拯救了扶桑的肉體,這雖然在表面上體現了西方的仁愛精神,但這些"拯救者"内心中依然固守著對華人的刻板印象,對華人充滿了蔑視和憎恨。

法國學者亨利·巴柔指出,對待異國的態度分爲狂熱、憎惡和親善三種基本類型。對待異國的憎恨態度表現爲:"與優越的本土文化相比,異國現實被視爲是落後的。"④在《扶桑》中,嚴歌苓通過對中美間幾次衝突的描繪展現了作爲主體的美國社會在面對華人他者時的憎恨與厭惡。

美國人厭惡中國勞工的存在,稱中國人爲"梳辮子的中國佬"、"黄色工蟻"、"天生的撒謊精",這些已經成爲了套話的詞語展現了雙方的對立和美國人對華人勞工的憎恨和鄙夷。在主流意識形態和普遍民族優越感的影響下,美國人將華人視爲最爲低下的存在,美國社會的各個階層都對華人移民充滿了鄙夷和仇恨。"在1870年的聖法蘭西斯科的報紙上,百分之五十的人認爲中國人是比黑人更低劣的人種"⑤,政治家通過反對華人彰顯自己對國家的熱愛:"誰把反對態度端得强硬,誰能提出最迅速的排斥方案,

---

① 嚴歌苓《扶桑》,西安,陝西師範大學出版社,2017年,頁129。
② 同上書,頁202。
③ 同上書,頁132。
④ 孟華《比較文學形象學》,北京,北京大學出版社,2001年,頁175。
⑤ 嚴歌苓《扶桑》,頁150。

誰能把這些黃面孔的敵意儘快變爲政治措施,誰就得最多選票。"①就連傑克·倫敦這樣著名的文學家也毫不掩飾對中國的厭惡:"他認爲中國人是陰險的、懶散的,是很難瞭解和親近的,也不會對美國有任何益處的。"②

可以看到,對華人的憎惡和仇恨是美國社會中普遍存在的情感態度,美國人在這種情感的推動下一次次發起了針對華人的迫害:白人們向市政府的請願、被活活打死的老伙夫、被燒毁的唐人街和被輪奸的華人妓女……在這些暴行中,火燒唐人街是反映美國人對華人移民仇恨和憎惡的典型。在這場美國"大衆意志"驅使下發生的暴行中,美國人高喊著"中國人必須走"的口號沖進了在他們眼中混亂骯髒的唐人街,他們憤怒地點燃了華人的房屋,在火光的掩映下開始了對一切帶有中國特徵的人、物的毁滅。具有諷刺意味的是,這具有全體性質的對華人的破壞却被賦予了正義和神聖的色彩,"抵禦外族侵犯和殲滅邪教徒的責任感使人群中的無賴流氓也得到了刹那的净化"③。這殘忍的行動和荒誕的評價背後折射出美國社會對華人的普遍誤解和敵意。

二、邊緣化的移民:華人世界中的"自塑形象"

自塑形象"指稱那些由中國作家自己塑造出的中國人形象,但承擔著這些形象的作品必須符合下述條件之一:它們或以異國讀者爲受衆,或以處於異域中的中國人爲描寫對象"④。法國學者巴柔認爲:"一切形象都源於對自我與'他者',本土與'異域'關係的自覺意識之中"⑤,在形象學中,"自我"與"他者"是一對相對的概念,"作家在對異族形象的塑造中,必然會引起對自我民族的關照和透視,'他者'形象猶如一面鏡子,照射了別人,也會反作用自己,不同文化的差異正是在這種比較對照中更明顯地展現出來。"⑥自我的存在建立在他者的基礎上,没有他者就没有自我。作家通過塑造作爲他者的異國形象認識自我,并在此基礎上形成對自我的反思和超越。薩義德認爲東方主義中包含著西方對東方長期以來的主宰和話語權利方式,西方按照自己的想象描述東方,其中包含著濃厚的意識形態色彩。在這種不平等的關係中,所謂東方主義變成了西方對東方和第三

---

① 嚴歌苓《扶桑》,頁 171。
② 同上書,頁 150。
③ 同上書,頁 205。
④ 孟華《比較文學形象學》,頁 15。
⑤ 同上書,頁 4。
⑥ 饒芃子、楊匡漢《海外華文文學教程》,廣州,暨南大學出版社,2009 年,頁 34。

世界的無知、偏見和獵奇而虛構出來的某種東方神話。嚴歌苓在《扶桑》中讓美國白人和華人移民處於相互注視之中,不僅展現了美國人對華人充滿偏見的東方想象,也通過自塑形象展現了華人的真實面貌,使生活在強勢西方社會下處於失語狀態和被邊緣化的華人移民發出了自己的聲音,從而顛覆和解構了西方長期以來對華人的刻板印象。

在西方傳統的認知中,華人勞工一直以"軟弱、沉默"和缺少陽剛氣的形象出現:"他們如此柔軟,綿延不斷地蔓延,睜著一雙雙平直溫和的黑眼睛。從未見過如此溫和頑韌的動物……他們的溫和使殘忍與邪惡變成了不可解的缺定義的東西……他們在這個初生的城市形成一個不可滲透的小小區域,那裏藏污納垢,產生和消化一切罪孽,自生再自食,沿一種不可理喻的規律迴圈。他們的生命形式是個謎……這裏的人們感到了恐懼,對於溫和與殘忍間晦澀含義的恐懼。"①"白種工友們終於悟過來,他們是一切罪惡的根。這些捧出自己任人去吸血的東西。他們安靜地忍耐……世上竟有這樣的生命,靠著一小罐米飯一撮鹽活下去。"②華人移民的到來打破了美國社會工人與雇主的關係,華人驚人的生命力和忍耐力給白種人帶來了威脅。嚴歌苓分析了美國人對華人移民仇恨態度的原因,這群"梳辮子的男人"以其"廉價"佔據了白人的生存空間:"這些逃難來的男女邪教徒……他們意識到大事不好;這是世界上最可怕的生命,這些能夠忍受一切的沉默的黃面孔在退讓和謙恭中無聲息地開始他們的吞沒。"③

在西方人眼中,華人勞工似乎是一群缺少人類情感的"生物",他們的沉默懦弱和即使在最惡劣的環境中也能生存下來的生命力抹殺了作爲"人"的基本屬性,而向最低賤的動物靠攏。華人勞工在西方人仇恨的眼光中被醜化和扭曲,其陽剛性被抹殺,其展現出的在中華傳統文化中被贊揚的堅韌和頑强品質却被視爲令人無法理解的特性。

而嚴歌苓在小説中通過"叙述者"的視角,對華人勞工進行了再塑造,這群在美國社會的邊緣人和失語者在"叙事者"這裏重新綻放,成爲有尊嚴、有情感、有義氣的主體。聚集在海角之嘴廣場上的單身漢"再窮也不流浪、行乞",他們生活在美國社會的邊緣,但依舊保持著中國人的尊嚴:"一百多年從你到我,中國人極少窮得去行乞的。他們有的窮瘋了,但也都是些文瘋子,不動粗。没瘋的一天祇吃一頓,安靜地維持著饑餓中的尊嚴。"④而一百年前那場爲扶桑發起的決鬥,更是通過對華人群體血性和勇氣的展示

---

① 嚴歌苓《扶桑》,頁54—56。
② 同上書,頁70。
③ 同上書,頁17。
④ 同上書,頁150。

顛覆了西方人眼中弱小中國人的印象。在這場決鬥中，嚴歌苓將白人和華人放在一起進行審視：白人將決鬥視爲東方諸多神秘因素中的一個，他們帶著單柄望遠鏡、穿著節日盛裝以獵奇者的好奇來觀看這場"東方羅馬決鬥"。而參與角鬥的"不好男兒"卻以中國式的英勇向"高高在上"的西方人展現了傳統古老的東方力量："血塗在白色綢緞的衫褲上，的確十分好看。除了倒下被人群中伸出的手拖出舞臺的，所有人都酣暢淋漓地流著血……他們不是在自相殘殺，他們是在借自相殘殺而展示和炫耀這古典東方的、抽象的勇敢和義氣……他們都是第一次親眼看到這個種族帶殘酷色彩的勇敢和對於血的慷慨。他們還領略到一種東方式的雄性嚮往：那就是沙場之死。"① 被白人視爲低劣軟弱的民族通過在戰場上視死如歸的廝殺展現了獨具悲壯色彩的中國式死亡，而一向自視爲強者的白人在這場華人主導的衝擊與震撼下則反而如同"暴雨前的蒿草一樣戰戰兢兢"。西方傳統觀念中的華人勞工是低賤、沉默、軟弱的代名詞，他們在白種人帶有種族歧視意味的描述中被醜化，但嚴歌苓卻通過對華人勞工的重新塑造展現出他們身上一度在失語狀態中被遮蔽的一面，通過對勞工尊嚴、勇敢的挖掘解構了白人話語對勞工的塑造。

扶桑始終處於以西方男性爲主的注視之中，移民和妓女的雙重身份使扶桑一直處於主流話語之外，白人群體通過對扶桑帶有侵略性的注視將她塑造成具有東方神秘主義色彩的柔弱妖女形象，使其符合西方一直以來對東方女性的想象。在此，自我與他者身份通過"注視"得到了確立。自我在對他者的注視中看到其與自身的差異，并由此使自我身份得以確立。而他者在"被注視"中處於失語狀態，他者形象在主體想象的注視中被歪曲，蒙上了符合注視者主觀意願的神秘色彩。但需要注意的是，"敘述者"眼中的扶桑卻與白人史學家的記載相差甚遠，在敘述者眼中，扶桑不再是引誘白人男孩的中國妖女，她的堅韌與寬容使其上升爲如同"神女"和"地母"一般的存在。

在西方人的眼中，扶桑是東方的代表，她"嫌短嫌寬的臉"、"以花汁染紅的指甲"、殘缺的"三寸金蓮"在獵奇者眼中無不沾染著神秘的氣息，他們爲異國情調吸引，試圖"從那盤根錯節的繁雜秩序中讀出'東方'"②。在史書中，扶桑是作爲中國最美麗的妓女被記載的："那個著名的，或說是臭名昭著的華裔娼妓扶桑盛裝出場時，引起幾位紳士動容而不禁爲其脫帽。""被視爲奇物的這位華裔妓女最終經核實，她的身體與器官並非特異，與她的白種同行大同小異。"③ 在史學那裏，扶桑被壓縮爲一個符號，這個符號唯一承擔的角色

---

① 嚴歌苓《扶桑》，頁156。
② 同上書，頁2。
③ 同上書，頁4。

就是"來自東方的妓女",而這個妓女性格中的堅强、寬容等特質却被他們所忽視。

嚴歌苓通過叙述者的眼睛展現了一個不一樣的扶桑。她堅韌地忍受命運的苦難,溫和地將自己奉獻給傷害她的男人,以極大的寬容和博愛包容著一切。這樣的扶桑與白人代表克里斯之間形成了極大的反差。自認爲是拯救者的白人男孩不但没有他想象中的勇敢和堅强,反而在對異族的仇恨中走向了迫害者的角色。而一直被安置在"被拯救者"位置的扶桑却以其博愛讓墮落的男孩走向了救贖之路。在扶桑與克里斯幾乎貫穿一生的愛情故事中,克里斯一直處於注視者的位置,他帶著征服欲而來,但最終却被"這個東方女性身上古老的母性"所征服。在這裏我們看到了一個白人男孩從征服者和拯救者向理性的中國學者的轉變,這種轉變表明克里斯與扶桑的"拯救者"與"被拯救者"關係發生顛倒的同時,西方社會對東方女性柔弱低賤的傳統印象也一同被消解。

三、困惑的叙述者:雙重文化背景下的自我身份建構

"叙述人"是《扶桑》中一個獨特的角色,她以"第五代中國移民"的視角觀看一百年前美國華人街的景象,并在與扶桑對話的同時講述自己作爲移民在美國的生活。叙述者與扶桑在對話中得以穿越時空的界限在同一語境中相互對照,從中不但窺視到了一百年前第一批中國移民的生存狀况,也在叙事者的自我表白中感受到了現代移民依然會體驗到的來自西方社會的敵視以及他們在雙重文化背景衝擊下的困惑和焦慮。

"《扶桑》是一個夾在東西方文化困惑中的青年女子對一百年前同等文化處境下的女子傳奇的闡釋,那是不同時間的闡釋。這種對一百多年來中國移民在美國所遭遇的文化上的差異和隔閡,永遠是一個深刻而敏感的話題。"①在小説中,以"我"爲講述主體的獨特叙述方式一直是評論家們關注的重點。陳思和指出,《扶桑》中"那個叙述人的角色是至關重要的"②,一百年前後移民的共同心理體驗在"我"的講述中呈現了出來。"我"以 160 册史學家的記録爲參考,試圖在這主流意識話語的背後挖掘出更爲真實豐滿的移民形象,西方史學家筆下被扭曲的華人形象在"我"的叙述中洗去了種族偏見,呈現出了本來的面目。值得注意的是,小説中叙述人在講述扶桑的故事的同時,也在講述自己的故事,扶桑的故事與"我"的故事一同展現了百年移民浪潮中中國人從第一次踏上陌生土地之時就開始譜寫的歷史。"我"是一個移民美國的作家,嫁給了一位白人丈

---

① 嚴歌苓《扶桑》,頁 280。
② 陳思和《關於〈扶桑〉改編電影的一封信》,《嚴歌苓文集》第 3 卷,北京,當代世界出版社,2003 年,頁 230。

夫,社會地位與 100 年前的移民相比有所提高,但即便如此,"我"却無法融入美國社會。同第一代移民一樣,"我"依然要在白人社會中埋頭苦幹,要在辛勤和忍耐中去爭奪錢財和生存空間。在這個過程中,"我"作爲"異鄉人"和"漂泊者"忍受的是"像第一個踏上美國海岸的中國人一樣的孤獨"。

在小說中,嚴歌苓有意識地對移民這一特殊身份進行探索和反思。在這裏,時間界限常常被有意打破,"我"與扶桑跨越百年的對話顯示出了移民者始終無法擺脫的由文化隔膜產生的情感創傷與精神困惑。"我從來不知道我跨越太平洋的緣由是什麽。我們口頭上嚷著到這來找自由、學問、財富,實際上我們并不知道究竟想找什麽。"①"我的時代和你的不同了,你看,這麽多的女人爲自己定了價格:車子、房產、多少萬的年收入。好了,成交。這種出賣的概念被成功偷換了,變成婚嫁……有人可以賣自己給一個城市户口或美國綠卡。有多少女人不在出賣?"②在自我剖析與自我反思的過程中,"我"清楚地看到,華人的地位和處境與百年前相比似乎并沒有多少變化。與第一代移民相比,"我"甚至在更激烈的中美文化衝擊中變得消沉,"我失去了對生存的敬意和熱枕",沒有了前輩們的目的性和方向性,逐漸迷失在"白面孔千篇一律的微笑"中,而這看似友好的微笑背後隱藏的依舊是與一百年前一樣的對華人的憎恨。

新移民的身份與文化有著千絲萬縷的聯繫,這種文化身份是"一種共有的文化,集體的'一個真正的自我',藏身於許多其他的/更加膚淺或人爲地加強的'自我'之中,共用一種歷史和祖先的人們也共用這種'自我'",它"反應共同的歷史經驗和共有的文化符碼,這種經驗和符碼給作爲'一個民族'的我們提供……一個穩定、不變和連續的指涉和意義框架。"③移民者有著自己的文化之根、文化之源,但自其踏上異國土地之時起,其文化身份便開始發展、變化與斷裂。母國文化與移民國家文化的強勢碰撞、陌生文化與錯位認知的困境促使移民者力圖闡釋自我身份,以期得到新的確認。然而身份確認的過程是極爲艱難的,潛藏在意識之中的民族記憶却無時無刻不在與"我"新的文化身份發生衝突,這種身份的不確定性使移民者無可避免地陷入了身份焦慮之中,從而成爲游離於本土與異域雙重文化之外的"邊緣人"。他們"在美國時……始終進入不到主流社會;待回到中國,他們在美國社會不知不覺沾染上的一些觀念或處事之道凸現出來,

---

① 嚴歌苓《扶桑》,頁 3。
② 同上書,頁 178。
③ 斯圖亞特·霍爾《文化身份與族裔散居》,羅鋼、劉象愚主編《文化研究讀本》,北京,中國社會科學出版社,2000 年,頁 209。

也使得他們和中國社會發生疏離,格格不入……又成了中國社會中的邊緣人"。作爲第五代移民,"我"實則扮演了在東西方文化的夾縫中生存的追尋者形象,我追尋身份的確定,追尋異國文化的認同,試圖通過與白人丈夫的結合尋求"歸屬感":"我記不清有多少個瞬間,我和丈夫深陷的灰眼睛相遇,我們戰慄了,對於彼此差異的迷戀,以及對於彼此企圖懂得的渴望使我倆無論多親密無間的相處不作數了,戰慄中我們陷在陌生和新鮮中,陷在一種感覺的僵局中。"①"我的白種丈夫説:親愛的,我們説 YES 的時候,心裏想的就是 YES,不像你們,説 YES 的時候而意思却是 NO。"語言、觀念和文化的隔閡使得"我"試圖通過丈夫擺脱邊緣的期望落空,這暗示了處於邊緣人地位的移民者走入主流文化之路的艱難。

"移民的最終意義是指向另一種人生"②,移民者帶著對生活的美好想象和渴望來到異國,希望獲得移民國的接納和認可,但由於文化的封閉性和排他性,他們始終要面臨著尋求認同和確立分身的問題。"90 年代爆發了全球的認同危機,人們看到,幾乎在同一個地方,人們都在問'我們是誰?''我們屬於哪兒?'以及'誰跟我們不是一夥兒?'"③對於移民國來説,移民者自始至終都是被排除在主流文化之外的"他者",即使是在今天,移民者們依然需要爲了抵制來自移民國的歧視與仇恨發聲。在無法改變的"自我/他者"、"民族/世界"、"邊緣/中心"、"東方/西方"的對立中,移民們永遠不能真正融入異國文化,他們被迫以一種邊緣化的狀態生活在中心之外,又難以回歸本國文化,個體身份不斷面臨著顛覆與重構,始終陷入在自我認同難以獲得的危機之中。

結　　語

新移民在東方文化與西方文明相互交織與碰撞的環境中注定會具有雙重文化身份。在談及《扶桑》的創作動機時,嚴歌苓指出:"同一些歷史事件、人物,經不同人以客觀的、主觀的、帶偏見的、帶情緒的陳述,顯得像完全不同的故事……我始終在一張悲憤的情緒中讀完這些史書,中國人被淩辱和欺壓史實驚心動魄,觸動我反思:對東西方從來没有停止的衝撞和磨礪反思,對中國人偉大的美德和劣處反思。"④移民作家的特殊

---

① 嚴歌苓《扶桑》,頁 33。
② 王芳《移民:一個欲説還休的名詞》,載《世界華文文學論壇》,2003 年 1 期。
③ [美]亨廷頓《文明的衝突與世界秩序的重建》,北京,新華出版社,1998 年,頁 129。
④ 嚴歌苓《主流與邊緣》(代序),《扶桑》,上海,上海文藝出版社,2002 年,頁 4。

身份使嚴歌苓在創作中自覺地關注到異國形象的塑造,她以自己在美國的經歷和歷史上中美雙方交流爲基礎,通過敘述華人在美國社會的生活展現對中西方文化互動中所產生的問題進行反思。在《扶桑》中,嚴歌苓一方面通過講述解構了西方傳統話語中對華人的歪曲塑造,另一方面又通過對自己故事的講述將生活在東西方文化衝擊下移民的焦慮和困惑展現了出來,以此展現出雙重文化背景中有關生存焦慮的真實體驗。在她筆下,關於中國形象和美國形象的傳統認知被打破,而作者在塑造新的中美形象的過程中展現出的是對文化交流和碰撞的重新思考。

《扶桑》通過對美國社會底層華人生活狀態及中西方互視下畸形形象的細緻剖析,展現出了新移民的尷尬處境及西方對華人根深蒂固的刻板印象與偏差認知。在小説中,嚴歌苓塑造了一個符合西方想象的東方女性典型,但這個形象又以其豐富性與複雜性顛覆了西方人眼中單一的華人形象。正是通過這種重塑與顛覆,華人的真實形象才得以穿越歷史與文化的隔膜,以一種生動真實的面貌呈現出來。在這裏,西方文化徹底淩駕於東方文化的模式已經被打破,扶桑以其典型獨特的東方氣質消解了以克里斯爲代表的西方統治意識,并反過來拯救了逐漸墮落的白人少年。在《扶桑》中,西方對中國的刻板印象被解構,華人走出了被動與沉默的角落,以一個個真實的具有獨立意識的個體呈現在人們面前。

在《扶桑》中,嚴歌苓將目光投向東西方文化碰撞的尷尬情境中,圍繞異域生活中最敏感的、最具文化衝突尖銳性的情感和身份認同問題,揭示了處於弱勢地位的海外華人在面對強大西方文明時所感受到的錯綜複雜的情感,以此達到對生命、靈魂、與人性的思考,如嚴歌苓本人所説:"以《扶桑》爲例,史料上没有這個人物,但史料上記載過西方兩千個男孩嫖妓的事實。這些男孩的第一次性體驗是從中國妓女身上得到的。我想把移民的生命狀態,放在兩個民族的碰撞中去表現,在這個舞臺上把人生推到極端,一旦到達極端,人性的東西就一下演出來了。"[1]由此反映了身處異國的嚴歌苓對於女性獨特的理解與感知和蘊含其中的人道主義精神與人文主義關懷,以及對於達成多元文化間平等共處、自由暢通交流的強烈訴求。

(作者爲天津師範大學文學院、跨文化與世界文學研究院博士研究生)

---

[1] 江少川《走近大洋彼岸的繆斯——嚴歌苓訪談錄》,載《世界華文文學論壇》,2006 年 3 月。

民族文學本土研究著作翻譯對策

——以《〈格薩爾〉論》英文版爲例

梁艷君　吴春曉　司國慶

　　史詩藴含著中華民族特有的精神價值、思維方式、想象力和文化意識。我國三大英雄史詩《格薩爾》《瑪納斯》《江格爾》不僅爲中華民族提供了豐厚滋養,而且爲世界文明貢獻了華彩篇章。將《〈格薩爾〉論》推介到世界,參與世界學術話語體系與話語權的建構過程,可以增進國際社會對我國史詩學界的瞭解,展示我國政府保護和傳承民族文化的政策和成效,同時翻譯過程研究及成果的問世,對民族學翻譯、民族文學翻譯中所遇到的問題,諸如文本的選擇、翻譯策略、翻譯方法、譯者主體性、目的語讀者心理接受等,能够提煉問題、積累經驗,在此基礎上提供可資借鑒的建議。

　　《〈格薩爾〉論》是中國社會科學院少數民族文學研究所承擔的國家"七五"社科重點項目"中國少數民族史詩研究"課題的成果之一,由降邊嘉措著。原作者在搜集、整理、翻譯和研究史詩經驗的基礎上,利用大量的第一手資料,結合中國傳統民間文學和國外史詩研究方法,多學科、多角度、多層次探討了《格薩爾》的形成與發展規律,分析了其產生的社會歷史背景和文化。該書是對藏族史詩《格薩爾》内容、文學框架、社會價值、史詩價值以及思想價值的系統論述。

　　面對這樣一部專業性很强、具有濃郁民族風格的專題學術論著,採取什麽樣的翻譯對策和方法决定著原作中意義的有效轉换,决定著譯文本能否在異域傳播的時空裏行之將遠。衆所周知,翻譯的風格受制於翻譯作品的題材。比如文學譯本首先要以鮮明、生動、具有審美特徵的語言呈現給讀者,滿足讀者對文學作品的心理期待,而學術著作的翻譯應遵循"以信爲本,深度翻譯"的原則傳遞原作的核心思想[①]。因此,《〈格薩爾〉論》譯著以"信"爲前提,在方法論上,採取了深化結構、喻體直譯、依境取譯、以信達意

---

① 梁艷君、馬慧芳《民族學學術著作外譯模式——基於中國北方民族薩滿教英譯實踐》,載《西南民族大學學報》,2015年第2期,頁30—34。

等方法,以期在可讀性、表現法和語用規範上達到目的語讀者的心理預期。

一、深化結構

翻譯不是簡單的兩種語符之間的轉化,而是一項再創作的工作。在創作過程中,對原語意義和意涵的剖析,對文化的解析轉換,對審美判斷和語言表達的選擇都直接影響著譯者的創作過程。誠然,翻譯的成敗固然與一詞一句的意義把握有很大關係,但是成敗所維繫的不是一詞一句的意義,而是對全域即對"整個文本"或"整體性文本"的理解①。在民族文學學術著作翻譯實踐中,要多層次、多角度地構思,做到"精心設計與施工"。

《〈格薩爾〉論》全書共分18章,前四章從《格薩爾》史詩的流變、文化背景等角度詳細介紹《格薩爾》史詩誕生之初所賴以生存的文化土壤;第五到第十一章從神靈—圖騰—宗教、社會文化、意識形態、民俗民風等角度論證了《格薩爾》史詩留給後人的豐富社會學價值;第十二到第十七章從文學藝術角度分析了《格薩爾》史詩獨特的藝術魅力,如敘事結構、語言諺語、文獻來源、名字考證、人物性格塑造等;最後一章就史詩傳播人的社會功能以及《格薩爾》文化的傳播遠景進行了說明,肯定了說唱藝人對於格薩爾史詩傳播的重要貢獻。

縱觀《〈格薩爾〉論》全書,可以看出作者對本民族歷史文化深厚的情感和審慎的分析以及客觀的描述和評價。如在第一章作者將《格薩爾》與其他民族的史詩進行了簡要的比較,奠定讀者的理解基礎;第八章詳細地介紹了西藏不同於其他民族及地區的占卜方法和分析方法以及例證;在第十一章重點說明了對於讀者來說難於理解的藏傳佛教和苯教的衝突來源和各自特徵,使得讀者能夠從文化、文明衝突的高度去理解西藏格薩爾王的傳奇地位以及他高尚的人格魅力對西藏文化的深遠影響。因此,在保持原作主題思想"求信"的基礎上,《〈格薩爾〉論》(*A Study of the Tibetan Epic Gesar*)英文版整體框架爲:郎櫻序、馬克・本德爾序、譯者導讀、作者生平、前言、正文十七章、參考文獻、英漢索引、漢語版後記、英文版後記以及譯者答謝詞②。

---

① 劉宓慶《翻譯與語言哲學》,中國對外翻譯出版公司,2007年,頁373。
② 《〈格薩爾〉論》英文版是《中國少數民族史詩研究著作翻譯文庫》(五卷本)之一。該文庫作爲國家出版基金項目成果,2019年由遼寧師範大學出版社出版,這是我國少數民族史詩研究以系列形式走向世界的第一套叢書。五卷本分別是《〈格薩爾〉論》《〈江格爾〉論》《〈瑪納斯〉論》《〈格薩爾〉論》《南方史詩論》和《〈烏布西奔媽媽〉研究》。該套譯著由大連民族大學民族文學翻譯研究所梁艷君教授主編,研究所全體同仁與海外漢學家共同完成,郎櫻和Mark Bender(馬克・本德爾)分別爲該套叢書英文版做序。《〈格薩爾〉論》由梁艷君、吳春曉譯,美國漢學家、藏族宗教學博士William A. McGrath負責文字校對。

在結構上,譯者對原作精研深讀後,對詳細介紹格薩爾史詩誕生之初所賴以生存的文化土壤進行了合并處理,邏輯更加連貫;對第五到第十一章從神靈—圖騰—宗教、社會文化、意識形態、民俗民風等内容進行了大量詳實的查證、補充了必要的脚注;對第十二到第十七章從文學藝術角度分析了《格薩爾》史詩獨特的藝術魅力部分進行了必要的位置調整,對其叙事結構、語言諺語、文獻來源、名字考證、人物性格塑造逐一進行了查證和索引對應工作;原書最後一章對説唱藝人集體無意識的闡述,英文版删除了諸多海外文獻的引文。本譯本的删減和章節合併,順序調整,是對原書深入的理解,在"信"的基礎上,使全書更契合内容需要,突出該著作的重點,讓信息更精確,符合英文學術寫作規範以及目的語讀者的閲讀習慣,使譯文更具可讀性。

二、依境取意

翻譯即譯意。"意"是作者本意和思想的核心部分,奎因認爲"意義取決於語境"①。在語言學中,意義是語言實際運用中觀念化了的指稱,其場界遠比指稱寬泛。祇有將意義確定在非語言因素的語境框架内,才能正確理解和傳遞原作中所藴含的社會和文化意義②。

在該譯著中,譯者在對民族術語翻譯時考慮到術語與作品之間、社會文化之間的關係,在充分理解整體語境所賦予術語的超指稱意義的外延與内涵的前提下,採取了依境取意的方式。例如,在佛教術語翻譯中,由於藏傳佛教是繼承了印度佛教、印度本土宗教,同時融合漢族地區宗教以及少數民族宗教的體系,在宗教翻譯取詞方面,既考慮到了佛教詞彙梵語來源的問題,又考慮到普通讀者需要一個能夠對應上、形象化的詞語,譯者并没有百分百採用佛教詞彙的梵語翻譯,而是結合民俗,根據語境採用譯文。如"菩薩"和"大慈大悲觀世音菩薩",并非每處指的都是同一位菩薩。"菩薩"在英語中借用梵語翻譯 Bodhisattva,是三十二位菩薩的統稱,其中最爲大衆接受的是大慈大悲觀世音菩薩對應的是 Avalokiteśvara (the bodhisattva of infinite compassion and mercy)。但是這個術語比較長,對於普通讀者而言,反復使用會影響閲讀流暢性,因此在實際翻譯中也根據語境採用簡化譯文"Bodhisattva of Mercy",這樣的翻譯以及音譯確保了這些宗

---

① Guine W. V. O. *From a Logical Point of View*, Cambridge, Mass: Harvard UP, 1953.
② 梁艷君、劉瑩、馬慧芳《北方民族薩滿教本源概念詮釋語翻譯》,載《西南民族大學學報》,2015 年第 6 期,頁 103—106。

人物文字描述、形象描述、職責描述爲互相吻合的,確保所譯之人有真正的宗教意義。

譯著最典型的翻譯是對"龍"的翻譯。本書首次在學術著作中採用 *dru* 和 *klu* 兩個詞翻譯"龍",是因爲在對比唐卡中龍的形象以及文獻中"龍"的描述,再與原著作者核實,譯者遵照藏語發音,分別用了生物學意義上的一種蛇形動物"龍":*dru*,以及神話學意義上龍身人面的龍 *klu*,後者更多指涉一種職位,這個概念既不同於印度神話中大蛇神 *naga*,也不同於中國漢族地區的 *long*,當然更不同于西方文化中帶有惡魔意味的"serpent"與"dragon"。所以本譯本首次採用"*klu* king"對應"龍王","*klu* princess"對應"龍女"。這是譯者堅持深度翻譯,尊重民族文化本意的一個典型例證。

三、喻體直譯

中國文學是中華文化的重要載體,其學術研究是建構學術國際話語權利、逐步提升中國學者在世界學術生產關係中"中國影響力"的重要一環。如何翻譯好文學作品,尤其是將文學作品中的比喻翻譯成爲英語讀者接受的英文,這一點至關重要①。原著中諸多史詩引用部分并不與任何一部格薩爾史詩原文嚴格對應,是作者自己的整理、統合和再創造。因此這一部分的翻譯需要最大限度地保留原文的節奏、用詞、用典、修辭和句式。該譯著在對待史詩文本的喻體處理上,採用直譯的方法,這樣更忠實地傳遞作者思想以及語言特色,也讓目標語讀者與原作產生了共鳴,同時也有助於格薩爾史詩的文學性爲讀者所認識。

例如在年輕的格薩爾對自己即將稱王的使命還不甚清晰時,一則神諭對他說:

青苗若結不出果實來,
禾稈再高也祇能當飼草;
碧空中若没有明月作裝飾,
星星雖多天空也黯然;
覺如雖爲嶺地做的好事多,
不執掌大權衆生還是受苦難。

---

① 彭萍《談文學作品中的比喻翻譯——以〈圍城〉爲例》,載《光明日報》,2017 年 11 月 5 日。

這段話用了比興的手法，以"植物無果即爲無用秣馬之料，碧空無月即爲暗淡之穹"引出格薩爾若不爲王，嶺國人民依舊會處於苦難之中的神諭。這段話用了三個排比句，體現出藏族人民獨特的語言特色和思維習慣。譯文則完全採用直譯原則，兼顧英文排比句式，讀來流暢自然，頗具氣勢。

> If a green stem cannot bear fruit,
> However tall it grows, it can only be fodder.
> If the sky does not have the moon,
> However starry it is, it will only be dim.
> Joru, no matter how many good deeds you have done,
> If you do not rule, the people will still suffer.

再比如藏語中蘊含大量匠心獨具的取自生活的比喻以及誇張的表達方式。在下面一段話中，格薩爾既擔心神諭毫無作用，又擔心自己力有不逮，不能完成誅殺任務，自問自答。連續用了設問、反問的句式，體現人物豐富的內心活動。

> 我對敵人仇恨比海深，
> ……
> 心神不定如旗飄半山，
> 不能安心事情怎麼辦？
> 身體不定如風吹羊毛，
> 不能安定事情怎麼辦？

> I had enmity deeper than the ocean,
> ...
> With my mood fluttering like a flag,
> How can I lead and accomplish my mission?
> With my body soft like wool,
> How can I stand firm before a weapon?

這段話中,把"心神"比作"搖曳的旌旗",把"身體不定"比作"柔軟的羊毛",是非常具有本土特色的比喻。譯者没有採用異化的翻譯方法,而是直譯,使讀者能够理解藏民族獨有的思維習慣。"仇恨比海深"譯者也没有簡單地理解"仇深似海"去迎合漢語以及英語的思維習慣、表達習慣,而是選擇直譯"I had enmity deeper than the ocean"這樣的翻譯,完全體現出藏民族人雖未與真正的海洋朝夕相處,但對海洋的深不可測有所想象,且有所認知。

四、以信達意

關於翻譯的"信",早在一千多年前,就有"因循本旨,不加文飾"(支謙)、"案本而傳"(道安)的論述①。但是,學術著作翻譯是不是完全的語詞對語詞、句段對句段、章法對章法的對等轉換呢? 國際譯聯在《翻譯工作者章程》(*The Translator's Charter*)第五條從方法論層面對"忠實"做了解釋:忠實於原文并不等於逐字逐句地直譯,譯文的忠實并不排斥爲使原文形式、氣氛和深層意思得以用另外一種語言在另一國再現而進行適當的調整。

《〈格薩爾〉論》涉及古代中國本土、藏族史詩語言藝術特色等内容,對於這樣一部跨諸多學科的著作,絶不是採用單一翻譯方法便可以完成的。爲能準確再現原作思想,保持原文風貌和語言表達風格,需要譯者對原文有深刻的理解,這就需要翻譯人員進行反復考證、對比,確保概念翻譯準確、地道、得體。我們知道,藏族的曆法、年俗、社會禁忌爲藏族獨有的概念,該書在翻譯這一部分内容時,採用"深度翻譯"的方法,對原作中的意涵增加了注釋。但是爲保證讀者流暢的閱讀體驗和認知連貫性,翻譯時也大量採用補譯原則,直接在原文中加入簡短解釋說明,免去讀者查閱脚註、索引的麻煩。

本書中"以信達意,深度翻譯"還體現在對《〈格薩爾〉論》中涉及的本源概念、術語進行了較爲細緻的梳理和索引編輯。這一部分的梳理工作非常細緻,幾乎包括了所有格薩爾史詩專有名詞,以及藏族文化、藏傳佛教、青藏高原特有動植物、地名等詞彙和表達法。同時對藏族語境的專詞術語統一進行了國際拉丁轉音。例如,納如部 Nakru tribe (*nag ru*)、白吉多傑 Pelgyi Dorjé(*dpal gyi yon tan*)、曲仲 religious story (*chos sgrung*)、達朗仲/頓悟藝人 sudden-enlightment storytelling bard(*dag snang sgrung*)。這項工作既是對

---

① 譚載喜《西方翻譯簡史》,北京,商務印書館,1991年,頁164。

本書翻譯的一個梳理過程,也是對藏族特有文化語境的歸納和總結,同時爲目標語外讀者系統瞭解藏族本土文化、風俗傳統、文化思想提供了參考,爲日後藏語—漢語—英語翻譯起到工具書的指導作用。

五、結　　語

翻譯學科是一門開放性學科,翻譯活動不僅是文字符號轉換,也是文化的交流與傳播。翻譯學研究從研究英譯漢的小圈子走向與現代社會翻譯大環境相結合的廣闊道路,需要從不同角度對翻譯學進行全面的綜合研究。在對《〈格薩爾〉論》英譯的過程中,我們應該做到學科間互聯互動、有比較地交叉研究,注意中西互補與完美結合以及學科間的平衡發展。

（作者梁艷君爲大連民族大學外譯研究所教授；吳春曉爲大連民族大學講師；司國慶爲大連民族大學碩士研究生）

國際中國文學研究論壇

後疫情時代數字化衝擊中的辦刊思考
——夏康達、王曉平、郝嵐鼎談

一、多姿辦刊路

郝嵐(以下簡稱"郝")：夏先生、王先生好！新冠疫情以來，不少國際高校也在大幅壓縮、裁減人文學科的投入。加之之前就存在的數字化閱讀，對學術刊物，特別是人文社科類的辦刊，都提出了不小挑戰。兩位教授多年來堅守在人文社科類刊物辦刊一綫，每個時期都有不同困難，一定深知個中滋味！

夏康達(以下簡稱"夏")：我是1976年1月從中學調入天津師範學院(今天津師範大學)學報編輯部的，2001年退休，在學報做了26年編輯。其中，1987年到1996年，我被派到中文系當了8年主任，但并未中斷在學報的編輯工作。退休以後，我與學報仍有聯繫，2004年作爲"特約主持人"還在《天津師大學報》主持了一個"21世紀中國文學研究"的專欄，至今仍在繼續。如果把這些都聯繫起來，那麼我從事學報編輯工作已46年矣！

王曉平(以下簡稱"王")：與夏老師比起來，我祇能算是個業餘編輯，而且是自己蹦進這個行當的。21世紀之初，那時我還在日本帝塚山學院大學任教，有感於日本學術的"公衆面孔"很不錯，也想做些事情，於是就策劃與編輯了"日本中國學文粹"和"人文日本新書"兩套大型學術叢書，分別由中華書局與寧夏人民出版社出版，各自出了二十來種。本來還準備繼續找找怎樣做到叫好又叫座的訣竅，由於兩家出版社的人事變動，結果祇好摁下暫停鍵。這兩套書，實際上是對知識去精英化傾向的回應。我回國後得到天津師範大學科研部門支持，創辦的《國際中國文學研究叢刊》，則是想對另外一種傾向做出回應。人文學者既要對當下做交代，也要對後人做交代。這些年我更願意在内心裏多與前人、今人和後人隔空進行學術對話。說到底我頂多只能算半個"學術理想主義者"，想做就做了，不太過問得失，所以，這個刊物至今還祇能屬"非著名"系列。

夏：我從華東師範大學中文系畢業後，一直在天津的學校工作。前期是中學語文教師，後期是學報編輯。師範生當教師，學用一致，專業對口，那麽當編輯呢？就不好說了。雖然中文專業的課程都與文字工作有關，但我還是覺得自己在中文系沒有學過有關編輯的專業課程。當然還可以在工作中學習。現在回想起來，我在學報從助理編輯到主編，幾十年中，參加過無數會議，却從來沒有接受過一次有關編輯業務的比較正規的培訓或進修。連續幹了幾十年，我可以說是個職業編輯，但我不能說是個專業編輯。

大家或許不明白我爲什麽這麽說，我自己也未必說得清楚。我講件往事。二十世紀八十年代，評定專業職稱，我申報的是教師系列而非編輯系列，因此我的大量編輯工作都不屬於教學工作量，教師系列申報表中填寫的祇能是在中文系兼課的課時，幸虧課時量尚能達標，所以評了個教授。我是師範畢業生，當教師可謂科班出身，名正言順；走編輯系列呢，則是半路出家，沒有經過專業規訓，始終覺得自己在編輯專業上有虧。

郝：與您兩位比起來，我是刊物編輯領域的新兵！我兼任《天津師範大學學報（社科版）》的工作是 2021 年 3 月的事，很多事還不懂，需要摸索學習。好在學校和各位領導對學報都非常重視，因爲我們知道大學的學報對於體現該校的學風、體現優勢學科影響力、構建學術共同體、引領學術前沿非常重要！不過每個時期都會遇到不同的困難，這就是所謂"歷史使命"吧！

二、"文科無用"？刊物何爲？

郝：近期，"文科無用"論捲土重來。事實上，在全球範圍内，人文學科一直呈現邊緣化趨勢，大學裏的刊物更是在政策製定、資金支持、體制機制等方面危機重重。由於學術缺乏同行評價的有效性，我們國内對學術刊物的索引排行、轉引資料就非常依賴。而且幾個索引的評價邏輯基本都是"速效的"，追蹤發文之後兩三年的下載轉引。這一點也許社會科學很快，但是對於歷史、文學、哲學等注重沉澱的人文研究就非常不利。作爲主編還需要微妙地走好平衡木，保證有分量的稿件同時，的確也需要讓人體會到人文社科之"用"。

王："文科無用"，其實也不是新鮮寶貝。常有常在的現象，祇不過是强一股弱一股，隱形一陣兒顯性一陣兒罷了。人文科學的邊緣化，全綫冷場，可以說帶有某種國際性。據我所知，歐美有，日韓也不缺，祇是程度不同，形式各異，突圍招數多多。拖拉機讓老牛貶值，虛擬經濟讓物理經濟驚心，互動性傳播讓單向傳播失色，但我們也看到大的小的一起玩、綫上綫下都起勁、視頻音訊也湧動的新氣象。

夏：我從一個行内人的角度説幾句外行話。從事學報編輯工作，關心的當然是發表優秀論文，提高刊物品質。那麽（尤其是文科）刊物的衡量標準是什麽？誰説了算？我們常常説文學作品"見仁見智"，看法各異，難有共識，但世界上確實還是有基本公認的經典作品存在。這裏好像存在著一種無形而有力的"口碑"！比如，二十世紀二三十年代，哪些文學刊物聲譽較高，現代文學研究界還是有口皆碑的。雖然没有刊物評價標準和評估機構，但事情好像也没有亂套。這件事，其實我很糾結，既認同"見仁見智"，又相信"有口皆碑"。

郝：辦刊定位、學術品質是第一要務，但是如何衡量？目前基本依賴索引，每一次的"北大核心期刊目録"和CSSCI期刊新目録公佈，似乎所有刊物都如同面臨大考放榜，學人也似乎越來越功利，就等著將自己的雄文"按圖索驥"投將出去。儘管有諸多批評的聲音，但似乎也找不到更好的評價機制。

夏：世界必然前進，事物總要發展。如果既有無形的"口碑"，又有有形的"石碑"，形成了比較科學的刊物評價標準（體系），産生了誠信度很高的評價機構，豈不更好！我是經歷了事情的發展過程的。作爲學報編輯，我較早感覺到有點類似"評價體系"的事物是中國人民大學的複印資料和上海師範大學的高校學報文摘以及北京大學圖書館的"中文核心期刊"。以後又有了南京大學評估中心的"C刊"。"核心期刊"越來越受到重視。有的高校和社科機構甚至不承認在非核心期刊發表的論文爲科研成果。我説的這些情況不一定準確，但據説這種現象是存在的。我不懂索引排行、轉引資料等是怎麽回事，但我相信這裏有它的科學性。有相當公信力的學術刊物評估機構已經出現，他們評定的"核心期刊"已經得到社會承認。雖然會出現一些作爲"對策"的弄虚作假（如虚假引用）事例，但并没有影響大局，整個排行的可信度還是較高的。做事情總是要講規矩，我們編輯刊物的，就應該以公認的規矩作爲自己工作的準則。評價體系已經確立，評價機構已經形成，我們就應該承認這樣的現實，在這樣的規矩中運行。就像競技場上運動員和裁判員各司其職，唯不可以既當運動員又做裁判員。作爲刊物的編輯，我們就是運動員，我們的目標是嚴格按運動規則，努力創造最好成績。至於評估機構，他們的任務就是嚴格、公平、合理地完成評估工作。當然他們也要不斷研究改進評估標準，例如郝嵐提到的社會科學和人文科學兩者的索引評價邏輯確有差異，是否應該有所調整？而對評估結果的使用，那就看各單位如何掌握了，對非"核心刊物"發表的論文可否按適當比例的權重予以承認？

郝：我覺得還需要名家與新人兼顧、時效與分量共存。名家頻有卓見,新人帶入新知;時效稿件要對社會熱點回應,但是文史談論的冷學問可能才是沉澱下來的"大問題",需要時間的望遠鏡拉開了看,很久才見成效。夏先生做評論,還比較快,而且結合小說學會評獎,對中國當代文學的追蹤研究非常有特色。

夏：編輯在取捨稿件的過程中,經常遇到的問題是,如何對待名家與非名家、高職稱與中低職稱者的稿子? 一般講,名家的稿子當然影響大,但名家也是從非名家成長起來的。曾經有一家晚報副刊提出的辦刊理念是"名人寫,寫名人",確實有效,辦得風生水起。對這家報紙來說,這個辦刊原則不能說錯,它也有基礎,能夠約到名家稿子。但從整個社會文化生態來說,哪來那麼多"名家"? 對我們辦學術刊物的人來說,面對著同樣的問題。"名人效應"和"青出於藍"的道理大家都懂,但考慮到刊物評估的"影響因子",我們具體處理起來就困難重重了。上海有家大名鼎鼎的青年文學刊物《萌芽》,我曾受其啓發,夢想辦一家叫"講師論壇"或"青年學者論壇"的青年(30歲或40歲以下)學術刊物,但一想到"評估體系"和"核心刊物",我就氣餒了,再也不敢往下想了。

王：人文科學有變有不變。不同刊物有不同的生存之道,唯一確定的是,千人一面,萬口一腔,一把尺子量天下,明顯與學術推進前疏後密的邏輯不合,不利於舊學更新、新學破土,尤其不利於我們這些搞"冷、邊、小"學問的人出苗,更不利於那些敢為人先的年輕人的成長。以短時下載率、引用率定高下,"冷、邊、小"學問天然不入法眼,不過,既然是以愛發電來做的事情,也就管不了它冷不冷、邊不邊、小不小了。

夏：以前聽人講過,中文專業是"無用之用"的學問,覺得有道理。既承認其無用,又肯定其"之用",可謂"辯證"。我祇能說一點個人的親身體會:在讀書的時候,覺得讀哪一本書、學哪一門課程,都沒有什麼用,而後來卻相信古人的一句話:"書到用時方恨少!"

三、國際趨向與數字未來

郝：王先生對日本學術界和刊物風格非常瞭解了。我個人在歐美和日本也都有或長或短停留。據我觀察,有兩類學術刊物:一類是同人刊,甚至一人刊。日本的晚清文學研究者樽本照雄先生,他一個人辦《清末小說研究》《清末小說通訊》,雖然是同人雜誌,但是研究聚焦突出,非常有特色。他也積極尋求國際化和數字化,很早就建了網站,還電郵我,告訴我地址,讓我告訴他能不能看到。這是學人的堅守。

王：中國文字很有趣，我們經過訓練就可讀懂兩千年前人們寫的字，繁體字簡體字也并非冰火兩重天；中國語言也有趣，兩千年前的成語還活在現代漢語之中，文言與白話中間也沒隔著萬水千山。繁體與簡體，古語與現代語，甚至是網絡語言，都不是沒有打通的方式。《國際中國文學研究叢刊》採用繁體字，正是出於對這種文化連續性的堅信。不管什麼時候，都會有學者將學習、欣賞那些美好的漢字、漢語并用它們做學問當作一種樂趣。我們這樣做，當然不是想平躺在繁體字、文言文身上，恰恰相反，我們是想和它們一起生存，一起往前走。

郝：還有一類是歡迎爭論的開門刊。國際文學研究領域的很多刊物，設置話題，并置討論，有時候還很激烈，這對於學術推進非常珍貴，但是對於溫和的中國人似乎不容易，二十世紀八九十年代似乎還有一些。但是隨著傳媒的革命，我們的爭論和分歧不是以學術方式，現在都放到了社交媒體上，但那裏不是討論嚴肅話題的地方，因爲複雜深邃的理路，需要慢慢抽絲剝繭、洞燭幽微。但是現代數字化"豢養"的當代人，已經不習慣閱讀長篇大論，恨不得"簡單粗暴"給結論。然而我們知道，複雜的東西，還是要認真地想、慢慢地說、深入地辯。

美國刊物《現代語言季刊》（Modern Language Quarterly）創刊於 1939 年，是英語世界文學史和文學理論研究的頂尖刊物，幾乎當今西方文學史和理論界的所有一流理論家的論文都曾見諸該刊。在第 79 卷第 3 期，刊物主題專輯"中國與西方理論的邂逅"（Chinese Encounters with Western Theories），該刊邀請了當今中國文學理論界的三位理論家王寧、張江、朱立元就這一論題分別撰寫了論文，然後又邀請歐美學界的三位學者：美國的希利斯·米勒、比利時的西奧·德漢和美國的劉康對這三篇論文進行評論，有的還非常尖銳。據出版該刊物的美國杜克大學出版社網站顯示，其中的幾篇論文立即成爲閱讀最多的文章（most read articles），引起了歐美學界同行的矚目。儘管它的效用很有爭論，但是對話的格局和態度，我覺得對於刊物非常珍貴。這都是刊物特色！像王先生的古籍、文獻整理，刊物還是繁體字，似乎爲讀者專門設置了門檻和閱讀障礙。

王：《管錐編》《談藝錄》是文言，還是白話？如果寫成純白話，會是什麼樣子？爲什麼它們沒有用簡體字排印？這些問題我沒有深想過，或許我祇是覺得，帶有濃厚的傳統文化氣息的文字和語言，是格外富有詩意的。同時，如果有可能，我也非常樂見公衆微信號、電子簡報、電子雜誌等的學術表達。

郝：我覺得刊物數字化是個必然趨勢，政策制定者和學術參與者都需要關注，目前青年學人通過電子刊物、網站集群、社交媒體群等，即時、有效、活躍地互相交流學術成果,蔚爲大觀。如果傳統紙媒學術刊物不關注這一變化,就會被未來的學術共同體拋棄。這個挑戰是多重的:其一是評價機制必須改變。Routledge 等國際出版社已經開始鼓勵出版數字學術出版物,因爲它的優勢非常明顯:傳播高效便捷、免印刷、高環保。但是學術體系或職稱評價如何認定這樣的成果,必須快速作反應。

第二重挑戰是刊物必須開門辦刊。我對當代青年學者非常看好,他們訓練有素、思維國際化、知識結構全面、學術活力非常強勁,要給他們公平發表的機會。美國學界將把持各種學術資源的委員會、評審團、刊物編委會等,戲稱爲"Old Boy's Club"("老男孩俱樂部"),以諷刺它的保守、封閉、性別歧視、自以爲是和資源壟斷性。如果我們不避免他們的僵化,不爲中青年學者提供足夠平臺,紙質傳統學術刊物今天看上去是"名家俱樂部",未來將成爲"學術荒原"。如果紙媒學術刊物不爲青年博士、講師留機會,他們就會(或說已經)別處開疆拓土、數媒另有天地了!看看活躍的社交軟件裏的學術型圈子和日漸繁榮的網絡數字出版就可以預知!也許可以說,得數字出版,得學術未來!如果將構建學術共同體作爲學術刊物責任之一,那我們任重道遠,但是無疑,未來可期!

2021 年 5—6 月

(鼎談者夏康達,天津師範大學原中文系主任,《天津師範大學學報(社科版)》原主編,中國當代文學批評家、教授;王曉平,天津師範大學文學院教授,《國際中國文學研究叢刊》主編,《日本中國學文萃》《人文日本新書》《日藏詩經古寫本刻本彙編》等大型學術叢書主編,《書誌》《中國詩學》《國際漢學》《漢學研究》《海外中國古典文學研究譯叢》等刊編委;郝嵐,天津師範大學跨文化與世界文學研究院院長,《天津師範大學學報(社科版)》《國際中國文學研究叢刊》副主編,曾任天津師範大學文學院書記、副院長,比較文學與世界文學教授)

我與天津新時期文學

夏康達

一

我於1959年考入華東師範大學中文系,有幸聽過許多名師的課。王西彥講"文學概論"與"寫作實習",錢谷融講"現代文學史",程俊英、萬雲駿講"古代文學史",史存直講"現代漢語",劉銳講"古代漢語",林祥楣講"語言學概論"。畢業前夕,許傑還爲我們開了"魯迅研究",徐中玉開了"中國文學批評史"。我的畢業實習指導教師是徐中玉,我是到他家中進行試講的。我們雖然祇是本科生,而各門課程主講的這些先生們,無一不是國内該學科領域的一流專家!

正是在大學期間,我開始接觸文學評論,寫過一些文學短論。1962年在《上海戲劇》發表了《試論報告劇的衝突及其他》,是我的第一篇文學評論論文。1964年,畢業分配來津,先是在業餘大學和中學工作,由於工作性質和資料條件等原因,無法從事文學評論,祇能爲報紙副刊寫一些雜文、隨筆。

蔣子龍是天津重型機器廠的工人,1960年參軍,五年後復員回廠工作,也常爲報刊寫稿。當時全國學習解放軍,《天津晚報》學習部隊經驗,在作者隊伍中搞"一幫一、一對紅"活動,編輯達生把我和蔣子龍組成"一對"。有一天,達生讓蔣子龍到南開區業餘大學找我,商量他的一篇雜文的修改。這是我倆第一次見面,都是二十四五歲年紀,好像兩人話都不多,文章改好告别,也没有互留地址。從此一别經年,斷了音訊。後來我在報刊上看到他經常發表小説,知道他已是天津比較活躍的工人作家。幾年後,我調到了一所中學任教。

轉眼十年過去。1975年3月,我突然收到蔣子龍的一封來信:

> 我算相信這句俠義小説上常用的話了:"踏破鐵鞋無覓處,得來全不費工夫。"文化

大革命後我幾次打聽你,《天津日報》的老文藝組的人也不好找了,在東馬路有一次偶爾碰上李傳琅,因爲有事也沒說幾句話,以後聽說她到食品廠了。那天我問她你的情況,她也不知道。我以爲你轉回南方去了。昨天在車間辦公室看到一張七四年的老報紙,信手一翻,發現了你寫的《"遷"與"移"》,你瞧,這不是"全不費功夫"?

就在這封信中,他還說:

> 很想知道你的情況。我想鼓勵你搞文學評論,我很佩服你的頭腦和文字。你看現在天津和上海比,創作上差距很大,但評論上差得更遠,連我都想學搞評論。

我們雖已認識十年,但祗見過一面,十年後初次通信,他并不瞭解我的情況,便毫不猶豫地鼓勵我從事文學評論。後來我確實走上了這條路,而且是以蔣子龍創作評論正式起步并走上文壇的。現在時隔四十五年,回首往事,不禁感慨無窮,這似乎是冥冥中注定的機緣!

那時候我們都是抱有夢想的文學青年,誰也不知道以後會走到哪裏,兩人祗是不折不扣的以文會友。蔣子龍把他當時已發表的十七篇作品給我,我認真閱讀後,在32開薄薄的雪蓮紙上密密麻麻地寫了51頁讀後感,拿給蔣子龍看了。他看後又還給我,我保留至今。蔣子龍的那些作品和我的"讀後感"到底寫些什麽,我都毫無印象。蔣子龍把"讀後感"還我時好像也沒有說什麽,不知他是何感覺。當然這些作品和讀後感都是我們幼稚的"少作",無論"悔"與"不悔",肯定都不值一提,但我們都是認真的。

我再次接觸文學評論是調入天津師範學院(現天津師範大學)學報編輯部之後,那時歷史已進入新時期。

蔣子龍真正在中國文壇產生影響,是在1979年第7期《人民文學》發表了《喬廠長上任記》。小說發表後,一時好評如潮,影響極大,"幾乎可以說在社會上刮起了一陣'喬廠長'的旋風"①。當然,對一部作品,即使是很優秀的,也難免會有不同看法。1979年9月12日《天津日報》"文藝評論"版發表《評小說〈喬廠長上任記〉》(召珂),對小說作出全面否定的評論,而且此後該版連續刊發批判《喬廠長上任記》的大塊文章。正如《人民日報》的文章《推動四化建設的好作品》所說:"對一篇文學作品產生不同看法,本

---

① 夏康達《蔣子龍創作論》,載《文學評論》,1982年第3期。

來是不足爲怪的,也是完全允許的。但在粉碎'四人幫'之後,用如此粗暴的態度對待一篇作品的做法却是罕見的,這自然就引起人們的密切注意了。"①

我正是這樣的關注者。那天我在家工作,中午妻子回家吃飯時說,今天報紙批判蔣子龍的《喬廠長上任記》,我聽後完全不能相信,懷疑她是否看錯了,讓她下午再去仔細核實一下。結果事情果然如此。晚上我就騎車到蔣子龍家去了。我問蔣子龍是怎麽回事,他是否知道。蔣子龍說,此事早已聽說,他們已經到北京去徵求過意見,蔣子龍是知道這個情況的。我說我要寫文章進行辯論。蔣子龍說北京會有人出來說話的,讓我就不要管這件事了。這次談話的氣氛與以前他的作品(如《機電局長的一天》)挨批時明顯不一樣,不再那麽壓抑了。

我知道蔣子龍不讓我發聲,是爲了保護我,希望我不要捲入這場論爭。但回家以後,我越想越覺得召珂的批評沒有道理,有一肚子話不吐不快,就用一周時間寫了一篇六千多字的辯論文章。我和《天津日報·文藝評論》關係很好,所以決定把文章首先寄給《天津日報》該版編輯達生,請他儘快報送報社領導,如果領導說不用,不必作任何努力,馬上把稿子退給我。9月22日達生回信說:"那篇文章呈上去後,通知我,說文章還是說理的,如國慶以後版面允許的話,可以用。我如實向你報告。有什麽意見,望及時告知。"10月10日,達生把文章小樣寄我審讀,我即寄回。10月11日,達生通知我文章這一期要用,但要求我删去九百字。我馬上把文章删好。我等到11月3日,收到"文藝部"的來信,說:"《〈喬廠長上任記〉的思想傾向和人物》一文,本報暫時不能發表,現退還給你,望見諒。"這封署名"文藝部"的信是達生的筆迹,同時又寄來一封達生自己署名的信,告訴我他所知道的情況:

你那篇文章,今天問了,說暫時不能發表,叫我退給你。據說還要發給半數稿費。看情況,報社對《喬》不準備發文章了。別的報刊怎麽講,衹好聽著吧!我這裏一點情況也不知道,就是市委表態,也不傳達給我們。有些情況是從外邊聽說的,聽說,胡耀邦同志有個批示,說得很尖銳,詳情也不知道。

達生還把拙作已拼版的大樣寄給我。

其實,我也已有所耳聞。那時鮑昌還在學報編輯部,一天他對我說:"小夏,你那篇

---

① 丁振海、朱兵《推動四化建設》,載《人民日報》,1979年10月18日。

文章,他們不用了,給你發點退稿費。"我説:"他給我退稿費,我給他退回去!"老鮑就勸我,別這樣,把關係搞那麽僵。我聽從了。後來《天津日報》按當時稿費標準的 50% 寄來 15 元退稿費。

當時第四次全國文代會正在籌備,蔣子龍被指定爲大會特邀代表。這時市委作出决定,停止對《喬廠長上任記》的批評,《天津日報》立即停止刊發批判文章,包括正面意見的文章,因此拙作便也"暫時不能發表"了。《天津日報》某些人發起的看似轟轟烈烈的對《喬廠長上任記》的批判,就此偃旗息鼓。

我的文章没有發表,關於《喬廠長上任記》的這場論争也不了了之,當然也談不上什麽結論了。我這裏講的衹是我經歷的事情經過。二十多年後,當時并未參加論争却與此事密切有關的《喬廠長上任記》作者蔣子龍和 1979 年《天津日報》總編輯石堅是這樣看待這次論争的:

  一位作者爲撰寫關於我的報導,曾訪問石堅,請他回憶與我的交往和對我的文學評論的看法,石堅説:"康達的評論文章發表前的稿子和見報後的稿子,我都看過,確實不凡,對作品敢於批評需要膽識,敢於肯定同樣需要膽識。在新時期文學初期,文藝繁榮而又錯綜複雜時,夏康達站得高,看得准,在評論蔣子龍作品方面獨具慧眼,很有見地,真是不簡單,他對天津的文學創作、文學批評事業做出了不小的貢獻。"①

蔣子龍在《夏康達文學評論自選集序》(天津社會科學院出版社,2005 年)中説:"1979 年的秋天,報紙上曾經連續以 14 塊版的篇幅批判《喬廠長上任記》,聲勢浩大,成圍剿之勢。是夏康達,給同一份報紙寫去長文,發出不同聲音。雖然報紙百般推諉,不肯發表此文,却使大批判者有所顧忌,對我的圍剿也終未收到殲滅的效果。"

就在未刊拙稿《〈喬廠長上任記〉的思想傾向和人物》的基礎上,我後來寫了《〈喬廠長上任記〉人物漫筆》,發表於《語文教學通訊》1980 年第 1 期,這是我第一篇公開發表的蔣子龍作品評論文章。有一天我到《新港》編輯部辦事,偶然遇到主編萬力,閑聊時,他建議我寫一篇蔣子龍評論。我從未寫過作家論,没有信心,但在這位我尊敬的老同志的鼓勵下,决定斗膽一試。這就是《新港》1980 年第 9 期發表的《論蔣子龍的小説創作》。這是我的文學評論寫作的一個路標。

---

  ① 王津和《凌雲健筆意縱横》,載《老年時報》,2003 年 2 月 28 日。

1982年上半年,《文學評論》編輯楊世偉到天津師大學報編輯部找我,約我寫一篇蔣子龍的作家論。事情完全出乎我的意料,我當時便問,你們這樣一個大刊物,怎麼向我這個毫無名氣的約稿?他說,我們就願意這樣,是看了《新港》的那篇《論蔣子龍的小說創作》來找你的。爲《文學評論》寫稿,我更得竭盡全力。《蔣子龍創作論》發表於《文學評論》1982年第3期。反響也出乎意料,《新華文摘》1982年第10期轉載,後又被收入《中國新文藝大系(理論二集)》(中國文聯出版公司,1986年)。對於這篇拙作的評論意見,使我最感動和珍惜的是尊敬的文壇前輩秦兆陽1982年11月3日致蔣子龍信中的一段話:

> 最近我讀到《文學評論》上一篇評論你的創作的文章,作者名叫夏康達,不知是何許人,從文章內容看,可能對你比較熟悉。這確實是一篇難得的好文章,對你的寫作道路、個性特點、藝術特色,你與人民的關係,你對社會對時代的責任感,你的作品在解放後工業題材作品上所作的特殊貢獻等方面,都作了較全面、較中肯、頗有見地的評述;有實事求是之意,無嘩衆取寵之心;沒有擺論文架子,但又言之有物。近來評論作家和作品的文章不少,像這樣樸實無華而又頗爲中肯的文章還是少見的。它使我對你有了更多的瞭解,并給了我以不少啓發。因此我寫這封信給你,如有機會,請轉達我對夏康達同志的謝意。

一位德高望重的文學前輩對一個素不相識的後輩,這樣大力獎掖、熱情鼓勵,這是多麼崇高和博大的襟懷!

此後幾年,我還寫過一些蔣子龍作品評論,比較重要的是《〈蛇神〉在蔣子龍的創作中》(《小說評論》1986年5期)、《蔣子龍的小說藝術》(《花城》1986年5期)和《蔣子龍小說欣賞》(廣西教育出版社,1989年)。我的文學評論,從關注蔣子龍創作起步,逐步成長、成熟,并將視野擴大到整個天津新時期文壇。

二

1977年,人民文學出版社多年没有出版長篇小說之後,突然推出馮驥才、李定興的《義和拳》,因此很引人注目。很快天津文學圈的人都知道本市出了個新作家馮驥才。我記憶中第一次見到馮驥才,是1979年初天津作協組織一個報告會,由馮驥才傳達北京一個會議的精神。這是人民文學出版社 1978 年冬主持召開的"中篇小說座談會",主要討論當時爭議很大的《大牆下的紅玉蘭》(叢維熙)、《生活的路》(竹林)和《鋪花的歧路》(馮驥才)等三部中篇小說能否發表。茅盾出席會議并明確支持作品出版。這是新時期初文學史上影響很大的一次創作討論會。

　　馮驥才的《鋪花的歧路》就是這次會議之後在《收穫》發表的。作品發表後,《天津日報·文藝評論》編輯達生約我寫一篇評論。我寫評論,一般不會爲此訪問作家,但這次不知何故,我很想與馮驥才見一次面。1979 年春天,我到了長沙路思治里 12 號三層閣樓馮驥才的住所。一米九二的大馮在狹小的斗室裏熱情地接待我,還向我展示了他臨摹的《清明上河圖》。我大爲吃驚,他的藝術才具給我留下深刻印象。後來談話切入主題,馮驥才突感身體不適,心慌氣短,説話困難。我第一次遇見衰弱到講不動話的人,感到很緊張,建議馬上去醫院。馮驥才的夫人讓他躺下服藥,并向我解釋,發病時症狀類似心臟病,但醫生檢查心臟沒有問題,屬於勞累過度,植物神經紊亂所致,過一陣會緩解的。我這才放心地等到他病情稍緩便起身告辭。這麼一位壯漢,拼搏於球場生龍活虎,馳騁文壇幾年却竟至如此,這筆桿子無形的重量怕是一般人體會不到的!

　　談話未能深入,文章還是要寫。1979 年 6 月 7 日,《天津日報·文藝評論》發表了《〈鋪花的歧路〉藝術談》,一篇三千字的短評。約四年後,《文藝研究》的青年編輯白燁到天津師大學報找我,還是在接待楊世偉的那間辦公室,白燁約我撰寫馮驥才的評論。我對蔣子龍還有所積累,對馮驥才瞭解很少,唯讀過他的一些作品,撰寫綜論幾近白手起家。我決心接受挑戰,努力完成了《談馮驥才的創作》,刊於《文藝研究》1983 年第 2 期。

　　新時期天津的作家好像不大消停。蔣子龍説,"自'文革'結束以後我可能是天津挨批最多的作家","從上世紀 70 年代末到整個 80 年代,幾乎一部小説一場風波"①。馮驥才的《鋪花的歧路》尚未發表時,就因爲突破了曾經的題材"禁區",頗有爭論,1978 年人民文學出版社還爲此召開了前述的座談會。1982 年 8 月,馮驥才、李陀、劉心武發表在《上海文學》的關於現代派的三封信,又掀起一場風波。1984 年馮驥才聊天時曾經對我説,要在《高女人和她的矮丈夫》和《走進暴風雨》的兩種格調的作品外,另闢一條新路,很快推出了組合小説"怪世奇談"《神鞭》(1984)和《三寸金蓮》(1986)。這"怪世奇談"真有點怪和奇,一時反響很大,報紙轉載,電臺連播,西安電影製片廠還要改編電

---

① 《夏康達文學評論自選集·序》。

影。但是馮驥才感到:"没想到,最難成爲我知音的是評論界,没人看出'神鞭'的意象,没人發現文體的獨特,很少有人認識到藏在'僞古典'後邊的現代元素。"①

其實,1984 年馮驥才正在尋求創作的"拐點",探求他心目中的"我的現代小説"。他在《激流中》說:"我當時給李陀和另一位評論家夏康達寫信作了探討。"②《神鞭》發表後,《文學報》擬採用作家和評論家通信的方式討論《神鞭》,馮驥才便約我"通信"。我寫了一封信寄給馮驥才,他再配上回信,寄給報社。我在信中對《神鞭》的主要評價是:

> 《神鞭》的上述藝術手法,我以爲是給我們的文壇帶來了某種新的信息。它寫了歷史,但并非歷史小説;寫了武術,却非武俠小説。它也不是那種借古諷今的歷史題材小説。《神鞭》與這些作品都不同。你不是搜索枯腸、翻檢古書,去尋覓能用來比附現實生活的歷史事件作爲創作素材,而是從歷史自身的發展過程中,透過事件看到古今内在的聯繫。因而,這篇小説儘管講的全是古人古事,却又包孕著一種潜在的、難以捕捉、又顯然是確實存在的對現實生活的深刻觀照。你借用通俗小説的形式,在使人眼花繚亂的怪事奇談中,注入了如此嚴肅的、深沉的思考,你把你的才力用得真是恰到好處!③

我感到,《神鞭》的意義在於以文學手段表達的歷史反思。

三個月後,天津幾位文友到廈門大學參加文藝評論方法論討論會,在上海轉車時,《天津日報》的宋安娜要採訪上海作家程乃珊,我們一起去了。程乃珊對《文學報》上我與馮驥才的通信有印象,説我的文字像個老先生寫的。那天還證實了我的猜想,《藍屋》的建築原型是我出生時居住的北京西路安仁里隔壁大名鼎鼎的花園洋房"緑房子"。如今安仁里已拆,"緑房子"依然,比我年輕的程乃珊却已駕鶴西去!

說歸正傳。當時有幾位讀者會認可我對《神鞭》的解讀? 事情下一步的發展竟是這樣:"怪世奇談"的第二部《三寸金蓮》出版,立即招來强烈的批評,大有群起而攻之的勢頭。我則依然堅持評論《神鞭》時的看法,在《當代作家評論》1986 年第 6 期發表《當前文壇上的一部奇書》,以肯定的態度闡述馮驥才的"怪世奇談"是"中國的現代派"。

---

① 馮驥才《激流中》,北京,人民文學出版社,2017 年,頁 98。
② 同上書,頁 94。
③ 夏康達《寓虚於實 以實襯虚》,載《文學報》,1985 年 1 月 3 日。

"怪世奇談"在表現天津舊時的風俗人情、地方特點方面有獨到之處,在語言上也下了大功夫,濃鬱的地方鄉土色彩和別致的現代風格有機結合,對天津文學地方風格的建樹是有貢獻的。2018年第七屆"魯迅文學獎"揭曉,馮驥才用寫《神鞭》《三寸金蓮》時没有用進去的素材創作的短篇小説集《俗世奇人》榜上有名,這是對馮驥才在這方面努力的充分肯定!

　　文學爭論往往是没有結論的,時間或許會作出無聲的答案。《俗世奇人》的獲獎對"怪世奇談"的爭論何嘗不是一個間接的結論。

三

　　新時期的天津文學欣欣向榮,局面一片繁榮,令人歡欣鼓舞。一批新崛起的中青年作家成爲主力,蔣子龍、馮驥才,還有航鷹、吳若增等都在全國具有很大影響,而且他們都方興未艾,發展勢頭很好,前途無可限量。我寫了蔣子龍、馮驥才的專論,但没有水準也没有能力對更多作家進行比較全面的深入研究。這時天津一家社會科學刊物約寫一篇天津文學的評論文章,我就寫了《天津四作家新論》(《天津社會科學》1984年3期)。這是一篇萬字論文,却一口氣評論了四位天津的當紅作家——蔣子龍、馮驥才、航鷹、吳若增。我用了句號、問號、感嘆號、省略號四個標點符號來概括四人當時的創作狀況,嘗試用點評方法寫作家論。既概述其創作現狀,又展望其發展方向。力求有現實性,又有前瞻性。此刊物的讀者面不廣,但拙作在文學圈還是產生了一定影響。被評論的四位作家,兩人給我寫了信。馮驥才9月26日來信説:"讀了你的《四作家新論》。真正的評論,可惜發表在那麽一個不起眼的雜誌上。你給我畫個問號?這就難死我了。我生怕答卷不使你這教授入眼。"吳若增8月23日來信説:"拜讀了你的《天津四作家新論》,讀後感是——精到!你對這四個人的總體把握與評價非常準確!個別處,你似乎有些'手軟',話説得稍嫌'委婉'(不是指説我的話)。我很欣賞你論及我的那最末一段文字。但更驚異於開頭所引的那句《詩經》中的話:'知我者謂我心憂,不知我者謂我何求!'很長時間裏,我曾把這句詩用毛筆抄録,置於玻璃板底下。"一篇文學評論能得到作家這樣推心置腹的回饋,不正是對評論作者最大的獎勵嗎!這也是文學評論工作者最大的樂趣!

　　此後我也關注過許多作家,寫過一些評論文章,參加過不少作品研討會,但都没有多大影響。天津是個文學重鎮,在全國也舉足輕重,關心天津文學,必然關注中國文壇。

我最早參加全國性文學機構主辦的活動,是 1982 年 2 月與蔣子龍一起出席《人民文學》《文藝報》召開的工業題材創作座談會。我與電影《創業》的作者張天民住在一間屋子,在會議上也認識了青年作家陳建功、柯雲路。1983 年和 1988 年我到北京參加了中國作家協會第二屆和第四屆全國優秀中篇小說獎的初選工作。中篇小說評獎的具體工作是由《文藝報》操持的。1982 年 11 月 29 日馮驥才來信說:"《文藝報》要搞中篇評選。我建議初選組由你參加。我意,你可以與全國評論界和《文藝報》諸君加強聯繫,廣交朋友。"第二屆的初選會從 1 月 5 日開到 2 月 6 日,第四屆初選會是在 1988 年二三月間,兩次初選會期間我結識了很多朋友,閱讀了大量作品,參加了多次討論乃至爭論。第二屆初選時,我還在《文藝報》編輯指導下寫了一篇短評《爲改革者造像》(《文藝報》1983 年 3 期)。1988 年 3 月 19 日《文藝報》報導,第四屆評獎的初選組成員有王幹、王鴻生、牛玉秋、毛時安、劉思謙、劉蓓蓓、張奧列、吳海、何開四、陸文虎、孟悅、賀國璋、郭志友、夏康達、殷晉培、黃國柱、黃毓璜、蔣原倫。這個評獎初選組既是一個工作班子,也完全可以視爲一個文藝評論隊伍的培訓班。參加兩次評獎初選組的工作,我受益匪淺,在我的文藝評論道路上,其意義難以估量。

1986 年 9 月,中國社會科學院文學研究所主持召開了新時期文學十年學術討論會,堪稱新時期中國文學理論界的一次盛會。爲了向會議提交論文,這就催生了我第一篇宏觀研究中國新時期文學的論文:《新時期小說:中國當代文學走向成熟》(《天津社會科學》1986 年 6 期)。在這次討論會上,大家回顧新時期文學十年的歷程,展望今後的發展前景,滿懷信心。沒有想到,兩年後在無錫舉行的一個當代文學發展現狀學術討論會上,卻彌漫著一種困惑與迷茫的氣氛,人們從不同的文學觀念出發,感到文學似乎出現了某種危機。我們的文壇看來發生了某種異乎尋常的變化。這種變化是在一種非正常的狀態下發生的。以我們多年來熟悉和習慣的文學模式作爲衡量這種變化的準繩,必然會感到疑惑和憂慮;倘若我們超脫一些,站在文學之外把文學置於整個社會構成中它應該也可能具有的位置上考察,那麼當前文壇的這種以不正常態勢所顯現的變化,未必不是我們的文學已進入一個更加趨於正常化的歷史進程的標誌。這樣就會產生另一種看法。我則認爲,這種正常化的文學新格局正標誌著新時期文學從動盪、激越、亢奮的第一時期,跨入了現在還難以用幾句話加以概括的新階段。因此我寫了《非正常態勢中的正常化趨向》①,提出了我對中國文學發展前景的看法。我認爲我的看法是符合此

---

① 夏康達《夏康達文學評論自選集》,頁 214—225。

後文學發展的總趨勢的。1988年10月18日,《文藝報》發表署名陽雨的《文學：失去轟動效應之後》,也是類似的觀點。我後來又寫了《突然風平浪静》(《天津師範大學學報》2004年5期),我認爲,這種文學發展的態勢,一直延續到了新世紀;這確實是文學發展的正常趨勢!

我出生求學於上海,生活工作於天津。天津是我的第二故鄉,我的大半人生都奉獻於文學事業。縱觀天津文學歷史,新時期階段是風生水起、群星燦爛的華彩樂章,我是這支文學交響樂團評論聲部的一名合唱隊員!

寫於2021年5月1日

我所認識的夏康達先生

宋炳輝

天津師範大學的郝嵐教授來電告知,說要在王曉平先生主持編輯的集刊上爲夏康達先生組織發表一個專輯,約我寫一篇關於夏先生的文字。我很爽快地答應了。

夏先生早年畢業於華東師範大學中文系,畢業後長期在天津從事文學教育和影視批評工作,尤其在天津師範大學工作了四十多年,曾長期擔任學報主編和中文系主任等職。而作爲先後就讀於復旦大學,比夏先生後生四分之一世紀的我,要不是一些偶然的機緣,雖説算是同行,也不會與夏先生有太多的交往。

我之所以爽快地答應郝嵐,原因大致有三:首先夏康達先生是我特別敬重的前輩學人,無論是他的學養、品格,都對我有很深的影響;第二,自二十世紀末至今,我認識夏先生已有二十多年了,我們雖然各自生活在南北方不同城市,但見面的機會還頗多,深聊的機會也不少。最後,我當然還記得,自己在不同的場合,在與共同認識夏先生的師友聊天時,包括夏先生本尊在場的時候,不止一次地聲稱自己與夏先生是"忘年之交"。

説與夏先生是忘年之交,當然是我的誇口之語。没有得到夏先生的正式認可不説,心理動機上自然還帶有一點炫耀的意思,而且自知其程度顯然已高過"我的朋友胡適之"的典故了。不過需要聲明,作爲一個晚輩,我對於夏先生的敬重和親近之情是實實在在的。

我與夏康達先生相識,緣於一個偶然的機會,而這個機會的緣起,要從全國自學考試課程修訂説起。全國自學考試的中文專業課程在1998年做了一次修訂,包括課程大綱和教材都做相應的調整,把原來包含了當代文學内容的"中國現代文學作品選"改爲現代和當代兩門課程,也即把"當代文學作品選"作爲一門獨立課程來開設和考核。我因爲之前協助陳思和先生參與全國自學考試指定教材"中國當代作品選"及考試大綱的修訂,就經由華東師範大學中文系的湯逸宗先生(他是全國高等教育自學考試指導委員會中文專業委員會成員,負責中國現當代文學方面的課程)的推薦,參加了統一命題工作。當時,當代組由湯逸宗先生擔任組長,現代組組長由夏康達先生擔任。我自 1997 年冬天開始,先是參加當代組工作,後又同時參加現代組,再後來接替湯先生負責當代組,最後又接替夏先生同時負責現代組的工作。我參加這項工作前後歷時十一、二年。總之,在之後的十多年間,我與夏先生每年要在北京的達園賓館、杏林山莊或者其他什麼地方,聚上兩次,每次一個多星期,集中完成教育部考試中心所佈置的相關工作。

第一次認識夏康達先生,就是在 1997 年冬天的會議上。會議報到後,與湯逸宗先生在達園賓館古雅的庭院裏散步,我從湯先生那裏知道,到會的還有天津師範大學的夏康達先生與我們同組。正說著,迎面走來一位清瘦儒雅的長者。湯先生介紹:這位就是夏康達先生。夏先生向我熱情地伸出手來,笑著説:聽湯先生說你要來的,我知道你。我在握手請安的同時,心理不禁有點疑惑。後來才知道,我十年前發表的那篇"重讀《創業史》"的文章,曾引起過他的注意。

説來慚愧,作爲晚輩,我之前對這位文學評論界的前輩瞭解很少,印象中祇在《文學評論》上讀過他的蔣子龍評論。大學期間,我特別迷戀當代文學,傷痕、反思、改革文學,還有後來的先鋒小説等重要作品,都曾經是我跟蹤閱讀的對象。在改革小説中,蔣子龍的《喬廠長上任記》、柯雲路的《三千萬》、張潔的《沉重的翅膀》都是我曾經急切而投入地閱讀的小説。當時讀改革小説,除了因爲這些作品反映了當時的時代主題外,我還有一個私人動機。我是一個在長江口北岸的鄉野長大的孩子,在我當時的人生經驗中,除了鄉村社辦工廠的簡陋車間外,就沒有見過正經八百的工廠,而當時的車間改革文學,正可以滿足我對工廠生活場景,尤其是重工業車間景象的好奇心。爲了嘗試做文學批評,在讀了小説之後,自然要去找批評文章來讀,而發表在 1982 年第 3 期《文學評論》上的《蔣子龍創作論》是當時蔣子龍評論中最有影響的。文中有關蔣子龍對人物性格刻畫的肯定和分析,對我這個年輕學子有著足夠的説服力。當時我并不知道文章作者是何方人士,祇記得文中一再引用蔣子龍給作者自己的信件,揣測這位批評家一定是與作家交往頗深的權威人士。文中對蔣子龍風格的刻畫,文字簡潔鏗鏘,我一下子就記住了:"他大筆勾勒,戛然而止,又使你回味無窮"。那種節奏感,本身就很有蔣子龍的味道。十多年之後,我參與陳思和先生主編的《中國當代文學史教程》的編寫,分工中正好有"改革文學"一章,我一下子就想起《文學評論》發表的那篇蔣子龍論,於是找來又讀了一遍。雖説到二十世紀末的時候,改革文學作爲風潮早已平息,蔣子龍的名字也不比 80 年代初期那樣振聾發聵,但看夏先生的文章,仍可以感受到他對蔣子龍創作成就的力排衆議的懇切之意之中,其持論的中道,立足於分析説理,同時又不回避作家創作中呈現的問題和不足。他也沒有把作家定格在某一個完成的狀態和位置上,而是盡力放在探索思考和發展變化的過程中。文章所顯示的批評者與作者平等對話的態度和分析視野,對我這個青年學子仍有著特別的吸引力。

但面前這位長者溫文爾雅,笑容和藹,顯然與我閱讀文章時的想象有著很大的反差。由於命題工作的保密性,一旦報到開始工作後,除特別申請准予者外,一般就中斷了與外界的聯繫,但這樣的半封閉式的工作方式,效率頗高之外,與會者之間在工作之餘反而有更多的交流和熟悉機會。我在這十多年間,得見中國語言文學和外國文學界的許多老前輩,包括北京大學的陸儉明先生,北京師範大學的王寧先生、童慶炳先生、劉錫慶先生,武漢大學的易竹賢先生等老一輩學者,他們是作為審題專家來指導工作的。其他前輩、同輩和年輕的學人,包括朱立元、陳建華、吳周文、劉建軍、孟昭毅、陳劍暉、王一川、劉勇、張健、朱志榮、高遠東、施戰軍、張新穎、文貴良、段懷清、劉淑玲等也都在這個場合見面、相識,有的甚至成為朋友之交。不過,因為參加人員每年都有所變動,經常出席的熟面孔可能不到一半吧。而在這十多年間,我與夏先生則是幾乎每次必到。我們同時參加兩個工作組,夏先生是現代組組長,我是組員;我是當代組組長,夏先生也參與。這樣,每年或者夏秋,或者冬春,我們都能相聚北京。

夏先生是標準的南方人性格。説話聲調柔和,不緊不慢,從未見他著急發火的時候。不過,工作中他堅持原則,不容半點馬虎,溫和的語言中透著一股執著與嚴謹。工作之餘,則又是一位隨和樂呵的長者。和我們年輕人一起,他自己愛説,也專注傾聽,高興時會發出爽朗的笑,笑聲帶點暗啞,但很有感染力。

在我個人的感受中,每次去北京的七八天或十來天,成為我緊張繁忙的日常教學工作的一種調劑。雖然完成考試中心的工作本身也是緊張的,因為事關重大;甚至有點兒枯燥,因為需要嚴格遵循工作紀律和規範。試題與參考答案,需要符合考綱,更需要表述精確,字斟句酌,不容半點的差錯。不比自己寫文章,可以按照自己的方式自由發揮。就在這有點枯燥的工作中,我從夏先生身上學到許多。夏先生幾十年的教學與寫作經驗,他對文學史、文學文本的透徹理解,尤其是長期從事學報編輯工作,對文字表述的準確性,對錯別字有著特別的敏感,這些都成為我們工作組順利完成任務的可靠保障。我們幾個晚輩在夏先生的帶領下,每次都能高質高效地完成任務,也成為會議組織者最放心的工作組之一。

工作之餘的談天説地,更留下溫馨的記憶。早幾年入住的達園賓館是由某清王府改造而成的皇家園林式賓館,院內長廊、涼亭、拱橋、花壇處處。後來幾年入住的杏林山莊,則是一個機關療養賓館,毗鄰西山北京植物園,依坡而建,林草豐茂,視野開闊,空氣清新,與北京城內的車馬喧囂完全是兩個世界。每天晚餐過後,有較長休息時間,達園賓館和杏林山莊園内的每個角落,夏先生和我們都一一走過。後來更走出杏林山莊,去比鄰的植物園探勝。幾年下來,我們幾乎走遍了北京植物園的每條坡道,從坡下的各色植物花卉園和坡頂的櫻桃溝,到黃葉村曹雪芹紀念館、臥佛寺、梁啟超墓、孫傳芳墓、隆教寺遺址、一二·九運動紀念亭等遺跡,也都一一盤桓。在這愜意放鬆的漫步聊天中,我對夏先生的瞭解日增。

原來,夏先生是地道的上海人,他的出生地就在虹口一帶,中學就讀的是上海復興中學。這是一所始建於19世紀末的中級學校,復興的校名,是取"旦復旦兮,興我中華"之意,一度也歸屬我的母校復旦大學,成爲復旦附中。校址就與我現在工作的上海外國語大學僅隔了個魯迅公園。夏先生1957年中學畢業時,正趕上反右運動,大學招生人數壓縮,落榜了,於是整日在區圖書館裏自由讀書,并開始發表作品。1959年夏,考入華東師範大學中文系,那一年夏先生19歲。入學之際,正逢大躍進運動高潮落幕,弊端日顯,而文學大躍進所提倡的"全民皆詩人"的"文藝放衛星"做法也遭受質疑和批評。這一年,天津《新港》雜誌的王昌定署名"吳雁",在該刊第8期發表雜文《創作,需要才能》,文章尖銳批評了那種"一天寫出三百首七個字一句的東西就叫做'詩'"的所謂"敢想敢幹精神",由此引發全國性的激烈爭論。姚文元在《文匯報》連續發文批判吳文的"資產階級天才論"、"貴族老爺式態度"、"攻擊新民歌"和"反對群衆運動"。而華東師範大學的大一學生夏康達,初生牛犢,投書《文匯報》,發表《做一點"攤底牌"的工作》爲吳雁辯護,自然與姚文元的觀點形成明顯對立。當然,50年代末期時,姚文元還沒有後來那麼大的權勢,這篇短文一時還沒有給夏先生帶來實質性的麻煩。作爲文科大學生的夏先生仍活躍在校園内外。他那時候喜歡話劇,在報刊上發表了不少戲劇和文藝評論。我後來看到的一篇報導,可以見證夏先生當年活躍的年輕身影。這篇題爲《大學生談話劇》(《上海戲劇》1962年7期)的討論實錄和報導,記載了1962年6月23日下午的一次座談會。記者先是以這樣的文字開頭:

> 一個黃梅時節的下午,在新創辦的文藝會堂的茶室裏,來了二十幾位熱情的男女青年。他們是上海師範學院、華東師範大學、交通大學、同濟大學、復旦大學、上海軍醫大學等高等院校的話劇愛好者和課餘話劇活動積極分子,是應中國戲劇家協會上海分會的邀請,來參加話劇座談會的。

由於對話劇事業有著共同深切的愛好和關懷，而且有些人原是課餘話劇活動中的老相識；雖然會議還沒有開始，已經三三兩兩在交談著。當主持會議的劇協劉厚生和湯草元同志請大家就上海當前的話劇工作和大學課餘話劇活動等問題發表意見時，這個座談會打破了開始時"沉默三分鐘"的慣例，一下就談開了。

　　而討論會第一個發言的就是"華東師大夏康達"："（他拍拍身旁的過傳中和周漁郵，說）你們能編能演，要多講一些……"從這篇實錄報導中，我依稀見到了當年這位"華東師大夏康達"年輕而自信的神采，他顯然是這群來自上海不同高校的年輕劇迷中的靈魂人物。但這樣輕鬆的討論氛圍，不久就被打破，到他1964年夏季大學畢業時，已經是山雨欲來的時節。幾年前與姚文元的論辯，這時候則顯現了冷峻的後果。這位在文壇已露尖尖角的上海人，顯然無法留在上海繼續從事文藝評論或者研究工作了，而被分配到遠離上海的天津，在一所業餘大學任教，不久業餘大學停辦，又轉入一所中學擔任語文教師。不過，夏先生牢記住乃師錢谷融先生的畢業臨別勉勵：文科人才是埋沒不了的。他在教學工作之餘，仍堅持讀書寫作。不久，這個來自上海的年輕大學生，在那裏成家育兒，很快融入了天津這個城市。他在《天津晚報》《天津日報》副刊陸續發表文章，更值得提及的是，60年代中期他結識了當時還是車間工人蔣子龍，兩人以文交友，自此結下長達50多年的友誼。難怪在夏先生的筆下，蔣子龍、馮驥才等天津作家的形象都是那樣豐滿而接地氣，給出的分析與評價也切實中肯。

　　夏先生的這些早年經歷，都是在我們一次次的相聚、漫步和閑聊中，一個片段一個片段連接起來的。而對我們各自工作與生活中的點點滴滴，也逐步瞭解與熟悉起來。從天津師大文學院的學科發展和該院許多同行師友的近況，到他的幾個得意弟子的現狀，還有寶貝孫子讀書啦，兒子購置了雅閣轎車啦，等等。給我印象最深的是，說起早年曾在業餘大學教過的學生常某，現已成爲國家發改委宏觀經濟研究所的著名專家時，夏先生目光中閃現的驕傲神情；在與寶貝孫子通話時，他自己笑得就像個孩子。後來孫子讀初中啦，又升高中啦，如何有主見又有一些叛逆啦，考入大學啦，等等。而歲月，也就在這一波波資訊的流轉中無形地流逝了，一晃就是十多年。

　　我剛認識夏先生的時候，他正值盛年，還身兼學報主編和中文系主任之職，行政、編輯、教學工作非常繁重，同時還要常常熬夜，爲報刊趕寫一篇篇約稿，參加天津的各種文學影視評論、評審、評獎活動。我注意到，他的神情常常帶著一絲疲憊，來北京參會的日子，倒真成爲很好的休息和調劑。後來，他終於卸掉了系主任的擔子，臉上雖有輕鬆的表情,但依然帶著疲憊之色。終於有一次,夏先生認真地告訴我,他的身體狀況并不好,已經開始定期做透析了,而且估計頻率會越來越高。我聽了不禁暗自吃驚:難怪有幾次,他拖著疲憊的身體,要急急地往回趕呢! 原來是掐著時間回去做治療啊! 不過,夏先生在告訴我這些病況的時候,語調依舊平靜的,似乎在說著別人的事情。他說:炳輝,自考命題的事,以後你得多承擔一些。隨後,他陸續推薦其弟子兼同事施津菊、盧翎教授等前來參會。再兩年後,他告訴我:往後他就不參加命題會了,這一年他正好70歲。

當然,我與夏先生除了在北京相聚之外,趕上他來上海或者我去天津的機會,我們總得設法見一次面,一起吃一頓飯,實在沒有時間了,也得通一個電話,聊上一會兒。不知不覺間,我們真成了忘年之交,兩三個月不見面,就會通上一個電話。後來我因爲單位的工作日益增多,又擔任了單位的行政工作,也就步夏先生的後塵,逐步退出了命題工作組。這樣,我與夏先生之間,主要就以電話互通音訊了。通話的內容,首先自然是關注夏先生的身體狀況,我意識到,他的語速比以前慢了,聲音也有些低啞,但仍然透著一貫的樂觀與沉著。我知道,他正在全力與疾病抗爭著。

有一次,忽然接到夏先生的來電。我看到手機顯示的號碼,才意識到已有近半年沒有與夏先生聯繫了。電話那頭,却傳來夏先生興奮的聲音。他高興地告訴我,他已完成腎臟移植手術,而且已經順利經過了排異期,現在身體指標一切正常了! 怪不得他的聲氣那麽有力呢! 真是一個好消息!

之後,我們在上海和天津又各見過一次。上海的見面,是他病癒後的第一次。見面時,我看他氣色紅潤,聲音洪亮,神采奕奕的樣子,幾乎換了一個人! 我不得不感歎現在醫學的威力。最近一次見面是2019年11月24日,我應邀去天津師大參加郝嵐教授主持的"跨文化與世界文學研究院"成立儀式暨"世界文學:理論與方法"高端論壇。會議期間,郝嵐教授告訴我,夏先生知道我到了天津師大,已經安排了第二天晚上的見面,並讓施津菊教授從會場接我前往預定好的餐館,那次見面,我們聊了許久,同樣非常開心。

在我認識的前輩學人中,與夏先生的相識是比較特別的。夏先生作爲著名的文學批評家和學刊的資深主編,我却是在一個特定的場合與其相識,并在差不多固定的場景裏交往了十多年,終於成爲忘年之交。對我而言,我在近20來所遭遇的重要經歷,也都與夏先生匯報,也聽取他的看法和建議。現在回想起來,有一點使我頗爲驚訝:在我與夏先生的所有會面中,竟然沒有一次是在學術會議、學術報告那樣的正式場合。也就是說,我其實至今未曾聆聽過夏先生正兒八經的學術報告或者學術發言,從這個角度說來，我所認識的夏先生，不過是夏先生的某些側面。

夏先生和我都屬龍，他比我大兩輪，今年已經 81 歲了。以其豐富的經歷，他應該比我看到、瞭解到的更加豐富、深邃。但奇怪的是，我感覺我是頗爲瞭解夏先生的，也以爲夏先生是瞭解我的。我熟悉他的性格，爲他的人格魅力所吸引，也欽佩他的識見和學問，并與夏先生有一種特別的親近感。回想起來，我們每一次見面、通話、聊天，甚至每當我在忙碌的間隙想起夏先生，心裏都有一種溫暖的感覺。

期待著與夏先生的下一次見面、聊天，祝願夏先生健康、長壽、快樂。

2021 年 6 月 21 日於滬上望園閣

（作者爲上海外國語大學二級教授、《中國比較文學》常務副主編、中國比較文學學會副會長、上海市比較文學研究會會長）

論夏康達的"現場批評"

劉衛東

新時期伊始,隨著文學復蘇,"現場批評"也開始活躍繁榮①,二者共同參與了當代文學建構。一批生正逢時的批評家,縱橫捭闔,推動了作品、作家的經典化,同時也成就了自身的事業。其中代表性批評家,已經得到關注,如雷達②。夏康達正是這個名單中赫然在列的一位。夏康達1959年即參與文學批評,新時期以來漸入佳境,筆耕不輟,直到當下(2021)。他橫跨一個甲子,深度介入"批評現場",寫下了大量"現場批評"。這類批評家爲數不少,夏康達是其中典型之一。觀《夏康達文學評論自選集》,他主要從事文學批評,且堅持至今,是"現場批評"研究的絕佳範例。當代文學發展中,"現場批評"作爲一種文體,起到了何種作用,有何意義,尚需理論研討。目前文學語境中,對批評的不滿及指責時有耳聞,因此,該問題更有現實針對性。此前研究者關注夏康達時,雖有所涉及,但并未作爲主要內容③。因此,夏康達"現場批評"有何特點,在方法上對當下批評家有何啓發,是本文擬討論的問題。

一、穿越"現場"

批評家身處"現場",寫出與時代關聯的文字并不難,但是,讓觀點穿越時代,面對歷史而面無愧色,并不容易。從文學"現場"看,批評家不斷對"新生"作品給予判斷,是對自己"眼力"的考驗。有時候,對一篇作品的評價難免產生分歧,引發爭論。在"現場",

---

① 本文所謂的"現場批評",是指作品發表之後短時期內,對其主題及藝術進行總結分析的批評。"現場批評"一般篇幅不長,見刊週期較短,能夠對剛發表的作品產生互動。由於當代文學制度原因,出現了一批以"現場批評"爲主的批評家。蒂博代曾把批評分爲"自發的批評"、"職業的批評"和"大師的批評",而"現場批評"囊括這三類批評的特點。參見:蒂博代《六說文學批評》,北京,生活·讀書·新知三聯書店,2002年。
② 張繼紅、雷達《新時期文學現場與"中國化批評詩學"——雷達訪談錄》,載《小說評論》,2016年6期。
③ 祝笙慧《夏康達新時期文學評論思想研究》,載《天津師範大學學報》,2014年3期。宋依洋、王科《批評立場的堅守與審美體系的建構——論夏康達的文學與文化藝術研究》,載《中國當代研究》,2020年1期。

很多争论无疾而终,让人感覺可以随意批评,無需負責。但"現場批評"困難就在這裏:多年後放在"歷史"中,水落石出,每個觀點都無處遁形,得失清晰可見。因此,"現場"很快會成爲"歷史","現場批評"也會受到"文學史"的檢驗。對於批評家來説,偶有走眼不足爲奇,但重要問題上却不容有失。"現場批評"中一些趨時的批評家,時過境遷後,難免遭到歷史的譏諷。新時期,批評家張光年編輯文集時,就尷尬不已,無地自容①。相反,有的批評家寫在"現場"的文章,却能穿越時間,經得起歷史考驗。夏康達一直活躍於"現場",但從"歷史"視角回溯,他很多次判斷都很精准,尤其是在關涉歷史轉折關頭。假如發生一兩次,可能帶有運氣因素,而他參與的數次"現場爭鳴"都被"後來歷史"確認爲正確,就是他的獨到之處了。因此,難得的是,夏康達編定文集時,不僅不用爲舊作的失誤而汗顔,反而可以爲曾經的"先見之明"而驕傲。以下試舉幾例。

其一,"全民寫詩"中的問題。1959年,全國展開新民歌運動,如火如荼。據報導,在四川,"無論走到哪個地方,田埂邊,牆壁上,山岩間,樹幹上,都可以看見琳琅滿目的詩句。僅古藺縣農民創作的各種歌謡,就有十萬首之多","像'李有才'那樣有才能的民間歌手,不是幾十人,甚或幾百人。祇是宜賓、古藺兩縣,農民組成的民歌隊和山歌創作小組就在八千個以上"②。無論動機如何,此舉明顯違反藝術規律。針對一哄而上、粗製濫造的現象,吴雁(王昌定)寫了《創作,需要才能》,提醒"完全脱離開自己的基礎,那種敢想敢幹實際上就是吹牛"③。姚文元見到吴雁文章,揮動大棒,劈面砸來,指責"創作需要才能"的意思是"瞧不起民歌","瞧不起群衆創作"④。夏康達當時剛入華東師範大學中文系,很關心"批評現場"⑤。敏鋭地發現這一"問題"後,他立即寫出《做一點"攤底牌"的工作》,認爲提出"創作需要才能"是"攤底牌",爲全民寫詩降温。文章有很强針對性:"我想説,'創作需要才能',指出這一點是必要的";"姚文元縱然不是斷章取義或故意曲解,恐怕也難免失之武斷吧!"⑥其中既有對文藝規律的認識,又有對姚文元文風的批評。吴文、姚文刊發後,夏康達在極短時間内閲讀、思考并撰文發表,展露出他對"現場問題"的駕馭能力。在《文匯報》直面批評姚文元,不僅需要理論儲備,還需

---

① 張光年檢討自己"寫出了一些對同志落井下石的壞文章。這類文章當然不能收入文集,不能使這些真正的毒草再來發生作用"。張光年《文藝評論卷引言》,《張光年文集》第3册,北京,人民文學出版社,2002年,頁3。
② 《田埂邊,牆壁上,詩句琳琅滿目——四川農村已經詩化了》,載《人民日報》,1958年6月9日。
③ 吴雁《創作,需要才能》,載《新港》,1959年8期。
④ 姚文元《還有一點餘文》,載《文匯報》,1959年8月22日。
⑤ 夏康達自述過文章緣起:"學校有圖書館,在文史樓裏面又有個中文系的學生專業閲覽室。這是個裏外間,裏間是書庫,這些書不能外借,在外間看,當天要還。所以什麽書都能看得到,它不會被借走。應該還有報紙雜誌。我經常就看報看雜誌,我很關心當時的文藝動態。"夏康達《口述史與憶舊録》,天津,南開書社内部出版,2017年,頁56。
⑥ 夏康達《做一點"攤底牌"的工作》,載《文匯報》,1959年10月14日。

要初生牛犢的無畏。姚文元對夏康達的批評耿耿於懷,一直惦記,不依不饒①。姚文元的回擊本身恰說明他認真讀了文章,受到刺痛,在意於心。多年之後回看,夏康達作爲大學生,1959 年對姚文元"斷章取義"、"故意曲解"、"失之武斷"文風的判斷,竟然如此之準確,且被後來所證實! 夏康達的《做一點"攤底牌"的工作》無疑展現了他"現場批評"方面的出衆才能。

其二,"歌頌與暴露"中的問題。新時期初期,文壇乍暖還寒,雖然逐漸"鬆綁",但在個別問題上的論争仍很激烈。"傷痕"文學因爲尺度問題,引發了"歌德"還是"缺德"的争論②。對文學前景的預判,成爲考驗批評家見識的試驗場。在需要辨别是非的時刻,夏康達表現出堅定的態度和獨立的思考。他在《也談歌頌和暴露》中分析:"對於一個作家來説,經常需要思考的未必是應該暴露還是應該歌頌,而是怎樣站在革命人民的立場,如實地反映客觀現實。祇要做到了這一點,那麽無論歌頌或暴露,都會符合人民的意願,對社會的發展起積極的作用。"③正是因爲對久違的"現實主義"的堅持,夏康達撥開雲霧,跳出政治思考範疇,乾净利落地論述清楚了這個問題。瞭解這個背景後,夏康達當時的做法也就可以理解了。蔣子龍是新時期初期的争議人物,《機電局長的一天》曾沸沸揚揚④。1979 年,《喬廠長上任記》發表後,又遭到批判。見此情形,夏康達挺身而出,很快寫出文章,發表不同的聲音,聲援蔣子龍。蔣子龍後來回憶説:"當時'文革'大批判的遺風依然熾盛,在那樣一種情勢下康達兄這樣做承擔的風險可想而知。此後很長時間,他都或明或暗地受到了這件事情的牽累。"⑤從後設視角看,夏康達迅速、堅決地支持蔣子龍,并無觀望猶疑,出自對新時期初期文壇形勢的敏鋭把握。他認准了蔣子龍的價值,并没有受"歌頌"與"暴露"之類論争的影響。1982 年,他又寫出《蔣子龍創作論》,宏觀描述了處於噴發期的蔣子龍,指出了他的文學史地位。事實證明,他對蔣子龍創作的肯定有超前眼光:"有人認爲當前反映强烈的作品不過熱鬧一陣,難以載入

---

① 姚文元在隨後的文章《鼓足幹勁、乘風猛進——從魯迅先生對培養新生力量的意見談起》(《解放日報》1959 年 10 月 17 日)中説:"夏康達同志在〈文匯報〉上的文章,一方面承認我'説了許多無疑是正確的話',一方面又認爲吴雁的文章'並不感到有什麽不對頭',想把兩者調和起來,這是徒勞的。"
② 李劍認爲,不應該用"灰色的心理對待中國的現實",反對反思文革(《"歌德"與"缺德"》,載《河北文藝》,1979 年 9 期)。王若望撰文説,"我們從中聽到了與文藝界的解放思想、打破禁區、放手寫作的一種極不和諧的聲調,猶如春天裏刮來的一股冷風,應該引起大家的注意"(《春天裏的一股冷風——評〈"歌德"與"缺德"〉》,載《光明日報》,1979 年 7 月 20 日)。
③ 夏康達《也談歌頌和暴露》,載《新港》,1979 年 9 期。
④ 吴俊《環繞文學的政治博弈——〈機電局長的一天〉風波始末》,載《當代作家評論》,2004 年 6 期。
⑤ 蔣子龍《夏康達文學評論自選集・序》,天津,天津社會科學院出版社,2005 年,頁 1。

史册。這種情況不能一概而論。"①此話斬釘截鐵,是扭轉時論的精闢判斷。果然不出夏康達所料,蔣子龍此後一發不可收,成爲"改革文學"思潮的領銜人物。後來,蔣子龍順利進入到各個版本的當代文學史,無疑,爲夏康達的預見做了精彩注脚。

其三,"八十年代"評價問題。夏康達深度參與了1980年代文學批評,見證了後來被稱爲"文學黃金時代"的輝煌,但是,他身在其中,却感受了時代本身的問題。一部作品就可以造成文壇"轟動"效應,究竟是不是好事?1980年代末,市場經濟開始展開,與政治密切相關的文學逐步式微。大多數從業者感到今不如昔,江河日下,心情十分沉痛。而夏康達却并不悲痛欲絕,相反,他認爲文學回到了常態。文學不再吸引過多的目光,恰表明文學性的回歸。他在1989年5月的文章中寫道:"新時期文學從動盪、激越、亢奮的第一時期,跨入了現在還難以用幾句話加以準確概括的新階段。"②雖然當時夏康達還不能説得非常清楚,但他已經明確感受到,一個不正常的、文學發熱的時代就此終結了③。"現場"很快成爲"歷史",書寫者的"預言"也很快成爲"事實"。祇有返回紛紜的"現場",才能知道做出判斷的艱難,因爲他就是當事人,必定對1980年代有很多難以割捨的情愫。而在當下,更能看出上述判斷的意義:文學回歸文學,其實是對自身的拯救。

夏康達文學批評面對的是"文學現場",背後却是對文學潮汐的判斷。他幾次及時、精准的"出手",建立於對文藝規律的深刻認識,并佐以敢於直言,因此才使觀點"穿越現場",笑對"歷史"的檢閲。

二、"不同意"思辨方式

應該説,"現場批評"對批評家有獨特要求:迅速處理"現場"狀況,不能"冷場",但又不能"亂説"。因此,批評家無法準備,不能選擇,是"應對型"思維方式。生手往往被"帶節奏",成爲作品的闡釋者,祇能"貼著作品",亦步亦趨。更有甚者,完全失去自己判斷,隨意地送上"文學表揚",或者推行"酷評",一律否定。目前對"現場批評"的質疑,主要是認爲批評家個人素質不夠,無法承擔對"現場"問題的判斷④。成熟批評家的

---

① 夏康達《論蔣子龍的創作》,載《文學評論》,1982年3期。
② 夏康達《非正常態勢中的正常化趨向——關於文學現狀的思考》,《夏康達文學評論自選集》,頁214。
③ 新世紀以後,1980年代成爲一個獨立研究單元及"問題"。參見:查建英《八十年代訪談録》,北京,生活・讀書・新知三聯書店,2006年;程光煒主編《重返八十年代》,北京,北京大學出版社,2009年。
④ 丁帆《新世紀文學中國批評摭談》,載《南方文壇》,2020年6期。

標誌之一,是擁有自己的風格。他們處理問題時,思路穩定,甚至形成"模式"。可以説,夏康達是風格較爲明顯的批評家。筆者認爲,夏康達"現場批評"的特點是"不同意"思辨。具體而言,表現在如下方面。

首先,選擇"爭議"話題。從"發生學"角度看,夏康達的文學批評,大都是對"現場"問題的回應。立論式研究很常用,以一個自己假設的理論爲中心,剪裁材料,將其整合,納入其中,就算完成。立論式研究往往需要依託陣地,安營紥寨,一板一眼,但對於"現場"突發問題來説,迴旋餘地不大,無法迅速應對,常常捉襟見肘。夏康達很少選擇立論式批評,這跟他注重"現場"有關。他不是選定一個領域,獨自耕耘,不問外界炎涼,而是關注"現場"問題,尤其是正處於論爭的具體話題。有意思的是,梳理夏康達迄今的文學批評,可以發現,他雖在"現場",但面對問題時往往不是最先發聲的一個。反而,别人有了聲音後,他却是提出質疑的一個。也就是説,他採取的是"不同意"思維方式。他的發言雖跟在别人講話之後,却總能另闢蹊徑,講出另一番不同的道理,實現對該問題的顛覆和深化。

從這一點説,夏康達無論參與討論什麽問題,都能使問題呈現出不同的側面。開始從事文學批評時,他就具備這個意識。發表於 1962 年的《試論報告劇的衝突及其他》,就突出體現了這一點。文章開頭,他就點出《評〈階級兄弟心連心〉》引發的討論,并指出分歧所在:"有的同志從理論出發,否定了人與自然的鬥争也能構成戲劇衝突;有的同志從實踐出發,認爲這類反映人與自然鬥争的劇本,衝破了'沒有衝突就沒有戲劇'的理論,也就是説這類劇本是沒有衝突的。看來,這兩種意見是從兩個極端出發的,然而殊途同歸,他們的意見無非都是表示了這樣一個意思:人與自然的鬥争并不是這類劇本的戲劇衝突。"①從文學研究角度説,從不同視角出發,往往能够得出不同結論,可以説各有道理,而試圖調和兩個都有道理的觀點,就需要更爲複雜的思考。他從報告劇題材的特殊性、表演效果等方面,談了報告劇問題,接下來有一番總結。雖然較長,還是引用:"我以爲,以人和自然的鬥争構成衝突的報告劇的誕生和發展,可以説是戲劇史上的新生事物,它至少是豐富了我們的戲劇舞臺。對這一點,我們應該予以充分的估計。同時,我們也應該看到,由於報告劇沒有直接反映思想衝突、性格衝突,因此要深刻地發掘人物的内心世界,塑造豐滿的典型,具有先天性的缺陷;再加上這還是一個新興的種類,我們還缺乏創作經驗,這就不可避免地要爲這些劇本帶來一定程度的局限。人與自然

---

① 夏康達《試論報告劇的衝突及其他》,載《上海戲劇》,1962 年第 2 期。

的鬥爭構成戲劇衝突,這是戲劇創作中的一個特殊規律。雖然這個規律也有一定的普遍性,但提高到路綫上來,把它説成'打開了一條新的創作道路',顯然是言過其實了。"①夏康達思路縝密,對報告劇這個文體做了詳盡論斷,"平衡"了此前論述中的衝突,此處不贅。需要指出的是,夏康達有很強分寸感,在如何對待報告劇這個新事物上,把握得恰到好處。一些研究者在論述研究對象時,很容易做出肯定或否定的極端論斷,而夏康達正是反對激進表述,將其放回恰當位置。

《"寫中間人物"辨》同樣如此。"中間人物"是1962年大連會議上提出的關於寫人物的主張,後來遭到嚴厲批評,頗具爭議性②。《李雙雙小傳》是李凖名作,描寫一位農村女性李雙雙成長爲社會主義"新人"的過程,曾被改編爲電影,影響很大。新時期後,該小説重版。夏康達從李凖《李雙雙小傳》後記中,發現他對"中間人物"認識有偏差。於是指出:"李凖同志要求自己'寫新的英雄人物力求豐滿一些,生動一些,真實一些',這是完全正確的。但是,他批評自己的早期作品有'寫中間人物多的毛病',在這個提法中,我感到多少也還殘存著'四人幫'的'根本任務論'的陰影,對'寫中間人物'的看法并不全面。當然,這篇《後記》寫於'四人幫'被粉碎不久,存在這樣的缺點是完全可以理解的。我這裏從這篇《後記》談起,無非是借題發揮,想就此講一點對'寫中間人物'的看法。"③能够看出,夏康達對"中間人物"問題有自己的主張,才會對李凖的説法很敏感,并由此撰文。夏康達選題從"爭議"開始,體現出他對"現場"問題的偏愛,而"不同意"思維,使他將問題引向深入。夏康達選擇的都是難啃的骨頭,在爭議觀點中亮出自己,具備極強理論色彩。

其次,注重"反著説"。夏康達喜歡做"翻案"文章,立足駁論,質疑既有觀點。從他的研究看出,夏康達幾乎是一路批駁下來,通過"比較"建立起自己的思考。新時期初期,文學秩序重新恢復,以往的不實之論,需要顛倒過來。這個時期,夏康達寫了多篇文章,對此前被誣的觀點,一一辨正。他"反著説"的思維方式被激發,重新評價了多部作品。丁玲的《我在霞村的時候》是名篇,内藴豐富,曾遭厄運④。1980年,氣候剛好轉,夏康達就爲作品鳴不平,寫了重評文章,駁斥了此前的誤論。在《重評〈我在霞村的時候〉》時,他開宗明義:"《我在霞村的時候》收入新版《丁玲短篇小説選》,又和廣大讀者

---

① 夏康達《試論報告劇的衝突及其他》,載《上海戲劇》,1962年第2期。
② 《關於"寫中間人物"的材料》,載《文藝報》,1964年第8、9期合刊。
③ 夏康達《"寫中間人物"辨——讀〈李雙雙小傳·後記〉所想到的》,載《光明日報》,1979年3月6日。
④ 《文藝報》1957年38期發表了陸耀東的《評〈我在霞村的時候〉》,1958年3期發表了張光年的《丁玲的"復仇女神"——評〈我在霞村的時候〉》,對該作進行了批判。

見面了。這篇作品發表之後,曾經得到好評;1957 年前出版的幾種現代文學史,也都作出了肯定的評價。後來,由於人所共知的原因,《我在霞村的時候》在發表十七年之後,被打成'毒草'和'反黨小説'。對作品有不同看法是正常現象,但因爲作者挨整而株連作品,則是文藝評論中不足爲訓的反常做法。現在丁玲同志的沉冤昭雪,那些以錯誤的政治結論爲出發點的批判文章,理應自然失敗了。揮掉了蒙在作品上的那一層厚厚、討厭的灰塵,我們終於可以有可能通過民主討論,對《我在霞村的時候》作出實事求是的評價了。"①站在新的歷史節點,夏康達對《我在霞村的時候》做了中肯研究,將其從"再批判"語境中解脱而出,恢復至應有地位。文章中,夏康達不局限於重評《我在霞村的時候》,還指出該作品在丁玲創作中的意義。縱觀丁玲研究史,《我在霞村的時候》命運多舛,但新時期以來首先寫專文爲其正名的,正是夏康達②。在歷史轉捩點上,夏康達發揮了他"不同意"思維的長處,寫了多篇"反著説"的作品,爲人辯誣,從學術上據理力爭、打抱不平。

除了整體結構性"反著説",夏康達在行文時,時時注意批駁既有觀點。比如,在論述蔣子龍時,就有精彩反駁:"在《喬廠長上任記》的評論文章中,幾次有人提出按喬廠長的辦法能否辦好工廠的詰責,并以此對這個形象進行褒貶。倘把這篇小説看作一份社會調查材料,從企業管理的角度進行分析,也不失爲一種研究,但這無論如何不是文學批評。作家已經不以方案之爭作爲作品的主要血脈,有些批評家却還熱衷於對方案進行分析來代替文學評論,其不得要領自在所難免。再説句不大中聽的話,真要討論企業管理的改革方案,恐怕這些批評家也未必有多少發言權。"③"改革文學"與"改革"本身畢竟不能混爲一談。正是有"現場"意識,夏康達才提出《喬廠長上任記》是文學表述,而非企業管理方案。當前研究中,夏康達的説法被深化,認爲"喬廠長"的改革"懸置"了官僚制,"'改革文學'的内在危機其實同構著'改革'的内在危機","這個問題的難度超出了文學的邊界"④。夏康達的"反著説"思維并非刻意尋求與衆不同,而是建立在對作品及"現場"熟悉的基礎上,對其他觀點加以批駁,從而使自己的闡述更爲精准。

"反著説"是夏康達獨特的思考方式,也使他的文章思辨性很强,具有論戰色彩。究

---

① 夏康達《重評〈我在霞村的時候〉》,載《文藝論叢》第 12 輯,上海,上海文藝出版社,1981 年;另收入《夏康達文學評論自選集》,頁 34。
② 李明彦考察新時期以來對《我在霞村的時候》的重評過程,首先提及的就是夏康達發表於《文藝論叢》1981 年第 12 輯的《重評〈我在霞村的時候〉》。李明彦《〈我在霞村的時候〉的經典化歷程》,載《文藝爭鳴》,2016 年 11 期。
③ 夏康達《蔣子龍的小説藝術》,載《花城》,1986 年 5 期。
④ 黄平《〈機電局長的一天〉〈喬廠長上任記〉與新時期的"管理"問題——再論新時期文學的起源》,載《當代作家評論》,2016 年 5 期。

其原因,當然在於夏康達受到的嚴謹學術訓練與純正的文學觀,因此他可以發現"現場"論爭的實質,并在自己的層面解决問題。或者說,他以"不同意"的思維方式,建立了對既定"現場"的疏離、反撥,卓然而立。現在,通過他的"堅持"和"不同意",可以看到一個有破有立,對"現場"没有"搗糨糊"、"和稀泥"態度的批評家。"現場"紛紜複雜,很多批評家缺少的并不是學識,而是對某些觀點表達鮮明的"不同意"的態度。從更大視野説,夏康達雖然并不把知識分子使命意識掛在嘴邊,却踐行了知識分子獨立、説"不"的精神,而熟悉"現場批評"的都知道,這是一種難能可貴的選擇。

三、文體探索

夏康達在高校任教,且主編《天津師範大學學報》多年,長期浸淫於"學術規範",是不折不扣的"學究"身份。形成强烈反差的是,夏康達爲文却較少論文八股腔,反而不斷嘗試新的表達文體,面向媒體讀者,力求活潑好讀。在批評家中,他當屬爲數不多的"另類"。讀夏康達能够看出,他一直注意擺脱"學院派"印記,很少炫學掉書袋,而是孜孜不倦尋找論文的變體,體現出極强的文體意識。他的"現場批評"很少拘泥外部形式,總是隨物賦形,自由發揮,直接指向文學批評想要的效果。夏康達曾在自選集的"後記"中夫子自道:"我這個人多雜感而少理論,所以寫學術論文實在是勉爲其難,寫點隨感短論還比較得心應手。本來想選些文藝隨筆收到集子中的,那樣就要按文體分類,體例上有點不順,篇幅也會弄得太大,所以改變初衷,此集就衹收論文。何謂論文?我是以我校科研處規定的 3 000 字篇幅來劃綫的;但我這個人從氣質上講更適合於大衆媒體的文學寫作,所以還是選進了在《今晚報·文娱點擊》發表的超過 3 000 字的文章,其寫法以學院派論文的要求來衡量很可能是格格不入的。"[1]這自然是謙虛說法,但能看到夏康達對文體問題很敏感,不願受論文束縛。一般而言,學者很少去寫評價體系不認可的"非論文",而夏康達却樂此不疲,不管什麽考評之類,這種想法,就暗含著對"現場批評"方法的實踐。對於"現場批評"來説,合適的就是對的,至於應該用什麽文體,并無一定之規。夏康達善於把多種文體嫁接在論文上,形成具有個性化的表述,因此,他的"現場批評"及時、隨性、深入,保留了很多鮮活的"現場"氣息。

雜文體論文。雜文是夏康達情有獨鍾的文體,他自己説:"我於 1958 年開始在報紙

---

[1] 夏康達《夏康達文學批評自選集·後記》,頁 303。

上發表文章,第一篇作品就是雜文。接下來主要精力移向文學評論,但仍不時寫點雜文,如果把文藝隨筆之類也算上,那麽可以説,這三十多年,除去'文革'十年,我從未間斷過雜文寫作。"①雜文是在魯迅手中興起并成熟的文體,篇幅不長,注重針砭時事問題,反應迅捷。相比而言,論文需要文獻綜述之類準備,過程繁冗,但對於"現場批評"來説,如果把學術規範完成,就會錯失表達時機,而雜文則依靠表述靈氣,攻其一點,一揮而就。夏康達注重雜文寫作,并將其特點移植到論文中,因此能夠及時對文壇問題發出聲音,且簡單明瞭,直指要害。《歷史劇縱横談》就是以雜文筆法寫論文的範例。有趣的是,作者分析歷史劇的"正説"、"戲説"時,也是從文類屬性入手的。文章用典型的雜文筆法寫論文:"例如我們評論'戲説'劇的思想意義,不一定用很高的政治或哲思的尺度去衡量,祇要是在道德倫理方面具有正確的是非觀念,就應得到肯定。又如在真實觀方面,恐怕不能用歷史上是否真有其事或生活是否可能發生這樣的事來作爲衡量標準,既是'戲説',必然要大量編造。其實豈止'戲説',劇作者所以稱之爲'編劇',是因爲離了'編'就寫不成'劇'。當然,高水準的編劇技巧絶不等於胡編亂造。我認爲,'戲説'類作品的編劇至少要注意這麽幾點:大情節儘可虛構,但細節切忌'穿幫';故事儘可離奇曲折,但邏輯不可混亂;人物性格儘可五花八門,但情感不能虛假。'戲説'不是不要真實,祇是它有自己的真實觀,這是批評者必須瞭解和尊重的。"②幾句話,將"戲説"中藝術評價問題、真實性問題交代得很清楚,而且,高度概括了"戲説"的界限。僅將此處發揮,做成長篇大論不是問題,但夏康達有意將其濃縮爲報章體,短小精悍。不過,如果没有相當的知識儲備與綿密思辨,是不可能如此精準解決問題的。因爲發表於報刊,夏康達有意祛除了論文腔,表述也雜文化,但分析透闢,并未降低學術含量。

　　書信體論文。"現場批評"與古代、現代文學史研究有一個很大區別,就是批評家和研究對象可以互動,形成相互激發的關係。夏康達的文學評論中,與馮驥才、蔣子龍的通信引人注目。他們的通信雖然是"現場"的,但隨著時間發展,就成爲具有很高參考價值的史料。他們在書信這樣"談心"的文體中,直抒胸臆,赤誠相見,創造了不同於標準論文的"現場批評"空間。比如,夏康達、馮驥才在談到語言時,就發揮了很多和藝術感覺層面的内容,這是論文不可能收入的。夏康達説:"要很好地表現某一地區的語言特色,首先要把握該地語言的'神韻'。上次見面,你説天津人説話講究話茬,這跟北京人不一樣。'京油子'講究説話溜乎,'衛嘴子'則講鬥,鬥嘴也是鬥氣。這段話在《神鞭》

---

① 夏康達《我的雜文寃和雜文緣》,《夏康達文學批評自選集》,頁292。
② 夏康達《歷史劇縱横談》,載《今晚報·文娱點擊》,2001年12月14日。

中有,我讀的時候祇感到說得俏皮、機智,聽你一說,突然覺得,你這就是抓住了天津人說話的'神韻',作品語言的地方色彩,也就隨之而來了。當然,在具體寫作時,要留其土氣,棄其俗氣,使之成爲文學語言。"①夏康達講的是一種感覺,而且表述也很口語化,但問題却很重要,涉及馮驥才語言風格與天津地域的關係。馮驥才回信說:"我要把它的天津味搞得濃濃的。我希望它是真正的'洋',又希望它是真正的'土'。但還不是簡簡單單的'寓洋於土'。我想在觀念上是'洋'和'當代'的,所寫的生活實實在在是'土'和'過去'的;這'土'不是'洋'的外衣,而是碗裏的肉。"②馮驥才的回復同樣如此,雖然簡潔,但"土"不是"外衣"而是"碗裏的肉"的比喻,準確形象地說出了自己的思考。他們的通信不是聊天,而是換了文體討論問題。近代以來,批評家、作家在書信中討論問題,相互砥礪,擴大了"現場批評"的空間,出現了許多經典文本。研究者和研究對象同時出現,就一個個細小問題發表意見,相互切磋,形成批評的良性迴圈。如果不是在通信中,而是訴諸論文,類似的火花可能會減少很多。夏康達寫過數篇關於馮驥才的論文,也談及語言問題,肯定意識到了論文文體對"現場批評"的乏力。通過一些機緣,他把論文中"盛不下"但又很重要的一些内容拿出來,特意用書信的方式討論,效果有目共睹。他與蔣子龍的通信也公開發表,就這一點來說,夏康達是較爲自覺使用書信體的批評家。

　　散文隨筆體論文。學者的研究選題最能體現出本人關切,因爲可以感同身受。但學術文章一般又要求保持"距離",不要與研究對象發生情感連結,否則先入爲主,容易引起判斷的傾向性。也就是說,學者研究的課題應該是從自己的生命之樹中成長出來的,這樣才對自己有意義,而過多談論自己,又容易變成散文。對這個問題,夏康達又展現了他對文體的深刻認識,并且做了教科書一樣的演示。夏康達2021年發表了一組研究魯迅的文章,共12篇,總題名爲《"且介亭"往事》(《天津日報・滿庭芳》連載)。夏康達選題理由有二:其一,魯迅1927年遷至上海後,一直居住在今虹口區景雲里到大陸新村方圓一公里内。因爲這裏屬於日租界延伸,所以被魯迅調侃爲"半租界"(且介)。他的文集也因此命名爲《且介亭雜文》《且介亭雜文二集》。當時,"且介亭"除了魯迅,還居住過茅盾、瞿秋白、葉聖陶、馮雪峰等文人,并且,1930年3月在這裏成立了影響深遠的"左聯"。故而,梳理"且介亭"地理狀況與魯迅晚年文藝活動之關係,有一定學術價值。其二,夏康達少年時代就在"且介亭"度過,他小學和初中就讀的學校,就位於魯迅

---

① 夏康達《寓虛於實　以實襯虛——夏康達致馮驥才》,載《文藝報》,1985年1月3日。
② 馮驥才《對你說點實的——馮驥才致夏康達》,載《文藝報》,1985年1月3日。

居舍的"隔壁"。在不同的時間,夏康達與研究者同處一個空間,形成了文學研究史上難得一見的"緣分"。因此,這組文章既是研究魯迅的論文,充滿考證,又是美文,夾雜著夏康達對自身生命體驗的梳理和回望。魯迅/夏康達、"且介亭"/歷史、考證/感喟糅合,形成了獨異的文體,且別人很難模仿。夏康達對自身歷史、學術經驗的巧妙處理,使這組文章情理兼備,回味悠長。"現場批評"在這裏被激發出了活力:祇有"現場"才能具備,而批評不止停留"現場",還貫通了現代歷史和個體人生。夏康達文學批評中,對文體的探索還有不少花樣,篇幅所限,不一一列舉①。

結　語

考察夏康達的學術經歷可知,在當代文學具有標誌意義的"百花時代"、新時期、新世紀,他都拿出了呼應時代脈動的批評。因此,他始終活躍於"現場",不斷觀察、思考和分享,陪當代文學一路走來。他寫了很多"現場批評",免不了帶有時代氛圍,但這正是"現場"的"煙火氣"。更可貴的是,他又能跳出"現場",不被時代裹挾,保留了很多個人的見識與情懷。他的文章往往參與主流話題,但又與主流觀點拉開距離,帶有很強的個性特徵,沒有被時代洪流湮沒。從技術上講,夏康達對"現場批評"的踐行亦可圈可點。他注重理路,善於個人思考,很少使用理論武器。他從盛行理論的1980年代走來,却對理論保持警惕,從而也避免了掉入理論的陷阱。從閱讀體驗來說,夏康達的批評文章往往視角獨異,并且很"繞",枝枝蔓蔓,深入作品及作家細部,發人未見。這一切都提醒讀者,他在"現場",却拒絕大合唱,發出了自己的聲音。

（作者爲天津師範大學文學院教授）

---

① 《蔣子龍小說欣賞》收錄了蔣子龍六部中短篇小說,另配上夏康達六篇評論,形成"作品—評論"共同出現的效果,達到了"欣賞"的目的。這種形式雖是出版體例導致,但明確說"要求撰寫者理論鮮明,各抒己見,言之成理,不落俗套。具體寫法,不拘一格,文字力求清新活潑,深入淺出,雅俗共賞"。夏康達《蔣子龍小說欣賞》,南寧,廣西教育出版社,1989年,頁2。

批評家夏康達的批評之道

祝昇慧

夏康達作爲當代著名的文學批評家,他的學術道路與時代歷史緊密糾葛,其來自實踐的文學批評思想對於今天的當代文學研究仍具有重要的價值和意義。新時期文壇,像他這樣受過完整大學教育,得到老一輩學者親炙的批評家屈指可數,像他這樣敢説真話,挑戰權威的批評家也是不多見的。難能可貴的是,他在思想鋒芒之下的一顆平常心,不標榜自我、不拔高形象;不把文學理想化,也不把文學世俗化;讓一切從極端回歸常識,將爲人與爲文導向一種清明的理性,這也是當代文學與文化極匱乏的一種品質。

本文通過回顧夏康達以批評家身份崛起於新時期文壇的文學歷程,梳理其在作家評論、文學史、文化批判等方面所做的開拓與耕耘,進而追溯其批評之道形成的精神淵源,試圖在"批評失語"的當下語境中回答關於"何謂批評家和批評家何爲"的追問[①]。

一、新時期文壇的崛起與天津作家論

夏康達不惑之年在新時期文壇崛起的地方——天津,已經成爲他的第二故鄉,因此,他對天津作家始終保持著關注的熱情,但這種關注并非著眼於地方文化在所謂"津味文學"層面上的探究,而是有著更遠大的抱負,即成爲天津作家們強有力的推手,於歷史和現實的交匯處,對當代中國文學與文化之"當代性"與"中國性"做出批判性討論[②]。

夏康達曾經爲兩位在新時期成長起來的、具有全國影響力的天津藉作家蔣子龍與馮驥才撰寫過創作論,反響較大。其中《蔣子龍創作論》是受《文學評論》編輯楊世偉的約請而作,并被《新華文摘》《報刊文摘》摘引,還被收入《中國新文藝大系(1979—1982)·理論二集》。《文藝研究》編輯白燁在讀了這篇文章後又登門約稿《談馮驥才的

[①] 王堯《何謂批評家與批評家何爲》,載《當代作家評論》,2012年4期。
[②] 賀桂梅《"中國"視野與當代文學(文化)研究》,載《中國現代文學研究叢刊》,2014年10期。

創作》。

　　"文運坎坷"的蔣子龍,經歷了從"一天"(《機電局長的一天》)到"喬廠長"(《喬廠長上任記》)的風波,每當他陷入被批判的困境時,夏康達總能施以援手。《喬廠長上任記》發表後全國一片叫好之聲,唯獨在作家所在城市却遭到了前所未有的大圍剿,《天津日報》曾連續以14個版塊篇幅營造批判聲勢。關鍵時刻夏康達挺身而出,給此報寄去長文,發出不同的聲音。雖然報紙百般推諉,不肯發表此文,却使大批判者不得不有所顧忌。在當時"天津文壇竟以喬廠長劃綫……"的背景下①,夏康達甘冒風險,通過對作家的聲援,表明了自己對"文革"遺風的深惡痛絕與對文藝民主的強烈呼喚。

　　夏康達與另一位作家馮驥才結識于天津作協的一次會議,會上由馮驥才傳達在北京人民文學出版社召開的"中長篇小説作者座談會"會議精神。雖然當時劉心武的《班主任》和盧新華的《傷痕》已經發表,但"傷痕文學"的局面還没打開,創作上還有不少禁區,其中馮驥才的中篇小説《創傷》(發表時更名為《鋪花的歧路》)與另兩個中篇因涉及"文革"的負面影響而處於爭議之中。儘管作品得到茅盾的肯定并在《收穫》上發表,但是仍有不少反對意見,認為是在"步五十年代蘇聯'解凍文學'的後塵",可與所謂的"集中營文學"作家索爾仁尼琴、帕斯捷爾納克相提并論②。夏康達及時對這部作品做出評價,肯定了其在人物形象的塑造上優於《班主任》和《傷痕》,同時希望作家要以"最清醒的現實主義"去反映"文革"的歷史與本質③。

　　兩位作家在爭鳴中不斷走向成熟,并逐漸形成自己的藝術風格,奠定了他們在新時期文壇的地位,這個過程離不開評論家和編輯們的推動之功。尤其評論家需要在文學史的總體觀照下,通過解釋、分析、評價等具體而微的工作,給予作家應有的定位。例如,夏康達有關蔣子龍的創作"開風氣之先"的評價④,是基於後者在傷痕文學興盛之時,轉向當下現實,關注創傷的癒合,以及在"四人幫"鼓吹的"根本任務論"、"三突出"遭到批判之後,重新塑造了新時期小説中第一個"四化"建設的英雄形象而提出的⑤。因此,他認為蔣子龍是應合了時代的需要,應該在文學史上給他一個恰當的位置。

　　成名後的作家們馬上面臨著如何突破自我的挑戰,無論是蔣子龍給自己之前的榮

---

① 蔣子龍《序》,《夏康達文學評論自選集》,天津,天津社會科學院出版社,2005年,頁1。
② 劉錫誠《在文壇邊緣上:編輯手記》,開封,河南大學出版社,2003年,頁263。
③ 夏康達〈《鋪花的歧路》藝術談〉,載《天津日報》,1979年6月7日。
④ 夏康達《蔣子龍創作論》,《夏康達文學評論自選集》,頁68。
⑤ 夏康達《蔣子龍的小説藝術》,《夏康達文學評論自選集》,頁169。

譽劃上"句號",還是馮驥才對自己"下一步踏向何處"提出"問號"①,都反映了他們追求超越、創新的危機感。在他們進行藝術實驗的過程中,夏康達總是能夠號準脈相,給予到位的啓發。蔣子龍是以工業題材的建樹引領改革文學的代表人物,故而夏康達抓住"題材"問題大做文章,對其創作特點的把握不是按照十七年文學的"重大題材"標準,而是更準確地指出其"題材的嚴肅性"的特點②,由是打破了題材的價值等級區分,有利於作家把寫人生與社會問題很好地結合起來。後來隨著日趨多樣的文學觀念的湧現、文學主體性的張揚,夏康達開始認真反思這種文學分類法對作家創作的束縛,并對創作上出現瓶頸的蔣子龍寄予期待,希望他能夠寫出難以用"工業題材"一語加以概括的反映工廠生活的作品③。"題材"這一帶有當代文學"組織生産"特徵的概念④,終於在新時期作家與評論家的合力作用下,淡出了歷史舞臺。

比較起蔣子龍强烈的主體意識,馮驥才表現出藝術上較大的寬容性⑤,對於後者,夏康達扣准"風格"來捕捉他的特點。面對馮驥才求新求變的多種嘗試,夏康達指出"風格是作家氣質的具象化和藝術特點的强烈化",但他又不主張作家"爲了形成某種獨特的風格把自己豐富多彩的藝術實踐向單一化的方向改造"⑥,由是他對馮驥才發表的《高女人和她的矮丈夫》贊賞有加,認爲這部作品突出地體現了作家的風格。後來在作家嘗試中國文學"現代派"的創作路徑時,夏康達不失時機地提醒作家注意把握虛實之間的"分寸"感,并以不凡的眼力對其兼容并包的藝術手法給予較高的評價。可以説,夏康達很好地把握了藝術創作"變"與"不變"的規律,并用這種規律引導作家創作走向成熟。

評論家對作家是有所期許的,這種期許也是對文學的期許。當蔣子龍拿出了《蛇神》,馮驥才寫出了"怪世奇談"系列,前者以現實手法寫荒誕,後者以荒誕手法寫現實,却都不約而同地指向了民族文化心理,夏康達切中肯綮地指出了作家們經歷由"文革"到改革的社會轉型後思考和觸及的深層次問題。好的評論家也是善於發現作家在創作空間上的無限可能性,夏康達寄望於蔣子龍關注農民問題的作品《燕趙悲歌》所開闢的另一條道路,果然後者在積蓄11年之後拿出了長篇《農民帝國》;早在馮驥才創作"傷痕

---

① 夏康達《天津四作家新論》,《夏康達文學評論自選集》,頁99—110。
② 夏康達《蔣子龍創作論》,《夏康達文學評論自選集》,頁67。
③ 夏康達《〈蛇神〉在蔣子龍的創作整體中》,《夏康達文學評論自選集》,頁148。
④ 洪子誠《問題與方法:中國當代文學史研究講稿》,北京,生活·讀書·新知三聯書店,2002年,頁93。
⑤ 夏康達《天津四作家新論》,《夏康達文學評論自選集》,頁104。
⑥ 夏康達《談馮驥才的創作》,《夏康達文學評論自選集》,頁97。

文學"作品之時,夏康達就表達了希望作家在隔開一段時間距離對"文革"歷史進行"冷處理"後在"新的高度"完成對那一段"非常時期"思考的大作①,而作家後來的《一百個人的十年》可以說是較好地完成了這一共同的夙願。

在《天津四作家新論》中,夏康達用句號、問號、感嘆號、省略號分別概括蔣子龍、馮驥才、航鷹、吳若增四位天津作家的創作現狀,猶如速寫般生動傳神地捕捉到他們各自的特點與問題。在與筆者的口述訪談中,夏康達談到,當年在點評吳若增的小說時,他在文章開頭用了《詩經·黍離》中的兩句詩:"知我者謂我心憂,不知我者謂我何求。"後來吳若增給他寫封信,說那個時期,他的寫字臺的玻璃板底下,就寫著這兩句詩。作家與評論家之間能否達到"心有靈犀一點通",一方面取決於評論家在解讀作品時,能否深入作家的內心世界,進而瞭解體現于作品的作家的追求;另一方面取決於評論家對作品之外的政治、經濟、社會、文化等問題的廣泛關注與思想積澱,能否與作家齊頭并進地觀察思考生活并形成對話。② 二十世紀90年代至新世紀,當作家與批評家于1980年代建立的那種親密的"同盟"關係解體後,夏康達仍一如既往熱心地以評論助力年輕一輩天津作家的創作。對於王松作品"童年情結"③以及"荒誕現實主義"④的解讀,對於尹學芸作品的"妹紙敘事"⑤以及"傳奇現實主義"⑥的把捉,都是獨出機杼,切中肯綮的。

幾十年的評論生涯中,夏康達一直秉持"文學評論還是應該實事求是,無論是捧派的媚評抑或罵派的酷評,都非文學評論的正途"⑦的信念以及"文藝批評尺度的多樣化"⑧的實踐準則,他以非凡的眼力與"知音"般的理解,贏得了作家們的尊重與認可。文藝批評必定有其標準,同時,文藝自身多樣性的特點決定了文藝批評標準的多樣化。看似簡單的道理,其實却反映出當代文藝領域存在的根本問題。在極左年代,對文藝作品祇講一條政治標準,甚至無限上綱上綫,扼殺了創作自由;新時期若干次激烈的文藝"爭鳴"也是由於論爭各方持的批評標準不同所致;1985年"方法論年"之際,更是湧現出一大批"借鑒現代西方批評流派的具體方法來改變文藝批評方法的單一化"⑨理論家。與那些"引西援中"的理論家不同,夏康達更多地關注本土的創作實踐,深入到對作

---

① 夏康達《談馮驥才的創作》,《夏康達文學評論自選集》,頁89。
② 夏康達《口述史與憶舊錄》,天津,南開叢書編輯部,南開書社(內部出版),2017年,頁118—120。
③ 夏康達《王松創作的"童年情結"——解讀王松之一》,《夏康達文學評論自選集》,頁276。
④ 陳建功、雷達、夏康達等《"王松小說創作研討會"發言摘要》,載《文藝報》,2008年5月1日。
⑤ 夏康達《尹學芸的"妹紙敘事"——評〈青黴素〉及其他》,載《天津日報》,2019年9月17日。
⑥ 夏康達《讀尹學芸〈歲月風塵〉三題》,載《天津日報》,2020年3月31日。
⑦ 夏康達《我半個世紀的文學生涯》,http://blog.sina.com.cn/s/blog_4d87f23a01009lio.html,2008年6月15日。
⑧ 夏康達《文藝批評尺度的多樣化》,《夏康達文學評論自選集》,頁140。
⑨ 林興宅《論系統科學方法論在文藝研究中的運用》,載《文學評論》,1986年1期。

品和作家的理解中,"量身定製"出針對不同批評對象的不同尺度。尤其對那些追求創新的作家作品,更是需要一種超出個人好惡的文學史觀的判斷力,和對於作品獨到細膩的感受力。因此,"評論家不僅要有理論家的素質,還應具有藝術家的氣質"①,從這個意義上來講,文藝批評當之無愧是一種創造。

二、後顧與前瞻:批評家的文學史眼光

縱觀新時期文學風起雲湧的歷史,夏康達在其開始、中間及結束的不同階段都發表了一些帶有預見性、標誌性的文章,這種文學史的洞察力來自他對於文學的定位及其發展規律的瞭然。通過對文學史的"後顧"與"前瞻",他有效地連接起"當下與歷史、'新時期'與50—70年代、當代與20世紀"②。

回到新時期文學誕生之初,文學創作和文學觀念并不像預設的文學史分期那樣截然分明,極左思潮的流毒依然是套在文學工作者頭上的緊箍咒,不是短時間內能夠自動根除的。夏康達敏銳地捕捉到了這股潛流,他在重新出版的李準小說集《李雙雙小傳》(1977年版)的後記中,讀到了作者在"文革"結束後還在對自己"寫中間人物多的毛病"進行自我批評,儘管當時"實踐是檢驗真理的唯一標準"已經提出,然而在文藝創作領域,很多十七年和"文革"中遭批判的理論觀點還沒有得到很好的清算。針對這一現象,夏康達撰寫了《"寫中間人物"辯》③,是"文革"後最早肯定寫"中間人物"的評論文章。還有他對丁玲的《我在霞村的故事》的重評,也是較早給這棵"把一個失節的女人和叛徒美化成英雄"的"大毒草"進行平反的文章④。

在"歌德"與"缺德"風波引發的批評討論中,夏康達充分肯定"傷痕文學"的歷史功績"絕不是什麼糾纏歷史舊賬的'向後看'的態度,而是為了今後不再出現這樣的歷史曲折的'向前看'的卓識"⑤。他那好辯的天性還反映在就此問題與劉紹棠展開的辯論中,對於後者所說的"文學就是照像,照像都要打扮得美麗點,照得好看些",他針鋒相對地提出:"文學是照像,但是文學也是X光,不光照好看的,也要找病源。"⑥可見,文學批

---

① 夏康達《文藝批評尺度的多樣化》,《夏康達文學評論自選集》,頁140—144。
② 賀桂梅《"新啓蒙"知識檔案:80年代中國文化研究》,北京,北京大學出版社,2010年,頁1。
③ 夏康達《"寫中間人物"辯——讀〈李雙雙小傳·後記〉所想到的》,《夏康達文學評論自選集》,頁19—23。
④ 夏康達《重評〈我在霞村的時候〉》,《夏康達文學評論自選集》,頁34。
⑤ 夏康達《也談歌頌與暴露》,《夏康達文學評論自選集》,頁31。
⑥ 夏康達《口述史與憶舊錄》,頁69。

評領域中所做的這些澄清是非、實事求是、解放思想的工作,很好地配合了其他戰綫上開展的撥亂反正工作,爲新時期之初的文壇掃清思想障礙、儘快地回歸現實主義的創作道路起到了鋪墊作用。

早在1979年"傷痕文學"剛剛冒出頭,還處於争鳴中時,夏康達就預見性地肯定了它的歷史作用并指出它的未來走向;僅僅兩年後,他又從一些以寫"社會問題"起家的有影響的作家急切地探求"下一步踏向何處"的現象中再次敏鋭地把握到"傷痕文學"的高潮已逝。在一個文學潮流即將興起和消逝的兩個階段,夏康達都準確地預見并印證了它的漲落。在筆者對夏康達所作的口述采訪中,他站在今天的視角客觀地評價了"傷痕文學"的歷史作用,認爲這一文學思潮最重要的價值,就在於"我們開始可以説點真話了","衝破(文學的一些禁錮)是從'傷痕文學'開始的","這個思潮帶來的文學整個氣象的變化","這個價值不光是文學的,而是對整個社會歷史的發展"①。

當新時期文學走過十年歷程的時候,夏康達又用"走向成熟"來形容當代文學發展中這種質的變化。所謂"成熟",更多的是指"文學的邊緣化"。邊緣化不是價值判斷,而是指文學的地位。這是"相對於過去那種不正常狀態,一會兒(把文學)抬得那麽高,一會兒又整成'毒草'"的不成熟狀態而言的②,也是遵循事物發展規律,對文學的準確定位。具體而言,這種"成熟"在新時期文學的發展進程中主要表現在:新的"二爲"方針的提出與文藝政策的調整帶來文藝主體性的增强,"文學是人學"在更深層次上被重新確認,以及作家對創作方法的選擇運用趨向多樣和開放③。夏康達的這番論述是立足於新時期文學場域,針對其繼承而來的20世紀50—70年代的學術話語及其背後的思想資源進行批判,并結合新時期文學創作中出現的新氣象與新動態而作的客觀判斷。

值得注意的是,在新時期文學接近尾聲的1989年,夏康達發表了一篇《毛澤東文藝思想與當前文藝問題》的長文,重新梳理并審視對於當代文學建構具有奠基意義的毛澤東文藝思想。借此契機,一方面爲了掃清新中國成立前後若干次政治運動中極左思潮的遺害,另一方面也是對新時期文藝理論與創作中出現的"脱離政治、自我表現、通俗文藝市場的亂象、民族虛無主義、全盤西化"等不良傾向予以糾正。爲此需要正本清源,"認清其歷史淵源以及以毛澤東同志爲代表的中國共産黨人的集體智慧所作出的貢獻",并且來自新時期文學正反兩方面的經驗都亟需澄清這樣的事實,即"决不存在著正

---

① 夏康達《口述史與憶舊録》,頁131。
② 同上書,頁136。
③ 夏康達《新時期小説:中國當代文學走向成熟》,《夏康達文學評論自選集》,頁185—196。

確的毛澤東文藝思想與錯誤的或者'左'傾的毛澤東文藝思想之分"。在此基礎上,才能正確把握其理論核心,諸如:文藝與政治的關係、文藝與生活的關係,文藝與人民的關係,以及藝術創作的内部規律等等。作者這樣做的目的是爲了防止"在反對一種傾向時又偏向另一種傾向"①,使這筆寳貴的文學遺産能夠有益於今天的文學發展。

同樣寫於 1989 年未發表的文章《非正常態勢中的正常化趨向》,是爲了回應新時期文學十年之際兩次會議②上兩種不同的"文學危機論"。對此夏康達認爲應"站在文學之外并把文學放在整個社會構成中它應該也祇能具有的那個位置上去考察,那麽,當前文壇的這種以非正常的態勢所顯現的變化,未必不是我們的文學已進入一個更加趨於正常化的歷史進程的標誌"。基於這種認識,新時期文學整體發展脈絡被概括爲三個方面:"思想解放與藝術開放共同構築的多元結構的文學新格局","商品經濟向文學滲透形成雅俗分流的文學新體制","與世界文學發展潮流既認同又立異實現文學民族風格的現代化進程。"在對新時期文學各種正常與不正常的現象進行了學理上的鑒定後,夏康達預言:今後的文學創作"會帶來一個比較穩定的局面,但不一定是繁榮的局面"③,後來的發展如他所料,他對新世紀文學"風平浪静"的開局觀照中延續了對"動盪、激越、亢奮"的新時期文學一如既往的關注。

回顧新時期文學成就的同時,夏康達不忘將思考延伸至對新世紀文學創作的跟進中,通過對文學現象的敏鋭捕捉,提煉本土文學實踐的結晶,展開對"正在進行時"的當代文學進行"理論化"和"歷史化"的有益嘗試。在總結新時期文學由恢復和發揚現實主義傳統到"現代派"、"先鋒派"的小説實驗的基礎上,夏康達提出了"現實主義與現代主義相結合"的觀點④。這一觀點是其來有自的,對於文學史上附加了政治色彩的"現實主義"標籤,如革命現實主義、社會主義現實主義、積極浪漫主義與消極浪漫主義、"兩結合"等等,他首先是區分作爲"創作方法"的現實主義與作爲"創作精神"的現實主義⑤;隨著審美觀念的現代化進程⑥,創作方法漸趨多樣與開放,思潮流派此起彼伏,他逐漸完善了上述觀點,同時認爲這種結合在形態上以現實主義爲主,而内在則體現了一種現代思維。

---

① 夏康達《毛澤東文藝思想與當前文藝問題》,載《天津日報》,1989 年 11 月 15 日。
② 一次是 1986 年 9 月 7 日至 12 日中國社會科學院文學研究所在北京主持召開的"新時期文學十年學術討論會",另一次是 1988 年 10 月在無錫召開的"中國當代文學研究會第六屆年會"。
③ 夏康達《非正常態勢中的正常化趨向——關於文學現狀的思考》,《夏康達文學評論自選集》,頁 214—225。
④ 夏康達《一種文體的崛起——中篇小説三十年》,載《名作欣賞》,2008 年 19 期。
⑤ 夏康達《新時期小説:中國當代文學走向成熟》,《夏康達文學評論自選集》,頁 192。
⑥ 夏康達《非正常態勢中的正常化趨向——關於文學現狀的思考》,《夏康達文學評論自選集》,頁 222。

此外,夏康達還做過一個斷言,即"新時期文學的代表文體是中篇小説"①。在《一種文體的崛起——中篇小説三十年》一文中,他充分肯定中篇小説關注社會現實、引領思潮流變、借助傳媒互動的功績,高度評價中篇小説是"承續著中國現代文學的傳統不斷前行"②。之所以作此判斷,是源于夏康達對"文體"的獨到認識。他認爲"一個時代有一個時代的代表文體,如唐詩、宋詞、元曲"③,然而"文體"又有一個"生長、發展、滅亡"的過程,當一種"文體"窮盡自身的"創新可能性"時,也就走向衰亡。所以,"文學不是超越高峰",而是不斷"創造高峰"的過程④。這就是夏康達捕捉到的文學內在的發展規律,他也是較早具有"形式"自覺意識的批評家。

退休後,夏康達還在《天津師範大學學報》上開闢并主持"21世紀中國文學研究"專欄,與時俱進地關注大衆文化、80後90後文學、底層敘事、都市文學、女性文學、網絡小説、科幻文學等新生文學文化現象,同時對於新世紀以來短篇、中篇、長篇、小小説、詩歌、散文等文體的發展趨向也有所跟蹤,視野不可謂不開闊,他所主持的專欄爲當代文學在新世紀的發展提供了一個繼續思考與推進的空間。

通過夏康達對新時期至新世紀文學的宏觀把握與微觀洞察,我們可以發現,他很好地厘清了文學發展的內外空間,確立并推動"文學在整個社會中的地位和作用、文學自身的構成與發展更加符合客觀規律"的正常化進程⑤,這也印證了那句話,即"文學史家必須是個批評家,縱使他祇想研究歷史"⑥。

三、"時代的眉目":大衆文化批判與精神生態建設

在撰寫作家論與文學史相關的學術論文之外,夏康達更喜歡和擅長寫雜文(此處雜文作寬泛的理解,也包括隨筆和文藝短評),這些文章他寫得得心應手,既快且多又好。他説自己是"多雜感而少理論","從氣質上更適合於大衆媒體的文學寫作"⑦,由此形成了其文學和文化批評的"當時性"特點,而這與大學教育重視文學史研究、忽視當時文學(即文學現狀)研究的方向是背道而馳的。在一般批評家不大願意涉足的領域,他却樂

---

① 夏康達《突然風平浪静——新世紀小説印象》,載《天津師範大學學報(社會科學版)》,2004年5期。
② 夏康達《一種文體的崛起——中篇小説三十年》,載《名作欣賞》,2008年19期。
③ 夏康達《突然風平浪静——新世紀小説印象》,載《天津師範大學學報(社會科學版)》,2004年5期。
④ 夏康達《口述史與憶舊録》,頁158。
⑤ 夏康達《非正常態勢中的正常化趨向——關於文學現狀的思考》,《夏康達文學評論自選集》,頁214—225。
⑥ [美]雷·韋勒克、奥·沃倫著,劉象愚等譯《文學理論》,北京,生活·讀書·新知三聯書店,1984年,頁38。
⑦ 夏康達《後記》,《夏康達文學評論自選集》,頁303。

此不疲,在媒體上頻頻發聲,爲當代文化價值觀的引導與精神生態的建設發揮著作用。這種"當時性"的追求正如魯迅先生對雜文的評價——"當然不敢說是詩史,其中有著時代的眉目"①。

自二十世紀 80 年代中後期崛起至新世紀濫觴的大衆文化,作爲一種新興且變化著的文化現象,立即成爲夏康達持續跟蹤觀察的研究對象。當新時期文壇剛從"政治壓力之重"下解放出來,又面臨著"經濟驅動之輕"的困惑時②,夏康達首先充分肯定雅俗分流是文學走向成熟的表現,進而從功能上將文藝作品區分爲"宣教性文藝、娛悦性文藝、主體性文藝"三大類別③,使之各得其所,各司其職,各有發展,以避免文藝評論與文化管理的混亂。新世紀以來娛樂業興起,夏康達并不以精英姿態居高臨下地評判大衆文化,反而十分欣賞"超級女聲"節目中體現出的全民參與精神,并在一片否定聲中爲之"呐喊"。他關於"粉絲"大於"超女"的新鮮説法④,恰恰突顯了大衆的主體地位。他對大衆文化没有陳腐的觀念,相反却看重其中的批判力量與政治功能,即從大衆審美在"顛覆的過程中既不斷地解構,也不斷地重構"的特點中,認可其"顛覆既有的現實規範,否定或動摇已被視爲經典的權威性"等内在價值⑤。

另一方面,隨著中國大衆文化的蓬勃發展,文化市場却愈益出現了"庸俗、低俗、媚俗"等嚴重傾向,這不得不引起一些有良知的文化研究者的重視。通過對中國近二三十年小品發展過程的追蹤,夏康達從開始相對温和地提倡小品作爲通俗文藝須"俗而有度",其目標不是通"俗"而是通"雅",應提高大衆審美情趣的品位⑥,也就是處理好"普及"與"提高"的關係;及至後來當他發現趙本山、小瀋陽的系列小品已經形成一種不容迴避的文化現象,無論是"忽悠"一詞在全國的流行⑦,還是"不差錢"中的"同流合污"⑧,抑或《東北二人轉》中的"善良觀",都無可救藥地使娛樂文化墮入一種"市儈主義的泥淖",於是便毫不客氣地針對兩種有代表性的迷惑性觀點——"祇要大衆歡迎的就是好的文藝作品"和"揭露就是批判"展開批駁,以正視聽。

在 2010 年 6 月 25 日"第五屆中國文聯中青年文藝評論家高級研修班"上,夏康達

---

① 魯迅《且介亭雜文·序言》,《魯迅全集》第 6 卷,北京,人民文學出版社,2012 年,頁 4。
② 夏康達《突然風平浪静——新世紀小説印象》,載《天津師範大學學報(社會科學版)》,2004 年 5 期。
③ 夏康達《論文藝的三大類别》,載《天津師範大學學報(社會科學版)》,1988 年 3 期。
④ 夏康達《"粉絲"大於"超女"——"超級女聲"再解讀》,載《今晚報》,2005 年 9 月 7 日。
⑤ 夏康達《"超級女聲"與大衆文化情結》,載《今晚報》,2005 年 8 月 26 日。
⑥ 夏康達《昨天·今天·明天——從〈中國小品二十年〉説起》,載《今晚報》,2004 年 10 月 12 日。
⑦ 夏康達《"忽悠"——趙本山小品的主題詞》,載《今晚報》,2009 年 2 月 3 日。
⑧ 夏康達《〈不差錢〉諷刺了誰?》,載《今晚報》,2009 年 2 月 13 日。

做了一個極有分量的講座《大衆文化憂思錄》①,集中了他多年來的思考。他所"憂思"的正是"傳統的娛樂文化生產方式被新興的、單一快樂爲目的的文化生產方式所取代,這就使得中國大衆文化的政治功能發生了重大轉向,大衆文化複雜的政治經濟等圖景被一種簡約的'快樂經濟'所取代,形成了一種'傻樂主義'的文化樣式"。當大衆文化在"去政治"、"去價值"的潮流中,淪爲快樂的麻醉劑、致幻劑,就會日漸喪失其誕生之初的參與精神與批判性力量,最終祇能在"娛樂至死"的狂歡中迎來全民族精神的整體滑坡。

　　大衆文化的發展離不開媒介的影響,近年來影視劇的文化消費群體節節上升,充分體現了這種結合的效力,這也是夏康達傾注筆墨較多的領域,他十分注意給予影視劇以應有的地位、客觀的評價和科學的研究,對作品定位、思想意義、審美層次、創作導向等方面做全方位的觀照。例如對於歷史劇和戲說劇,他首先將二者視作兩種"不必同日而語"的文類,主張劇作者應"採取符合自身文類屬性的藝術手法",進而提倡歷史劇創作的"當代性",即作爲一部當代文學作品的"當代意識"與"當代價值",最後針對歷史題材劇中"正說"與"戲說"比例失當、電視劇創作中現實題材與歷史題材比例失調等現象做了正確的引導②。再如:由"張恨水熱"說起通俗文學的"通俗性"在影視劇改編中的先天優勢,但他認爲"改編得再好也祇是文化資源的再利用與文學遺產的再創造",文藝創作的首要關注點無疑應是當前的現實社會生活。因此,他主張"原創"對於塑造時代文學形象的重要性,而通俗文學的"借鑒"意義則在於如何吸引受衆的魅力,進而在"創新"的驅動下,打破高雅與通俗的壁壘,充分發揮影視的視聽表現手段,實現藝術形式的充分融合③。

　　此外,夏康達還通過一些具體的影評文章,關注文藝創作的根本性問題。在《〈城南舊事〉的美學追求》中,他從藝術感受出發,捕捉到這部不以情節取勝的影片"濃郁的淡雅"與"在自然中見匠心"的電影美學④。在《〈鴉片戰爭〉人物談》中,他通過比較《鴉片戰爭》與《林則徐》兩部影片,抓住影片中的三個人物林則徐、琦善、蓉兒,以"又一個"、"別一個"、"這一個"的巧妙構思,臧否劇本在人物塑造上的得失⑤。至於他七十歲後寫

---

　　① 夏康達《大衆文化憂思錄》,第五屆中國文聯中青年文藝評論家高級研修班講座發言稿(未發表),2010年6月25日下午,天津師範大學。
　　② 夏康達《歷史劇縱橫談》,《夏康達文學評論自選集》,頁248—252。
　　③ 夏康達《反思與前瞻——從"張恨水熱"談起》,《夏康達文學評論自選集》,頁253—259。
　　④ 夏康達《〈城南舊事〉的美學追求》,載《天津日報》,1983年3月14日。
　　⑤ 夏康達《〈鴉片戰爭〉人物談》,載《今晚報》,2000年10月26日。

的影評《皇帝的舊裝——看電影〈孔子〉》,則從故事落套與落俗兩方面,批評編劇一方面"輕車熟路地沿用了過去'寫英雄'那種藝術理念和手段",一方面"又無法抗拒現在通俗文藝迎合一部分觀衆低俗趣味的市場行爲,成爲一個很典型的藝術上兩頭不靠的悖論",而題眼借用"皇帝的新衣",將《孔子》這部影片比喻爲"皇帝的舊裝"[1],不可謂不犀利。

　　社會影響面更廣的是夏康達散見於報刊博客上的大量雜文,這些時評更符合他針砭時弊、不吐不快的性情。在此他的關懷已遠遠超出了文學的天地,舉凡政治、經濟、社會、文化、民生、教育等問題都被他信手拈來,隨機點評,真知灼見中却又處處與文學、與現實緊密關聯。例如在《"國學熱"存疑》中,夏康達給不斷升溫的"國學熱"潑了一盆冷水,提出當代人應該如何面對精神遺產的問題[2]。他表達了三個層次的意思:首先,歷史地看,精神遺產即使再輝煌,也祇是一定時代的產物,如果死守不放,財富也可能成爲沉重的包袱;其次,從分工來看,"國學"作爲思想資源,大可交給專家去研究,而對本來就產生於民間的傳統思想道德,在進行教育時,硬把"國學"扯進來,反而會把簡單的事情搞複雜;第三,從現實出發,在當今各種現代科學知識如此飛速發展的時代,要想一想大衆最需要知道什麽,精神文明建設中的當務之急是什麽。夏康達對"國學熱"的"冷"思考,正是經歷過1980年代思想解放與新啓蒙的一代知識分子對於傳統文化的態度,在這一點上他們是和"五四"一代聲氣相求的。正如他在接受筆者采訪時說的"今天我們可以重新認識這種東西,但是我們不可以反清算!"[3]

　　大學生就業擇業成爲近些年媒體反復炒作的熱點問題,在《就業難與擇業觀——大學生掏糞面面觀》一文中,夏康達說自己"作爲一個退休的大學教師,我聽到有些大學生爭當掏糞工,我真的很痛心。我聽到有人要鼓掌,我很氣憤"。先後經歷過"知識無用論"、"知識改變命運"年代的他深知"掏糞工"個案背後的輿論導向"對顛覆人們的知識價值觀,有著極大的破壞力"[4]。當然,這首先是個社會問題,不祇是教育問題,但作爲高校教育工作者,他祇能從教師的角度引導學生樹立正確的擇業觀,語重心長背後是對育人大計的關切。

　　此外,從魯迅的《立論》引申出的《假話與廢話》,針對"由假話、廢話派生出來的大

---

[1] 夏康達《皇帝的舊裝——看電影〈孔子〉》,載《今晚報》,2010年2月25日。
[2] 夏康達《"國學熱"存疑》,載《今晚報》,2007年4月24日。
[3] 夏康達《口述史與憶舊錄》,頁92。
[4] 夏康達《就業難與擇業觀——大學生掏糞面面觀》,載《天津師範大學校報》(内部發行),另見http://blog.sina.com.cn/s/blog_4d87f23a0100hkqm.html,2010年3月23日。

話、空話、套話"的泛濫現象,引發人們思考"一個社會,如果熱衷於舉辦那種專門請人去説'拜年話'的會議和活動,會造成什麽影響,助長什麽風氣"的問題①。同樣,表面上似乎與陶淵明"不爲五斗米折腰"唱反調的《祇爲五斗米折腰》,在肯定一切本分的工薪階層"爲五斗米折腰"的勞動所得之後,筆鋒一轉,直指那些爲億萬不義之財"折腰"的國之蛀蟲②。還有將批評的鋒芒對準文化名人與知名學者在公開場合的不當言行,如《好記者壞記者、好教授壞教授》中,以話語"套用"策略達到"以彼之道,還施彼身"的效果③;《辭大師與認大師》中,巧用對比法,通過"雞皮疙瘩起在很多別的人身上"的諷刺,刺穿所謂"大師"的虛僞④;《名人與猴子》,借用名人被當成"猴子"的比喻,調侃中不失嚴肅地提醒學者名人不要丟棄應有的尊嚴⑤。凡此種種,皆不是故意針對某個人的批評,而是針對某種社會或文化現象的批判。所有"真理愈辯愈明"的努力,皆在於剖析混亂的觀念,洞察幽微的人性,理清話語的邏輯,恢復社會的常識,重建文化的價值,修復精神的生態。

夏康達的大半個人生與雜文結過"冤"也結過"緣"⑥,雜文是他作爲一名當代知識分子,"通過現代的媒體和他所處的時代,中國以及世界的政治、社會、思想、文化現實發生有機聯繫的一種最重要、最有效的方式"⑦。作爲批評家的夏康達,始終以最清醒的現實主義與文化良知,直面時代癥結,爲轉型期人們混淆模糊、變動不居的思想觀念作方向上的引導。

四、精神還鄉:批評家的養成

筆者在探究夏康達如何成爲一名批評家的過程中,關注到他近年來寫的一些懷念師長、回憶生養之地上海的隨筆文章,這裏透露出他的兩個情結,一個是華東師大情結,另一個則是"且介亭"情結。這裏有一代代文學家、學者、批評家的偉大人格與批判精神的薪火相傳。憑藉這些回憶文章,他在晚年完成了一次次精神還鄉之旅,接通了青少年

---

① 夏康達《假話與廢話》,載《今晚報》,2014年11月27日。
② 夏康達《只爲五斗米折腰》,http://blog.sina.com.cn/s/blog_4d87f23a0100fnwc.html,2009年10月26日。
③ 夏康達《好記者壞記者,好教授壞教授》,http://blog.sina.com.cn/s/blog_4d87f23a0100nb2u.html,2010年11月26日。
④ 夏康達《辭大師與認大師》,http://blog.sina.com.cn/s/blog_4d87f23a0100ao5y.html,2008年9月19日。
⑤ 夏康達《名人與猴子》,http://blog.sina.com.cn/s/blog_4d87f23a0100eke8.html,2009年8月7日。
⑥ 夏康達《我的雜文冤和雜文緣》,《夏康達文學評論自選集》,頁292—294。
⑦ 錢理群《魯迅雜文》,載《南方文壇》,2015年4期。

时代那个无惧无畏的自己。

　　如果追根溯源,這種求真好辯的學術人格的養成應始自夏康達的大學時代。1959年,年僅19歲的夏康達還是大學一年級的新生,因不滿於姚文元針對吳雁《創作,需要才能》一文的粗暴批判,在《文匯報》上發表《做一點"攤底牌"的工作》①,後被對手斥爲"調和派"并影響此後的人生,直到20年後他才在一篇紀念周總理的文章《要講經驗和才能》②中,爲自己的這場筆墨官司翻案。大學時代,他還與當時戲劇理論界的大人物就新興的"報告劇"展開論辯,并認爲"人物的大小并不決定其距離真理的遠近",學術討論應該是"對事不對人,乃至是見事不見人的"③,這種年輕時養成的脾氣也奠定了他此後文學批評的立場。

　　對於自己的母校華東師範大學,夏康達有著很深的情結,他從所敬重的許傑、施蟄存、徐中玉、錢谷融等諸位先生身上傳承而來的是對於知識分子學術人格的堅守,即"學術觀點可以不斷修正,但學術人格是不可須臾缺失的"④。徐中玉師指導的一次教學實習和錢谷融師臨別的一句贈言"文科人才是埋沒不了的!"激勵了夏康達一生爲師與爲文的道路。

　　錢理群教授在紀念文章中談到中國現代文學研究傳統時,曾指出在以李何林、唐弢、田仲濟、王瑶、賈植芳等參與中國現代文學學科奠基,并在學術上有著更多的政治色彩和意識形態方面自覺性的主流學術群體之外,錢谷融先生"有著別一樣的選擇,他別開一個研究蹊徑,因而展現別一道風景"⑤。在這一學術傳統濡染中的夏康達對錢谷融師的評價是"不逾矩而從心所欲",以表示對恩師"獨立之人格、自由之思想"的仰慕與追隨。在紀念錢谷融先生百歲誕辰之際,他重提舊案,以當年華東師大中文系先後三屆學生與姚文元文棍式批判之風展開論辯的三篇文章:沙葉新《審美的鼻子如何伸向德彪西》、徐景熙《怎樣評價〈海瑞罷官〉——與姚文元同志商榷》和他自己的文章,以及他們的堅守來告慰先師的教誨⑥。夏康達此舉不僅是捍衛批評的精神,也是捍衛那個年代無一幸免於姚文元之流惡毒批判的老師們的師道尊嚴與學術理想。

　　錢谷融先生廣爲人知的著述是《論"文學是人學"》《〈雷雨〉人物談》,少有人注意他發表於《上海文學》1962年第7期上的一篇小文章《作家・批評家・批評》。在這篇

---

① 夏康達《做一點"攤底牌"的工作》,《夏康達文學評論自選集》,頁1。
② 夏康達《要講經驗和才能》,《夏康達文學評論自選集》,頁24。
③ 夏康達《後記》,《夏康達文學評論自選集》,頁300—301。
④ 夏康達《耿傳明〈在輕逸與沉重之間〉序》,《夏康達文學評論自選集》,頁297。
⑤ 錢理群《讀錢谷融先生》,載《文藝爭鳴》,2017年11期。
⑥ 夏康達《不逾矩而從心所欲——紀念錢谷融先生百歲誕辰隨想》,載《天津文學》,2019年12期。

文章中,他談到了彼時不良的批評對於創作的阻礙:"我們的批評家最爲人們所不滿的,是他們之中有一些人常常採取一種動不動就亂扣帽子、亂打棍子的簡單粗暴的態度。"他認爲批評家在與作家的關係中負有更大的責任,故而提出兩點意見:一是關於批評家的條條框框問題。針對當時批評家"既容易隨便的否定舊框框,也容易隨便的製造新框框"的偏向,提出"防止和糾正之法,除了努力學習馬克思列寧主義,培養一種實事求是的科學態度以外,還應該努力學習生活,學習藝術,使自己真正成爲生活的行家,藝術的行家"。二是關於批評家的橋樑作用問題。"批評家不但應該成爲作者與讀者之間的橋樑,藝術作品與生活之間的橋樑,還應該成爲美和美的欣賞者之間的橋樑。"①這些批評理念在今天依然具有啓示意義。

正由於有了這樣的批評之道的傳承,也就不難理解何以在新時期文學評論界夏康達是以"敢講真話"著稱的,他在對李準的思想鬆綁、丁玲的作品重評,以及對蔣子龍的力挺、對傷痕文學的支持中,都表現出對極左思潮不遺餘力清算到底的決心和勇氣。

如果說夏康達與恩師錢谷融之間更多的是 1980 年代與 50—70 年代文學批評思想的接通,那麼順著這條批評道路的精神脈絡繼續向上追溯,那麼就會發現"現代文學"的影響以及魯迅磁針般的位置,有趣的是,這個位置內含一種冥冥注定的緣分。2008 年 10 月《今晚報》副刊"星期文庫"連載了夏康達《上海山陰路往事》一組共 7 篇文章②,2020 年新冠疫情期間他又埋頭完成了《"且介亭"往事》一組共 12 篇文章,連載於《天津日報·滿庭芳》。這兩組回憶性的文章,實現了夏康達多年的夙願。魯迅的上海時期,"十年曾遷居三地,但都在北四川路、多倫路、山陰路約一平方公里的區域內"生活與工作,夏康達對於這一獨特的文學地理空間的發現和書寫,首要在於"20 世紀二三十年代發生在上海虹口'半租界'的圍繞著魯迅的一批左翼文化人的生活和文學活動的往事"③,對於中國現代文學史的重要價值。於私人記憶而言,夏康達的家庭居所以及他的小學、中學時代曾在魯迅稱之爲"且介亭"的這個街區度過,可以說是不折不扣的"跨越時空的'鄰居'"④,那時距離魯迅去世的時間不過十年,建築格局和氛圍大抵如舊。1951 年,當還是小學生的夏康達第一次走進新建成的魯迅故居,就對令他敬仰一生的魯迅先生留下了不可磨滅的印象。中學時代喜讀魯迅雜文的他,對那"洗練警策,閃爍著

---

① 錢谷融《作家·批評家·批評》,載《上海文學》,1962 年 7 期。
② 夏康達《口述史與憶舊錄》,頁 267—298。
③ 夏康達《"且介亭"解》,載《天津日報》,2020 年 9 月 14 日。
④ 劉衛東《"芳鄰"魯迅及文體的"唯一性"》,載《天津日報》,2021 年 3 月 30 日。

思想的火花和智慧的光彩"、"'冷'到給讀者一股熱力——燙心"的、"白"而不"文"的語言心儀不已①,而語言是能夠形塑一個人的思維乃至思想的。1976—1977 年,在天津師院學報工作的夏康達,爲《魯迅年譜》核實材料,曾兩次隨同鮑昌前往北京訪問茅盾、夏衍、馮乃超等左聯老人,談話中聽聞魯迅和左聯當年活動過的這片場所,竟萌生了一種"且介亭"情結。

因了這些累積的機緣,於是有了上述兩組連載文章,不同於一般魯迅研究的視角,夏康達別具慧眼,在前一組文章中,關注到了"魯迅的中産階層居住環境",這也是他對中國現實語境中當代作家中産階級化、中産隊伍的壯大在現代化進程中的影響,以及作家經濟獨立與精神獨立的關係等問題的思想回應。在後一組文章中他注意到文學與地方的關聯,從而打開了中國現代文學研究的"地方路徑",祇有"深入人與地的日常關係,才能捕捉到切實可感的地方體驗。微觀的'地方',是作家生活和文學活動的具體處所,是作家地方經驗的核心構成,爲重新理解文學事件和創作特徵提供了有力的支撑"。總之,"地方"視野"既可具體而微地進入文學的發生現場和空間關係,又能避免宏大歷史叙事的話語宰制"②。

無論是從經濟角度還是從地理角度,夏康達的研究都别出蹊徑,盡力爲我們還原出一個日常生活中魯迅的多重維度,他和普通人一樣也要吃飯、抽煙、找房子、交友聊天、看電影、生養孩子、討要版税、治病、面對死亡,而他的偉大正藴藏在這些有温度的人間瑣事之中,於是歷史的風雨斑斕被編織進樸素的日子裏。這種將魯迅請下神壇的行爲,并非如新世紀以來很多"倒魯"人士所爲,而是批評家"知人論世"的本行,難得的是這種平視與洞見。夏康達在追溯這段歷史時十分感慨,當年這些圍繞在魯迅周圍的"左聯"骨幹年齡不過二三十歲,魯迅本人也才五十歲。而今天我們這個時代在一次次對魯迅的拒絶與召唤、顛覆與超越的"影響焦慮"中,不得不將魯迅繼續從 20 世紀帶入 21 世紀,於是我們感受到了夏老師在魯迅面前"老感覺自己長不大"③的那樣一股悲涼。

結　語

夏康達接續"五四"與十七年的批評傳統,適逢新時期文壇創作與批評相互促動的

---

① 夏康達《略談雜文語言》,《夏康達文學評論自選集》,頁 15—18。
② 李永東《中國現代文學研究的地方路徑》,載《當代文壇》,2020 年 3 期。
③ 夏康達《口述史與憶舊録》,頁 165。

黄金時代,由是實現了批評家與時代共振的價值創造,繼而他將1980年代的批評精神帶入90年代與新世紀,在文學邊緣化的情勢下,仍將對現實關切與批判的熱情,投注到對大衆文化與當代文藝的持續跟進中。

　　批評家夏康達與他的批評之道對於今天文學界的意義在於,他將1980年代的當代文學批評傳統傳遞到我們手中,這一傳統的要義在於"在一種歷史緊張感中試圖賦予現實以美學的形式,它起到了以所謂審美的方式對時代進行'認知圖繪'的功能,文學批評具有作爲當代文學批評的潛在的自覺"。也就是批評作爲一種歷史實踐,充分彰顯文學的"公共性與當下性品質"[①]。尤爲寶貴的是,其批評實踐超脱於學院派的種種藩籬,立足大衆傳媒,面向讀者,文體自由靈活,充滿想象力與批判精神,完全是"不同於高頭講章式的鮮活批評",這一"理性與感性交織的批評闡釋法"[②],不啻於對當代文學研究日益體制化、專業化趨向的反撥,爲當下批評重新注入生機與活力。

　　(作者爲天津大學馮驥才文學藝術研究院副教授)

[①] 劉復生《什麼是當代文學批評?——一個理論論綱》,載《南方文壇》,2011年1期。
[②] 丁帆《從瓦礫廢墟中尋找有趣的灰姑娘——批評闡釋與文獻、文學史構成方式摭拾》,載《文藝争鳴》,2021年第3期。

夏康達評論文章及著作編年

祝昇慧

評　　論

1.《做一點"攤底牌"的工作》,文匯報,1959-10-14.
2.《試論報告劇的衝突及其他》,上海戲劇,1962(2).
3.《"寫中間人物"辯——讀〈李雙雙小傳·後記〉所想到的》,光明日報,1979-3-6.
4.《要講經驗和才能》,天津日報,1979-3-9.
5.《〈鋪花的歧路〉藝術談》,天津日報,1979-6-7.
6.《也談歌頌與暴露》,新港,1979(9).
7.《論蔣子龍的小説創作》,新港,1980(9).
8.《重評〈我在霞村的時候〉》,文藝論叢(第12輯),1980(4).
9.《"思想性典型"説再評價》,天津師專學報,1981(3).
10.《"問題小説"和小説的問題》,新港,1981(10).
11.《〈庚子風雲〉的藝術特色》,人民日報,1982-2-24.
12.《蔣子龍創作論》,文學評論,1982(3).
13.《夏瑜:未被覺得"死屍沉重"的先烈——魯迅小説人物論》,天津師範大學學報(社會科學版),1982(6).
14.《談馮驥才的創作》,文藝研究,1983(2).
15.《〈城南舊事〉的美學追求》,天津日報,1983-3-14.
16.《天津四作家新論》,天津社會科學,1984(3).
17.《寓虛於實　以實襯虛——夏康達致馮驥才》,文學報,1985-1-3.
18.《〈紅旗譜〉人物的性格美》,文談,1985(1)(2).

19.《不變之變——讀蔣子龍近作札記》,小說導報,1985(1).

20.《跨進新的天地——讀〈湍溪夜話〉》,小說家,1985(2).

21.《文藝批評尺度的多樣化》,語文導報,1985(10).

22.《邵南孫是真正屬於你的——致蔣子龍》,光明日報,1986-7-24.

23.《蔣子龍的小說藝術》,花城,1986(5).

24.《〈蛇神〉:傾注著作家的整個心靈和全部人格》,文學自由談,1986(5).

25.《〈蛇神〉在蔣子龍的創作整體中》,小說評論,1986(5).

26.《當前文壇上的一部奇書——讀〈三寸金蓮〉》,當代作家評論,1986(6).

27.《新時期小說:中國當代文學走向成熟》,天津社會科學,1986(6).

28.《論文藝的三大類別》,天津師範大學學報(社會科學版),1988(4).

29.《湯吉夫創作論》,文學自由談,1989(3).

30.《非正常態勢中的正常化趨向——關於文學現狀的思考》,1989-05-10,未發表,收入《夏康達文學評論自選集》.

31.《毛澤東文藝思想與當前文藝問題》,天津日報,1989-11-15.

32.《漫話〈老喜喪〉》,天津日報,1990-7-18.

33. 聖潔溫馨的精神家園——讀第二屆中華精短散文大賽佳作,散文,1994(5).

34.《略談雜文語言》,天津文藝,1997(10).

35.《西方現代思潮與新時期的小說實驗》(與劉順利合作),收入《錢谷融先生教學著述六十周年紀念論文集》,浙江文藝出版社,1998.

36.《〈鴉片戰爭〉人物談》,今晚報,2000-10-26.

37.《歷史劇縱橫談》,今晚報·文娛點擊,2001-12-14.

38.《反思與前瞻——從"張恨水熱"談起》,今晚報·文娛點擊,2002-12-14.

39.《往事——蔣子龍在七十年代》,時代文學,2002(4).

40.《飛向共同目標的思想自由翱翔——評〈中國兒童文學五人談〉》,天津日報,2003-3-21.

41.《關於當前文藝思潮若干問題的思考》(與徐景熙合作),天津師範大學學報(社會科學版),2003(5).

42.《王松創作的"童年情結"——解讀王松之一》,天津作家,2004(1).

43.《突然風平浪静——新世紀小說印象》,天津師範大學學報(社會科學版),2004(5).

44.《一種文體的崛起——中篇小説三十年》,名作欣賞,2008(19).

45.《皇帝的舊裝——看電影〈孔子〉》,今晚報,2010-2-25.

46.《熱情説戲,深情撰文——讀劉潔的〈紅粉應墨彩〉》,美文,2018(6).

47.《隱喻與明喻的協奏　生態與世情的交響——評〈候鳥的勇敢〉》,天津師範大學學報(社會科學版),2019(2).

48.《尹學芸的"妹紙叙事"——評〈青黴素〉及其他》,天津日報,2019-9-17.

49.《讀尹學芸〈歲月風塵〉三題》,天津日報,2020-3-31.

50.《老樹新枝——讀蔣子龍"筆記小説"的筆記》,天津日報,2021-2-23.

專著及主編著作

王爾齡、夏康達,《魯迅作品難句解》,湖南人民出版社,1981.

鮑昌主編,姜東賦、夏康達副主編,《文學藝術新術語詞典》,百花文藝出版社,1987.

夏康達,《蔣子龍小説欣賞》,廣西教育出版社,1989.

夏康達主編、趙朕副主編,《中國當代文學題解》,語文出版社,1989.

夏康達、王曉平,《二十世紀國外中國文學研究》,天津人民出版社,2000.

夏康達,《夏康達文學評論自選集》,天津社會科學院出版社,2005.

夏康達,《口述史與憶舊錄》,天津南開叢書編輯部,南開書社(内部出版),2017.

晚清報刊文獻與中國文學轉型研究

報刊史料與中國近代文學研究脞談

鮑國華

史料是全部人文學科必備的基礎，不限於文學研究。史料包含甚廣，是立論的基礎。對於中國近代文學研究而言，史料與古代文學研究的不同之處，即在於報刊的存在。本文試圖對報刊史料與近代文學研究之關聯展開理論思考，既關注報刊史料的必要性，又反思近代文學研究在運用報刊史料之外的可能性。

一

若干年前，筆者曾撰寫過一篇小文《作爲方法的報刊》（《社會科學輯刊》2017 年 3 期），對近代報刊史料與中國小説轉型之關聯做出了非常淺顯的解讀。在我看來，"報刊作爲史料"體現得最突出、也最充分的學術領域就是中國近代文學研究。

中國近代文學研究是中國古代文學研究的一個組成部分，研究者關注的問題以及背後的問題意識，大都來自中國古代文學學科，採取的研究方法、以及史料的邊界也相同。近代文學研究、或者説古代文學近代階段的研究，以文人爲中心，以文集爲主要閲讀對象，同時借鑒但不依賴於中國近代史的研究成果，是近代文學研究初創期的重要特徵。以古代文學學科爲歸屬，近代文學研究者首先關注的也是文人和文集（包括小説和戲曲的單行本）。任訪秋先生、季鎮淮先生、錢仲聯先生等近代文學研究的先驅，終其一生的研究思路和方法，都可以歸屬於中國古代文學。隨著研究的不斷深入，近代文學的獨特存在——作爲史料與研究對象的報刊——逐漸浮出水面，進入研究者的視野。與常規的文學史料相比，報刊數量繁多，時效性強，更重要的是對文學的承載和傳播方式有所不同。中國近代是報刊萌芽并發展壯大的時期，出版的各類報刊約有 2 000 種，其中文藝性報刊有近 300 種，是研究中國近代社會、文化和文學發展的重要憑藉。以報刊爲史料，更能契合近代文學的獨特品質，這就使近代文學研究逐漸走出了一條新路。在衆多研究者中,較早關注報刊的是阿英,但當時近代文學研究尚未確立,阿英的研究思路,并未形成廣泛的共識。以報刊爲中心,從 20 世紀 80 年代開始才逐漸成爲主流,迄今已成爲近代文學研究者的學術常識。事實上,這一常識的形成,也不過三四十年的時間。

當一種研究思路和方法形成共識,成爲常識,往往標誌著一種研究範式的形成,但範式一旦形成,對研究也就具有一定的規約作用,需要一種新的範式,或者不同的研究思路,對它構成衝擊。祇有這樣,學術研究才能夠不斷保持活力①。以報刊爲史料,包括以報刊爲研究對象的專門研究也是如此。

這裏需要借用日本思想史研究者丸山真男提出的概念"執拗的低音"②。這一概念通過近代史研究者王汎森的推介,在中國學術界、主要是人文學科領域產生了重要影響。丸山真男的概念,來自音樂理論,指的是思想史上在作爲主流的高音之下,常常有一種爲當時和後世忽視的低音存在,不顯豁,也不會翻轉成爲主流,但却一直存在。這類低音的價值也許不在於引領時代的風潮,但在風潮消歇後,却能體現出其獨特的意義。當然,這有賴於後世研究者的發現。近代文學研究也是如此。當它完全歸屬於古代文學學科時,關注文人、關注文集自然會形成共識。而從 20 世紀 80 年代開始,報刊逐漸受到關注,成爲研究的熱點,由史料而成爲視野,進而成爲問題,甚至方法,對於文人和文集的關注反而有逐漸淡化的傾向(當然這祇是相對而言,其實關注文人和文集的研究成果仍有很多,祇是不如報刊更能引起學術界的關注)。報刊研究從低音變爲高音,原本的高音則轉入低音聲部。借助丸山真男"執拗的低音"這一概念,有助於說明近代文學研究的範式轉移,以及轉移過程中對於不同研究思路和方法之地位的置換。報刊的使用,打開了研究者的視野,使近代文學研究找到了自身的獨特品質和價值。報刊史料的存在,是文本的載體,也是文本生成的場域。

---

① 這裏借用了美國學者托馬斯·庫恩(Thomas Kuhn)的理論。範式(paradigm)理論是托馬斯·庫恩在《科學革命的結構》(*The Structure of Scientific Revolutions*)一書中提出的,它指的是一個科學共同體成員所共用的信仰、價值、技術等的集合,即常規科學所賴以運作的理論基礎和實踐規範,是從事某一科學的研究者群體所共同遵從的世界觀和行爲方式。庫恩認爲研究範式"主要是爲以後將參與實踐而成爲特定科學共同體成員的學生準備的。因爲他將要加入的共同體,其成員都是從相同的模型中學到這一學科領域的基礎的,他爾後的實踐將很少會在基本前提上發生爭議。以共同範式爲基礎進行研究的人,都承諾同樣的規則和標準從事科學實踐"。見[美]托馬斯·庫恩《科學革命的結構》,金吾倫、胡新和譯,北京,北京大學出版社,2003 年,頁 10。
② 見王汎森《執拗的低音:一些歷史思考方式的反思》,北京,生活·讀書·新知三聯書店,2014 年,頁 3—5。

二

　　在注重報刊的同時,也必須關注兩個問題:(一) 中國近代有大量文人不介入報刊,仍然採取傳統的書寫和刊行方式進行文學生産,無法納入以報刊中心的闡釋空間。(二) 報刊影響、甚至決定了文學的生産和生成方式,對於討論紛繁複雜的文學史現象極有意義,但對於文學審美價值的關注,借助報刊,未必能够切中要害。也就是説,以報刊爲中心,適用於文學史研究,却未必適用於文學研究,尤其未必適用於文本分析。相對於文本而言,即便以報刊爲方法,仍然屬於文學的外部研究,而不是内部研究①。從報刊出發,可以關注并分析文本生成的過程,這與單純閲讀作家文集或作品單行本不同。但凸顯文學自身的特質,即所謂"文學性"問題,報刊則未必完全適用。

　　就中國近代文學的獨特性而言,關注報刊史料有先天優勢,甚至是先天的必要性。而且相對而言,中國近代文學史上的經典作品(以《紅樓夢》或魯迅作品爲標準)不多,對其文學價值的關注,往往讓位於文學史價值。但如果放寬研究的視野,將近代文學(1840—1917)向上下分别延展,在一個更長的時段内關注近代文學,特别是將報刊出現前後的中國文學作爲一個整體來關注,報刊一家獨大的現象就會稍稍改變。也就是説,暫時不將報刊的出現作爲文本生成的唯一的關鍵性因素,也關注那些有意無意地忽視報刊的文人的創作,問題可以會有所不同。還有,報刊的存在代表著文學的公開性,標誌著作家面向身外世界的自我開放。但私密性的寫作、不以公開發表爲目的的寫作仍然存在。這可能是報刊研究的盲點。當然,報刊的出現是一個難以忽視的事實,也可能導致個别私密性寫作成爲一種表演方式,即通過對於私密性的標榜而謀求更大的關注度,或者構成對於公開性的寫作立場的反諷。前者如"某某秘史"之類,後者如日記體小説。

　　從這一思路出發,至少可以關注以下幾個問題:

　　(一) "前報刊時代"的寫作。既包括報刊出現和普及之前的傳統寫作,又包括報刊出現後,有些文人故意拒絶報刊,而採用與報章文體截然不同的寫作策略,但顯然難以無視報刊的存在,或回到報刊出現之前,從而導致文本呈現出不自覺的新樣態。

　　(二) "報刊時代"的寫作。除常見的報章文體,如梁啓超等人之外,還應關注一些

---

① 借用韋勒克、沃倫的劃分。見[美]韋勒克、沃倫《文學理論》,劉象愚等譯,北京,生活・讀書・新知三聯書店,1984年。

利用公開性和私密性之間的悖論和縫隙,從事文本生產的現象,尤其是女性文學創作。

（三）由近代文學延展開去,可以思考當下"後報刊時代"的寫作。

當然,以上三個問題,事實上還是沒有脱離報刊,就像反對談論政治也是一種政治態度一樣,提出對於報刊研究或以報刊爲史料的幾點反省,不是要從根本上否定報刊在近代文學研究中的意義,而是希望在報刊成爲主流、甚至成爲方法的前提下,稍作調整和偏移,關注一下報刊以外的史料,以及報刊以外的思路和方法。這樣可以爲近代文學史料和近代文學研究提供更多可能性。在報刊没有進入研究視野的時候,強調對報刊的關注和使用,自是題中應有之義;而在使用報刊成爲共識的前提下,稍稍懸置報刊,轉而關注一些被遮蔽的研究史料、思路和方法,也有必要。尤其是在數據庫衆多的條件下,近代報刊史料的神秘性和稀有性已逐漸消失,甚至不復存在了。但數據庫的使用,在提供便利的同時,也會造成見木不見林的弊端。借助關鍵詞檢索,雖然便捷,但缺乏一點一滴的積累和錙銖必較的執著,史料來得太容易,可能造成研究者主體價值的日漸稀薄。表面上在浩如煙海的史料中縱横馳騁,事實上却被史料、準確説是被數據所牽引。因此,在數據庫衆多的今天,倡導回過頭去認真讀文集、讀文本,也許更有意義。

三

對於研究者而言,閲讀至少可以包括三個層次:第一個層次是自由閲讀,或者説休閑式閲讀,不限專業、不限領域、不限主題,自由選擇,這通常是最輕鬆有趣的。第二個層次是專業化閲讀,即爲完成一篇論文,或思考一個問題,有意識地選取相關史料,閲讀幾乎等於查資料,不同類型的文本都被統攝在某一專題之下,文本都被作爲史料,相互間的差異可能被忽視、被抹平。這種閲讀方式或層次是痛苦的,但也是充實和充滿發現的欣喜的。第三個層次是另一種自由閲讀,是以第一層次的基礎性和第二層次的專業性爲前提,掌握更豐富的資源,獲得更廣闊的視野,在文本中自由馳騁,從而達到從心所欲不逾矩的境界。第三個層次有些理想化,可能遥不可及。例如王德威先生之於中文小説,閲讀量驚人,在研究過程中往往能够信手拈來;黄子平先生在理論和文本之間,分寸拿捏得恰到好處,他的研究觸及的問題都很關鍵且深刻,但讀起來絲毫不累;陳平原先生近年出版的關於中國近代畫報的最新研究,沉浸史料中數十年,磨成一劍,能够從字裏行間感受到史料在呼吸。這都是兼具歷史厚重感和現實穿越性的研究成果,有生命的温度。

因此，史料的基礎決定著研究的廣度與深度，但最終還是要超越史料——使自己超越史料，也令史料超越史料，煥發出人文性的光輝。也就是說，人文學科的研究者，首先應注重史料，通過史料回到歷史現場，從中發現問題，這是史學層面。細緻閱讀史料，不斷發現甚至激活史料背後的種種因素、種種內涵，這是文學層面。進而超越史料，發現并總結問題的本質，這是哲學層面。最終借助學術研究形成自身的人格修養，這種修養來自幾十年來對學術的投入，來自生命的反復浸潤。而研究者人格的光輝又能夠照亮史料，照亮歷史，反哺學術，影響并帶動後來者。這是人文學的至高境界。

此外，如果將中國近代文學研究視爲近代史研究的一個組成部分，除文學文本外，報刊、日記、書信、官方檔案，甚至告示、家譜，等等，都應該成爲研究者關注的史料。而且不同類型的史料之間，等級性并不明顯。日記未必比小說真實，報刊未必比書信公開，詩文未必比告示重要。關鍵在於是否有助於闡釋現象和問題。如果堅持文學的"文學性"，在不刻意忽略非文學文本的前提下，側重於關注現代意義上的文學文本，如詩歌、小說、戲曲等，從審美向度出發，關注背後的美學和非美學問題，也會有驚人的發現。

今天絕大多數研究者，包括在讀的碩博士研究生，都有一個論文心結，寫出論文才能畢業，不斷發表論文才能評職稱、評獎，無所不在、無時不在於論文之中。這樣的好處是能夠始終保持一種思考的狀態。但問題也很明顯，過度纏繞於某些具體課題之中，視野變得越來越狹窄，越來越專門化，人文學科最需要的涵養力量不斷喪失。讀史料變成查資料，美其名曰帶著問題讀書，其實是從某些既定前提出發，剪裁史料。事實上，史料不是爲研究者而存在的。研究者最佳的閱讀狀態，可能是有一定的問題意識，但不十分明確，保持這一初心閱讀史料，廣收博採，在閱讀史料的過程中使問題意識逐漸顯豁、逐漸鮮明。擺脫單一的爲論文而論文、爲論文而史料的思路，讓史料呈現出原本鮮活的生命力量，研究者的性情和趣味也會得到涵養與提升。

在史學視野中，無不是史料。在文學視野中，一切皆文本。有相對廣闊的史料視野，研究者才能有更爲廣闊的心胸。這樣，哪怕面對一些非常具體和微小的課題，也能有深廣的發現。對於初學者而言，提倡小切口深層次、或小題大做的思路是正確的。實在做不到，小題小做也可以。但無論是小題，還是小做，人文學者背後的大關懷時刻也不能遺忘。這才是學術研究的命脈所在。史料看似是一些細微的問題，需要投入，需要細心，但史料研究者對人文底蘊的固執堅守，才是決定成敗的關鍵。文學研究可以爲研究而研究，可以沉浸於審美境界之中，這樣至少可以獲得一個相對平和安寧的心境。真正喜歡文學藝術、用生命投入其中的人，會遠離罪惡。但正如"純文學"的存在曾經遭受質疑一樣,文學研究還是應該有對現實、對世界、對人類的深度關懷。因爲前者是獨善,後者是兼濟,缺一不可。儘管均不易實現,但我輩須心嚮往之。

（作者爲天津師範大學文學院教授）

晚清革命"英雌"陳擷芬報刊詩歌考論

胡全章

　　1903 年孟春,湖北留日女學生楚北英雌王蓮在東京《湖北學生界》月刊發文宣稱:"世世儒者,贊頌歷史之人物,曰'大丈夫'而不曰'大女子',曰'英雄'而不曰'英雌',鼠目寸光,成敗論人,實我歷史之污點也。"①由此,與"英雄"相對應、打上鮮明的性別意識的"英雌"概念,正式浮出歷史地表。癸卯年後,隨著女權革命思想的傳播和民族民主革命思潮的興起,張揚女性國族意識和尚武精神的"英雌"一詞頗爲流行。與此同時,女傑、女雄、雌英、女英雄、女中華、女豪傑、女丈夫、女國民、俠女兒、偉女子、女俊英、金閨國士、漢俠女兒、國民女傑、巾幗鬚眉、巾幗英雄等與"英雌"相近的名詞,亦充斥報章。20 世紀初,以國內外中文報刊爲傳媒和陣地的新詩壇,湧現了一個具有革命思想傾向的新派"英雌"詩人群。其中,有著"女蘇報"時譽的上海《女學報》主筆、湘言女士陳擷芬(1883—1923),充當了革命"英雌"詩人的排頭兵。其後成名的革命"英雌"鑒湖女俠秋瑾(競雄)、湘鄉女傑張昭漢(默君)、干璇女史唐群英(希陶)等,均受這位原籍湖南衡陽的"老鄉"的影響。然而,由於陳擷芬的詩文數量不多,且散見於《清議報》《女學報》《女子世界》等晚清報刊,其所用化名亦未引起學界關注,至今未見其詩文集整理本問世,致使這位革命"英雌"詩人的文學史地位長期以來隱而不彰。

一、"女界長驅革命軍":湘言女史陳擷芬

　　1902 年,上海蘇報館有一位及笄之年的楚南女子,手創中國第一份"女報","拔簪供報資,挑燈親著述"②;次年,她將《女報》易名爲《女學報》,親撰社說《獨立篇》,爲中國二萬萬女子高張"獨立"之幟,爲"女學"、"女權"和民族危亡鼓與呼,隨《蘇報》附送,

---

① 楚北英雌《支那女權憤言》,載《湖北學生界》第一號,1903 年 2 月。
② 班仙陳超女士《呈夢坡先生並示擷芬吾友》,載《女學報》第二年第二期,1903 年 3 月 13 日。

一時贏得"女蘇報"之譽①。殆"蘇報案"發,這位楚南女子隨父亡命東瀛,續辦《女學報》,以"湘言女史"筆名發表《沈藎死》《章鄒囚》等革命詩篇,成爲癸卯年掀起的革命詩潮中的先鋒"英雌"詩人。這位楚南女子,就是"女界長驅革命軍"②的旗幟性人物——陳擷芬。

晚清時期,陳擷芬以創辦、主編、主筆《女(學)報》聞名於世。她同時使用文白兩幅筆墨,向四萬萬同胞宣揚"女學"、"女權"、"女國民"思想。他撰著《獨立篇》《中國女子之前途》《女界之可危》等文言論説文,手寫《學問要和歲月争》《盡力》《群》等白話演説文,創作《世界十女傑演義》;其所開闢的"詞翰"專欄,發表了一批新潮志士名流和"英雌"之作。陳擷芬對中外"女界之英傑"傾力表彰,對"中國女子之前途"充滿期待:"美!!! 美!!! 美!!! 吾敢斷言曰:吾中國二十世紀後之女界,爲超越歐美,龍飛鳳舞一絶大異彩之時代。"③其所大力倡導的女性"獨立"、男女平權思想,因應著20世紀初年民族救亡和民主革命的時代思潮。

20 世紀初年,陳擷芬不以詩名,却也有一些詩章或詩句,或經由報章刊發或經由友朋徵引而廣爲流傳;至於志士名流和某某女士詩中的"擷芬女郎",更是頻頻見諸報端。早在 1901 年秋,陳擷芬就有《戊戌政變感賦》《題〈桃谿雪傳奇〉》《讀史二律》等詩作,刊諸梁啓超主持的横濱《清議報》"詩文辭隨録"欄,以巾幗不讓鬚眉的激越音調,匯入了"詩界革命"的時代大潮音。擷芬女郎《戊戌政變感賦》尾聯"天下臣民四萬萬,鳴冤剖腹竟無名"④,《題〈桃谿雪傳奇〉》末句"衣冠多少和戎輩,可有閑情讀此書"⑤,均充溢男兒氣概與國族襟懷,讀來英氣逼人。次年,隨著《女報》《女學報》的問世與傳播,新派知識群體一時好評如潮。星洲寓公丘菽園《題衡山女子陳擷芬所撰〈女報〉》有詩贊曰:"他日輶軒探新論,葩經合冠女郎詩";"生面今看開一代,釵裙文振國民魂。"⑥丘逢甲贊陳擷芬《女學報》"唤起同胞一半人,女雄先出唱維新"⑦;潘蘭史譽其"一篇《女學報》,警夢醒釵裙"⑧。程嘉秀女史《〈女報〉題詞四首》有云:"筆端雄辯粲花鮮,天賦蛾眉有

---

① 馮自由《開國前海内外革命書報一覽》,《革命逸史》第三集,北京,中華書局,1981 年,頁 138。
② 劍公《題〈女學報〉四絶》,載《女學報》第二年第三期,1903 年 5 月 11 日。
③ 楚南女子《中國女子之前途》,載《女學報》第二年第四期,約 1903 年 7 月。
④ 擷芬女郎《戊戌政變感賦》,載《清議報》第九十册,1901 年 9 月 3 日。
⑤ 擷芬女郎《題〈桃谿雪傳奇〉》,載《清議報》第九十册,1901 年 9 月 3 日。
⑥ 星洲寓公菽園《七絶八章題衡山女子陳擷芬所撰〈女報〉》,載《鷺江報》第七册,1902 年 7 月 15 日。
⑦ 丘逢甲《題陳擷芬女士〈女學報〉》,黄志平、丘晨波主編《丘逢甲集(修訂本)》,廣東人民出版社,2019 年,頁 255。
⑧ 老蘭《陳女士擷芬來見率贈二首》,載《警鐘日報》,1904 年 11 月 26 日。

主權";"争看十丈紅塵裏,新豎詞壇五色旗。"①馬勵雲女士有詩贊曰:"滿腔熱血女元龍,扶植坤維亞細東。從此神州開草昧,女兒花燦自由紅。"②陳擷芬作爲女界革命先驅者的歷史形象,自此被永恒定格。

陳擷芬的革命詩篇,集中刊登在 1903 年夏出版於東京的《女學報》第四期。那時,震驚中外的"蘇報案"還在發酵,"沈藎案"的發生進一步擴大了"蘇報案"的社會影響,革命思潮如地火奔突,難以遏阻。作爲蘇報館主人陳範之長女,隨父逃亡日本的陳擷芬,克服種種困難在東京續刊《女學報》,表現出矢志不渝的女界革命精神和堅韌不拔的反清革命鬥志。湘言女史《沈藎死》詩云:

> 沈藎死,沈藎死猶生。吾不慟沈藎,吾慟吾同胞中乃有告發承審行杖之多人。君不見世界諸蟲豸,蜂針蠆尾各自善護持。胡我同胞自殺自賊自剝其膏血,自嚼其體膚?嗚呼噫嘻! 戴面噙齒,儼然衣履;人不如豸,恥乎不恥?③

將沈藎定位在反清革命烈士來歌頌,對告發杖殺沈藎的"我同胞"大聲痛斥,嚴厲撻伐。柳亞子《吊鑒湖秋女士》詩中小注云:"楚南女士吊沈愚溪詩有'如何流血史,女界無輝光'句。"④可見,陳擷芬還寫有悼念沈藎的五言詩,其寫詩的目的亦并非爲了發表。柳亞子看到的這兩句五言詩,陳擷芬也用在了《章鄒囚》一詩中。湘言女史《章鄒囚》詩云:

> 微風偶震盪,草木遂萎靡。司空城旦書,無敢或抗之。嗟吁乎! 逃者逃,囚者囚,逃者如驅塵,囚者如牽猴。同胞四萬萬,柔伏如一邱。一邱之中,乃有鄒章,琤琤佼佼,雖囚何傷? 吁嗟乎! 吾念柴市駢首六君子,吾念漢江飲刃唐才常,吾念北京杖死沈魚隱;何不波及一女子,乃使流血史内女界無輝光?⑤

1903 年 6 月 30 日,章太炎被捕;7 月 2 日,鄒容投案;此時,《蘇報》尚未被封。7 月 6 日,《蘇報》刊登章太炎《獄中答新聞報》,聲稱"民族主義熾盛於二十世紀,逆胡羶虜,非我

---

① 程嘉秀女史《〈女報〉題詞四首》,載《女學報》第二年第一期,1903 年 3 月。
② 女士馬勵雲《贈陳擷芬女士》,載《女子世界》第十期,約 1905 年 2 月。
③ 湘言女史《沈藎死》,載《女學報》第二年第四期,1903 年 10 月。
④ 柳亞子《磨劍室詩詞集》上册,上海人民出版社,1985 年,頁 48。
⑤ 湘言女史《章鄒囚》,載《女學報》第二年第四期,1903 年 10 月。

族類,不能變法當革,能變法亦當革;不能救民當革,能救民亦當革",排滿態度激烈。陳擷芬《章鄒囚》一詩,則將戊戌喋血六君子、唐才常、沈愚溪聯繫起來,發出"何不波及一女子,乃使流血史內女界無輝光"的雷霆之聲和驚世呐喊,標誌著具有國族觀念的女界革命軍的覺醒。東京《女學報》出刊一期後,再無下文。即便如此,其意義已是非凡。夏曉虹指出:"《女學報》的結局與一場著名的政治案件聯繫在一起,已足夠光榮,而由此開啓的晚清女報與革命的結合,更是意義深遠。"①誠哉斯言!

二、《洞庭波》"文苑"欄詩人楚南娟石女士

1906年初問世的《洞庭波》雜誌,由湘籍同盟會員陳家鼎、宋教仁、寧調元等在上海編輯,在日本東京中國留學生會館發行。該刊"文苑"欄有兩位"英雌"詩人,一位署名"鑒湖女俠",另一位署名"楚南娟石女士"。《洞庭波》爲同人刊物,兩位革命女詩人均有湖南籍貫。前者爲湘潭王氏之妻秋瑾,後者爲原籍衡陽的陳擷芬。

楚南娟石女士系陳擷芬化名,證據有四。其一,由1907年2月出版的《豫報》第二號所刊煉石女士燕斌《感懷四首寄楚南娟石女士》一詩,可知娟石女士不是湖南長沙人燕斌;從該詩内容看,這位主張"家庭那許行專制",直言"巾幗因何不丈夫"的楚南娟石女士,非女報先驅陳擷芬莫屬。其二,由1904年4月26—27日香港《中國日報》刊載的"楚南女史陳擷芬稿"《女界之可危》一文,可知"楚南女史"爲陳擷芬常用的筆名。其三,陳擷芬刊於東京《女學報》第四期的《中國女子之前途》一文,署名"楚南女子"。其四,1903年夏陳擷芬"負笈走扶桑"後,"得間且返國,携女同志多人東渡求學,意在多一人受教育,即爲人群增一分幸福也"②。1905年冬《洞庭波》雜誌在上海編輯籌股期間,陳擷芬有機會往返於上海和東京,而且對年輕學子循循善誘,勤加勉勵。

楚南娟石女士《贈龔子再渡日本》詩云:

東海搖天碧,扶桑旭日紅。壯游今復續,萬里快乘風。慷慨擊中流,毋作楚囚泣。大勢既明燭,遠圖志堅立。青腴百萬里,良莠何其紛。君休問收穫,權且事耕耘。究心釋氏理,致力明儒學。寶刀百煉成,嘉瑜待磨琢。心氣尚修養,浩然塞蒼穹。瘡痍感慧觀,慈悲效大雄。衆生散沙若,悟得公力弱。苟我吸引強,萬物自踴躍。凡事當反求,

---

① 夏曉虹《晚清兩份〈女學報〉的前世今生》,載《現代中文學刊》,2012年1期。
② 張默君女士《哀吾友陳擷芬君》,載《心聲·婦女文苑》第8號,1923年9月11日。

踐履即奇才。熱血暫蓄斂,偉志其無灰。光陰馳如電,逝矣不復止。努力學界中,黽勉惜寸晷。能屈且能伸,豪傑真精神。國仇猶未滅,莫辭苦與辛。卓哉君趣旨,行看武裝美(龔子現改學陸軍或造兵科)。他日大業成,國史待龔子。①

既曉以民族大義和"國仇"意識,又叮囑"君休問收穫,權且事耕耘",囑咐龔子沉下心來,努力學好本領,將來馳騁疆場,報效祖國,以"他日大業成,國史待龔子"殷殷相期。這種含有革命志向的詩歌,立意高遠,其移情力量,遠大於那些開口見喉嚨式的政治宣傳作品。

三、"女子原來亦國民,裙釵先覺擷芬君"

1905年,上海《女子世界》刊登的《題美人倚劍圖》一詩,署實名"陳擷芬",充溢著"英雌"氣概,女界革命與種族革命思想相交織:

> 海飛立兮山飛拔,亞東美女有奇骨。腰懸寶劍光輝芒,胸抱雄才氣豪勃。女界沉淪數千載,頹風壓入賤奴族。奪我天權殺我身,終夜思之痛心裂。修我戈矛誓我師,洗盡蠻風驅我敵。一聲唱起泰西東,百萬裙釵齊奮力。助我神州好姊妹,女界飛騰即此日。②

丁初我主編的《女子世界》雜誌,有著鮮明的民族民主革命立場,時陳擷芬亦在上海。這首《題美人倚劍圖》,將女界沉淪與種族壓迫相提并論,將女界騰飛與神州覺醒相互勾連,表現了女界革命和民族革命的雙重主題。

1923年7月30日,在夫家飽受精神摧殘的陳擷芬因微疾病故於上海,時年四十有一。知友張默君在痛悼這位二十五年前"女界之先覺"、"改革之志士"、"女報之首創者"、"艱苦之留學生"、"平民教育之提倡者"的同時,將陳擷芬之死歸因於"社會不良之環境與萬惡之習俗及遺產嗣續制度之流毒",并對這位曾經令人景仰不已的"女界革命"先驅"不幸亦甘作是中之犧牲者",大感"可惜"、"可哀"與"可異"③。1923年夏,當

---

① 楚南娟石女士《贈龔子再渡日本》,載《洞庭波》第一期,1906年10月。
② 陳擷芬《題美人倚劍圖》,載《女子世界》第十期,約1905年2月。
③ 張默君女士《哀吾友陳擷芬君》。

陳擷芬淒然離開這個世界的時候，張默君已經哀歎"君之死也，人鮮知之者"；但這位資深同盟會員、湘鄉革命女傑深信"陳擷芬自有其高尚之特性，純正之人格及有價值之遺墨，差可不朽"①。如今，時光又流逝了近百年，"湘言女士"、"擷芬女郎"依然沒有被國人遺忘，印證了張默君對知友所下的結論。

1903年孟夏，正值《蘇報》言論日趨激烈和被譽爲"女蘇報"的《女學報》的"女權"革命呼聲高歌猛進之時，主編陳擷芬編發了高天梅創作的組詩《題〈女學報〉四絕》，詩云：

> 裙釵先覺擷芬君，吐出豪端異色雲。半教名詞太憔悴，女權振起大文明。
> 女子原來亦國民，裙釵先覺擷芬君。他年盛事今能說，女史開宗第一人。
> 抑陰盲說從今掃，世界大同相期造。裙釵先覺擷芬君，亞東春色幾十好。
> 龍旗繚繞爛如焚，女界長驅革命軍。我所莊嚴我所祝，裙釵先覺擷芬君。②

高劍公以充滿欽敬的目光，以詩筆向這位中國女報和女權革命的先驅者——"裙釵先覺擷芬君"——獻上了由衷的敬意。正是晚清一代"裙釵先覺擷芬君"的大聲疾呼和率先垂範，中國女界千年黑暗和喑啞無聲的局面終被打破，越來越多的中國人懂得了"女子原來亦國民"的道理，從而開創了"女界長驅革命軍"的歷史新局面。

（作者爲河南大學文學院教授）

---

① 張默君女士《哀吾友陳擷芬君》。
② 劍公《題〈女學報〉四絕》，載《女學報》第二年第三期，1903年5月。

從《時報》(1886—1892)看近代天津城市文化轉型中的新聲與困惑[*]

李 雲

近代天津城市的轉型是隨著世界歷史的步伐而前進的。1860年開埠之後,經歷了洋務運動、維新變法、預備立憲和辛亥革命幾個時期,天津城市文化由傳統進入現代,但這個"現代"并非是終點,而是現代的起點。從1886年至1911年的報刊文學中,可以看到天津城市文化由傳統進入現代曲折複雜的過程。現代化的過程在某一種程度上可以説是世界化的過程,由封閉的天津轉向開放的天津,由保守的天津變爲先進的天津,由古代的天津變爲現代的天津,由中國的天津變爲世界的天津。學界一般認爲,"關於文化結構,有物質文化與精神文化兩分説,物質、制度、精神三層次説,物質、制度、風俗習慣、思想與價值四層次説,物質、社會關係、精神、藝術、語言符號、風俗習慣六大子系統説,等等"[①]。文學屬於精神層面的文化藝術,本文中的城市文化側重於風俗習慣、思想與價值觀念等方面。中國近代社會的轉型大致可以分爲器物層面、制度層面、文化層面,在層層深入的同時亦相互依存,人們通過器物看到制度,産生思想觀念、風俗習慣的轉變,是一個由淺而深、水到渠成的發展過程。天津因爲特殊的地理位置,獲得了較早的發展機會,成爲近代中國轉型的一個縮影。天津最早産生的中文報刊是1886年的《時報》,從這時起地方報刊開始見證城市文化的變化。

一、《時報》的辦報宗旨與主筆

《時報》是天津的第一份中文報紙,創辦於1886年5月16日,創辦者爲天津海關稅

---

[*] 本文爲國家社科基金重大項目"晚清報刊文獻與文學轉型研究"、天津市哲學社會科學項目"近代天津報刊文學與城市文化轉型研究"成果。

① 張岱年、方克立主編《中國文化概論》,北京,北京師範大學出版社,2004年,頁3。

務司英籍德國人德璀琳和英商怡和洋行"總理"笴臣,至1892年停刊。因其創刊時的資料缺少,學界對其辦報的緣起、主旨瞭解較少。筆者從1891年12月10日的《時報》中發現《報館所自昉論》一文,頗值得注意,全文如下:

  時報館之開,今閱六七載矣。詰其立館傳報之義,多不知者,或譏其仿《申報》、《滬報》之所爲,徒爲取利計,蓋淺之乎視時報者也。夫報之所載或宣上德,或達下情,與夫各行省怪怪奇奇之事,必擇其足以聳人觀聽者登而觀之。洎車書會同中外一家,即各國朝野之事,亦登之於報,以供諸君先睹爲快。説者謂天下有道則庶人不議,抑知自古以來國家隆盛君聖臣賢,尚且詢於芻蕘,聖如大舜,猶好察□□,此皆載在書史,非敝館藉以自炫,況今報中所録多閭閻奇異之事,大而綱常名教攸關,小而日用行習所在,皆事也。其囿於名犯義者有之,睚眦爭論者有之,閱之皆可知所敬畏,知所悔悟,相期共底於善,化澆漓變詐之風,去淫佚驕奢之俗,返樸還純,則此報之有關勸懲,裨益世道人心者,豈淺鮮哉,此義人當知之矣。今特究其所昉要非□自。夫時報,小説也,亦傳奇也,考宋仁宗時太平日久,國家閒暇,日進一奇怪事以娛之,名曰小説。世所傳宋洪文敏公纂《夷堅志》多至三十餘集,即當日所進御覽,厥後彙□成書,此固昭昭在人耳目。今之小説則記戲矣。傳奇始於裴鉶,裴鉶著小説多怪異可以傳示,故名之曰傳奇。而今之所爲傳奇書則曲本矣,二者皆失其義。今報館之報即古之小説也,亦即古之傳奇也。厥有由來,正有未可以輕忽者,數典而忘祖,弊館特申明之。①

從中可以窺到《時報》的辦報初衷:首先,《時報》認爲自己并非像《申報》《滬報》那類商業性質的報紙,以創利爲目的,而是以宣傳上德,傳達下情爲主旨,同時選擇各行省、各國的新聞以傳播四方。其次,《時報》認爲報紙對讀者有著勸懲的作用,有益於世道人心,并能够引導和轉變社會風氣,這是有一定道理的。然而,《時報》當時并没有明確的新聞觀念,認爲新聞可比於古代的"小説"、"傳奇",所以它在選擇新聞稿件時往往會選擇一些神神怪怪的傳聞故事,具有一定的趣味性和怪異性,忽視了新聞的真實性原則。

  《時報》的主筆不止一位,現在可知一位是李提摩太,另一位是明湖子。因爲李提摩太的名氣太大,學界對其他主筆有所忽略,而且有的學者認爲明湖子是李提摩太的别

---

① 《報館所自昉論》,載《時報》,1891年12月10日。

號,實際上筆者發現另有其人。確鑿的證據有二:一是從《李提摩太在華回憶錄》中可以看到,李提摩太在1886年曾回英國,然後又回到山西,1887年10月18日來到天津,爲政府的兵工廠翻譯資料,1888年去日本、赴山東,後回到天津,1890年擔任《時報》的中文報紙主筆,1891年10月離開,時間很清晰。明湖子却是在李提摩太任主筆之前,1886、1887年即擔任主筆,所以可以肯定并不是李提摩太。二是《時報》中刊登了一篇明湖子的《上宰相書》,從中可以約略知道他的身世,他曾在戊寅年(1878)秋上書宰相,書中説"錫生三十有七年矣,讀書二十年,參綜庶務者十年","錫文章不能取甲科,仕宦不能致通顯,貧賤也無以自存,自戊辰(1868)歲入江南機器局翻譯館,悠忽至今,無所表見,淪落于荒江寂寞之濱,行將以灌園老矣"①。由此可知,明湖子約出生於1842年左右,讀書多年,未取科第,1868年,24歲左右入江南機器局翻譯館任職達十年之久,從文中可知他的名字當中有一"錫"字。在另一篇文章《與日本竹添書》中也可以看到,他自稱爲"錫"。另在《胥吏論補》中稱"吾師通甫嘗著胥吏論矣"②。通甫是著名古文家、詩人魯一同(1805—1863),字通甫,可見明湖子曾是魯一同的學生,而并非是洋人。明湖子約於1886—1887年擔任主筆,李提摩太在1890—1891年擔任主筆。可惜筆者目前還未查找到明湖子具體爲何人,但可知他確是一位熱心社會改革的有識之士。

二、《時報》時政論説文的思想内容

　　報刊像通往歷史某一時代的入口,裏面内容駁雜,新聞消息、奏摺、廣告等,令人應接不暇。《時報》中較少刊登詩詞、小説(有一類名爲新聞實爲小説的"新聞小説",另當别論),屬於報刊文學的主要是刊登在第一版的時政論説文,這些文章的出處較爲複雜,一部分爲自撰文,一部分爲讀者來稿,還有一部分爲轉載,當時的暢銷書籍《自西徂東》等是其轉載的主要來源之一。《時報》的時政論説文具有較强的可讀性和一定的文學性,主要内容如下:
　　其一,關注中國與世界形勢,如《東海卮言》介紹朝鮮形勢,《撫藩末議上篇》討論日本、朝鮮、琉球與中國的關係,還有《譯歐東時局説》《歐東時局譯略》《英國勸學近章》《美國治河新法》《客述俄國新疆》等,人們在對世界形勢的分析中開始清楚地認識到中國的危機,以及引發危機的原因,逐漸擺脱掉原來"天朝"的優越心理,如《撫藩末議》中

---

① 《上宰相書》,載《時報》,1886年11月8日。
② 《胥吏補論》,載《時報》,1886年11月16日。

所説:"北辰所□,衆星拱焉,大海所在,百川歸焉。天子所都,萬國朝焉。我聖清龍興遼陽,奄有□土九州……南陽諸島國亦皆顒顒向化,請封册戴寵,靈弱者倚焉,强者懼焉,大小相維,遠近蒙福,垂三百年矣。"①清代前期的國勢强大形成了以天朝自視的優越心理,而晚清人面對由强轉弱的現狀,一時難以適應。在此種矛盾的心態中,晚清人還是一步一步地加入了世界的秩序當中。《時報》中刊載了《萬國公法本旨》(録自《自西徂東》)等文,介紹了世界的法律制度和知識,使晚清人逐漸瞭解世界。李提摩太曾説:"(他)曾在《時報》上連篇累牘地發表文章,介紹歐洲王室成員之間相互訪問的情況,指出這種互相訪問極爲有利於和平和善意的達成,呼籲中國的皇室成員也以同樣方式出國訪問。"②可見《時報》在扭轉社會風氣、傳播西方文化方面起到的作用,不容忽視。

其二,介紹西方先進的科技、軍事、武器等,如《魚雷艇功用説》《譯炮擊鐵甲護台并阱炮圖説》《德國新船譯略》《論格致之學》《西燈略説》《格物測算叙》等,更多的是介紹并倡導學習西方經濟、法律、教育等制度,如《仿設蓄資公司以濟貧民之急説》中提出"王者之政必本於人性,民賴以生者莫如衣食而","爲民散之,更爲民聚之,此巴黎蓄資公司所由昉也","略仿法國蓄資公司,本其意而變通之,爲便利乎"③。呼籲學習西方制度,建立新的蓄資公司。《體恤獄囚説》介紹泰西先進的獄吏制度,"泰西治獄官吏皆奉公守法,體恤爲懷,凡有獄訟,有司即行審訊"。還教給獄囚們技藝,"庶幾將來放回之日以嫻藝能尋工作"④。此種思想和方法相對於中國當時的狀況而言無疑是非常進步的。

其三,提出關於天津城市建設的建議。如《津郡錢根短絀説》,指出天津貨幣制的弊端,以至於出現"津郡錢肆空張,而錢貼公行,幾不知錢爲何物"的現象⑤。《郡城内外宜開濬河道潔飲政以奠民居論》則爲城市建設獻言供策,作者在文中先稱贊天津城市之繁榮,"津郡當水陸之交衝,實京畿之門户,五方雜處,居民稠密"⑥。又指出天津城市生態環境之弊,人民深受其苦,并提出措施,"民生所需不堪果腹,而資以養生者厥惟水土。水無污穢而後飲潔,土不燥濕而後居安。飲潔居安而後人無疾疫,登生民於仁壽之宇,洵切近之要圖,爲政者所當務也"。認爲城市應該有美好的環境,居民則應有清潔的飲水,此文可謂是建設文明宜居天津市的先聲。

---

① 《撫藩末議》,載《時報》,1886年9月11日。
② 李提摩太《親歷晚清四十五年》,天津,天津人民出版社,2005年,頁196。
③ 《仿設蓄資公司以濟貧民之急説》,載《時報》,1886年11月13日。
④ 《體恤獄囚説》,載《時報》,1886年12月21日。
⑤ 《津郡錢根短絀説》,載《時報》,1886年8月21日。
⑥ 《郡城内外宜開濬河道潔飲政以奠民居論》,載《時報》,1886年8月25日。

其四,關注時務、時政,針對全國的弊端建言獻策,建議政府進行改革。主要有:一是要求廢除科舉,採用新的人材選拔制度,如《制藝當改變議》(1886.12.22)要求廢除八股;《人才興替不關制藝辨》(1887.1.21)提出廢除科舉制度;《停分發嚴甄別藉以疏通仕途説》認爲"科第起而人才掩,捐納開軍功盛而人才愈掩",應該除去人才選拔制度的弊端①。二是開始提倡興辦女學,如《開女學事》(1888.6.23)強調女學的重要性。三是建立新的科技和交通事業、修建鐵路等,如平定黄儀鄭的來稿《中國宜開鐵路論》,從軍事、民生、賑災、通商等方面來論開通鐵路的好處,可以外禦敵侮,內省兵費,便於賑災運糧,火車優於傳統的驛站和馬車,"天下之賴商賈猶人身之賴氣血也,"商賈不通之地,地形苦瘠,車騾駝馬載運艱難,貨物阻滯,"試觀上海、煙臺、營口諸口岸,前數十年并皆荒瘠,自通車以來,萬貨雲屯,人便戀遷,遂爲近日富庶奥區",以此説明開辦鐵路有"濟軍務、救災荒、省郵遞、通貨物"之利。但中國反對者認爲開鐵路多有弊處:壞風水、鑿破地脈、壞人墳墓等,改革途中困難重重②。四是禁煙,如《禁煙宜拔其根本論》,指出朝廷頒佈的禁煙令難以實行,文中提到清廷征"洋藥税"也爲一大宗,英國每年從販賣鴉片中漁利三千多萬,文章認爲減少本土罌粟的種植,改種罌粟爲茶,可以遞減性地從根本上禁煙③。

總體而言,《時報》介紹世界時事和形勢,增強了人們的世界意識。傳播科學知識,批評中國傳統的重男輕女、封建迷信、賭博械鬥等陳規陋習,如《禁溺女兒説》《禁徹民久淹親柩論》《占卜無憑論録譯稿》《勸息械鬥告示録來稿》《賭爲娼媒説》等,引導人們建立新的思想觀念和生活方式,在城市文化轉型中起到積極的作用。

三、從《時報》看天津城市文化初步轉型的特點

作爲新的文化傳播媒體,《時報》爲天津城市初步建立了公共文化空間,使更多的人能够公開發表意見,如其在《延訂各省採訪友人啓》中鼓勵讀者們踴躍投稿:

> 本館自開辦以來,歲星兩易,報紙流傳日益推廣。雖蒙閲報諸公過情獎借,時以珠玉見投,而本館終以各處新聞尚未克博訪周咨,引爲憾事。因思天下之大何奇蔑有,矧

---

① 《停分發嚴甄別藉以疏通仕途説》,載《時報》,1886年9月8日。
② 黄儀鄭《中國宜開鐵路論》,載《時報》,1887年1月17日。
③ 《禁煙宜拔其根本論》,載《時報》,1886年11月15日。

今中外一家,水驛星郵無遠弗屆。敬祈薄海内外,芸窗秀士,蓮幕佳賓,公餘之暇,筆花怒放,墨瀋旁流,舉凡上而時事,下而民情,以及宜喜宜嗔、可驚可愕之事,足以聳人觀聽者,隨時賜寄本館,并懇將姓名、住址一併見示。當將佳章酌選登報,即日開具新訂章程,隨函奉復。一經訂定,每逢月杪,分别酬送潤資。其不入選者,來函蓋不答覆,以省竿牘,幸乞諒之。①

報紙的讀者與投稿者多爲當時關心時務的文士,在《時報》發行期間(1886—1892),中國正處於由傳統向現代的轉型過程中,天津同樣也處於由舊向新轉型的起步階段,由此,《時報》呈現出鮮明的轉型特性,可以歸納爲以下幾個方面:

一是科學思潮與鬼神思想并存。此時西方科學思潮已傳至中國,《時報》普及了洋務運動成果,傳播了現代化的生活體驗,引導人們建立新的生活方式,如1888年2月17日刊發的《中國時政之效速於電車説》中所言,中國開辦洋務以來引進西方科技成果,在現代化方面很見成效。津門人士也已初步見識到聲、光、電、汽的現代產物,但在人們的頭腦中還是存在著迷信思想,相信鬼神的存在,如《時報》京津新聞中所載《飛龍在天》:"龍之爲物,西人謂爲荒誕不經,然書有豢龍氏。《易》曰:雲從龍。是龍固昭昭在人耳目間也。昨午天油然作雲,西北隱約有白龍夭矯。居人咸曰:龍掛鱗疑錯落,首竟蜿蜒,逾時西北方竟大雨如注,河水亦長尺許,然見首不見尾,豈雲氣之葱鬱耶。抑真有驪珠在頷者,類天馬之行空也。世有好龍如葉公者不知能令破壁飛去否。"②講了飛龍在天現身的故事,可見當時人們的愚昧不化。再如《河神又到》《白雲仙觀》《奇貨可居》《屠牲果報》《火光志異》《鬼猶求食》等新聞消息,從題目看即可知其中的怪異內容,筆者認爲此類新聞稿在內容上更像小説而不是新聞,是文化轉型時期的特殊產物。

二是文體概念尚不清晰,新聞與小説混淆。除了前面提到的一類以神怪故事爲內容的新聞小説之外,還有一類以偵探故事爲內容的新聞小説,如《譯泰西盜案》就很像一篇小説,且是一篇從西報轉載而來的作品。其開端説:"西報載巴加林盜帑一案,源源本本反覆精詳,實爲綠林巨案,而其用心之密,設計之周,植黨之多,得賍之巨,江湖念秧拐誘之流,無有出其右者。閑窗無事,照譯登之,雖文字冗長,亦足以驅睡魔而昭炯戒也。"③作者的創作初衷主要是因爲新奇,所以翻譯刊登,目的是讓讀者娛樂、解悶和警

---

① 《延訂各省採訪友人啓》,載《時報》,1888年5月2日。
② 《飛龍在天》,載《時報》,1886年8月24日。
③ 《譯泰西盜案》,載《時報》,1886年11月10日、11日、12日。

惕,這是典型的中國小説的創作觀念。後面又説:"閲西報泰西盜案,正擬譯供衆覽,適《益聞録》先得我心,爰即分日照刊,附識數言,以免掠美之誚云。本館附識。"説明是從《益聞録》轉載而來的。文中對巴加林和衆人飲酒時的談話場面有著較爲詳細的描述,如"衆人皆以爲然,面面相覷,巴加林獨在旁邊冷笑。衆問何故哂笑。巴曰:'笑諸君欲攫巨財,全無妙計耳。'衆請問方略"。表現出小説中細節描寫的特性,可見當時報人對新聞和小説二種文體的界綫并不清晰,很容易混淆①。

　　三是新聲與舊聲并存,很多有識之士已經認識到科舉制度的弊端,要求廢除八股,如前面所提到的《制藝當改變議》《人才興替不關制藝辨》等文,都明確反對八股與科舉。但當時還有一種傳統思想占主導地位,重視讀書仕進與科舉,如《與友人書論八比》中强調八比的好處:"頃聞近來名士皆鄙八比制藝爲腐爛小道,動曰詩古文辭,非通人之言也。""南皮之教子也不廢八股試貼,湘陽之教孫也亦以八比爲亟。"②名士們説八股不好,但却得到了八股的實惠和好處,以此鼓勵人們繼續追求八股和科舉。這也説明因爲當時朝廷的制度,使士人不得不追求八股和科舉,要想改變人們的傳統觀念,就得先改變朝廷的政策和制度。思想開放是現代化的前提,但當時一些儒學之士還要求進一步維持風化,如《教授初學防微杜漸以維風化議》文中説:"授四子書使知孝弟忠信仁義廉讓爲立身之本,繼授五經以資其修進之功,其齊家治國修身立命之學無不備詳焉。"這位作者還認爲經傳中多有淫邪之處,提議把經傳删减,"將經傳之有摇惑心志之句概行删除"。"將淫亂之字樣去除净盡,更正刊刻頒行,使學者專心誦習,一意甄陶,庶杜邪念於未萌,明虚靈而不昧。""《左傳》《毛詩》涉淫亂者,既無關於考試之命題,亦不爲學者詞藻之點染,於性理一無所系,而四海之内莫不家繪户誦,漸漬而不覺其害,傳中淫亂之事亦諄諄宣講,少年浮躁之輩有不爲之心動神移者,鮮矣。""千百年來爲世所珍,曾無一指其瑕疵者。"③作者認爲將經傳中的淫亂之事删除净盡,更有利於國人的專心學習,這種做法無疑是頗爲腐朽的。而當時開放與保守往往是并行的,如提倡女學是當時的潮流與趨勢,但在提倡女學的同時,報刊上還刊登著對烈女的表彰和嘉獎,如《書慕烈女殉節事略後》《張貞婦事略》等比比皆是,同時還有人要限制婦女們的自由活動,如《宜禁婦女赴會焚香説》一文,顯示出保守性與落後性。

---

　　① 當時小説與新聞文體混淆的原因是多方面的,可參看:李雲《晚清新聞文體的興起對小説的影響》,載《明清小説研究》,2017 年第 3 期。
　　② 黄小松孝廉儀鄭來稿,《與友人書論八比》,載《時報》,1886 年 9 月 13 日。
　　③ 有心世道人《教授初學防微杜漸以維風化議》,載《時報》,1886 年 9 月 14 日。

四是面對新文化、新事物的困惑與討論。中國由原來的封閉狀態,一下子被列強打開大門,被迫的加入世界的行列,突如其來的變化和令人應接不暇的新事物、新文化使晚清人不能迅速地調整心態,積極接受,從而表現出非常複雜的心態。修築鐵路本是一件便利交通的事,但天津民眾表現出抗拒情緒,如《時報》1886年11月8日"京津新聞"《稟稿照錄》中所言:"爲天津現修鐵路民心惶惑,稟請據情代奏。自洋人入,中國水路之利已爲輪船奪去,十之八九,唯多餘陸路一綫生機。天津欲修鐵橋四座,商民恐其又專陸路之利。"①可以看到當時民眾對新事物新形勢惶恐不安的反應,當然此種心理與中國當時處於落後和被侵略的地位也有著密切關係,如果修築鐵路給人們帶來更多利益(而不是給西人帶來利益),人們無疑是歡迎的。在此種矛盾的狀態下,鐵路修成之後,人們也體驗到了新科技帶來的便利和快捷,1888年10月《時報》連載了浙東存恕齋主人的《乘火車游唐山紀略》《續記乘火車游唐山紀略》《再續火車游略》,詳細地記敘了第一次乘坐火車的心情與體驗。總之,中西、新舊文化的碰撞(也夾雜著中西利益之爭),引發了人們不休的爭論,這些爭論涉及多個方面,較爲突出的一種是對中西醫的爭議,《時報》上刊發的《華洋醫學虛實說略》《洋醫治病有本說》《中西藥房說》等文,都在討論中西醫學的優劣。

綜上所論,《時報》展示了天津城市文化在轉型期所具有的過渡特性,世界的大門已經打開,全球一體化成爲不可扭轉的趨勢,無論晚清人願意還是不願意,都要加入進去。而城市對新文化、新形勢的態度則十分重要,積極適應、正確面對就會抓住機遇獲得大的發展,消極逃避、猶豫不決就會錯失良機,造成經濟的停滯,科技、軍事的落後,乃至綜合國力的下降。在這一歷史大潮中,天津可以說是表現得非常精彩,成爲了時代的弄潮兒。在《時報》之後的《直報》中,嚴復刊發了一系列文章《論世變之亟》《原強》《辟韓》《救亡決論》等,對中國學習西方的幾十年歷史進行了深刻反思,得出中國當務之急在於開啓民智,學習更爲先進的西方文化和制度,成爲了維新變法的理論先聲。《直報》上還刊發了鄭觀應、張之洞等具有代表性人物的文章,對當時社會文化風氣起到了引領的作用。天津繼洋務運動的中心城市而成爲維新運動的重鎮,天津報刊文學也在此輝煌開端中進入蓬勃發展時期。

(作者爲天津科技大學文法學院副教授)

---

① 《稟稿照錄》,載《時報》,1886年11月8日。

書評

文學的朝聖與視覺的俳句

楊書睿

如果說十八世紀的英國小說家斯特恩(Laurence Sterne，1713—1768)借筆下的約里克牧師將旅行命名爲"感傷"，以至於百年來旅行文學的主題似乎都在重複這一基調，郝嵐教授的《海外文學尋蹤——讀繪筆記》(以下簡稱《文學尋蹤》)也不例外。這部由她前往全球不同國家和地區訪學、交流、旅行的經歷彙編而成的讀繪筆記，不可避免地沾染上作者因身處異鄉而發生的"他者"(the Other)之感。不同的是，她以一位女性人文學者的細膩洞察和深刻思索，依靠著自己的"無知也無畏"，掙脱了感傷之旅的桎梏，從而直面人生的"危機"。

留心英文標題，"A Grand and Literary Tour: Overseas Sketches and Essays"，你會發現作者在其中隱藏了許多秘密："文學與精神的壯游"(Grand and Literary Tour)是書的核心，"速寫和隨筆"(Sketches and Essays)是形式，"海外"(Overseas)則是目的地。透過這場文學朝聖，郝嵐或許更想傳達的是一種生命狀態：生活的真相是平實與具體，却并不妨礙我們擁有一顆追求真誠、浪漫以及滿足人類心情的智慧的心。

一、主體性的審美建構

《文學尋蹤》是一場精神壯游，這是郝嵐在自序中便强調的。從歐洲、美國到土耳其、日本，涉及文學、宗教、風景、美食等衆多場景。這場壯游凝聚了作者用心書寫的文字，并配以素描或彩鉛上色的插圖以提升觀感。中文系出身并最終以文學爲"飯碗"的她有書法、繪畫的家學淵源，兒時的基礎、高等院校的專業教育和自身的閱讀經驗交融，與細膩而豐富的情感體悟一道建構起郝嵐作爲一名女性人文學者的主體性審美。

郝嵐的專業是比較文學與世界文學，這場文學朝聖顯露了她樸素的文學觀念，以及對文學背後的文化象徵和作家的精神世界的關注。她以自身閱讀經驗爲底本，與那些或聞名遐邇、或無人問津的文學作品形成一場跨越時空的應和,如同一個遠方來客講述著自己的故事:作為學者,她在哈佛大學比較文學系思考人文學科的歷史與未來;作為女兒,她固執地將旅行作為緬懷父親的情感儀式的完成;作為母親,她驚喜地講述著孩子成長過程中的變化;作為"人",她在奧本山公墓(Mount Auburn Cemetery)前質詢死亡,在欣賞安東尼·葛姆雷(Antony Gorlmey)的展覽《大地》(FIELD)時思考人的存在。這些熔感性思索與理性認知於一爐的故事,娓娓道來的不僅是詩意的表述,還有充滿現場感的再現的真實。但這并不有損其"精神壯游"的內核,因為她的所思所想是以極為開放的形式"隱身"其中的,并成為讀者與作者間溝通對話的橋樑。

本雅明(Benjamin,1892—1940)主張"口口相傳的經驗是為所有講故事的人供給養分的源泉",但郝嵐的經驗是無法複製的,這場文學之旅的獨一無二也正是自此而來。反過來說,這場不可模擬的文學朝聖也因此成為她的主體性審美取向與文學創作理念的載體,并刺激著她不斷衝破現存的窠臼。書中那些多樣的經歷本身便是故事的另一種表述,她自己不也正是一個講故事的人嗎?

二、透視法下的世界喻象

漫步於瓦爾登湖畔,行走在千住大橋,打卡"陸止於此,海始於斯"的羅卡角,向"披頭士"行注目……女性的細膩情感配合厚重的文字功底落筆成一篇篇屬於郝嵐的"獨家記憶"。旅行中的風景在別人眼中或許僅是出游攻略中的推薦,但在郝嵐這裏,它們更是一個世界的喻象,正如玻璃展櫃的內與外,彼此分離却相互依存。如同歷史的變動不居,人的精神狀態在不同時期也是并不相同的,因此每一次旅行,對她而言都是絕無僅有的精神洗禮。

作者最巧妙的創作在於以透視法進行文字描畫,通過不同視角將原本平面的文字立體化,并借用視覺空間感建構場景:街邊的舊書店、火車上的同行者,面對聖索菲亞大教堂的理性推導和靜望富士山的日暮之思等靜物與行動的交織實現了文化符號的世界喻象表達。郝嵐將自己作為透視法的載體,形成書內、書外兩個空間。前者以現時狀態重述她的所見所聞以寄託其生命之思和人文想象:在清真寺外默念希克梅特(Nazim Hikmet,1902—1963)的詩句,在貝克街221號B閃回"道爾幫"(Doyleans)和"福爾摩斯派"(Sherlockians)的爭執……個人的情感流露和思辨印記憑藉對歷史的反觀和多樣的表達突破了單一可能性的限定。用速寫定格畫面則是她的別出心裁。這些"捕捉轉眼即逝的瞬間或事物流逝之美"的畫作被布加勒斯特大學副教授迪莉婭·安古阿努（Delia Ungureanu）稱爲"視覺的俳句"，或利落或繁雜的綫條與文字結合完成了瞬時印象和延綿歷史的共時表達，同時創造了一個更自由的、包含著更加豐富意識的世界。

　　後者則憑藉時空的差距形成帶有足夠張力的留白，讀者得以擁有更多的闡釋角度，但文學審美和精神觸動的匯通是其共性所在。因此我們在閱讀過程中需要做的是保持同理心以求得共鳴。正如郝嵐對松尾芭蕉（Matsuo Bashō，1644—1694）的"月日者百代之過客，來往之年亦旅人"如此敏感，不僅是因爲此句可被視爲中日文化交流的標誌，更在於她和松尾芭蕉都想通過旅行和書寫來克服"中年危機"，本是個人的情感宣洩，却映射了人類的普遍衝動，這難道不令人爲之興奮嗎？事實上，郝嵐正是在對歷史的回溯和對當下的關切中捕捉到世界文學中"人"的綫索，她不僅以行萬里路的脚步丈量海岸綫的長度，更在讀萬卷書的過程中鈎稽和串連起"人"的脈絡。

三、異質文化的跨越對話

　　人生而孤獨，但文心不孤。比較文學這門以跨文化爲實質的學科雖然不能完全消除郝嵐因身在異鄉而產生的孤獨感，但却賦予了她面對這種困境的能力——用更廣闊的視野和更寬容的心態面對、接受自己之外的一切。異質文化在她眼中代表著多元而豐富的世界色彩，文化的求同存異恰是因爲理想主義而倍放光芒。郝嵐不僅尊重差異，更享受文化碰撞過程中的愉悦：在埃文河上的斯特拉福鎮拜謁莎翁，在泰晤士河南岸體味"非正式"藝術的鮮活，品嘗一下伊斯坦布爾的拉克酒和貝倫蛋撻，再看一看子規庵的朝顔與絲瓜。"亂花漸欲迷人眼"，但她始終堅持獨立的、批評的立場，努力尋找不同文化中真實、美好的部分，將它們層層叠叠融匯於靈臺中，以字的記錄與畫的色彩輸出成爲這部跨文化對話的作品。

　　我們也不應忽略學界對該書的評價：丹穆若什（David Damrosch）教授辨認出這場文學之旅"從玄奘的《大唐西域記》，到17世紀松尾芭蕉的詩性紀行文，再到20世紀蔣彝跨越世界的'啞行者'系列畫記"的跨文化淵源；爲該書作序的張德明教授強調了郝嵐作爲"一個女性游記作者的觀察的細緻、心思的細膩和文筆的細密"；劉象愚教授則直接引用了本雅明意義上的"靈光"（Aura）作評。三位學者從跨文化對話、女性書寫和文本闡釋的角度做出了各自的評價，不僅肯定了作者身爲"行者"和"講故事的人"的文學藝術功底，同時將目光聚焦於這場文學朝聖背後的東西，即郝嵐作爲一名女性人文學者的強大的主體性審美意識和對跨文化研究固有的信念感與使命感。

比起冰冷的學術論著和生硬的批評文章,《文學尋蹤》如溪水般乘風載花而來。充滿溫度的性靈文字、別具一格的審美眼光,柔軟而有力地建構了郝嵐關於異質文化和人生價值的認識體系。那些關於文學與文化的尋訪、對於人生價值和命運弔詭的追問,感性却又充滿生活的真實,這種發乎心靈的"人情味兒",正是這本書最吸引人的地方。

如果結合當下的特殊時刻,我更願意將這場文學之旅視爲作者對後疫情時代人何以爲人的一次回應。不同於俄底浦斯明析人之涵義却看不清自己,郝嵐對自己進行了一場頗爲優雅的"解剖":她通過細緻的、局部的拼湊塑造自己的模樣,她的困惑、焦慮、悲傷、喜悦,種種情緒都直接而赤裸地暴露在每一位讀者面前,從而强化了其作爲一個真實的人的存在(existence)。于是當我以這本書爲視點時,我不僅發現了一個更完整的郝嵐,更透過她認識到不一樣的自己。這種對自身存在的不斷追問或許也在某種意義上呼應了德爾斐神廟前"認識你自己"的神諭,儘管這一問題宏闊而令人倍感自身渺小,但正是對其"雖不能至,心嚮往之"的執著與無畏才造就了人的崇高。

毫無疑問,郝嵐認爲文學閱讀是認識自己的最好的方式,原因在於它使人得以保持對世界的好奇心和旺盛的生命力。於讀者而言,每一次的閱讀都如同挑選盲盒,儘管包裝暫時阻礙了我們對其中美妙的窺探,但當真正打開它時,就會得到無與倫比的驚喜,就像阿普列尤斯(Lucius Apuleius,約 124—175)在《金驢記》(*l'asino d'oro*)開篇所説:"Attend, reader, and you will find delight!"(傾心吧,讀者,你將心生喜悦!)

(作者爲天津師範大學文學院、跨文化與世界文學研究院碩士研究生)

編　後　記

　　本集爲中國典籍日本古寫本研究專號,重點翻譯介紹了京都大學高田時雄、道阪昭廣團隊對中國典籍日本寫本的精細化和傳播研究的成果。

　　爲了全面準備描述中國典籍日本寫本,有必要根據不同情況對其加以簡單分類。

　　從寫本底本看,可分爲寫底本和刊底本。所謂寫底本,是指那些依據寫本轉抄的本子。宋槧本昂貴不能滿足需求,便有了將宋槧本傳寫的方式。這些抄本的底本原本是刊本,故可稱爲刊底本。在寫底本與刊底本之間,還有一個中間地帶,那就是在日本相傳的抄本基礎上,利用新傳入的宋槧本進行過校勘而製作的所謂"正本",這一種可稱爲寫底刊校本。

　　從寫本內容看,可分爲傳世書寫本與散佚書寫本。前者指我國現存典籍的抄本,如《史記》《漢書》《文選》等;後者則是我國散佚典籍的寫本,如《游仙窟》《五行大義》《群書治要》等,我國很早已失傳,而寫本或根據寫本刻印的版本却保存在日本。這些寫本於19世紀後半葉以及後來陸續回傳我國。

　　從寫本書手的身份看,可分爲唐抄本和和抄本。前者出自中國人之手,後者則出自日本人之手,是日本人依據中國本子抄寫的。在奈良、平安時代被學者稱爲"舊抄本"的那些抄本,有的被認爲是唐人所寫,冠之以"唐抄本"之名。然而究竟是不是真的出自唐人之手,不易確證,往往存在爭議。還有一類,那就是20世紀日本人通過各種途徑獲取的敦煌寫本,它們是名副其實的中國人寫本。這些寫本與某些日傳寫本具有同時代性,也有納入研究視野的必要。

　　從寫本內容的著者來看,可分爲中國人著述寫本與日本人著述寫本。前者自不待言,而後者按道理説,似乎不當算作中國典籍日本寫本,其實不然。從奈良時代起,日本人爲了鑽研和利用中國典籍,便開始根據中國傳來的書籍編寫字書、辭書、類書、注釋書。有時爲了研讀中國作者,還要爲其編製年譜等。這種傳統一直延續至今。屬於這一類的寫本,依據的是中國典籍,呈現方式也是中國方式,反映了那一時點中國典籍的傳播與接受樣態，可以與同時代的中國典籍相互對照。

從寫本形態來看，可分爲原寫本與訓點本。前者是原樣照抄中國寫本的，保存中國寫本原貌較多，而後者則是日本人爲了讀懂中國典籍進行了複雜的解讀工作，將解讀的方法留在了寫本上。前者祇有漢字及與中國本土寫本相同的各種符號，後者在文字周圍則被加上了假名音讀、訓讀符號、校勘符號和各類批注。

從寫本存在方式看，有整寫本與零星寫本。前者或是全書抄寫，或是斷簡殘篇，均是以完整的寫本形態存在，基本來源於一個底本。後者則是在原來的寫本或刊本上抄寫了各種輔助內容，或作爲注釋而抄錄其他文獻，或發表研讀者的個人見解，由於內容豐富，也具有某些文獻價值。這些內容，或書寫在刊本的欄外或字裏行間，或書寫在寫本或刊本的背面，或寫在紙上而後粘貼在書上。從本質上説，它們也屬於廣義的寫本。

從寫本的終結來看，還有未刊寫本和有刊寫本之分。很多中國散佚寫本像《五行大義》《群書治要》《游仙窟》等，在明治維新之前甚至更早，便有刊本問世，它們是前人整理寫本的成果。如《游仙窟》有江户刊本。這些刊本也是研究寫本不可忽視的對照材料。還有一些新發現的寫本，則没有刊本傳世。在未刊寫本中包括日本學者撰述的研究中國典籍的著述，這一類著述多尚未經過深入研究。

另外，也可根據書寫時間來將其分爲奈良寫本、平安寫本、鐮倉寫本和江户寫本。各個時期的寫本反映了社會文化的變化和語言文字的演變。根據寫本保存地點或物主來看，也可分爲官藏本、寺藏本與私藏本，許多珍貴的寫本原本保存在寺廟，有的後來流落於藏家之手，其流轉有迹可循。

從以上粗略分類就不難看出，中國典籍日本古寫本研究，本屬跨文化典籍研究，内容十分豐富。以上對日本學者中國典籍古寫本研究的梳理，正是置於這種跨文化認識的基點上。對於韓國、越南等國保存的中國典籍寫本的研究，還没有取得切實豐厚的成果，這些都是我們今後準備投入全力的工作。

高田時雄、道阪昭廣主持的"中國典籍日本古寫本研究"課題組的老師們對本期翻譯工作進行了全面合作，不僅爲之解決了各篇文章圖版的版權問題，而且對全部譯稿加以審閱。而後譯者又對譯稿進行了修改。學術翻譯需要很好的專業知識和兩國語言的讀寫能力，作者和譯者的合作本身就是一種學術交流。

本期設立的"夏康達與天津新時期文學"，屬於對一段重要文學研究學術史的回顧。是否真正尊重學術史，往往可以視爲檢驗學者治學態度是否具有學術純粹性的一枚試紙。因而如果將治學過多與勢位富貴聯在一起的話，那麽這種純粹性必然要打些折扣。

學者首先要做一個純粹的人,才可能做出純粹的學術。我們用這個專欄,向所有具有這種情懷的學者表達敬意。

　　遠眺學界的沉舟與千帆,近觀期刊的枯樹與萬木,一萬個人或許有一萬種觀感。本期的論壇發表的鼎談,是三位辦刊人的思考。對於當下的學術評價體系與學術期刊生態,你怎麼看？我們願用自己的行動,和你一起努力,讓我們的學術環境好一些,更好一些,不論你是"青椒"還是"青椒後"。

編者

圖書在版編目(CIP)數據

國際中國文學研究叢刊. 第十一集 / 王曉平主編
. —上海：上海古籍出版社，2022.2
ISBN 978-7-5732-0264-2

Ⅰ.①國… Ⅱ.①王… Ⅲ.①中國文學—文學研究—叢刊 Ⅳ.①I206-55

中國版本圖書館 CIP 數據核字(2022)第 094351 號

國際中國文學研究叢刊
第十一集·中國典籍日本古寫本研究
王曉平　主編
郝　嵐　鮑國華　石　祥　副主編
上海古籍出版社出版發行
(上海市閔行區號景路 159 弄 1-5 號 A 座 5F　郵政編碼 201101)
(1) 網址：www.guji.com.cn
(2) E-mail: guji1@guji.com.cn
(3) 易文網網址：www.ewen.co
啓東市人民印刷有限公司印刷
開本 787×1092　1/16　印張 18.25　插頁 2　字數 324,000
2022 年 2 月第 1 版　2022 年 2 月第 1 次印刷
ISBN 978-7-5732-0264-2
I·3624　定價：92.00 元
如有質量問題，請與承印公司聯繫